남자친구

THE BOYFRIEND

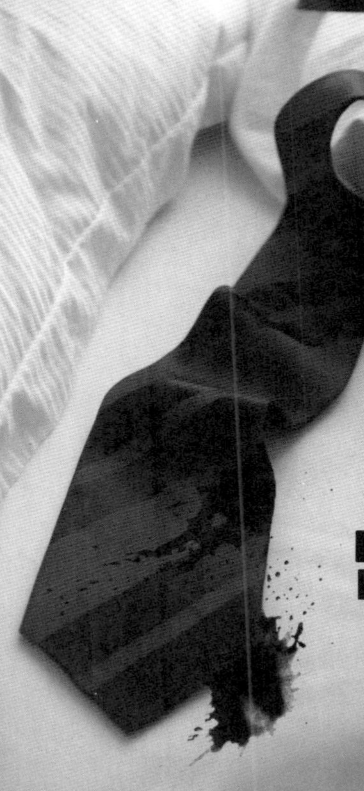

남자친구

프리다 맥파든 지음 | 정미정 옮김

BOOK PLAZA

프롤로그

과거
톰

나는 지독하리만치 가슴 시리고도 바보 같은 사랑의 늪에 빠져 있다.

그녀의 이름은 데이지. 우리는 네 살 때 처음 만났다. 그때부터 데이지를 좋아했으니, 내 사랑이 얼마나 처연한지는 굳이 말하지 않아도 알 것이다. 놀이터에서 굶주린 다람쥐들에게 빵조각을 떼어 나눠주던 데이지를 본 순간, 나는 확신했다. 세상 어디에도 그토록 아름답고 선한 생명체는 없으리라고. 그렇게 나는 데이지 드리스컬에게 푹 빠져 버렸다.

하지만 오래도록 내 마음을 숨겼다. 아니, 숨길 수밖에 없었다. 금발에 연푸른 눈, 세면대의 도자기처럼 뽀얀 피부를 지닌 천사 같은 데이지가 나에게 같은 마음을 느낄 리 만무했으니까. 고백해봐야 나만 비참해질 뿐이었다.

그런데 최근 들어 분위기가 조금 달라졌다.

요즘 데이지는 내가 집에 바래다준다고 하면 기꺼이 허락한다. 운이 좋은 날은 손도 잡게 해준다. 앵두 같은 입술로 슬며시 웃을 때면 다리에 힘이 풀려 그대로 주저앉을 것만 같다. 어쩌면 내가

"

키스해 주기를 바라고 있을지도 모른다는 생각이 자꾸만 든다.

그런 생각이 스칠 때마다 더럭 겁이 난다. 키스하려 다가갔다가 데이지가 내 뺨을 후려치면 어떡하지? 내 마음을 고백했다가 비참하게 거절당하기라도 한다면? 집에 데려다주겠다는 내 말을 갑자기 거절하면?

하지만 진짜 공포는 따로 있다.

데이지가 내 입맞춤을 순순히 받아 줄까 봐, 사귀자는 내 말에 주저 없이 알았다고 할까 봐 겁이 난다. 부모님이 집을 비운 틈을 타 나를 자기 방으로 불러들일까 봐 무섭다.

내가 견딜 수 없이 두려운 건 바로 그 찰나다. 단둘이 남겨진 그 순간, 내가 그 희고 여린 목을 손에 감아 감아쥐고는 기어이 숨통을 끊어버리고 말까 봐.

1

현재

시드니

이 남자는 대체 누구고, 내 데이트 상대는 어디로 증발한 걸까?

오늘 저녁 8시, 케빈이라는 남자와 저녁을 먹기로 했다. 원래는 6시에 만나 가볍게 술이나 한잔할 계획이었다. 그래야 여차하면 도망치기 쉬우니까. 그런데 케빈이 데이팅 앱 '싱크'로 메시지를 보내왔다. 퇴근이 늦어질 것 같으니 약속을 조금만 미룰 수 있겠냐고.

좋은 생각이 아니라는 걸 알면서도 결국 응하고 말았다.

케빈은 꽤 괜찮은 사람 같았다. 무엇보다 프로필 사진이 무척이나 귀여웠다. 소년미 넘치는 미소와 반짝이는 눈빛, 이마 위로 흐트러진 연갈색 머리칼. 꼭 젊은 시절의 맷 데이먼 같았다. 그동안 싱크에서 끔찍한 남자들을 수없이 만났지만, 이번만큼은 느낌이 좋았다. 설레는 마음에 약속 장소에 10분이나 먼저 도착해 그가 오기만을 기다리던 참이었다.

"시드니 씨?" 내 앞에 선 남자가 물었다.

"네, 그런데요?"

나는 남자를 빤히 쳐다보았다. 절대 케빈일 리가 없었다. 설마 케빈이 택시를 타고 오다 사고가 나서 사망했다는 비보라도 전하러 온 걸까? 그때 남자가 손을 불쑥 내밀었다.

"안녕하세요. 케빈입니다."

나는 꼼짝도 하지 않고 되물었다. "그쪽이요?"

그래, 인정할 건 인정하자. 실물이 사진만큼 근사한 사람은 없다. 누가 숙취에 찌들어 침대에서 굴러 나오는 모습을 찍어 올리겠는가. 멋을 잔뜩 부리고 조명과 각도를 바꿔 가며 수백 장을 찍은 후 제일 잘 나온 한 장만 올리는 게 상식이다.

그렇게 건진 인생 사진이 10년 전에 찍은 것일 수도 있다. 뭐, 그렇다 해도 백번 양보해 이해한다.

하지만 이 남자는 차원이 달랐다.

10년 전이고 뭐고, 애초에 동일 인물일 수가 없었다. 달라도 너무 달랐다.

나는 가방에서 핸드폰을 꺼내 보란 듯이 앱을 켰다. 그러고는 사진 속 미소년과 내 앞에 서 있는 남자를 번갈아 보며 비교했다. 역시나 다른 사람이 분명했다.

내 데이트 상대는 사진 속 남자보다 최소 열 살은 늙어 보였고, 깡마르다 못해 뼈만 앙상했다. 눈동자 색도 달랐다. 금발인 머리는 M자 탈모가 심했고, 그나마 남은 머리카락은 지저분하게 뒤로 한데 묶여 있었다.

어느 각도에서 보아도 사진 속 남자가 아니었다. 내가 센트럴파크 산책과 넷플릭스 정주행을 좋아한다는 사실만큼이나 확실했다.

"네, 접니다." 가짜 케빈이 자신 있게 말했다. 아니, 어쩌면 프로필 사진이 가짜일지도 모른다. 맷 데이먼의 사진을 도용한 게 분명했다.

나는 사진과 하나도 닮지 않았다고 따지려다 입을 다물었다. 외모만 밝히는 속물처럼 보이고 싶지 않았다. 프로필 사진과 영 딴판이기는 해도 겉모습이 뭐가 중요한가. 메시지로 대화를 나눌 때는 꽤 괜찮은 사람 같았으니 기회는 줘야 마땅했다.

어차피 20분만 버티면 되었다. 그러면 그레천이 전화해 급한 일이 생겼다며 나를 구출해 줄 예정이었다. 나는 빠져나올 구멍 없이는 절대 데이트하러 가지 않는다.

"실제로 만나 뵙게 되어 반갑습니다." 진짜 케빈이 말했다. "사진이랑 똑같으시네요."

설마 내가 똑같이 말해주기를 바라고 하는 소리일까? 날 시험하려는 의도로? "아, 네."

"그럼 자리로 가실까요?"

우리는 구석 자리로 안내받았다. 걸어가면서 보니 케빈은 나보다 키가 머리 하나는 더 컸다. 키 큰 남자를 좋아하기는 하지만, 이 남자는 말라도 너무 말랐다. 기다란 막대 빗자루와 함께 걷는 기분이었다.

"드디어 실물을 영접하다니 꿈만 같네요." 케빈이 맞은편 의자에 미끄러지듯 앉으며 말했다. 저 꽁지머리는 대체 왜 저렇게 지저분한 걸까? 데이트 전에 빗질은 하고 나와야 예의 아닌가?

"저도요." 내가 영혼 없는 대답을 보냈다.

케빈이 나를 위아래로 훑어보았다. 삐쩍 마른 얼굴에 곧 흡족한 표정이 떠올랐다. "솔직히 말할게요, 시드니. 실제로 보니까 정말 완벽 그 자체세요."

"그래요?"

"네, 농담이 아니라 진짜로요." 그가 나를 보며 활짝 웃었다. "눈을 감고 완벽한 여자를 상상하면 딱 시드니 당신의 모습일 거예요."

"고마워요." 최고의 찬사였다. 자리를 박차고 나가지 않기를 잘했다 싶었다. 솔직히 나는 키 큰 남자에게 약한 편이다. 그런데 아주 조금 마음이 기우려던 찰나, 그가 덧붙였다.

"아, 근데 팔이 옥에 티네요."

"제 팔이요?"

"네, 살이 좀 처졌어요." 그가 코를 찡긋거렸다. "그래도 그것만 빼면 완벽해요."

순간 내 귀를 의심했다. 초면에 내 팔뚝 살을 지적한다고?

그보다 몰래 내 팔뚝을 확인하려 애쓰는 나 자신이 더 어이없었다. 왜 하필 민소매 원피스를 입고 나온 걸까. 소매가 딸린 옷을 입었더라면 내 흉측한 팔뚝을 가릴 수 있었을 텐데. 옷장에 달랑 두 벌뿐인 민소매 원피스를 골라 입고 나온 내가 원망스러웠다.

"음료 먼저 주문하시겠어요?"

종업원이 다가와 눈썹을 치켜올리며 물었다. 나는 내 흉측한 팔뚝에서 겨우 시선을 떼고 그녀를 올려다보았다. "어… 저는 다이어트 콜라로 주세요."

"다이어트 콜라요?" 케빈이 기함했다. "애도 아니고 뭐 그런 걸 시켜요? 같이 술 한잔해야죠."

나는 첫 데이트에서는 절대 술을 마시지 않는다. 판단력이 흐려지면 안 되니까. "콜라를 애들만 마시란 법 있나요?"

"그래도 데이트에서 누가 콜라를 마셔요?"

"제 맘이죠." 나는 끈적거리는 원목 테이블 너머로 그를 흘겨보았다.

케빈은 못마땅하다는 듯 눈을 굴리며 종업원에게 말했다. "그러시든가요. 전 코로나 맥주로 주시고, 저분은 다이어트 콜라요." 그러고는 종업원에게 눈을 찡긋하며 입 모양으로 미안하다고 덧붙였다.

나는 옆에 둔 가방을 힐끗거렸다. 그레천은 대체 언제 전화할 참이지? 지금 당장 여기서 탈출하고 싶었다.

그러다 문득 내가 너무 성급한 것 같다는 생각이 들었다. 진짜 케빈을 만난 지 고작 5분밖에 지나지 않았다. 조금 더 시간을 두고 지켜보아야 했다. 애초에 그레천에게 20분 후에 전화하라고 일러둔 것도 바로 그 때문이었다. 5분 만에 사람을 판단하기란 불가능하니까. 이렇게 성급하게 굴다가는 평생 첫 데이트만 하다가 죽을지도 모른다. 서른넷인 나에게는 그런 사치를 부릴 여유가 없었다.

"와, 끝내주네." 주문을 받고 돌아서는 종업원의 뒤태를 눈으로 좇으며 케빈이 감탄했다. "저 여자 팔 좀 봐요. 선이 진짜 예술이네."

그레천, 당장 전화 안 하고 뭐 하고 있는 거야?

2

"신규 회원은 가입비로 딱 2천 달러만 내면 돼요." 케빈이 열변을 토했다. "그러면 여행 패키지를 팔 때마다 수수료가 5천 달러씩 떨어져요. 완전 대박이죠."

나는 감자튀김을 하나 집어 들고 접시 위 케첩 자국을 따라 휘저었다. 데이트를 시작한 지 40분이 다 되어 가는데, 나는 왜 아직도 여기 앉아 있는 걸까. 그레천을 믿은 내가 바보였다. 남자 친구와 키스하느라 정신이 팔려 나 같은 건 안중에도 없는 게 분명했다. 'SOS'라고 문자까지 보냈는데도 감감무소식이라니.

"원하시면 제가 회사에 추천해 드릴게요." 케빈이 매콤한 바비큐 치킨윙을 우적우적 씹으며 말했다. 마른 체구에 비해 먹성이 실로 대단했다. 처음 몇 번은 뺨에 바비큐 소스가 묻었다고 친히 일러주었다. 하지만 닦아내면 뭐 하나. 한입 베어 물 때마다 소스가 덕지덕지 다시 묻는걸. 어느 순간부터는 일일이 알려주는 것도 지쳐버렸다. "본사에 있는 로이스한테 지금 전화해 볼까요? 진짜 흔치 않은 기회예요, 시드니. 절 만난 걸 행운으로 아셔야 한다고요."

"아뇨, 괜찮아요."

케빈이 손을 뻗어 내 다이어트 콜라를 집어 들었다. 치킨윙이 나오자마자 너무 맵다며 투덜대던 그는 15분 만에 맥주 두 잔을 비워내고 이제는 내 음료까지 접수한 상태였다. "왜요? 억대 연봉을 벌 절호의 기회인데, 왜 거절하는 거예요?"

"다단계 사기니까요."

"다단계요?" 케빈이 킬킬 웃었다. "이게 왜 사기라고 생각하죠?"

"제가 회계사라 다단계 사기가 뭔지 아주 잘 알거든요."

"아, 제 말을 잘못 이해하셨나 본데." 그가 고개를 절레절레 저었다. "시드니, 지금 제가 엄청난 기회를 드리는 거예요. 온종일 지루하게 숫자만 들여다보느니, 1년에 패키지 몇 개 팔고 남은 시간은 호화 별장에서 쉬는 게 훨씬 낫지 않겠어요?"

무어라 대꾸할 힘도 없어 가방을 챙겨 일어났다. "화장실 좀 다녀올게요."

걸음을 재촉하며 간절히 기도했다. 제발 화장실에 탈출할 수 있는 창문이 있기를.

하지만 아쉽게도 창문 따위는 없었다. 하는 수 없이 볼일부터 본 뒤 거울 앞에 서서 내 처진 팔뚝을 샅샅이 뜯어보았다. 뭐, 그리 나빠 보이지도 않구만은.

…아닌가?

핸드폰을 꺼내 '팔뚝 살 빼는 운동'을 검색하려던 찰나, 드디어 전화가 울렸다. 화면에 뜬 이름을 보자마자 나는 이를 악물었다. 그레천이었다. 데이트를 시작한 지 45분이나 지난 지금에서야 내 생각이 난 모양이었다. 나는 화면을 쓸어 전화를 받았다.

"그레천, 너 진짜 너무한 거 아냐?" 내가 다짜고짜 소리쳤다. "오늘 데이트 진짜 최악이야. 이게 다 네 탓이라고.”

물론 전적으로 그레천의 탓은 아니다. 오늘 저녁을 망친 책임의 절반은 진짜 케빈에게도 있으니까. 하지만 지금은 누구에게라도 화풀이를 해야 직성이 풀릴 것 같았다.

“정말 미안해! 랜디랑 같이 영화 보느라 시간 가는 줄 몰랐어.”

“어이구, 그러셔?”

“난 영화 볼 생각도 없었거든?” 그레천이 변명을 이어갔다. “근데 랜디가 너한테 전화할 시간 되면 알려주겠다고 자꾸 꼬시는 바람에. 미안, 나도 이렇게 될 줄 몰랐지.”

핸드폰 너머로 랜디의 외침이 들려왔다. “뭐야, 왜 내 탓 해!” 뒤이어 그레천이 깔깔 웃었다. 랜디가 간지럼을 태우는 모양이었다. 나는 입술을 질끈 깨물었다. 두 사람의 알콩달콩한 모습에 괜히 샘이 났다. 우리가 처음 친구가 되었을 때는 그레천도 나처럼 솔로였다. 그러던 어느 날, 엘리베이터 안에서 그레천은 우리 아파트 관리인이 귀엽다며 호들갑을 떨었다. 그렇게 두 사람이 연애를 시작한 지 벌써 6개월째다.

오해는 하지 말았으면 한다. 그레천이 제 짝을 만나 나도 무척 기쁘다. 다만 나는 아직도 찾지 못했다는 게 문제일 뿐.

“그래서 너 지금 어딘데?” 그레천이 물었다.

“화장실에 숨어 있지, 어디겠어.”

“이런, 미안해.”

“됐어.” 내가 볼멘소리로 투덜댔다. “네가 남친이랑 뜨겁게 사랑을 나누는 동안, 나는 다단계 사기 영업이나 당하고 있었다고.”

“뭐, 다단계? 설마 농담이지?”

"그뿐인 줄 알아?" 내가 한숨을 푹 내쉬었다. "밥 먹는 도중에 그 인간 엄마한테서 영상 통화가 왔는데, 그걸 또 받더라? 그러더니 나더러 자기 엄마한테 인사하래! 첫 데이트에 미친 거 아냐?"

"미안, 내가 죽을죄를 지었어." 그녀의 목소리에는 웃음을 참는 기색이 역력했다.

"그러시겠지."

"진짜 미안해, 시드니. 다 내 잘못이야. 내일 요가 끝나고 내가 라테랑 머핀 쏠게."

그 정도 사과면 받아 줄 용의가 있지. 어차피 이 악몽 같은 데이트도 끝이 보인다. 앞으로 5분만 더 버티면 진짜 케빈도, 가짜 케빈도 두 번 다시 볼 일이 없을 것이다. 뭐, 맷 데이먼이 나오는 영화를 관람하러 간다면 가짜 케빈은 또 마주치겠지만.

통화를 끊고 마지막으로 내 팔뚝을 다시 점검했다. 그러면서 속으로 외쳤다. '내 팔뚝 하나도 안 처졌거든!' 자리로 돌아오니 테이블 위에 계산서가 놓여 있었다. 내가 화장실에 간 사이 기적이라도 일어난 기분이었다. 예상보다 빨리 빠져나갈 수 있겠는걸.

"무슨 화장실에 그렇게 오래 있어요?" 케빈이 심드렁하게 말하고는 소매로 입술을 쓱 닦았다. 입술은 말끔해진 반면 흰색과 빨간색 체크무늬 셔츠는 소스 범벅이 되었다. 그러거나 말거나 내 알 바 아니지. "난 또 화장실에 빠졌나 했네."

나는 애써 옅게 미소 지었다. "저녁 잘 먹었어요."

"별말씀을." 케빈이 계산서를 내 쪽으로 쓱 밀었다. "38달러 내시면 되세요."

애당초 케빈에게 얻어먹을 생각은 눈곱만큼도 없었다. 그에게

빚지기는 죽기보다도 싫었으니까. 하지만 38달러라니? 작은 샐러드 하나와 콜라 한 잔, 거기에 팁까지 계산해도 터무니없이 비쌌다. 순간 회계사 본능이 발동해 내 몫을 오목조목 따지려다 관두었다. 저 남자와는 1초라도 더 같이 있기 싫었으니까. 나는 20달러짜리 지폐 두 장을 테이블 위에 툭 던졌다.

케빈이 주섬주섬 몸을 일으키는 순간, 라디오에서 〈아이 오브 더 타이거Eye of the Tiger〉가 흘러나왔다. 그가 히죽 웃으며 내게 윙크를 날렸다. "오, 제 최애 곡이에요. 〈록키〉는 희대의 명작이죠."

"제가 그 영화를 안 봐서…."

마치 내가 재미로 강아지를 죽인다고 말하기라도 한 것처럼 케빈이 경악하는 표정으로 가슴을 움켜쥐었다. "한 번도요?"

"네."

"두 번째 데이트 때 뭘 할지 딱 정해졌네요."

우리가 다시 만날 거라는 그의 기대를 굳이 꺾지 않기로 했다. 여기서 나가는 순간 싱크에서 그를 차단해 버리면 그만이니까. 내 핸드폰 번호를 모르니 연락할 방법도 없을 것이다.

"그리고 세 번째 데이트 때는 〈록키 2〉, 네 번째 데이트 때는 〈록키 3〉를 보면 되겠군요!"

케빈이 일곱 번째 데이트 때 〈록키 6〉를 볼 계획에 부풀어 있을 즈음, 드디어 레스토랑을 빠져나왔다. 8월 중순, 한여름 밤이었다. 축 처진 팔뚝을 드러내는 민소매 원피스를 입기에는 딱 좋은 날씨였지만, 습도는 최고조였다. 헤어 에센스와 고데기로 공들여 만진 머리카락이 부스스해지기 시작했다. 하지만 지금 이 남자에게 내 몰골이 어떻게 보이든 무슨 상관이랴.

"제가 집까지 바래다 드릴게요."

하마터면 숨이 멎을 뻔했다. "아뇨, 괜찮아요."

"제가 불안해서 그래요. 오밤중에 여자 혼자 집에 가게 내버려 두는 남자가 어디 있답니까?" 그가 당당하게 턱을 치켜들었다.

"진짜 괜찮다니까요."

"시드니, 그러다 죽을 수도 있어요. 위험하다고요."

그럴 가능성은 희박했다. 설사 그렇다 해도 이 남자에게서 벗어날 수만 있다면 죽음도 불사할 용의가 있었다. 하지만 그의 표정이 너무 결연했다. 그와 실랑이하느니 그냥 데려다 달라고 하는 편이 빠를 것 같았다. 물론 우리 집을 알려 줄 생각은 없다. 서너 블록쯤 걷다가 아무 건물이나 가리키며 우리 집이라고 둘러댈 작정이었다. 그러면 진짜 케빈에게서 영원히 해방이다.

"좋아요." 내가 툴툴대며 말했다. "바래다주세요, 그럼."

케빈이 헤벌쭉 웃었다. "앞장서시죠."

화요일 밤이라 주말에 비해 거리가 한산했다. 평소에는 번화가로만 다니지만, 빨리 가고 싶은 마음에 지름길을 택했다. 주택가는 번화가보다 한적했고 지린내가 덜했다. 인적이 워낙 뜸한지라 오히려 케빈이 옆에 있어 다행이라는 생각마저 들었다.

그렇다고 해도 내 진짜 거처를 알려 줄 생각은 추호도 없었다. 알려 주는 순간, 이 남자가 거머리처럼 들러붙을 테니까.

나는 우리 아파트에서 몇 블록 떨어진 적갈색 건물 앞에 우뚝 멈추어 섰다. 그러고는 계단 난간을 가리키며 말했다. "다 왔어요. 여기가 우리 집이에요."

제발 건물 안까지 따라오겠다고 우기지 않기만을 바랐다. 들어갈 방법은 나도 모르니까. 하지만 케빈은 좀처럼 떠날 기미가 없어 보였다.

"오늘 정말 즐거웠어요, 시드니."

나는 예의상이라도 그 말에 화답할 수 없었다. "아, 네."

그의 한쪽 입꼬리가 실룩 올라갔다. "포옹할까요?"

"어…." 나는 그의 벌어진 두 팔과 겨드랑이의 땀자국을 번갈아 보았다. "첫 데이트 때 포옹은 안 해서요."

"아." 불만을 토할 줄 알았던 그의 입에서 생뚱맞은 말이 튀어나왔다. "그럼 키스는 해 줄 거죠?"

이 남자가 지금 제정신인가? 포옹도 거절한 사람한테 키스를 해 달라니. 저 끈적한 입술이 내 입술에 닿는 상상만으로도 소름이 끼쳤다.

"뭐예요? 내가 저녁도 샀는데, 키스 정도는 해 줘야 하는 거 아니에요?"

아니, 샐러드 하나 먹고 40달러나 뜯겼는데 무슨 저녁을 샀다는 거지? "첫 데이트 때는 키스도, 포옹도 안 해요." 혹시라도 그가 엉덩이 부딪히기 같은 해괴한 요구라도 할까 봐 나는 쐐기를 박았다. "신체 접촉은 일절 금지예요."

"농담이죠?"

케빈이 성큼 다가왔다. 나를 위압적으로 내려다보는 그의 숨결에서 시큼한 술 냄새가 났다. 나는 본능적으로 한 발짝 물러났다. 그 바람에 내가 우리 집이라고 둘러댔던 건물의 낮은 계단에 부딪혔다. 얼른 주변을 살폈지만 거리에는 개미 한 마리도 보이지 않았다. 케빈이 지질한 남자라고만 생각했지, 위험한 인물은 아니라고 단정했었다.

치명적인 실수였다.

"그러지 마요, 시드니." 그가 코앞까지 성큼 다가왔다. 깡말랐어도 남자였다. 나보다 힘이 셀 게 분명했다. "뭘 그렇게 비싸게 굴어요. 고작 키스 한번 하자는 건데."

"전 이만 가볼게요." 내가 단호히 말했다.

"아, 그만 좀 튕겨요." 케빈이 인상을 썼다. 어스름한 가로등 불빛 아래 그의 얼굴이 기괴하게 일그러졌다. "여자들은 다 왜 이러나 몰라. 키스도 못 하게 하면서 결혼은 대체 어떻게 하겠다는 건지."

머리가 바삐 굴러갔다. 가방 안에 무기로 쓸 만한 물건이 뭐가 있더라? 그레천이 준 호신용 스프레이는 내용물이 새는 데다 쓸 일도 없을 듯해서 빼버린 지 오래였다. 대신 손 소독제가 있기는 했다. 그걸 눈에 뿌리면 효과가 있을까? 그보다 내 거대한 가방 속 휴지 더미들 사이에서 그 조그만 통을 찾아낼 수나 있을까?

차라리 그를 밀치고 달아나는 편이 더 빠를 것 같았다. 한두 블록만 가면 분명 사람이 있을 것이다.

"시드니."

나는 그의 시선을 피해 옆으로 재빨리 빠져나가려 했다. 하지만 케빈은 보기보다 훨씬 민첩했다. 내 손목을 거칠게 낚아채 건물 벽 쪽으로 밀어붙였다. 울퉁불퉁한 벽돌에 손목이 짓눌리며 날카로운 통증이 번졌다. 그의 앙상한 손가락이 내 살갗을 파고들었다.

"어딜 가려고, 시드니." 그가 목소리를 낮게 깔며 속삭였다. "벌써 헤어지면 섭섭하지. 이제 막 재미있어지려는 참인데."

3

케빈이 내게 몸을 바짝 밀착했다. 역한 술 냄새에 숨이 턱 막혔다. 나는 고개를 돌린 채 그의 손아귀에서 벗어나려 몸부림쳤다.

그는 단순히 키스만 바라는 게 아니었다. 그 이상을 원하고 있었다. 목적을 달성하기 전까지는 물러날 기색이 없어 보였다. 집까지 바래다준다고 했을 때 거절해야 했는데.

젠장, 깡마른 인간이 무슨 힘이 이리도 세지?

"이거 놔!"

"그만 튕기라고 말했을 텐데."

불쾌한 열기가 나를 짓눌렀다. 있는 힘껏 소리를 지르면 누군가에게는 들릴 것이다. 비록 주변 창문이 전부 닫혀 있고, 실내에서는 에어컨이 시끄럽게 돌아가고 있을지라도. 하지만 비명이 터져 나오기 직전, 뒤에서 목소리가 날아와 꽂혔다.

"이봐요! 거기서 뭐 하는 짓입니까?"

케빈이 내 팔목을 쥔 손에 힘을 풀며 뒤로 물러섰다. 지금이 기회였다. 나는 옆에 놓인 금속 쓰레기통에 몸을 의지한 채 오른쪽 무릎을 들어 그의 사타구니를 힘껏 걷어찼다.

남자의 급소를 정확히 가격한 건 오늘이 처음인데 효과가 놀라웠다. 케빈은 시뻘게진 얼굴로 사타구니를 움켜쥔 채 그대로 고꾸라졌다. 짜릿한 승리감이 몰려왔다. 하지만 그 쾌감도 잠시, 중심을 잃은 나 역시 쓰레기통에 머리를 찧으며 보기 좋게 넘어지고 말았다.

"이런 쌍년이!" 케빈이 숨을 헐떡이며 악을 썼다. "미쳤냐?"

나는 조심스레 몸을 일으키며 어둠 속을 살폈다. 누군가 다가오고 있었다. 깜깜해서 잘 보이지 않았지만 남자라는 것 정도는 알 수 있었다. 평균 키와 체격의 남자. 바닥에 웅크린 케빈을 내려다보던 그의 시선이 나에게로 향했다.

"괜찮으세요?"

"네가 상관할 일 아니니까 꺼져!" 케빈이 침을 튀기며 남자에게 소리쳤다. "데이트 중이었어, 이 새끼야! 한창 분위기 좋았단 말이야!"

의문의 남자는 케빈의 헛소리에 아랑곳하지 않았다. 내 대답을 기다리듯 나를 빤히 바라보았다. 그의 눈은 어둠에 가려 잘 보이지 않았다.

"네, 괜찮아요." 내가 파란색 민소매 원피스에 묻은 먼지를 털어내며 대답했다. 축 처진 팔뚝을 드러내는 이 옷은 오늘부로 끝이다. 집에 가자마자 쓰레기통에 처박아 버릴 테다. "도와주신 덕분에요."

"괜찮긴 뭐가 괜찮아!" 케빈이 고래고래 고함쳤다. "너 내가 폭행으로 고소해 버릴 거야!"

의문의 남자가 콧방귀를 뀌었다. "이봐요, 그쪽이 무슨 짓을 하려고 했는지 제가 다 봤거든요? 어떻게, 지금 당장 경찰 부를까요?”

남자가 당장 신고할 태세로 바지 주머니에서 핸드폰을 꺼내 들었다. 그러고는 나를 빤히 쳐다보았다. 내 허락을 구하는 눈치였다. 나는 고개를 내저었다. 오늘 밤을 경찰서에서 보내고 싶지 않았다. 빨리 집에 가서 따뜻한 물에 몸을 담그고, 싱크 앱에서 저 인간을 차단해 버리고 싶은 마음뿐이었다. 그의 신상 정보를 알고 있으니 관리자에게 신고하면 될 터였다.

경찰이라는 말이 나오자 케빈의 얼굴에 처음으로 당혹감이 비쳤다. 그가 힘겹게 몸을 곧추세우며 우물거렸다. “저기, 잠깐만요. 뭔가 오해하신 모양인데. 저는 절대—”

“그냥 가시죠.” 의문의 남자가 말을 잘랐다. 낮게 깔린 목소리가 사뭇 위협적이었다. “이분이 마음 바꿔서 신고하기 전에 당장 꺼지시라고요. 한 번만 더 치근덕거리면 그땐 제가 직접 신고할 겁니다. 성범죄자가 감옥에서 어떤 취급을 받는지는 잘 아시죠?”

케빈의 눈이 휘둥그레졌다. 그제야 상황이 파악된 모양이었다.

케빈은 아파트와 반대 방향으로 절뚝거리며 걸어갔다. 그의 모습이 시야에서 완전히 사라진 후에야 긴장했던 어깨가 스르르 풀렸다.

“정말 괜찮으신 거 맞죠?” 의문의 남자가 재차 물었다.

나는 목소리가 들리는 쪽으로 시선을 돌렸다. 가로등 불빛 아래 그의 얼굴이 또렷이 드러났다.

세상에.

사람들은 흔히 말하고는 한다. 누군가를 본 순간 온몸에 찌릿한 전율이 흐르는 것 같았다고. 나는 그 말을 전혀 믿지 않았다. 그러다 3년 전, 딱 한 번 그런 남자를 만났다. 하지만 그와는 결국 헤어졌고, 내게 그런 운명적인 순간은 다시는 없으리라 확신했다. 그런데 지금, 그 빌어먹을 전율이 또다시 내 온몸을 강타했다.

의문의 남자는 무척 매력적이었다. 아니, 그 말로는 부족할 정도였다. 짙고 풍성한 머리칼, 숯처럼 새까만 눈동자, 온몸에 전율이 일 만큼 강렬한 시선. 강인한 턱선에는 흔들림 없는 자신감이 배어 있었고, 이목구비는 완벽한 대칭을 이루었다. 군살 없는 몸을 고스란히 드러내는 검은 티셔츠 덕분에 그의 검은 머리와 눈동자가 더욱 깊어 보였다. 그리고 왼손 약지에는 결혼반지를 끼고 있지 않았다.

무엇보다 인상적인 건 나를 바라보는 그의 눈빛이었다. 그 역시 나와 같은 이끌림을 느낀 게 분명했다. 내 목숨을 걸고 장담할 수 있었다.

"네, 괜찮아요." 내가 떨리는 목소리로 대꾸했다. "그냥… 아직 진정이 안 돼서요."

의문의 남자가 케빈이 사라진 거리를 다시 한번 살폈다. "남자친구예요?"

나는 고개를 세차게 저었다. "아뇨, 오늘 처음 만났어요. 데이팅 앱에서 알게 된 사람이거든요." 순간 얼굴이 화끈거려 사족을 덧붙였다. "아, 오해하지 마세요. 같이 밤을 보내려고 만난 게 아니라 그냥 저녁 식사만 했어요. 최악이었죠."

"말 안 해도 알 것 같네요."

"그래도 제가 어디 사는지는 몰라요." 내가 두 팔로 몸을 감싸안았다. "데이팅 앱에 저 남자 신고하려고요. 이런 문제는 엄중하게 다루니까 다시는 절 괴롭히지 못할 거예요. 여하튼 도와주셔서 감사합니다."

의문의 남자가 한쪽 입꼬리를 올리며 웃었다. "고맙긴요. 저보다 그쪽이 한 방 제대로 먹인 것 같던데요. 그 친구, 잘 걷지도 못하던 걸요."

조금 전 케빈의 급소를 걷어차던 순간이 떠올라 미소가 절로 지어졌다. "그래도 고마워요."

의문의 남자가 입가에 미소를 머금은 채 나를 빤히 바라보았다. 우리 둘 사이에 묘한 기류가 흘렀다. 이따금 헷갈릴 때도 있었지만, 지금 이 남자의 눈빛은 너무나 명확했다. 나에게 관심이 있는 게 분명했다. 방금 겪은 일 때문에 아직도 몸이 떨렸지만, 당장이라도 핸드폰 번호를 알려줄 준비가 되어 있었다.

이 얼마나 영화 같은 첫 만남인가. 나중에 우리 아이들에게 들려줄 이야기가 벌써 머릿속에 그려졌다. '어떤 못된 남자가 엄마한테 억지로 입을 맞추려 했어. 바로 그때, 아빠가 나타나서 엄마를 구해줬단다.'

혼자 너무 앞서갔나? 하지만 가끔은 딱 보면 아는 때가 있지 않은가.

"댁까지 혼자 가실 수 있겠어요?" 의문의 남자가 물었다.

나는 주변을 둘러보았다. 그새 거리에 사람이 부쩍 늘어 있었다. 케빈이 나를 덮치려 했을 때만큼 음산해 보이지 않았다. "네, 이제 괜찮아요."

"다행이네요."

그러더니 미련 없이 몸을 돌려 자리를 뜨려 했다.

"진짜 감사했어요!" 내가 다급히 소리쳤다. "구해주셔서 정말 고마워요. 제 생명의 은인이세요!"

그의 얼굴에 함박웃음이 피어올랐다. 어쩜 웃으니까 잘생긴 얼굴이 더 잘생겨 보였다. 배우나 모델에 버금가는 외모였다. "당연한 일을 했을 뿐인걸요. 무사하셔서 다행입니다."

우리는 잠시 서로를 바라보았다. 나는 그의 입에서 나올 다음 대사를 상상했다.

'실례가 안 된다면 핸드폰 번호를 물어봐도 될까요?'

'토요일 밤에 데이트하실래요?'

'오늘 밤을 저와 함께 뜨겁게 불살라 보시겠어요?'

하지만 그는 아무 말도 하지 않았다. 내 이름조차 묻지 않았다. 그저 한 손을 들어 보이며 마지막 인사를 건넸다. "그럼, 조심히 들어가세요."

그러고는 유유히 멀어져갔다.

아니, 뭐 이런 경우가 다 있담?

4

과거
톰

데이지.

그녀에게서 도무지 눈을 뗄 수가 없다.

문제는 내가 쳐다보는 티가 너무 난다는 거다. 이러다가는 열 발짝 뒤에서 몰래 훔쳐보는 변태로 오해받기에 십상이다. 하지만 시선을 거두기가 쉽지 않았다. 학교 건물 앞에서 친구들과 함께 서 있는 데이지는 오늘따라 눈부시게 예뻤다. 데이지꽃 한가운데처럼 샛노란 머리칼은 햇빛을 머금어 금빛으로 일렁였고, 수레국화를 닮은 새파란 스웨터는 그녀의 부드러운 곡선을 여실히 그려내고 있었다.

'그만 좀 쳐다봐, 톰. 변태처럼 굴지 말라고.'

하필 그때 데이지가 고개를 들었다. 나는 그대로 얼어붙었다. '아, 딱 걸렸다.' 그런데 웬걸, 눈살을 찌푸릴 줄 알았던 그녀의 입가에 미소가 번졌다. 주변에서 키득거리는 소리가 들렸다. 웃음소리 사이로 "톰"과 "너무 귀여워" 같은 단어가 섞여 들려왔다.

"야, 톰. 겁쟁이처럼 굴지 말고 가서 말 좀 걸어. 어?"

내 절친인 민달팽이가 훈수를 뒀다. 녀석의 숨결에서 담배 냄새가 희미하게 풍겼다. 구강 스프레이를 잔뜩 뿌리는데도 찌든 내까지는 가리지 못했다. 녀석의 부모님도 흡연 사실을 아는 눈치였지만 대놓고 뭐라 하지는 않았다. 다섯 남매 중 막내인 민달팽이에게서 거의 손을 놓은 거나 다름없었다. 건물에서 뛰어내리지만 않으면 그걸로 족하다는 식이었다.

"알았어, 지금 간다. 말리지 마."

호언장담했지만 발이 떨어지지 않았다.

민달팽이가 눈알을 과장되게 굴려댔다. "저런 눈빛으로 날 쳐다보는 여자애가 있었으면, 난 벌써 관중석 뒤에서 같이 뒹굴고 있었을걸."

민달팽이는 여자애만 보면 일단 들이대고 본다. 하지만 우리 학교 여자애들은 하나같이 녀석을 역겨워했다. 뭐, 따지고 보면 역겨운 놈은 맞다. 초등학교 때, 민달팽이는 곤충을 잡아먹는 버릇이 있었다. 쉬는 시간에 다른 아이들이 운동장에서 공을 차며 뛰어놀 때, 민달팽이 녀석은 개미 같은 곤충을 사냥했다. 그러던 어느 날, 흙 속에서 꿈틀대는 민달팽이를 잡아 와서는 점심시간에 전교생이 보는 앞에서 꿀꺽 삼켜 버렸다. 그 뒤로 민달팽이라는 별명이 붙은 것이다.

그 사건 이후, 누구도 민달팽이와 어울리려 하지 않았다. 그래서 내가 점심을 들고 그의 맞은편에 앉았을 때 녀석은 소스라치게 놀랐다. 그로부터 10년이 지난 지금도 우리는 여전히 단짝이다. 녀석은 더 이상 곤충을 먹지 않는다. 적어도 남들 앞에서는. 하지만 친구가 없기는 예나 지금이나 마찬가지였다.

하긴 열일곱 살씩이나 먹은 녀석 별명이 민달팽이면 말 다 했지.

아, 그런 녀석이 내 절친이자 유일한 친구라면 나도 똑같은 놈이라는 뜻인가?

녀석이 인기가 없는 데는 외모도 한몫했다. 지난 2년 사이 키는 180센티미터를 훌쩍 넘겼지만 몸무게는 그대로였다. 그래서 마치 걸어 다니는 해골처럼 보였다. 청바지와 티셔츠를 걸친 여드름투성이 해골.

"야, 쫄 게 뭐 있냐? 데이지 얼굴에 딱 쓰여 있잖아. 너 좋아한다고." 민달팽이가 비아냥거렸다.

나는 어깨에 멘 가방끈을 고쳐 맸다. "알았으니까 잔소리 그만해."

"이왕 가는 김에 앨리슨한테 내 얘기나 좀 잘해주라." 녀석이 함빡 웃으며 덧붙였다.

"알았어." 물론 빈말이었다. 민달팽이가 앨리슨과 잘될 확률은 빅토리아 시크릿 모델과 데이트할 확률보다 낮았으니까.

데이지에게 다가갈수록 심장이 미친 듯이 날뛰었다. 그녀는 친구들과 함께 학교 입구 계단 옆, 광고지가 덕지덕지 붙은 벽 앞에 서 있었다. 데이지의 머리 뒤로 2주 후 초연될 학교 뮤지컬 〈그리스〉의 포스터가 보였다. 그 옆에는 '실종'이라는 문구와 함께 10대 소녀의 흑백사진이 실린 전단이 걸려 있었다. 학년 초에 가출한 우리 반 친구 브랜디 힐리였다. 비바람에 바랜 종이 끝이 너절너절했다.

"톰!" 내가 가까이 다가가자 데이지의 얼굴이 화사하게 피어났다. "오늘 과외 하는 날 아니야?"

나는 고개를 저었다. 수학과 과학에 소질이 있어서 1학년 때부터 과외로 용돈을 벌어왔다. 지난 학기에는 일주일에 세 번 과외를 했지만, 이번 학기에는 두 번으로 줄었다. 데이지가 내 일정을 알고 있다는 사실에 괜스레 기분이 좋았다. "이번 학기엔 쉬어."

데이지의 눈동자는 쪽빛 바다와도 같았다. 이토록 맑고 투명한 파란색은 처음 본다. 데이지만큼 완벽하게 아름다운 존재는 세상 어디에도 없을 것이다.

하지만 내 시선은 어느덧 그녀의 어여쁜 얼굴을 지나 가느다란 목으로 향했다. 턱뼈 아래에서 경동맥이 맥동하고 있었다. 사람의 심장은 대개 분당 60회에서 100회 정도 뛴다. 데이지의 심장은 지금 얼마나 빨리 뛰고 있을까? 딱 1분만 지켜보면 셀 수 있을 텐데.

"그럼 오늘은 한가하구나?" 데이지가 물었다.

"응." 나는 목덜미를 긁적였다. 데이지의 친구들이 나에게 시선을 고정한 채 팔꿈치로 서로를 쿡쿡 찔러댔다. 데이지가 친구들 곁에서 살짝만 떨어져 주면 덜 창피할 텐데, 그럴 기미는 없어 보였다. "저기… 그러니까… 내가 집까지 데려다줄까?"

내 말이 끝나기가 무섭게 구경꾼들 사이에서 웃음이 터져 나왔다. 어떤 애는 올해 최고의 구경거리라도 본 양손으로 입을 틀어막고 폭소했다.

"웃지 마!" 데이지가 친구들을 쏘아보고는 다시 나를 향해 진지하게 말했다. "톰, 네가 데려다주면 나야 언제든 환영이지."

기분이 날아갈 듯 기뻤다. 저깟 여자애들이 옆에서 비웃든 말든 무슨 상관이랴. 지금 중요한 건 데이지와 단둘이 집까지 걸어간다는 것뿐이었다.

데이지가 내 쪽으로 걸어오려는 찰나, 옆에 서 있던 여자애가 그녀의 팔을 붙잡았다. 갈색 생머리에 두꺼운 안경을 쓴 아이. 데이지와 제일 친한 친구인 앨리슨이었다. 내 단짝은 민달팽이, 데이지의 단짝은 앨리슨. 우리 둘 다 절친한 친구가 왜 이 모양 이 꼴인지 원.

"데이지." 앨리슨이 나지막이 불렀다.

그 한마디만으로도 충분했다. 앨리슨이 뒤에서 나에 대해 무어라 떠들어 댔을지 대충 짐작이 갔다.

앨리슨은 나를 싫어한다. 굳이 말하지 않아도 알 수 있었다. 나를 잘 모르거나 이해하지 못해서 싫어하는 게 아니다. 오히려 너무 잘 알아서 문제였다. 우리는 생물 실습 파트너다. 덕분에 올 한 해 동안 꽤 많은 시간을 함께 보냈다. 그리고 함께하는 시간이 늘어날수록 앨리슨은 나를 점점 더 혐오했다.

"그만해." 데이지가 아까보다 단호하게 쏘아붙였다.

앨리슨이 마지못해 데이지의 팔을 놓았다. 그러고는 살기 가득한 눈으로 나를 죽일 듯 노려보았다. 만약 우리가 정글 속 야생동물이었다면 벌써 내 눈알이 뽑혔을지도 모른다. 민달팽이는 대체 저런 애가 뭐가 좋다는 걸까.

하지만 앨리슨의 의중은 중요치 않았다. 데이지가 친구들에게 손을 흔든 뒤 나와 함께 학교를 나서 집으로 향하기 시작했으니까. 데이지가 싱긋 웃는 순간, 앨리슨은 까마득히 잊혔다. 앨리슨? 그게 누구더라?

오늘 날씨는 무척 화창했다. 유난히 길고도 추웠던 겨울 내내 껴입었던 외투를 벗어 던질 만큼 햇볕이 따사롭게 내리쬐었다. 내 머릿속은 온통 데이지뿐이었다. 그녀는 꿈꾸는 듯한 표정으로 내 옆을 깡충거리며 걸었다. 그럴 때면 어린 시절의 데이지가 겹쳐 보였다. 양 갈래로 머리를 땋고 놀이터 건너편에서 나를 바라보던 네 살짜리 소녀. 그때는 친구라도 되면 좋겠다고 생각했다. 하지만 네 살 때부터 나는 이미 알고 있었다. 데이지 드리스컬을 신부로 맞고 싶다는 것을.

그리고 언젠가 그렇게 되리라는 것도.

"내가 가방 들어 줄게."

내가 불쑥 말하자 데이지가 놀란 눈으로 나를 바라보았다. "내 가방은 내가 들 수 있어."

하지만 모름지기 여자의 짐은 남자가 들어 주어야 하는 법 아니던가. 힘들게 얻은 이 기회를 망치고 싶지 않았다. 데이지는 나에게 너무도 소중했으니까. "알아. 그래도 내가 대신 들어 주고 싶어서 그래."

잠시 망설이던 데이지가 보랏빛 가방을 내밀었다. "너 매너 진짜 좋다, 톰."

속으로 쾌재를 불렀지만, 그 기쁨은 가방을 메는 순간 온데간데 없이 사라졌다. 무슨 가방이 이렇게 무겁지? 안에 벽돌이라도 들었나?

"가, 가방 안에… 짐이 많나 봐."

"교과서를 다 들고 다니거든." 데이지가 나를 흘겨보았다. "왜? 무거워?"

"아, 아니. 전혀."

가방을 돌려줄 수는 없었다. 내가 먼저 들어 주겠다고 나서놓고 무겁다고 징징대면 점수를 따려다 무덤만 파는 꼴 아닌가. 이를 악물고 버텨야 했다. 나는 가방 두 개의 무게에 뒤로 자빠지지 않으려 안간힘을 쓰며 걸음을 내디뎠다. 다행히 그녀의 집은 멀지 않았다. 우리는 뉴욕주 북부 버펄로에서 한 시간 반쯤 떨어진 작은 마을에 산다. 고등학교는 하나뿐이고, 모두가 서로를 알 정도로 좁은 동네였다. 한 시간이면 마을 전체를 가로지를 수 있었다.

"톰, 넌 참 과묵한 것 같아."

젠장, 이놈의 가방 때문에 말하는 것도 잊고 있었다. "내가?"

"근데 수업 시간엔 안 그렇잖아. 늘 손 들고 질문하느라 바쁘던데."

얼굴이 확 달아올랐다. 혹시 내가 잘난 척한다고 생각하는 걸까? 난 단지 성적을 잘 받고 싶었을 뿐이다. 내년이면 대학 입시를 치러야 하고, 상위권 의과 대학에 진학하고 싶으니까. 어릴 때부터 내 꿈은 외과 의사였다. 틈만 나면 의사가 되는 상상을 했다. 방 안 책장 하나를 가득 메우고 있는 의학 서적들을 이미 한 권도 빠짐없이 섭렵한 상태였다.

메스로 사람의 살을 가르는 기분은 과연 어떨까. 내 손끝에서 피부가 벌어지는 감각, 그리고 그 속을 직접 들여다볼 순간을 상상만 해도 가슴이 뛰었다.

그날이 어서 왔으면 좋겠다.

"그래도 괜찮아. 넌 똑똑하잖아. 똑똑한 게 나쁜 건 아니지. 오히려…." 데이지가 나를 보며 수줍게 미소 지었다. "멋있기만 하던걸."

생판 처음 듣는 이야기였다. "그, 그래?"

데이지가 돌연 걸음을 멈추고 고개를 꺾어 나를 올려다보았다.

“톰, 내가 너 좋아하는 거 알지?”

순간 내 어깨를 짓누르는 가방의 무게가 싹 잊혔다. 내 시선은 또다시 홀린 듯이 그녀의 목으로 향했다. 가느다란 목에서 규칙적으로 뛰는 경동맥의 맥박. 그리고 내 대답을 기다리며 점차 빨라지는 리듬.

경동맥은 뇌로 혈액을 공급하는 주요 혈관이다. 피부에서 이삼 센티미터 아래에 자리한 경동맥이 절단되면 10초 안에 사망한다. 경정맥은 그보다 훨씬 더 취약하다. 턱선 바로 아래를 날카로운 칼날로 쓱 긋기만 해도 쉽게 끊어진다.

하지만 데이지는 자기 목을 지나는 혈관 따위에는 관심이 없을 것이다. 나는 슬쩍 손을 뻗어 그녀의 손을 잡았다.

데이지는 내 행동이 무척 마음에 드는 눈치였다. 내가 그녀의 경정맥을 베어 버리는 것보다 훨씬 더.

우리가 함께 걷는 내내 데이지는 학교 수업이며 친구들에 대해 쉴 새 없이 재잘거렸다. 나는 그녀의 말을 경청하며 적절한 순간 맞장구를 치고 알맞은 질문을 던졌다. 하지만 내 신경은 온통 내 손바닥에 나는 땀에 쏠려 있었다. 어떻게든 땀이 안 나게 하려고 애썼지만 쉽지 않았다. 데이지의 손은 보드랍고 보송보송했다.

그녀와 함께 있는 순간이 좋기는 했지만, 그녀의 집 앞에 도착하자 일종의 해방감마저 밀려왔다. 5톤은 거뜬히 나갈 듯한 가방을 건네주며 내 축축한 손을 떼어냈다. 그러고는 슬며시 청바지에 손을 문질러 닦았다. 데이지가 내 손바닥에 흥건히 고인 땀을 눈치채지 못했기를 바라면서.

데이지의 집은 근사했다. 데이지의 눈동자 색과 똑같은 푸른색으로 갓 칠해진 3층짜리 건물이었다. 수리가 절실한 우리 집과 달리 동네에서 비교적 신축에 속했다. 데이지네 가족은 우리보다 부유했다. 데이지는 한밤중에 부모님이 고함치거나, 접시가 벽에 부딪혀 박살 나는 소리 따위는 듣지 않고 자랐겠지.

"톰, 집까지 데려다줘서 정말 고마워. 가방 들어 준 것도."

"고맙긴."

"어쩜 겸손하기도 하지." 데이지가 까르르 웃었다. 마치 예의 바른 내 모습이 귀엽고 재미있다는 듯. 나는 어디서나 예의를 차린다. 집에서 무례하게 굴었다가는 혹독한 대가가 뒤따르므로. "늘 이렇게 매너 있게 행동해?"

데이지의 목소리가 가늘게 떨렸다. 내게 무언가를 기대하는 듯한 목소리였다. 내가 키스해 주기를 바라는 걸까? 지난 20분 동안 손을 잡고 걸었으니, 다음 수순은 당연히 키스일 터였다. 하지만 좀처럼 용기가 나지 않았다. 나는 여자 친구를 사귀어 본 적이 없었다. 데이지도 아마 마찬가지일 것이다.

솔직히 말하자면 입을 맞춰본 적이 딱 한 번 있기는 했다. 내가 원해서 한 키스는 아니었다. 일방적으로 당한 것이었다. 그 일을 아는 사람은 나와 그 여자애 둘뿐이었다. 하지만 이제 그 비밀을 아는 사람은 나 혼자뿐이다.

"톰?"

데이지가 고개를 들어 나를 올려다보았다. 키스를 기다리는 눈빛이었다. 나는 손끝으로 그녀의 턱선을 부드럽게 훑었다. 나를 향해 오므린 입술이 분홍빛 립글로스로 반짝였다. 분명 부드럽고 말랑하겠지. 젠장, 그냥 키스하면 될 일을 왜 이렇게 망설이는 걸까.

그때 그녀의 집 옆쪽에서 우렁찬 남자 목소리가 날아들었다. 나는 화들짝 놀라 데이지에게서 멀찍이 물러났다. 만약 내가 겁쟁이가 아니었다면, 데이지와 키스하다 그녀의 아빠에게 딱 걸렸을지도 모른다. 생각만 해도 간담이 서늘했다. 역시 하늘은 내 편이었다.

"아빠?" 데이지가 아빠를 보며 태연스레 미소 지었다. "오늘은 일찍 오셨네요?"

190센티미터가 넘는 거구의 짐 드리스컬이 성큼성큼 걸어왔다. 단단한 근육으로 다져진 거대한 벽이 다가오는 것 같았다. 데이지와 키스하다 들켰으면 나를 발로 뻥 차 날려버렸을 것이다. 데이지는 대학에 간 오빠가 둘이나 있는 집안의 하나뿐인 막내딸이었다. 그러니 아빠가 얼마나 애지중지하겠는가.

그런데 막상 키스하다 걸렸더라도 흠씬 두들겨 맞지는 않았을 것 같았다. 데이지의 아빠는 나를 무척 반기는 눈치였다. 하기야 나는 불량한 학생이 아니었다. 민달팽이 같은 녀석이 자기 딸에게 키스하는 모습을 봤다면 아주 결판을 냈을 테지.

"오늘 야근이야. 옷도 갈아입고 엄마한테 인사하려고 잠깐 들른 거야. 뽀뽀도 할 겸."

"으, 아빠. 뽀뽀 얘기까진 안 해도 되는데." 데이지가 오뚝한 콧날을 찌푸렸다.

짐 아저씨가 호탕하게 웃음을 터뜨렸다. "왜, 뽀뽀가 더럽냐? 톰은 그렇게 생각 안 할걸." 그러고는 나를 보며 눈을 찡긋했다. "안 그러냐, 톰?"

하, 지금 당장 땅속으로 꺼질 수만 있다면 얼마나 좋을까.

아저씨가 솥뚜껑 같은 손을 내 어깨에 얹었다. 올해 내 키가 178센티미터까지 컸는데도 그는 여전히 거인처럼 느껴졌다. 우리 아빠도 매한가지다. "언제 저녁 먹으러 한 번 와라. 데이지가 요즘 입만 열면 네 이야기라 아내가 널 무척 궁금해하거든."

"아빠!" 데이지의 얼굴이 발그레해졌다. 내가 동경하던 소녀가 내 이야기를 입에 달고 산다는 말을 들으니 기분이 좋았다. 그리고 그 사실을 들켜서 부끄러워하는 데이지를 보는 것도 즐거웠다. 그녀가 나를 보며 변명하듯 말했다. "아니야, 안 그랬어."

데이지의 아빠가 딸의 말을 무시한 채 내게 물었다. "어떠냐, 톰?"

"네, 그럴게요."

내가 중얼대듯 대답하자 그가 내게 윙크를 날렸다. "언제 시간 되는지 데이지 엄마한테 알려 주렴. 그럼 상다리가 부러지게 저녁을 차려 줄 거다. 넥타이까지는 필요 없다만, 매고 오면 아내에게 점수를 딸 수 있을 거야."

데이지의 뽀얀 피부가 분홍빛으로 사랑스럽게 물들었다. 아빠가 집 안으로 들어가자마자 그녀가 고개를 가로저으며 말했다. "저녁 먹으러 안 와도 돼. 정말이야."

그 말에 안도감이 몰려왔다. 데이지의 부모님과 저녁을 먹고 싶은 마음은 처음부터 없었으니까. 내 머릿속은 온종일 데이지 생각뿐이었지만, 그녀의 부모님과 친하게 지내고 싶은 마음은 없었다. 특히 데이지 아빠는 더더욱. 죽을 때까지 그와 대화할 일이 없기만을 바랄 뿐이었다.

경찰서장은 가능한 한 멀리하는 게 상책이니까.

5

현재

시드니

집까지 걷는 내내 우울감이 차올랐다.

오늘 나는 그야말로 내 인생 최악의 데이트를 경험했다. 데이트 상대가 날 덮치려 하지 않았던가. 그 일만 생각하면 아직도 몸서리가 났다.

하지만 내 머릿속을 떠나지 않는 것이 하나 있었다. 바로 의문의 남자.

나를 구해준 생명의 은인이었다. 주변에 도움을 청할 사람이 아무도 없었는데, 그가 운명처럼 나타나 나를 구해주었다. 그리고 서로의 눈이 마주친 순간, 우리는 강렬한 끌림을 느꼈다. 나 혼자만의 착각이 아니었다. 그도 느낀 게 분명했다.

그럼에도 그는 그 끌림을 쫓지 않았다. 내 이름을 묻지도, 자기 이름을 알려주지도 않았다.

어쩌면 내 잘못일지도 몰랐다. 방금 겁탈당할 뻔한 여자에게 추근대는 파렴치한으로 보일까 봐 조심스러웠을 것이다. 어쩌면 내가 먼저 나서 주기를 바랐을지도 몰랐다. 집까지 바래다 달라고 부탁이라도 할걸. 난 대체 왜 이리 바보 같은 걸까?

후회해 봤자 이미 엎질러진 물이다. 인구가 수백만인 뉴욕에서 그 남자를 다시 마주칠 일은 죽었다 깨도 없을 것이다. 넝쿨째 굴러들어 온 기회를 내 손으로 날리고 말았다.

우울하다 못해 비참해진 기분을 안고 아파트 건물 앞에 도착했다. 영혼 없는 인사를 건네야 할 경비원이 없다는 사실에 안도하며 열쇠를 꺼내 출입문을 열었다. 우편함을 지날 즈음, 기다란 의자에 앉아 핸드폰을 들여다보고 있는 보니가 눈에 들어왔다.

보니는 우리 집 아래층에 사는 이웃이자 내 친구다. 나보다 한 살 위고, 나처럼 처절한 솔로다. 그녀 역시 싱크 앱으로 열심히 남자를 만나고 있었다. 지난 2년간 어림잡아 뉴욕에 사는 미혼 남성의 절반은 넘게 만났을 것이다. 온라인 데이트가 확률 싸움이라고 믿는 그녀는 일주일에 일곱 번 데이트를 나간다. 가끔은 그 이상일 때도 있다. 저녁뿐 아니라 점심에도 만날 수 있고, 한 남자와 가볍게 한잔한 후 다른 남자를 만나 저녁을 먹을 수도 있으니까.

게다가 보니는 무척 예쁘다. 비단결 같은 금발에 도자기 인형 같은 이목구비, 육감적인 몸매까지. 그야말로 완벽 그 자체다. 하지만 수려한 외모와 수많은 데이트에도 불구하고 보니는 여전히 솔로다.

"보니, 여기서 뭐 해?"

내 말을 못 들은 건지 보니는 미소를 머금은 채 핸드폰만 뚫어지게 바라보았다. 새빨간 립스틱에 스모키 화장. 보니도 나처럼 오늘 밤 데이트를 하고 온 듯했다. 부디 내 데이트보다는 나았기를.

"어, 시드니. 왔어?" 보니가 시선을 핸드폰에 고정한 채 물었다. "오늘 만난 남자는 어땠어?"

"10점 만점에 마이너스 백만 점."

그제야 보니가 고개를 들고 나를 쳐다보았다. 얼굴이 사색이 된 그녀가 손으로 입을 틀어막으며 외쳤다. "어머, 세상에."

왜 나를 저런 표정으로 쳐다보는 거지? 나까지 덩달아 불안해졌다. "왜 그래?"

"너…." 보니의 손가락이 제 이마로 향했다. "피가 철철 나는데?"

이런, 젠장.

나는 온갖 잡동사니가 가득한 내 보부상 가방을 뒤져 콤팩트를 꺼냈다. 마침내 내 몰골을 확인한 나는 헉하고 짧은 숨을 들이켰다. 넘어졌을 때 머리를 쓰레기통에 생각보다 세게 부딪힌 모양이었다. 찢긴 이마에서 흘러나온 피로 얼굴이 피투성이였다. 마치 공포 영화에 나오는 희생자처럼 보였다.

"아이고." 내가 낮게 탄식했다. 어쩐지 의문의 남자가 내 번호를 묻지 않더라니. 피 칠갑한 얼굴을 보고 기겁한 게 분명했다. 남자에게 매력적으로 보였을 리 없다.

뭐, 어쩌겠는가. 작은 상처에도 피를 많이 흘리는 내 잘못이지.

나는 '폰 빌레브란트병'을 앓고 있다. 덕분에 손가락이 종이에 살짝만 베어도 피가 철철 난다. 이 병을 처음 알게 된 건 어릴 때였다. 나는 거의 매주 코피를 쏟았고, 친구들은 내 양쪽 콧구멍에서 피가 뿜어져 나올 때마다 신기해했다. 물론 10대가 되고 나서는 그저 혐오스럽고 수치스러운 일이 되었지만.

다행히 지금은 코피는 어느 정도 호전된 상태였다. 상처가 나면 남들보다 피를 많이 흘린다는 사실도 받아들였다. 생리 때 출혈을 줄이려고 매달 피임약도 꼬박꼬박 챙겨 먹는다. 그러니 크게 걱정할 문제는 아니었다.

하필 좋아하는 이성을 만난 순간, 피가 콸콸 쏟아져 상대의 호감을 확 날려 버리는 상황만 빼면 말이다.

"멋지네." 나는 투덜거리며 가방에서 휴지를 꺼내 피를 닦았다. 나중에 물로 깨끗이 씻어내야 할 것 같았다. 가방 어딘가에 비상용 반창고가 있을 텐데.

"괜찮아?" 보니가 물었다.

"응, 보기만큼 심각하진 않아."

"어쩌다 다친 거야?"

"넘어지면서 쓰레기통에 머리를 박았어."

"윽, 그럼 파상풍 주사라도 맞아야 하는 거 아냐?"

나는 벤치로 가 보니의 옆에 털썩 앉았다. "파상풍 주사까진 안 맞아도 될 거야. 걱정 마. 다른 예방 접종은 다 맞았으니까."

"그래." 보니가 눈을 찡긋했다. "파상풍이든 뭐든, 네가 아프지 않았으면 좋겠어."

오늘 내가 겪은 끔찍한 일을 가장 잘 이해해 줄 사람이 있다면 단연 보니였다. 하지만 지금은 그 이야기를 꺼낼 기분이 아니었다. 지난 두 시간 동안 일어난 일을 통째로 머릿속에서 지워 버리고 싶은 마음뿐이었다.

"근데 왜 자꾸 실실 웃어? 오늘 만난 남자가 무척 마음에 들었나 봐?" 내가 보니에게 물었다.

보니가 곱창 머리끈으로 묶인 금빛 머리카락을 매만졌다. 웃옷 색과 갈맞춤을 해서 머리끈도 보라색이었다. 요즘 세상에 곱창 머리끈을 쓰는 성인 여자는 아마 보니뿐일 것이다. 그런데도 찰떡같이 소화해 냈다. 보니의 상징과도 같은 물건이랄까. "응, 엄청 괜찮았어. 방금 집 앞까지 데려다주고 갔어."

그녀라도 멋진 데이트를 즐겼다니 다행이었다. 보니처럼 똑똑하고 예쁘고 재치 있는 여자가 짝을 찾지 못한다면, 우리처럼 평범한 사람들은 희망조차 없다는 뜻이니까.

"혼자 김칫국 마시고 싶지는 않은데. 사실 나, 만나는 남자가 한 명 있거든. 사귀는 건 아니고 1년째 썸만 타는 중이야. 되게 잘생겼는데 진지한 관계는 관심 없대. 그러니까 나랑은 그냥 섹스 파트너인 셈이지. 원래 같았으면 진즉에 정리했을 텐데. 이 남잔 잘생겨도 너무 잘생겼어. 섹스도 끝내주고." 보니의 시선이 다시 핸드폰으로 향했다. "그런데 그 남자가 오늘 대뜸 진지하게 만나 보자고 하더라? 데이트도 이제 지긋지긋하다면서 나랑 연애하고 싶대."

"글쎄, 잘 모르겠네." 초를 치고 싶지는 않지만, 저런 헛소리를 지껄이는 남자가 제대로 된 인간일 확률이 얼마나 될까. "넌 그 남자 말이 진심이라고 생각해?"

"그 사람, 의외로 되게 진중한 구석이 있어. 바람둥이 같지도 않고. 물론 우리 관계가 섹스 위주이긴 하지만, 나 말고 딴 여자를 만나는 것 같진 않아. 엄청 다정하고 똑똑한데 재미있기까지 하다니까. 게다가 직업이 의사야."

잘생긴 미혼 의사가 성관계를 원할 때만 연락한다? 설마 저런 남자가 진지한 관계를 원한다고 진정으로 믿는 걸까?

"그래, 잘 됐으면 좋겠다. 내일 요가 올 거지?"

나와 보니, 그레천은 일주일에 세 번씩 오후 요가 수업을 1년째 같이 듣고 있다. 사실 우리가 처음 알게 된 것도 그 수업에서였다.

"물론이지."

"그럼 내일 수업 때 보자. 존잘남이랑 진전 있으면 알려주고."

보니는 내 말을 듣지도 않고 핸드폰 화면만 뚫어지게 쳐다보고 있었다. 입이 귀에 걸린 걸 보니 이미 그 남자에게 푹 빠진 모양이다. 부디 존잘남이 훗날 재수 없는 놈으로 판명 나지 않기만을 바랄 뿐이다.

나는 엘리베이터를 타고 10층으로 올라갔다. 전 남자 친구와 갑작스레 헤어진 후, 나는 방 하나가 딸린 이 아파트에 세 들어 살고 있다. 전 남자 친구는 참 좋은 사람이었다. 동거까지 할 정도로 진지한 사이였고, 나는 그가 내 운명의 상대라고 믿었다. 결국에는 헤어지고 말았지만.

어쨌건 그 남자 이야기는 입에 담고 싶지 않다.

나는 엘리베이터에서 내려 어둑한 복도를 따라 걸음을 옮겼다. 내가 사는 집은 복도 맨 끝 왼쪽에 있다. 괜찮은 동네에 있는 아파트인 데다 현관에 잠금장치도 두 개나 달려 있는데도 집에 들어갈 때면 늘 긴장부터 됐다. 도시에 혼자 사는 여성이 자택에서 목이 졸리거나 칼에 찔려 살해당했다는 뉴스가 간간이 들려오고는 하니까.

물론 나에게 그런 일이 일어날 리 만무했다. 침입한 흔적도 없고, 누군가가 나를 노리고 숨어 있을 리도 없었으니까. 게다가 하룻밤 사이에 두 번이나 공격당할 확률이 얼마나 되겠는가.

나는 여느 때처럼 문고리에 열쇠를 꽂고 살짝 흔들었다. 몇 초간 씨름한 끝에 딸깍, 자물쇠가 돌아가는 소리와 함께 문이 열렸다.

6

집 안은 쥐 죽은 듯 조용했다.

완벽한 정적. 맨해튼에 있는 아파트에서는 좀처럼 드문 일이다. 한밤중에도 예외는 없다. 새벽 3시에 자다 깨서 비틀대며 화장실에 갈 때마저 창밖에서 파티하는 소리가 들려오는 곳이니까. 그래서 현관문을 여는 순간 마주한 적막에 신경이 잔뜩 곤두섰다.

"안에 누구 있어요?" 내가 목소리를 낮춰 소리쳤다.

그때 창밖에서 사이렌 소리가 정적을 가르며 크게 울려 퍼졌다. 나는 잠시 우두커니 서서 귀청을 찢을듯한 소리가 멀어지기를 기다렸다. 그제야 내 입에서 안도의 한숨이 새어 나왔다.

모든 것이 평소와 다름없었다. 침입자가 들어온 흔적도 없고, 도시는 여느 때와 같은 소음을 내뱉고 있었다. 걱정할 것 없었다.

나는 작은 아파트 안으로 들어섰다. 집 안은 좁다 못해 협소했다. 맨해튼에서는 주방에 식탁 하나만 들어가도 큰 축에 속했다. 우리 집 주방에는 식탁은커녕 사람 한 명도 간신히 들어간다. 내가 몸무게를 유지하려 애쓰는 이유도 그 때문이다. 살이 쪘다가는 욕실이나 주방에 들어가다가 몸이 낄 판이다. 그래도 초소형 아파트에 비하면 천국이었다. 허리를 꼿꼿이 펴고 집 안을 누빌 수 있고, 오븐을 냉장고 대용으로 쓸 정도는 아니니까.

나는 평소처럼 현관 옆 책장 위에 가방을 휙 던졌다. 책장에는 삼류 로맨스 소설이 즐비했다. 소설 속 남자 주인공들은 죄다 의문의 남자를 쏙 빼닮았다. 사랑에 대해 비현실적인 환상만 심어주는 하등 쓸모없는 책들 같으니라고. 만약 내가 로맨스 소설 속 주인공이었다면, 오늘 밤이 의문의 남자와 운명적인 만남만으로 끝나지는 않았을 것이다. 곧장 그가 티셔츠를 확 찢어 버리고는 초콜릿 복근을 드러내며 나에게 달려들었겠지.

집 안은 여전히 고요했고, 나를 죽이려고 매복 중인 암살자 따위도 없었다. 거실 살림은 단출했다. 이케아에서 산 소파와 대형 텔레비전, 노트북이 놓인 책상이 전부였다. 코로나19 대유행 때 재택근무가 늘면서 책상 앞에 앉아 있는 시간도 부쩍 많아졌다.

나는 곧장 욕실로 가서 이마 상태를 확인했다. 상처가 깊지는 않았지만, 선천적으로 혈액이 잘 응고되지 않는 탓에 피가 많이 났다. 덕분에 거울 속 내 모습은 꽤 섬뜩했다. 의문의 남자가 걸음아 날 살려라 도망친 게 대번에 이해가 갔다.

자주 겪는 일이다 보니 응급 상자는 늘 제대로 구비해 두고 있었다. 나는 거즈를 꺼내 이마에 대고 지그시 눌렀다. 상처에서 배어 나오는 선혈과 이미 말라붙은 핏자국까지 깨끗이 닦아낸 후, 압박 드레싱을 해줬다. 내일쯤이면 피가 멎어 반창고 하나로 버틸 수 있기를 바랐다.

빌어먹을 케빈 같으니라고. 싱크에 장문의 항의 메일을 써야겠다. 그때 경찰을 부를걸, 후회가 막심했다.

드레싱을 단단히 고정한 후 나는 얼굴을 살폈다. 창백하고 피곤해 보였다. 얼마 전에 서른네 살이 되었지만 다들 내가 20대 중반인 줄 안다. 하지만 지금은 마흔이라고 해도 믿을 판이었다. 나는 보니처럼 전형적인 미인상은 아니지만 남자들에게 나름 인기가 많았다. 갈색 머리에는 금빛 머리칼이 자연스레 섞여 있었고, 눈동자는 신비로운 회색을 띠었다. 평소에는 잘 보이지 않는 옅은 갈색 속눈썹도 마스카라만 살짝 바르면 매혹적으로 변했다. 웃을 때는 볼에 보조개가 살짝 패었고, 열한 살 때부터 열세 살 때까지 3년간 교정기를 낀 덕분에 치열도 고른 편이었다.

그런데도 변변한 남자 하나를 못 만나고 있다니.

보니는 은근히 눈이 높아서 그렇다고 쳐도 나는 아니었다. 지구 최강 미남과의 만남을 바라거나 백만장자와의 결혼을 꿈꾸지도 않았다. 그저 술이나 도박 문제가 없는 건실한 남자면 족했다. 대화가 잘 통하고, 미소가 예쁘고, 내가 좋아하는 만큼 나를 좋아해 주면 더할 나위 없이 좋고.

내가 너무 많은 걸 바라는 걸까?

여태 남자 친구가 없는 걸 보면 아마도 그런 모양이다.

내가 신세를 한탄하는 사이, 거실에서 핸드폰이 울렸다. 현관 옆 책장 위에 둔 가방 안에서 핸드폰을 꺼내며 아주 잠깐 설렜다. 설마 의문의 남자가 내 번호를 알아내서 만나자고 연락해 온 걸까?

쳇, 의문의 남자는 무슨. 발신자는 설렘과는 거리가 제일 먼 사람, 바로 엄마였다.

지금 엄마와 통화하기란 죽기보다도 싫었다. 하지만 안 받을 수도 없는 노릇이었다. 엄마는 내가 데이트하러 나갈 때마다 노심초

사했다. 늘 사람들이 많은 데서만 만나고, 사는 곳은 절대 알려주지 않는다고 말해도 마찬가지였다. 물론 오늘 밤 겪은 일을 생각하면 엄마가 걱정할 만도 했다.

지난 몇 년 동안 엄마의 걱정은 나날이 깊어졌다. 늘 곁에서 엄마를 달래 주던 아빠가 심장마비로 갑자기 세상을 떠난 까닭이었다. 얼마 전에는 교직에서도 은퇴한 터라 온종일 집에 앉아서 내 걱정만 하는 게 일과인 듯했다. 내가 맨해튼이 아닌 다른 곳에 살았다면 엄마는 곧장 코네티컷에 있는 집을 팔고 우리 옆집으로 이사를 왔을 것이다. 엄마가 도시 생활을 꺼리는 덕분에 지금까지는 이웃이 되는 불상사를 피할 수 있었다. 하지만 오늘 밤 내가 케빈에게 무슨 일을 당했는지 알게 된다면 내일 당장 부동산에 집을 내놓을 테지.

"시드니!" 내가 인사할 틈도 없이 엄마가 소리쳤다. "오늘 데이트 있다고 하지 않았어?"

"응." 나는 주방으로 가서 레드 와인을 꺼내 들었다. 저녁 식사 때부터 마시고 싶은 걸 간신히 참았다. "끝나고 집에 들어왔어."

"어휴." 안도인지 실망인지 모를 한숨이었다. 아마도 둘 다일 터다. "어땠어?"

"그냥 그랬어."

"좋았다는 거야, 별로였다는 거야?"

나는 플라스틱 컵을 꺼내 와인을 절반까지 채웠다. 혼자 마시는 데 점잖을 떨 필요가 뭐 있겠는가. 병째 들이켜지 않는 것만으로도 다행이지. "다시 만나진 않을 것 같아."

이 정도면 거의 미화 수준에 가까웠다.

"도저히 이해가 안 되네. 너 정도면 남자애들이 애프터 신청하려고 줄을 서야 정상 아니니?"

엄마는 내가 몇 살이 될 때까지 내 데이트 상대를 '남자애들'이라고 부를까? 쉰이 넘어도 엄마는 계속 남자애들이라고 부르겠지. 그리고 나는 여전히 솔로일 테고. 그때쯤이면 엄마와 한집에 살면서 같은 이불을 덮고 자고 있을 것이다.

"그러게, 불가사의하네." 와인을 길게 들이켜며 내가 중얼거렸다.

"참, 기쁜 소식이 있는데!"

제발 선보라는 말만 아니기를. 제발. "뭔데?"

"내 친구 수전의 딸이 아기를 낳았대!"

나는 와인을 한 모금 더 홀짝였다. "이야, 경사 났네."

"그럼, 경사고 말고." 엄마가 흥분해서 말을 이었다. "걔 나이가 자그마치 서른여덟이야. 서른여덟! 근데도 애를 낳았다니까. 넌 이제 겨우 서른넷이니까 아직 4년은 거뜬한 셈이지. 난자를 냉동하면 더 길게도 가능하고."

"그래, 멋지네." 나는 남은 와인을 단숨에 털어 넣었다. "엄마, 나 피곤해서 이만 끊어야겠어."

"너 괜히 엄마한테 심통 부리지 마라. 난 그저 너한테 선택지가 많다는 걸 알려주려는 것뿐이야."

"심통 난 거 아냐. 그냥 좀 피곤해서 그래."

그 후에도 몇 분이고 엄마를 안심시킨 끝에야 겨우 전화를 끊을 수 있었다. 엄마와 통화하면 늘 머리가 지끈거린다. 그런데 전화를 끊고 나자 또다시 숨 막히는 적막이 집 안 가득 내려앉았다.

연애는 왜 이리 어려운 걸까? 왜 나는 남들처럼 괜찮은 남자와

결혼해 행복하게 살 수 없는 걸까? 내가 너무 많은 걸 바라는 걸
까?

7

요가 수업은 오후 4시 반에 끝난다.

알린이 오후 늦게 진행하는 하타 요가 수업은 늘 인기가 많았다. 다행히 나는 일찌감치 도착해 친구들 옆에 자리를 잡았다. 요가가 신체 정화와 호흡을 중시하는 수행이라지만, 요가의 진정한 묘미는 따로 있었다. 강사가 말도 안 되게 어려운 자세를 시켜 놓고는 계속 호흡하라고 몰아붙일 때, 당장 주저앉고 싶은 마음을 담아 고통스러운 눈빛을 친구들과 주고받는 것.

매 수업의 마지막 15분은 알린이 이끄는 명상으로 마무리된다. 오른쪽을 슬쩍 보니 그레천이 벌써 두 손을 합장한 채 가부좌를 틀고 앉아 있었다. "나마스테." 그레천이 다른 수강생들과 일제히 읊조렸다.

반면 보니는 오늘도 어김없이 킥킥댔다. 보니는 그레천만큼 요가에 진지하지 않았다. 그저 유연성을 기르려고 수업을 듣는 것뿐이었다. 뭐 때문인지는 굳이 설명 안 해도 알겠지.

"그럼 이제 커피 마시러 갈까?" 그레천이 자리에서 일어나며 물었다.

나는 보니를 쳐다보며 요가 매트를 말았다. 가방에 쏙 들어갈 만큼 얇게 말려면 늘 두 번은 시도해야 했다. "보니 너는 그 존잘남이랑 데이트하러 가야 하는 거 아냐?"

깔깔 웃는 보니 옆에서 그레천이 눈을 동그랗게 떴다. "존잘남? 그게 누군데?"

그레천은 다 좋은데 우리 연애사에 지나치게 관심이 많았다. 특히 랜디와 사귀기 시작한 뒤로는 참견이 더욱 심해졌다. 다른 남자를 만날 수 없으니 우리를 통해 대리만족을 얻는다나. 그럴 때마다 나는 기분이 언짢았다. 정작 나는 남자 친구가 있는 그레천이 너무나도 부러웠으니까.

물론 랜디 같은 남자를 만나고 싶다는 뜻은 아니다. 다만 나도 그레천과 랜디처럼 사랑을 하고 싶을 뿐이다.

그렇다고 그레천이 마냥 부럽기만 한 것만은 아니었다. 우리가 처음 만났을 때만 해도 그레천은 예전에 사귀던 남자에게 받은 상처에서 헤어나지 못하고 있었다. 하지만 지금은 완전히 극복한 것 같다. 그것이야말로 참사랑이 가진 힘 아닐까? 덕분에 나도 언젠가 그녀처럼 멋진 사랑을 할 수 있으리라는 희망을 품게 된다.

보니가 초록색 곱창 머리끈으로 묶었던 금발을 풀어헤쳐 가볍게 흔들었다. 그러고는 다시 질끈 묶었다. "커피 마시면서 얘기해 줄게."

15분 후, 우리 셋은 요가원 옆 커피숍의 작은 테이블에 옹기종기 붙어 앉았다. 서비스가 형편없기로 악명 높은 가게였지만 더 멀리까지 걸어가자니 너무 귀찮았다. 그레천이 종업원의 시선을 끌고자 손을 번쩍 들고 마구 휘저었다.

"오늘은 내가 쏘는 거야." 그레천이 말했다.

"왜?" 보니가 물었다.

"왜긴 왜야. 어제 그레천이 나 데이트할 때 전화해서 구해주기로 해놓고 까먹었거든. 남친이랑 좋은 시간 보내느라. 덕분에 나만 40분이나 붙잡혀 있었잖아."

"정말 미안해." 그레천이 종업원을 부르던 손을 거두고 나를 보며 입술을 삐죽 내밀었다. 둘 다 내 친구지만 누가 봐도 보니가 더 예뻤다. 찰랑이는 금발에 육감적인 몸매를 자랑했으니까. 반면 그레천은 귀여운 편에 속했다. 만화 주인공 같은 커다란 눈망울, 콧잔등에 주근깨가 흩뿌려진 앙증맞은 버선코. 게다가 몸매를 고스란히 드러내는 꽃무늬 브이넥 티셔츠와 요가 바지가 무척이나 잘 어울렸다. "그래서 나한테 정이 뚝 떨어졌어?"

"조금." 내가 뾰로통하게 대답했다.

"시드니, 나한테 말했으면 제시간에 딱 맞춰 전화해 줬을 텐데." 보니가 끼어들었다.

"너 어제 존잘남이랑 데이트하느라 바빴잖아." 내가 고개를 설레설레 저었다.

"아, 맞다!" 그레천의 눈이 반짝였다. "존잘남이 누구야? 보니한테 진지하게 만나는 남자가 있는 줄은 몰랐는데."

"그런 거 아니야." 보니가 의자 위에서 몸을 배배 꼬았다. "아직 공식적으로 사귀는 사이는 아니거든. 그 사람이 좀 조심스러운 성격이라." 보니의 입가에 은근한 미소가 번졌다. "근데 나 그 사람 좋아해. 아주 많이."

"잘생겼어?" 그레천이 물었다.

"응, 완전." 보니가 확신에 찬 목소리로 답했다. "뭐랄까… 완벽 그 자체야. 아무 남자하고 사귀지 않기를 잘했다 싶을 만큼."

'아무 남자'라는 단어를 내뱉을 때 보니의 시선이 그레천에게 꽂혔다. 부디 그레천이 눈치채지 못했기를.

"정말 잘됐다, 보니." 나는 손을 뻗어 그녀의 손을 꼭 쥐었다. "나중에 알고 보니 나쁜 놈이고 그렇진 않겠지?"

보니가 나를 보며 인상을 썼다. "어, 말이 좀 그렇네."

그제야 내가 입을 잘못 놀렸다는 사실을 깨닫고 흠칫했다. 마침내 좋은 사람을 만난 보니에게 찬물을 끼얹는 말이나 해대다니. 친구로서 축하해 줘야 마땅했지만, 그간 만난 남자들이 죄다 형편없었던 탓에 의심부터 들었다. 더구나 어젯밤에 내 생애 최악의 데이트까지 겪은 터라 회의적일 수밖에 없었다.

"미안, 좋은 사람일 거야. 뉴욕에 쓰레기 같은 남자들이 워낙 많다 보니 말이 헛나왔네." 내가 서둘러 수습했다.

"알아. 내가 만난 쓰레기들만 해도 한 트럭은 될걸." 보니가 맞장구쳤다. "하지만 그 사람은 달라. 내가 장담해. 나도 이제 거지 같은 놈들 말고 번듯한 남자를 만날 때도 됐잖아?"

"그럼, 당연하지!" 그레천이 거들었다. "틀림없이 멋진 사람일 테니 걱정 마. 너도 나랑 랜디처럼 행복해졌으면 좋겠다!"

보니의 입가가 일순 굳어졌다. 다행히 무슨 말을 덧붙이는 않았다. 보니가 랜디를 어떻게 생각하는지 알게 된다면 그레천은 크게 상처받을 것이다.

"참, 내가 박물관에서 준비한 전시가 내일 오픈하거든? 시간 될 때 둘이 같이 보러와!"

그레천은 자연사 박물관에서 일한다. 쥐꼬리만 한 월급 탓에 시내에 있는 초소형 아파트에 산다. 그래서인지 우리 건물주가 내어 준 꽤 넓은 집에 사는 랜디와 얼른 합치고 싶어 하는 눈치였다. 그 절박함을 나도 모르는 바는 아니었다.

"당연히 가야지!" 내가 말했다.

"그래, 갈게." 보니가 별로 내키지 않는 투로 대꾸했다.

그레천이 다시 종업원을 부르려 애쓰는 사이 가방 안에서 진동이 울렸다. 핸드폰을 꺼내 확인해 보니 아니나 다를까, 보니가 보낸 메시지였다.

'전시회 안 가면 안 돼?'

나는 보니를 흘겨보았다. 보니는 그레천의 전시에 심드렁했지만, 내 눈에는 꽤 멋져 보였다. 자신이 좋아하는 일을 업으로 삼은 그레천이 대단하다고 생각했다. 회계사는 내가 꿈꾸던 일이 아니었다. 그저 부모님의 권유대로 안정적인 직업을 선택했을 뿐이다.

'어디서든 일할 수 있는 좋은 직업이잖니. 나중에 결혼해서 애를 낳은 후에도 계속할 수 있고.'

그렇다. 나는 대학 때부터 언제인가 닥칠 결혼과 출산에 대비하고 있었던 것이다. 참 한심하기도 하지. 10년이 지난 지금까지 그 꿈을 하나도 이루지 못할 줄은 상상도 못했다. 심지어 지난 1년 동안 제대로 된 데이트 한번 해 본 적이 없었다.

친구들의 행복이 기쁘면서도 가슴 한편이 시큰했다. 남자 친구와 깨가 쏟아지는 그레천이나, 존잘남과 관계가 깊어지는 보니를 지켜보는 건 고역이었다. 누군가의 온기가 그리웠다. 소파에 나란히 앉아 서로를 껴안던 살가운 체온, 매일 밤 곁을 지켜주던 따스한 숨결.

그리고 사랑을 나누던 그 행위까지.

제이크랑은 왜 잘 안됐던 걸까?

눈을 감고 제이크를 그려 보지만 어젯밤에 만났던 의문의 남자만 떠오를 뿐이었다. 그 남자가 머릿속에서 한시도 떠나지 않았다. 그토록 강렬한 전율을 느껴본 게 얼마 만이던가. 피 칠갑이 된 이마 때문에 기회를 날렸지만, 아직 그와 이어질 가능성이 남아 있다는 예감이 들었다. 다시 그를 찾을 수만 있다면.

"혹시 엇갈린 인연을 다시 만날 방법이 있을까?" 내가 불쑥 물었다.

"엇갈린 인연?" 보니가 되물었다.

그레천도 고개를 돌려 나를 쳐다보았다. 나는 그제야 어젯밤 한 편의 드라마 같았던 이야기를 털어놓았다. 그레천은 늦게 전화한 게 두 배로 미안했는지 가슴을 부여잡았다. 하지만 나를 구해 준 남자 이야기로 넘어가자 둘 다 흥분을 감추지 못했다. 종업원이 여태 주문을 받아 가지 않은 게 오히려 다행이었다. 커피라도 마시고 있었다면 그대로 뿜었을 테니까.

"완전 로맨틱해!" 그레천이 눈을 동그랗게 뜨며 외쳤다. "그래서 그다음엔 어떻게 됐어?"

"그게…." 내가 얼굴을 찌푸렸다. "어제 보니도 봐서 알겠지만, 내 이마에서 피가 철철 나는 바람에 그 남자가 도망가 버렸어."

"그리 심하지는 않았는데." 보니의 양 볼이 살짝 붉어진 걸 보니

거짓말이 분명했다.

"여하튼 그 남자를 찾을 방법이 없을까? 멀쩡한 모습으로 다시 만나고 싶은데."

"당연히 있지!" 그레천이 고개를 끄덕였다. "예전에 들은 얘긴데, 어떤 남자가 비행기에서 마음에 드는 여자를 만났는데 전화번호도 못 물어보고 헤어진 거야. 그래서 트위터에 사람들의 도움을 요청하는 글을 올려서 결국 그 여자를 찾았대!"

"그건 너무 거창해." 내가 대답했다. "게다가 난 트위터 계정도 없는걸."

"그럼 크레이그리스트에 올려보면 어때? 그 사이트에 엇갈린 인연 찾는 게시판 있잖아."

그레천의 제안에 보니가 고개를 내저었다. "거기 글 올렸다가 살인마라도 꼬이면 어쩌려고?"

그레천이 보니의 말을 무시하며 말을 이었다. "아니면 싱크에서 찾아봐. 이 근처에서 만났으니까 반경 몇 킬로미터 이내에 있는 사람만 검색해 보면 나오지 않을까?"

꽤 괜찮은 방법이었다. 뉴욕에 사는 미혼 남녀는 누구나 싱크 계정 하나쯤은 가지고 있으니까. 의문의 남자가 솔로라면 분명 싱크에 가입되어 있을 것이다.

"근데 싱크로 연락하면 스토커 같아 보이지 않을까?"

"전혀." 보니가 말했다. "요즘 데이트 시장이 완전 전쟁터야. 살아남으려면 물불 안 가리고 덤벼야 해. 게다가 괜찮은 남자라면 그 정도 수고쯤은 감수해야지."

"맞아." 그레천이 격하게 동의했다.

늘 불협화음이던 두 사람이 한마음 한뜻으로 부추기니 마치 계시처럼 느껴졌다. 무슨 수를 쓰든 의문의 남자를 찾아야 했다.

하지만 마음 한구석에서 의구심이 고개를 들었다. 그만두는 편이 낫지 않을까? 화요일 밤늦게 동네를 배회하던 정체 모를 남자와 얽히는 게 과연 현명한 생각일까?

아니, 괜한 걱정일 뿐이다. 어찌 됐든 그는 나를 구해준 생명의 은인 아니던가.

8

과거
톰

데이지는 늘 봉사활동으로 바쁘다. 오늘은 방과 후에 유기견 보호소로 봉사를 간다고 했다. 반면 나는 비어 있는 과외 한 자리를 채우려 안간힘을 쓰는 중이다. 내 유일한 용돈벌이 수단이라 절실했다. 어쨌든 오늘은 데이지 대신 민달팽이 녀석과 함께 하굣길에 올랐다.

"어제 데이지랑 진도는 좀 뺐냐?"

민달팽이가 310밀리나 되는 왕발로 보도블록 위 모래를 툭툭 차며 물었다.

"비밀이야."

녀석이 나를 쳐다보며 씩 웃었다. "에이, 아무것도 못 했나 보네."

"비밀이라니까." 그의 말이 맞다. 정말 아무 일도 없었으니까.

"너랑 데이지, 나랑 앨리슨 이렇게 더블데이트하자고 슬쩍 떠봐."

"음… 근데 앨리슨이 우리 둘 다 싫어하는데?"

안타깝지만 사실이었다. 내가 방과 후 사물함 앞에서 데이지와 이야기할 때마다 앨리슨은 주위를 맴돌며 나를 죽일 듯이 노려보았다. 앨리슨이 나보다 더 싫어하는 사람이 딱 한 명 있는데, 바로 민달팽이다. 그래 봐야 도긴개긴이기는 하지만.

앨리슨이 데이지에게 내 험담을 하지 않기만을 바랄 뿐이다. 만약 그랬다가는….

"야, 그러지 말고 나 좀 도와주라. 여자애들이 너만 보면 껌뻑 죽잖아. 아, 진짜 불공평하다니까."

"아니거든."

"뻥치시네. 다 알면서 모르는 척은."

완전히 틀린 말은 아니다. 내 키가 훌쩍 자란 후로 여자들의 눈길을 많이 받기 시작했다. 우리 엄마는 무척 미인이다. 젊었을 적에는 모델 일도 잠깐 했었다. 엄마는 내가 자기를 닮아 잘생겼다는 말을 자주 한다. 하지만 다른 여자아이들이 나를 좋아하든 말든 내 알 바 아니다. 내가 신경 쓰는 사람은 오직 한 명뿐이니까.

"그래, 한번 물어나 볼게." 거짓말이었다. 나는 민달팽이에게 여자 친구를 만들어 줄 수 없다. 설사 만들어 주고 싶다 한들 내 능력 밖이다. 내게는 좋은 친구지만 여자애들은 녀석만 보면 소름끼쳐 했다.

"고맙다, 친구야." 녀석이 발걸음을 멈추고 개미들이 분주하게 드나드는 개미집을 내려다보았다. 민달팽이는 곤충에 대해 모르는 게 없었다. "겨울이 끝났으니까 이제 여왕개미가 다시 알을 낳기 시작했을 거야."

민달팽이는 개미집 박사였다. 개미집 표면에 작은 출입구가 잔뜩 나 있어서 개미들이 문을 여닫듯이 드나든다거나, 개미집 높이가 2미터를 넘기도 하고, 수백 년 동안 유지된다는 사실까지 줄줄 꿰고 있었다.

민달팽이 앞에서 개미집을 박살 낸다면, 곧장 꽁지가 빠지게 도망치는 게 상책이다. 그에게 그건 절대 용서할 수 없는 짓이니까. 한번은 조니 캘훈이 개미집을 발로 차 부순 적이 있었다. 그 모습을 본 민달팽이는 조니 눈에 멍이 들도록 두들겨 팼고, 결국 정학까지 당했다. 조니에게 주먹을 날리며 그는 연신 소리쳤다. "방금 네가 대학살을 저질렀어!"

저러니 여자 친구가 생길 리가 있나.

"근데 넌 개미를 보면 막 군침이 돌고 그래?" 내가 물었다. 녀석은 조니가 개미집을 찼을 때는 노발대발하더니, 정작 본인이 개미를 먹는 건 괜찮다고 생각한다. 자연의 섭리라나 뭐라나.

민달팽이가 킥킥 웃었다. "왜 그리 난리들인지 모르겠네. 곤충 먹는 게 뭐 어때서? 곤충도 동물이야. 소나 오리, 돼지 같은 고기랑 다를 게 없다고."

"음, 다르지. 그것도 아주 많이."

"내가 언제 귀뚜라미로 만든 케이크 가져올게. 먹고 나서 인생 최고의 케이크라고 감탄하지나 마라."

"인생 최고가 아니라 최악의 케이크가 되겠지."

민달팽이가 내 어깨를 퍽 쳤다. 주먹에 힘을 싣지 않아 아프지는 않았다. "야, 너희 집에 가서 수학 숙제 같이해도 되냐?"

그의 속셈은 빤하다. 내가 문제를 풀면 옆에서 답만 베끼려는 수작이다. 그러고는 저녁 먹을 때까지 버티다가 우리 집에 있는 음식을 싹쓸이할 게 분명하다.

"너 그러다 시험에서 빵점 맞으면 어쩌려고?"

"뭐 어때? 그깟 수학이 뭐가 대수라고."

"그래도 빵점 맞으면 안 되잖아."

"상관없어. 내가 하려는 일은 수학 몰라도 되니까." 녀석이 어깨를 으쓱했다.

곤충을 연구하는 직업이 존재한다는 사실을 얼마 전에야 알게 된 민달팽이는 곤충학자가 되고 싶어 했다. 하지만 녀석은 변덕이 죽 끓는 듯했다. 이전에는 집배원을, 드리스컬 서장의 초대로 경찰서에 견학을 다녀온 후로는 경찰이 되기를 꿈꿨다.

"그럼 따라오든가."

내 말에 녀석이 헤벌쭉 웃었다. 겨우 열일곱인데도 담배 때문에 치아가 누렜다. "역시 너밖에 없다, 톰."

그래, 이럴 때만.

집에 도착하니 현관문이 열려 있었다. 엄마가 집에 있는 모양이다. 엄마는 문을 잘 안 잠근다. 이 동네에서는 흔한 일이라 그리 놀랍지는 않다. 하지만 현관에서 재킷을 꿰입고 있는 아빠를 보았을 때는 적잖이 놀랐다.

"아, 아빠?"

우리 아빠도 데이지네 아빠처럼 덩치가 산만 하다. 마흔다섯 살이지만, 보랏빛 실핏줄이 거미줄처럼 퍼진 코와 뺨 때문에 실제보다 열 살은 더 늙어 보였다. 생물 시간에 유전 법칙을 배웠지만, 나는 아빠의 유전자를 하나도 물려받지 않은 것 같았다. 기골이 장대한 아빠와 달리 나는 보통 체격에 마른 편이다. 앞으로 더 자란다고 해도 절대 아빠처럼 되지는 않을 것이다. 아빠와 나는 닮은 구석이 하나도 없었다.

손톱만큼도.

"이 시간에 집엔 웬일이냐?" 아빠가 퉁명스레 물었다.

"학교 끝났으니까요." 내가 대답했다.

아빠에게서 술 냄새가 진동했다. 아직 오후 4시도 안 됐는데 이미 만취 상태라니. 기가 막힐 노릇이었다.

피부 표면으로 몰린 피 때문에 아빠의 얼굴은 벌겋게 달아올라 있었다. 성인 남성의 몸에는 대략 5리터의 혈액이 흐른다. 그중 40퍼센트가 소실되면 과다 출혈로 사망한다. 아빠 정도의 몸집이면 대략 2리터 남짓의 피만 쏟아도 곧장 죽음에 이를 것이다.

"저 꼴통 놈도 달고 왔네. 바퀴벌레랬나." 아빠가 비아냥거렸다. "꼴 좋네."

별명을 정정해 줄까 하다 관두었다. 어차피 민달팽이나 바퀴벌레나 거기서 거기니까.

"오늘 늦게 들어올 거다." 아빠가 혼잣말하듯 중얼거렸다. "엄마 귀찮게 하지 마라. 알겠냐?"

대답할 틈도 없이 아빠는 나를 밀치고 나가 문을 쾅 닫아버렸다. 어릴 때부터 아빠를 좋아했던 적은 단 한 번도 없었다. 아빠가 스스로 사라져 주니 오히려 고마울 따름이었다. 부디 저녁 먹을 때까지 돌아오지 않기를.

아니, 음주 운전하다 사고라도 나서 영영 돌아오지 않았으면 좋겠다.

차고에서 아빠의 닷지 자동차가 으르렁거리는 사이, 나는 민달팽이와 집 안으로 들어왔다. 녀석은 본능적으로 부엌을 향해 돌진했다. 민달팽이는 늘 먹을 걸 입에 달고 산다. 데이지의 가방보다도 가벼워 보이는 놈이 어마어마하게 먹어댔다.

엄마는 개수대 앞에서 설거지 중이었다. 등허리까지 풀어 헤친 흑발 사이로 흰 머리카락이 가닥가닥 눈에 띄었다. 엄마는 굳이 염색에 공을 들이지 않았다.

기분 탓일까, 우리가 들어서는 순간 엄마의 몸이 경직된 것 같았다. 고개를 푹 숙인 탓에 긴 머리칼이 커튼처럼 드리워져 엄마의 얼굴은 보이지 않았다.

"아줌마, 안녕하세요." 민달팽이가 인사했다.

엄마는 고개를 푹 숙인 채로 작게 인사말을 흘렸다. 엄마의 뒷모습을 응시하는 나의 심장이 방망이질 치기 시작했다. 불길한 예감이 들었다. 예전에도 겪어본 적이 있는 일이었으니까.

"엄마?"

내 부름에도 엄마는 아무 대답이 없었다. 이윽고 천천히 고개를 든 엄마는 외려 미안하다는 표정을 짓고 있었다. 정작 다친 사람은 본인이면서. 나는 엄마의 찢어진 입술을 빤히 바라보았다. 손마디가 하얘질 정도로 주먹에 힘이 들어갔다.

"엄마…."

"찬장을 열다가 부딪쳤지 뭐니." 엄마가 터진 아랫입술을 조심스레 매만졌다. 누가 봐도 실수로 다친 상처는 아니었다. "보기보다 아프진 않아."

나는 민달팽이를 곁눈질했다. 냉장고 문을 열어젖힌 채로 먹잇감을 찾느라 정신없었다. 엄마 얼굴을 봤는지 알 수 없었지만 일단 모르는 척하기로 한 모양이었다.

"톰." 엄마가 부드럽게 말했다. "별일 아니니까 걱정 마. 엄마 괜찮아. 정말이야."

엄마의 얼굴에 멍이 가신 지 여섯 달째였다. 그 사이 아빠의 면상에 주먹을 날리고 싶다는 충동도 사그라들었다. 나는 상황이 나아진 줄 알았다. 아빠도 술을 줄였으니 이제 다 괜찮아졌다고 굳게 믿었다.

"엄마 걱정은 마라." 엄마의 목소리가 사뭇 단호했다. 그러더니 찬장에서 감자칩과 치즈 한 덩이를 통째로 꺼내든 민달팽이를 눈짓했다. "민달팽이 데리고 네 방으로 올라가."

"엄마…."

"어서 가래도."

엄마의 턱이 빳빳하게 굳어졌다. 한때 모델이었던 과거는 모두 빛바랜 영광일 뿐이었다. 지금 엄마는 아빠처럼 실제보다 열 살은 더 늙어 보였다. 그럼에도 여전히 예뻤다. 민달팽이가 이따금 부적절한 시선을 흘릴 만큼.

엄마에게 또 손찌검한 아빠를 그냥 보고 있을 수만은 없었다. 하지만 내가 뭘 할 수 있단 말인가.

방으로 올라온 후에도 엄마의 멍든 얼굴이 머릿속을 떠나지 않았다. 민달팽이와 침대에 나란히 앉아 수학 숙제를 펼쳐 놓았지만 집중이 되지 않았다. 아빠의 주먹이 엄마의 입술을 짓이기는 장면이 자꾸만 그려졌다.

아빠는 덩치가 나보다 훨씬 컸다. 아빠에게 대들어 봤자 한주먹 감일 것이다. 특히 위스키에 취해 눈이 뒤집힌 날이면 자동차 한 대쯤은 단숨에 들어 올릴 기세였다. 아빠와 정면으로 붙으면 내가

질 게 뻔하다.

그래도 내게 유리하게 싸움을 끌고만 올 수 있다면 승산이 조금은 있을 텐데.

"아빠가 엄마한테 또 손을 대다니 진짜 어이없다." 나도 모르게 말이 불쑥 튀어나왔다.

침대 끝에 앉아 도리토스를 와그작 씹어 먹던 민달팽이가 말했다. "야, 너 괜찮냐?"

"아니." 나는 쥐고 있던 연필을 내동댕이쳤다. 벽에 회색 자국을 길게 남긴 채 연필이 바닥으로 떨어졌다. "아빠 꼴도 보기 싫어."

"그러게나 말이다." 민달팽이가 웅얼거렸다.

사실 경찰에 신고한 적이 한 번 있었다. 아빠의 술주정에 이골이 나기도 했고, 엄마가 극구 말렸음에도 엄마를 돕고 싶었다. 집 앞에 경찰이 나타났을 때 아빠의 붉으락푸르락한 얼굴에 서렸던 표정이 아직도 생생하다. 당혹감과 두려움이 교차하던 그 표정. 하지만 희열도 잠시, 엄마가 나서서 모든 걸 부인했다. 엄마 혼자 계단에서 굴러떨어졌다는 아빠의 거짓말에 장단을 맞추며 그를 감쌌다. 그 후로 경찰이 할 수 있는 일은 아무것도 없었다.

"죽여버리고 싶어."

결국 참았던 말을 내뱉고 말았다. 민달팽이가 무릎 위에 놓인 연습장을 쳐다보다 고개를 쳐들었다. 십년지기 친구이지만 녀석에게 이런 말을 꺼낸 적은 처음이었다. 이따금 내 머릿속을 스치는 광기 어린 생각들을 내비치지 않으려 늘 조심해 왔다. 가장 친한 친구라고는 해도 그런 것까지 이해하리라 생각지 않았으니까. 그런데 속마음이 왜 갑자기 입 밖으로 새어 나온 건지 이해할 수 없었다. 아마도 더는 억누를 수가 없어서였으리라.

혐오감에 얼굴을 구길 거라는 내 예상과 달리, 민달팽이가 태연스레 말했다. "그래? 그럼 죽이면 되잖아."

순간 내 귀를 의심했다.

"너 지금 뭐라고 했어?" 나는 녀석을 빤히 쳐다보았다.

민달팽이가 어깨를 으쓱했다. "죽어 마땅한 놈을 죽이는 건데 뭐 어때. 나쁠 거 없잖아."

"그래도 살인은 안 되지."

"왜?"

"불법이잖아. 감옥에 간다고."

"안 들키면 그만이지."

녀석이 농익어 터지기 직전인 여드름을 손끝으로 만지작거렸다. 농담일 것이다. 웃기지도 않은 농담이었지만, 녀석의 유머 감각은 원래도 기괴했으니까. 아빠를 진짜로 죽이라고 부추기는 건 아닐 것이다.

아니라고 믿고 싶었다.

하지만 아주 잠깐 상상에 몸을 맡겼다. 아빠의 몸에서 선홍색 액체가 울컥울컥 쏟아지는 모습을. 마침내 아빠가 바닥에 고꾸라지며 눈동자가 까뒤집히는 광경까지. 그 상상이 너무나 생생해서 구역질이 왈칵 치밀었다.

9

현재
시드니

커피를 다 마신 후 그레천은 내일 있을 전시 준비를 마무리하러 박물관으로 돌아갔다. 나는 보니와 함께 집으로 향했다. 나란히 걷는 내내 보니의 입가에는 미소가 떠나지 않았다. 아주 좋아 죽네, 죽어. 보니가 남자한테 이토록 푹 빠진 모습은 처음이었다.

집까지 세 블록 남았을 때였다. 어젯밤 케빈에게 겁탈당할 뻔했던 바로 그 장소에 다다랐을 즈음, 계단 앞에 앉아 있는 한 남자가 눈에 들어왔다. 우리를 보자마자 그가 벌떡 일어서며 외쳤다.

"시드니!"

지저분하게 묶은 숱 없는 머리. 젠장, 케빈이었다. 어젯밤 그의 급소를 걷어찼을 때 내 뜻이 충분히 전달된 줄 알았건만. 그는 마치 오래된 연인과 재회하듯 양팔을 벌리며 내게 다가왔다.

보니가 의아한 눈빛으로 나를 보았다. 저 남자가 의문의 남자냐고 묻는 듯했다. 나는 고개를 세차게 저었다.

"시드니, 잠깐 얘기 좀 해요." 케빈이 보니를 곁눈질하며 덧붙였다. "단둘이서요."

나는 팔짱을 긴 채 단호히 말했다. "싫은데요? 어젯밤에 날 덮치려고 했잖아요."

보니의 눈이 휘둥그레졌다. "아, 그놈이야?"

"응." 그러고는 케빈에게 쏘아붙였다. "할 말 없으니까 이만 가세요."

케빈이 가느다란 허리에 아슬아슬하게 걸친 청바지를 추켜올렸다. "오해예요. 작별 인사를 건네려던 것뿐이었다고요."

"웃기지 마요."

"시드니." 케빈이 애걸하듯 말했다. "당신은 제 이상형이예요. 이런 인연을 놓치긴 너무 아깝잖아요."

이상형 같은 소리 하네. 내 팔뚝이 축 처졌다며 평가질할 때는 언제고. "됐어요. 더는 듣고 싶지 않네요."

"잠깐 들어가서 얘기 좀 하면 안 될까요? 딱 5분만요." 케빈이 뒤편 건물을 턱짓했다. 내가 우리 집이라고 둘러댔던 바로 그 건물이었다.

옆에서 잠자코 듣고 있던 보니의 얼굴이 분노로 일그러졌다. "나 참, 기가 막혀서. 이봐요. 시드니가 싫다잖아요!" 보니가 가방 안에서 핸드폰을 꺼내 들었다. "지금 당장 썩 꺼지지 않으면 경찰에 신고할 거예요! 말총머리를 한 미친놈이 추근댄다고!"

나와 보니를 번갈아 보던 케빈이 항복하듯 두 손을 들고 물러섰다. "알았어요. 가면 되잖아요. 하지만 지금 큰 실수하는 겁니다." 나를 꿰뚫을 듯 노려보는 그의 눈빛이 돌연 어두워졌다. "아주 큰 실수."

어젯밤 내 손목을 옭아매던 그의 손길이 떠올라 몸서리가 쳐졌다. 어제는 운 좋게 구세주가 나타났지만, 행운이 반복되리라는 보장은 없었다.

"실수한 건 그쪽이지! 다시는 내 친구 앞에 나타나지 마!" 보니가 핸드폰을 들고 1을 두 번 누르고는 케빈의 코앞에 들이밀었다. "2까지 마저 누를까? 난 얼마든지 그럴 준비가 되어 있는데."

케빈은 그제야 상황 파악이 된 모양이었다. 꽁지머리를 휘날리며 허둥지둥 달아났다. 그가 시야에서 완전히 사라진 후, 내가 보니를 툭 치며 말했다. "이야, 멋진데? 완전 센 언니 같았어, 너!"

"내가 좀 하지." 보니가 셔츠 소매에 손톱을 문지르며 덧붙였다. "근데 다른 사람들한테 찝쩍대는 남자들 앞에서만 용감해. 날 찾아온 놈한테는 같이 올라가서 커피 마시자는 헛소리나 해대고 있었을 거야."

우리는 케빈이 사라졌는지 재차 확인한 뒤, 진짜 우리 집으로 발걸음을 옮겼다. 로비 안에 들어서자 랜디가 작은 사다리 위에서 천장 전구를 갈고 있었다. 키가 워낙 커서 굳이 발판이 필요해 보이지도 않았다. 랜디는 180센티미터가 넘는 케빈보다도 키가 컸고, 눈은 살짝 처졌으며, 늘 손가락 마디마다 때가 끼어 있었다. 내 취향은 아니었지만 그레천이 왜 좋아하는지는 알 것 같았다. 투박한 매력이 있는 남자였다.

"어? 그레천은요?" 건물 안으로 들어온 우리를 본 랜디가 물었다.

"전시 준비 때문에 박물관으로 다시 들어갔어요." 내가 대답했다.

"아, 보고 싶은데."

보니가 대놓고 눈알을 굴렸다. 나는 그녀의 옆구리를 쿡 찔렀다.

"한두 시간 후면 끝날 거래요."

"아, 맞다." 보니가 끼어들었다. "랜디, 우리 집 변기 좀 봐줄래요? 물 내릴 때마다 자꾸 이상한 소리가 나요."

"물론이죠." 랜디가 사다리에서 내려오며 손에 묻은 먼지를 털었다. "내일 아침에 가도 돼요? 지금 에어컨 고장 났다는 집이 한둘이 아니라서요. 오늘 안에 고쳐주지 않으면 날 잡아먹을지도 몰라요."

"그래요, 그럼." 보니가 눈을 가늘게 뜨고 물었다. "몇 시에 올 건데요?"

"9시쯤?"

보니도 나처럼 재택근무를 하기에 시간이 자유로웠다. "알겠어요."

랜디가 다른 전구를 교체하기 시작할 즈음, 나와 보니는 엘리베이터로 향했다. 문이 닫히자마자 보니가 목소리를 낮추어 물었다. "내일 아침에 우리 집으로 좀 와 줄래?"

"농담이지?"

"아니, 진심인데." 보니가 곱창 머리끈을 고쳐 맸다. "랜디랑 단둘이 있기 싫어서 그래. 왠지 소름 끼친단 말이야."

"보니야, 나쁜 사람 아니야. 그레천 남자 친구잖아."

보니가 한쪽 눈썹을 치켜세웠다. "넌 랜디랑 있을 때 불편했던 적이 단 한 번도 없어?"

랜디는 괜찮은 사람 같았다. 내가 이사 온 뒤로 줄곧 이 건물의 관리인으로 일해 왔고, 우리 집에 올 때마다 항상 예의 발랐다. 위협적이라고 느낄 만한 행동을 한 적은 한 번도 없었다.

하지만 보니의 말도 이해가 갔다.

가끔 랜디가 묘한 눈빛으로 나를 바라볼 때가 있었다. 매번은 아니지만 이따금 시선이 지나치게 오래 머물렀다. 다른 남자들이 나를 바라보는 느낌과는 달랐다. 딱 꼬집어 설명할 수는 없지만, 보니가 소름 끼친다고 표현한 그 느낌이 뭔지 알 것 같았다.

"근데 우리 집 변기도 가끔 이상한 소리 나. 그럴 땐 물탱크 뚜껑 열고 안에 있는 손잡이 같은 걸 살짝 흔들어 주면—"

"아니, 됐어." 보니가 내 말을 가로챘다. "변기 문제는 건물 관리인한테 맡길래. 내일 올 건지 말 건지만 말해줘."

"알겠어. 9시에 가면 되지?"

"아니, 8시 45분까지 와. 내가 커피 내려놓을게."

요즘 내 인간관계라고 해 봐야 친구들을 만나 커피를 마시는 게 전부다. 뭐, 딱히 불만은 없다. 험한 일 안 당하고 사는 것만으로도 감지덕지니까.

게다가 보니가 의문의 남자를 찾는 데 도움을 줄지도 모르는 일 아닌가.

10

이제 15분 후면 보니네 집에 가야 한다.

한 시간 전쯤 일어나 샤워를 마친 나는 추리닝 바지를 입으려다 멈칫했다. 요즘 들어 평일에도 추리닝 바지 차림으로 지내는 날이 부쩍 늘었다. 재택근무가 편하긴 해도 점점 게으름뱅이가 되어가는 기분이었다. 고심 끝에 그나마 나아 보이는 요가 바지를 꿰입었다.

보니가 커피를 내려준다기에 예열 삼아 커피를 한 잔 홀짝이는 중이었다. 지난 30분 동안 페이스북을 들여다보며 탈퇴를 진지하게 고민했다. 예전에는 재미있었지만 요즘 친구들의 게시물은 온통 아기 사진뿐이었다. 세상에 애를 안 낳은 사람은 나밖에 없는 것 같았다.

내가 한때 친구라 여겼던 여자들은 아이의 사소한 일상까지 모조리 인터넷에 올려댔다. 과연 아기들도 제 일거수일투족이 전시되기를 원할까? 내 속눈썹이 여러 각도로 찍혀 인터넷에 떠돈다는 생각만 해도 끔찍했다.

그뿐인가. 임신 주수별 배 크기 사진은 대체 왜 올리는 걸까?

아홉 달 동안 남의 배가 불러오는 옆모습을 매주 왜 지켜봐야 하는 건지 모르겠다.

그래, 질투가 나서 하는 소리다. 이대로라면 내가 아기를 낳을 일은 영영 없을 테니까. 그럴 희망이 눈곱만치도 보이지 않는다.

어젯밤에는 싱크 앱을 뒤지느라 한 시간이나 허비했다. 싱크는 지난 1년 사이 뉴욕 최고의 데이팅 앱으로 부상했다. 아마도 '뉴욕 거주자 전용'이라는 폐쇄성을 내세운 덕분일 것이다. 실제로 가입할 때 뉴욕시 우편번호를 필수로 입력해야 한다. 뉴저지에 사는 여자들은 애당초 가입조차 불가하다. 그러니 사람들이 혹할 수밖에.

뉴욕 시민 전용이라는 점을 빼면 여느 데이팅 앱과 다를 바 없다. 프로필마다 사진과 함께 기본 정보가 담겨 있다. 미혼인지 돌싱인지, 아이를 원하는지 혹은 키우고 있는지, 투자 은행가인지 아니면 건물 청소 노동자인지 같은 것들. 싱크만의 장점이라면 특정 반경 내의 프로필만 검색할 수 있다는 점이다.

그 기능을 이용해 의문의 남자를 찾을 요량이었다.

먼저 의문의 남자와 비슷한 연령대로 반경 3킬로미터 이내에 사는 남자들을 검색했다. 그런 다음 범위를 5킬로미터, 다시 8킬로미터까지 넓혔다. 절박한 심정으로 프로필을 하나하나 샅샅이 뒤졌지만 그와 닮은 사람은 단 한 명도 없었다.

의문의 남자가 싱크에 없는 이유는 네 가지로 좁혀진다.

첫째, 의문의 남자는 솔로지만 뉴욕에서 유일하게 싱크에 가입하지 않은 남자다.

둘째, 의문의 남자는 솔로지만 우리 동네에 살지 않는다.

셋째, 의문의 남자는 솔로가 아니다.

넷째, 의문의 남자는 게이다. 이 경우 처음부터 검색 조건을 달리해야 한다.

첫 번째 가정이 가장 그럴싸했다. 인터넷 만남을 꺼리는 사람도 있을 테니까. 충분히 이해할 수 있는 일이다.

두 번째 가정은 살짝 의문이 남는다. 근처에 살지도 않는 사람이 화요일 밤중에 혼자 주택가에서 뭘 하고 있었던 걸까?

그때 엉뚱한 생각이 머릿속을 스쳤다.

그날 내가 집에 돌아왔을 때, 보니는 존잘남과 데이트를 마치고 로비에 앉아 있었다. 그리고 나는 비슷한 시각에 몇 블록 떨어진 곳에서 매력적인 남자와 우연히 마주쳤다.

혹시 의문의 남자와 존잘남이 같은 사람일까?

설마, 그럴 리 없다. 그건 너무 기이한 우연 아닌가? 더구나 보니는 그 남자가 금발이라고 했지만 의문의 남자는 흑발이었다.

잠깐, 보니가 정말 금발이라고 했던가? 기억이 가물가물했다.

골똘히 생각에 잠겨 있는데 싱크에서 메시지 알림이 떴다. 어젯밤 의문의 남자를 찾아 헤매는 동안 채드라는 남자가 내게 대화 요청을 보내왔었다. 프로필 사진 속 그는 반짝이는 초록색 눈동자에 보조개가 매력적인 훈남이었다. 괜찮아 보여서 수락을 눌러놨더니 그가 말을 걸어온 모양이었다.

그래, 의문의 남자 따위는 없어도 된다. 세상에 널린 게 남자고, 나는 다시 연애 시장에 뛰어들 준비가 되어 있었다. 물론 데이트

도중에 인적이 드문 곳으로는 절대 가지 않을 것이다.

나는 핸드폰을 집어 들고 메시지를 확인했다. 분명 채드가 만나서 술 한잔하자고 연락해 온 것일 터였다. 나를 구해준 의문의 남자는 아니었지만 지금 내가 영웅을 찾고 있는 건 아니니까. 그저 건실한 남자면 족했다.

하지만 메시지를 읽는 순간, 심장이 덜컹 내려앉았다.

'시드니, 나 케빈이에요. 채드라고 속여서 미안해요. 그날 밤 일을 해명할 기회를 줘요. 우리 굉장히 잘 통했잖아요. 괜한 오해 때문에 좋은 기회를 놓치지 않았으면 해요.'

뭐? 좋은 기회를 놓쳐? 웃기고 자빠졌네.

나는 곧장 그를 차단하고 관리자에게 신고했다. 케빈이 다른 이름으로 싱크에 다시 가입했다는 사실에 짜증이 치밀었다. 대체 회원 관리를 어떻게 하는 거야? 케빈은 위험한 인간이다. 지금 당장 경찰에 신고해야겠다. 이것도 스토킹에 해당할까?

하지만 신고는 나중으로 미루어야 했다. 지금은 보니네 집에 가야 했으니까. 8시 45분까지 오라고 신신당부했으니 늦지 않게 가야 했다. 보니는 시간 개념이 철저한 사람이다. 게다가 이제는 싱크 앱만 봐도 우울해졌다. 이 거대한 도시에 정말 괜찮은 남자가 한 명도 없는 걸까? 이제는 싱크에 있는 남자 절반이 케빈이 만든 가짜 계정이 아닐까, 하는 생각까지 들 지경이었다.

나는 한 층 아래 사는 보니네 집으로 향했다. 8시 46분, 그녀의 집 앞에 도착해 초인종을 눌렀다. 그리고 현관문 너머에서 발소리가 들리기를 기다렸다.

그런데 30초가 지나도 기척이 없었다. 보니가 나오기는커녕 적막만 감돌았다.

무슨 일이지?

다시 한번 초인종을 꾹 눌렀다. 설마 이 시간에 집으로 오라고 해놓고 바람맞히는 건가? 아니면 급한 일이라도 생겼나?

요가 바지 옆 주머니에서 핸드폰을 꺼내 문자함을 확인했다. 약속을 취소한다는 메시지는 없었다. 나는 보니에게 문자를 보냈다.

'보니, 혹시 무슨 일 있어? 8시 45분까지 집으로 오라고 한 거 맞지?'

답장을 입력 중이라는 말풍선이 뜨기를 기다렸으나 화면은 미동도 없었다.

그때 엘리베이터 문이 열리는 소리가 났다. 그럼 그렇지. 커피를 사러 나갔다 온 모양이었다. 하지만 엘리베이터에서 내린 사람은 보니가 아니라 랜디였다. 늘 입던 빛바랜 청바지와 헐렁한 티셔츠 차림이었다.

랜디가 손을 들며 알은체를 해왔다. "어라, 시드니. 여기서 뭐 해요?"

'보니가 당신이랑 있으면 소름 끼친다고 와달라고 했거든요'라는 말은 차마 할 수 없었다. "보니랑 커피 마시기로 했는데 집에 없나 봐요."

랜디가 초인종을 눌렀다. 이번에도 문 너머에서 기척이 들리기를 기다려 보았지만, 역시나 아무 소리도 나지 않았다.

이상했다. 보니답지 않은 행동이었다.

랜디가 제 손목에 찬 카시오 시계를 힐끗 내려다보았다. "저는 바빠서 이만 가봐야겠어요."

"보니네 집 열쇠 가지고 있지 않아요?"

랜디의 가늘고 긴 손가락이 허리춤에 매달린 커다란 열쇠 꾸러미로 향했다. 그는 건물 내 모든 가구의 열쇠를 소지하고 있다. 내가 없을 때 우리 집에 들어온 적도 여러 번 있었다. 물론 내 허락하에.

"안에 들어가 볼 수 있죠?" 내가 재촉했다.

"그렇긴 한데." 랜디의 목젖이 꿀렁였다. 깡마른 탓에 목젖이 유난히 크고 툭 튀어나와 보였다. 손을 대면 베일 것처럼 뾰족했다. "허락도 없이 빈집에 문 따고 들어가면 보니 씨가 싫어할 텐데요."

보니가 자신을 싫어한다는 사실을 랜디도 아는 눈치였다. 보니가 뒤에서 그에 대해 뭐라고 떠드는지 알면 깜짝 놀랄 텐데. 그보다 더 중요한 건 그레천도 그 사실을 알고 있느냐는 것이다. 모두에게 사랑받고 싶어 안달인 그녀라면 자기 남자 친구가 미움받는 꼴을 견디지 못할 것이다.

"보니가 걱정돼서 그래요. 이럴 애가 아니거든요."

"급한 일이 생겼나 보죠."

"랜디, 변기 고쳐 달라고 안 할게요. 그냥 잠깐 들어가서 보니가 잘 있는지 확인만 하고 나오면 안 될까요? 딱 1분이면 돼요."

"글쎄요."

"부탁드릴게요. 진짜 걱정돼서 그래요." 랜디가 망설이길래 얼른 한마디 덧붙였다. "보니한테는 제가 시켰다고 할게요."

랜디가 손목시계를 다시 확인하고는 한숨을 내쉬었다. "좋아요. 진짜 잠깐만이에요."

랜디가 거대한 열쇠 꾸러미에 달린 열쇠들을 하나씩 뒤적이기 시작했다. 그 시간이 영겁처럼 길게 느껴졌다. 나는 엘리베이터 쪽을 연신 곁눈질했다. 제발 보니가 던킨도너츠와 커피를 한 아름 들고 나타나 주기를 바랐다. 분명 아무 일도 없을 것이다. 어젯밤 존 잘남과 데이트를 즐긴 후, 지금쯤 보드라운 이불이 깔린 커다란 침대 위에서 그와 함께 뒹굴고 있을 테지.

친구로서 진심으로 기쁜 일이다.

그때 마침내 문이 열렸다. 랜디가 뒤로 물러서며 나에게 먼저 들어가라고 눈짓했다. 집 안으로 발을 들여놓는 순간까지도 나는 내심 기대했다. 보니가 화장실에서 수건만 두른 채 뛰쳐나와 허락 없이 문을 따고 들어온 우리에게 버럭 화를 내기를.

하지만 집 안은 쥐 죽은 듯 고요했다.

보니의 집은 우리 집과 똑같은 구조였다. 하지만 분위기는 사뭇 달랐다. 보니는 값비싼 물건을 좋아했다. 평범한 소파와 책상, 책장이 전부인 우리 집과 달리 보니의 집은 심혈을 기울여 고른 고급 가죽 소파와 밤나무 탁자, 고풍스러운 장식장으로 꾸며져 있었다. 뉴욕 잡지 화보에서나 나올 법한 모습이었다.

"보니?"

아무런 대답도 돌아오지 않았다.

"집에 없나 본데요."

랜디의 말이 맞다. 섹시한 의사 남자 친구와 같이 있는 게 분명했다. 새벽 2시에 포근한 침대를 박차고 나와 택시를 타고 집에 오기가 얼마나 귀찮은지 나도 잘 안다. 그래도 못 오면 못 온다고 연락은 해줬어야지.

"들어온 김에 변기나 확인해 봐야겠네요."

랜디가 욕실로 향했다. 거실에 혼자 남겨진 나는 핸드폰을 다시 확인했다. 여전히 보니에게서는 아무런 메시지가 없었다. 문득 너무하다는 생각이 들었다. 막판에 약속을 취소했더라도 이해할 수 있었을 텐데, 연락 한 통 없다니.

결국 참다못한 나는 보니에게 전화를 걸었다. 왜 약속을 안 지키냐고, 내게 커피 한 잔을 빚졌다고 알려줄 참이었다.

그런데 통화 버튼을 누르는 순간, 집 안에서 벨 소리가 울렸다.

엥? 뭐지?

고개를 돌려 소리가 나는 쪽을 바라보았다. 부엌이었다.

나는 부엌 쪽으로 걸음을 옮겼다. 우리 집처럼 좁은지라 금세 식탁 위에 놓인 검은색 곱창 머리끈과 핸드폰이 눈에 띄었다. 이상하네. 보니의 핸드폰이 왜 집에 있지?

수상한 건 그뿐만이 아니었다.

평소 보니는 결벽증에 가까울 정도로 청결에 집착했다. 그런데 지금 리놀륨 바닥은 깨끗함과는 거리가 멀었다. 진갈색 얼룩이 점점이 떨어져 있었다. 얼룩은 주방을 지나 침실 문 앞까지 길게 이어졌다.

세상에.

"랜디?" 내가 마른 목소리로 외쳤다.

"잠시만요! 변기 좀 고치고요."

심장이 쿵쾅거렸다. 나는 얼룩을 따라 복도를 지나갔다. 랜디는
화장실 안에서 물탱크를 손보느라 정신이 없었다. 바닥의 핏자국
은 전혀 눈치채지 못한 듯했다. 핏자국은 굳게 닫힌 침실 앞에서
멈춰 있었다.

아무 일 없을 것이다. 가벼운 부상을 입고 곤히 자는 중이겠지.

하지만 보니는 피가 멎지 않는 체질이 아니다. 나처럼 온 집안에
피를 뚝뚝 흘리고 다닐 리 없다.

나는 손을 뻗어 문손잡이를 잡았다. 직접 확인하는 대신 경찰
을 부를까 잠시 고민했다. 하지만 이미 문 앞에 와 있지 않은가. 게
다가 별것도 아닌 일로 경찰을 부르고 싶지도 않았다. 보니는 무사
할 것이다. 아무 일도 없을 것이다.

천천히 손잡이를 비틀어 문을 밀었다. 라벤더색 침대보가 씌워
진 퀸사이즈 침대가 나타났다.

그리고 침대 위를 본 순간, 비명이 터져 나왔다.

11

과거

톰

오늘은 반드시 데이지에게 키스할 거다.

할 수 있겠지?

데이지를 집에 바래다주는 것도 오늘로 벌써 세 번째다. 조금 전 민달팽이는 나와 헤어지며 겁먹지 말라고 당부했다. 오늘은 기 필코 해내리라 굳게 다짐했다.

오늘도 데이지와 손을 잡고 걸었다. 다행히 손에 땀은 차지 않 았다. 온 신경이 손바닥에 쏠린 나와 달리 데이지의 얼굴에는 웃 음이 가시지 않았다. 이번 주말에 가는 봉사활동에 대해 재잘거렸 다. 데이지는 늘 자원봉사를 한다. 정말이지 천사가 따로 없다. 반 면 나는….

"너도 올래, 톰?" 데이지가 물었다.

"어딜?" 내가 멍하니 되물었다.

데이지가 까르르 웃었다. "건강 박람회에 봉사하러 오라고. 항상 일손이 달리거든. 너 의사 되고 싶다며. 대학 입시에 도움이 될 거 야."

"그래, 갈게." 입시에 도움이 되는지 따위는 안중에도 없었다. 데이지가 원한다면 쓰레기라도 주워 먹을 기세였다.

데이지가 손뼉을 치며 기뻐했다. "잘됐다! 민달팽이는? 걔도 부르면 올까?"

"안 올걸. 거기 가서 여자를 만날 수 있다면 모를까."

데이지가 키득거렸다. "근데 걔, 아직도 벌레 먹어?"

남들 앞에서는 안 먹어도 혼자 있을 때는 딱정벌레를 한두 마리쯤 입에 털어 넣을 게 분명했다. 입안에서 톡톡 터지는 맛을 진정 즐기는 것 같았으니까. 하지만 아직도 벌레를 먹는다는 소문이 퍼지면 녀석의 앞날에 치명적일 터였다. 그래서 나는 거짓말을 했다. "아니."

"그럼 토요일 오후에 커뮤니티 센터 앞에서 만나자."

"일찍 만나서 같이 점심 먹을까?"

데이지가 난처한 표정을 지었다. "미안. 그날 할 일이 산더미라."

헉, 거절당했다. 설마 마음이 변한 걸까? 어쩌면 오늘이 데이지를 집에 데려다주는 마지막 날이 될지도 모른다. 키스 같은 건 시도하지 않는 편이 낫지 않을까.

"일요일은 어때? 예배 끝나고 볼래?"

나는 데이지의 제안에 헤벌쭉 웃으며 고개를 끄덕였다. 우리 가족은 교회에 나가지 않는다는 말은 삼켰다. 엄마는 독실한 신자였지만, 결혼 후에는 교회를 '사기꾼 소굴'이라고 부르는 아빠 때문에 교회 근처에도 못 갔다. 물론 아빠가 허락했어도 나는 가지 않았을 것이다. 교회에 들어설 때마다 왠지 마음이 불편했으니까.

그때, 어느 집 뒷마당에 피어난 꽃 한 송이가 눈에 들어왔다. 샛노란 수술을 감싼 하얀 꽃잎. 데이지꽃이었다. 데이지는 제 이름과 똑같은 데이지꽃을 제일 좋아했다. 나는 얼른 꽃을 꺾어 데이지에게 건넸다.

"자, 선물이야."

내 기대와 달리 데이지의 얼굴이 시무룩해졌다.

"왜 그래? 데이지꽃 안 좋아해?"

"아니, 좋아하는데…." 데이지가 내 손에 들린 꽃을 내려다보며 눈살을 찌푸렸다. "잔디밭에서 잘 자라고 있는 꽃을 꺾어 버렸잖아. 곧 시들어 죽고 말 거야."

"아." 생각지도 못했던 발상이었다. "살릴 방법이 있지 않을까?"

데이지가 힘없이 고개를 저었다. "아니, 없어." 그러고는 내 손에서 꽃을 빼갔다. "그래도 집에 가져가서 꽃병에 꽂아둘게. 그러면 며칠은 버틸 수 있을 거야."

최악이다. 나는 이제 데이지 살인마다.

"괜찮아, 톰." 데이지가 내 손을 꼭 쥐었다. "몰라서 그런 거잖아."

나는 가슴에 손을 얹고 맹세했다. "다시는 꽃을 꺾지 않을게."

진심이었다. 앞으로는 어떤 꽃도 죽이지 않을 것이다.

내 선언에 데이지의 얼굴에 미소가 번졌다. 그러더니 내 티셔츠 자락을 움켜쥐고 확 잡아당겼다. 정신을 차려 보니 바로 내 코앞에 데이지의 얼굴이 있었다. 그녀의 맑고 푸른 눈동자가 나를 올려다보았다. 순간 머릿속에 하얘졌지만, 단 한 가지 생각만큼은 명징했다.

'키스해!'

나는 본능적으로 고개를 숙여 데이지에게 입을 맞추었다. 그녀의 입술은 완벽하게 보드라웠다. 데이지는 너무나 가냘팠다. 나도 큰 체구는 아니었지만 그녀는 나보다도 훨씬 작고 여렸다. 머리를 붙잡고 왼쪽으로 힘껏 비틀면 목을 부러뜨릴 수도 있을 것 같았다. 그리 어려운 일도 아니리라.

"톰, 너 키스 되게 잘한다." 데이지가 숨을 몰아쉬며 속삭였다.

"고마워."

데이지가 눈을 찡끗하며 물었다. "처음이야?"

잠깐 망설이다 거짓말을 하기로 했다. "응."

"나도." 데이지가 손가락 하나를 내 가슴에 대고 장난스레 아래로 훑었다. "하지만 알고 있었어. 내 첫 키스는 너와 하게 될 거란 걸."

역시 거짓말하기를 잘했다 싶었다. 데이지가 진실을 알아낼 방법은 없었다. 이 세상에 진실을 알고 있는 사람은 오직 나뿐이니까.

"조만간 또 했으면 좋겠다." 데이지가 말했다.

"응, 나도." 내가 열없게 대답했다.

데이지가 내게서 떨어지고 나서야 나는 깨달았다. 우리가 키스하는 사이 그녀의 손에 들린 데이지꽃이 바닥에 떨어졌다는 사실을. 발밑을 내려다보니 내 운동화 아래 하얀 꽃잎이 깔려 있었다.

데이지가 인도 위에 무참히 짓이겨져 있었다.

12

현재

시드니

몸이 사시나무처럼 떨렸다.

경찰들이 속속 도착했다. 덧신과 장갑을 착용한 이들이 분주히 안팎을 오가며 각자 살인 사건 현장에서 맡은 임무를 수행했다. 나는 보니가 헐값에 샀다며 자랑하던 고급 가죽 소파에 앉아 두 팔로 감싼 몸을 앞뒤로 흔들고 있었다. 20분째 이러고 있어도 누구 하나 나가라고 하지 않았다. 차라리 다행이었다. 한 걸음도 내디딜 힘이 없었으니까.

신고자는 랜디였다. 그의 목소리가 아직도 머릿속에서 메아리쳤다. '이름은 보니 그리핀입니다. 변기를 고치러 왔다가 침실에서 발견했는데… 죽은 것 같습니다.'

침대 위에 누워 있던 보니의 모습은 평생 잊지 못할 것이다. 잠자리에 들었다가 깨어나지 못한 사람의 모습이 아니었다. 그런 평온한 죽음과는 거리가 멀었다. 살면서 나름 피를 많이 봐왔다고 생각했지만 그렇게 많은 양의 피는 난생처음이었다.

여자 경찰 한 명이 내 곁으로 다가와 앉았다. 머리를 뒤로 바짝 올려 묶고 있었지만 인상은 선해 보였다. 그녀는 갓난아기를 다루

듯 조심스레 내 어깨 위에 손을 얹었다.

"시드니 씨, 괜찮으세요?"

목소리가 나오지 않았다. 내 침묵 자체가 답변이 되었으리라.

"밖에서 형사분이 상황 보고를 받고 계세요. 시드니 씨께 몇 가지 물어볼 게 있으시다는데, 괜찮으시겠어요?"

여전히 성대가 마비된 듯했다. 여경이 나를 다독이듯 말했다.

"힘드시단 거 알아요. 하지만 친구분을 이렇게 만든 범인을 잡아야 하잖아요."

당연한 소리다. 범인이 누구든 기필코 찾아내 죗값을 치르게 하고 싶었다. 보니는 이렇게 처참하게 살해당할 사람이 아니었다.

보니를 죽인 자는 아주 사악한 괴물이다. 영원히 세상 밖으로 나오지 못하게 감옥에 처넣어야 한다.

"네, 만나 볼게요." 목이 메어 간신히 대답했다.

현관문이 열리고 이번 사건을 맡은 형사가 들어왔다. 괴로워도 꿋꿋이 버텨야 했다. 보니를 위해 내가 할 수 있는 일은 이것뿐이니까. 부디 유능한 사람이기를 바랐다.

형사가 거실로 들어온 순간, 나는 화들짝 놀라고 말았다.

이럴 수가.

여경이 벌떡 일어나 형사에게 다가갔다. "수자 형사님, 이쪽은 보니 그리핀 씨의 친구인 시드니 쇼 씨입니다. 시신을 처음 발견한 분입니다."

형사의 시선이 내게 꽂혔다. 자기소개 따위는 필요 없었다. 나는 이미 그의 이름을 알고 있으니까. 제이크 수자.

우리는 1년 동안 동거했던 사이다.

"시드니 씨가 누군지는 이미 알고 있습니다." 제이크가 가까스로 입을 뗐다. "우리는… 아무튼 모랄레스 경관, 수고했어요. 나머진 제가 맡을게요."

뉴욕 시경에 일하는 형사가 과연 몇 명이나 될까? 수백, 아니 수천은 될 것이다. 그 많고 많은 사람 가운데 왜 하필 제이크가 이 사건을 맡은 걸까? 아픈 기억을 들추지 않는 사람이 올 수는 없었던 걸까?

제이크가 신중한 발걸음을 내디뎠다. 내가 와락 달려들어 머리통을 물어뜯기라도 할까 봐 잔뜩 긴장한 기색이었다. 뭐, 헛걱정은 아니었다. 그 틈을 타 나는 전 남자 친구를 찬찬히 뜯어보았다. 마흔을 앞둔 나이에도 여전히 멋있었다. 관자놀이에 희끗하게 보이는 흰머리마저 매력적이었다. 진짜 케빈만큼 키가 컸지만, 깡마른 그 인간과 달리 제이크는 근육질인 데다 정장이 기가 막히게 잘 어울렸다. 마지막으로 그의 왼손을 살폈다. 결혼반지가 없었다. 당연한 일이다. 제이크는 죽는 날까지 독신으로 살 테니까.

제이크가 억지 미소를 지었다. "시드니, 오랜만이네."

"그러게." 내가 퉁명스레 답했다. 전 남자 친구인 그가 이 사건을 맡은 게 우연일 리 없었다.

"주소를 듣고 내가 자진해서 맡겠다고 했어."

그의 자백에 온몸이 굳었다. "네가 이사 가고 나서 1년 동안 내 쪽으로 온 네 우편물을 보내던 주소라 기억하고 있었거든."

"그랬구나."

당장 그가 내 눈앞에서 사라졌으면 좋겠다고 생각했다. 안 그래도 힘들어 죽겠는데, 이별 후 처음 마주한 전 남자 친구까지 상대해야 한다니.

제이크가 소파 옆자리에 앉아 갈색 눈동자로 나를 응시했다. "시드니, 껄끄러운 상황이라는 거 알아. 하지만 나도 할 일은 해야지."

아무 대꾸도 하지 않았지만, 그의 말이 옳다는 건 인정할 수밖에 없었다. "그러려면 네 도움이 필요해."

제이크 특유의 낮고 단호한 목소리. 그의 목소리에는 모든 일이 잘될 거라고 믿게 만드는 묘한 힘이 있었다. 한때 내가 그를 사랑했던 이유이기도 했다. "보니 씨를 죽인 범인을 찾아야 하잖아."

나는 오른쪽 눈가에 맺힌 눈물을 훔쳐냈다. 그의 말이 맞다. 지금 중요한 건 보니의 복수지, 그를 향한 내 분노가 아니다.

"알았어."

"우선 오늘 아침에 무슨 일이 있었는지 하나도 빠짐없이 말해줘."

나는 떨리는 목소리로 설명을 시작했다. 아침 일찍 아래층으로 내려와 보니의 집 앞에서 랜디와 마주친 순간부터, 침실에서 난도질당한 보니의 시신을 발견하기까지. 그건 우발적인 범행이 아니었다.

잔인하게 고문당한 보니의 시신은 처참하게 훼손되어 있었다.

제이크는 예의 그 진지한 태도로 내 말에 끝까지 집중했다. 그는 내가 만난 그 어떤 남자보다도 경청을 잘했다. 마치 세상에 나만 존재하는 것처럼 온 신경을 나에게만 쏟았다.

진술이 끝난 후 제이크가 입을 열었다. "시드니, 고생 많았어. 말만 들어도 정말 끔찍하다. 하지만 약속할게." 그러고는 가슴 위에 손을 얹었다. "범인을 반드시 찾아내서 죗값을 치르게 하겠어."

"고마워." 내가 나지막이 말했다. 나는 그의 말을 진심으로 믿었다.

"좋아, 그럼…." 제이크가 목을 가다듬었다. "혹시 주변에 보니를 해칠 만한 사람이 있었을까?"

"아니. 다들 보니를 좋아했어. 좋은 친구였거든."

"만나던 남자는 없었어?"

온갖 남자들을 다 만나고 다녔지. 하지만 그 말을 입 밖으로 내지는 않았다. 말했다가는 죽은 친구를 욕보이는 꼴이 될 테니까. 게다가 최근에는 한 사람에게만 집중하려 노력 중이었다.

"데이트를 많이 하긴 했어. 싱크 앱을 애용했거든. 무슨 앱인지 알지?"

"응, 알아."

"앱에서 보니가 누구랑 만났는지 조회해 볼 수 있지 않아?"

"이미 확인하는 중이야. 일단 외부 침입 흔적이 없는 걸로 봐선 보니 씨가 아는 사람한테 직접 문을 열어줬을 가능성이 커."

역시나 내가 말하지 않은 내용까지 다 꿰고 있었다. 제이크는 늘 남들보다 한 수 앞을 내다봤다. 그래도 혹시나 하는 마음에 중요한 정보를 하나 보태기로 했다.

"보니가 진지하게 만나는 사람이 있었어."

"그래?" 제이크가 흥미로운 눈빛으로 나를 쳐다보았다. "누군데?"

"1년 정도 썸만 타던 남잔데, 최근에 사귀기로 했다고 들었어."

제이크가 고개를 천천히 끄덕였다. "이름이 뭔데?"

입을 열었지만 아무 소리도 나오지 않았다. 이름이 뭐였더라? 보니가 이름을 말해 준 적이 있었던가? 분명 듣기는 한 것 같은데. J로 시작했던가? 아니면 G였나?

어쩌면 말해 주지 않았을지도 모른다. 보니는 진심으로 좋아하는 사람이 생기면 부정 탄다며 말을 아끼고는 했다. 솔직히 말하면 남자 친구가 생긴 보니가 너무 부러워서 깊게 캐묻지 않았던 내 탓도 있었다.

"몰라. 의사라는 것만 기억나."

"뭐 하는 의산데? 근무하는 병원은?"

"미안, 자세한 건 나도 몰라."

제이크가 하등 쓸모없는 사람을 쳐다보듯 나를 바라보았다. 그를 탓할 수도 없었다. 내 가장 친한 친구가 사귀던 남자에 대해 아는 게 하나도 없다니. 왜 이름조차 물어보지 않은 걸까?

"참, 그저께 밤에도 그 남자랑 메시지를 주고받았어." 내가 기억을 더듬으며 말했다. "둘이 데이트 끝나고 들어와서도 메시지를 계속 주고받았거든. 보니 핸드폰을 확인해 보면 그 남자가 누군지 알 수 있지 않을까?"

제이크가 턱을 문질렀다. 내게 말을 해 줄지 말지 고민하는 모양새였다. 그러다 결국 한숨을 내쉬며 입을 열었다. "메시지는 이미 확인했어. 남자 친구로 추정되는 번호가 하나 있기는 한데 대포폰이야."

순간 등골이 서늘해졌다. 보니가 푹 빠져 있던 존잘남이 대포폰을 썼다니. 그렇다면 그는 진짜 의사가 아닐지도 모른다. 그가 했던 말은 전부 거짓이었을 테고, 보니가 알던 이름도 가짜였을 것이다.

설마 처음부터 살인을 목적으로 보니에게 접근한 걸까?

"그 남자가 범인이네." 목이 메어와 마른침을 꿀꺽 삼켰다. "보니랑 사귀던 그 남자가 죽인 게 분명해."

"그 부분도 염두에 두고 조사 중이야. 하지만 다른 사람일 가능성도 열어놔야지."

그 남자가 범인이 확실해 보였지만, 제이크의 말도 일리가 있었다. 다른 사람일 가능성도 있었다. 이를테면 보니네 집 열쇠를 가지고 있어 집 안을 자유로이 드나들 수 있는 남자. 보니가 단둘이 있기를 꺼렸던 바로 그 남자 말이다.

그런데 랜디를 범인으로 지목해도 될까? 그는 내 절친한 친구의 연인이자 오랫동안 알고 지내온 관리인이었다.

아니다. 조금이라도 의심된다면 반드시 알려야 했다.

"저기… 랜디 먼시라고 우리 건물 관리인이 있는데. 보니네 집 열쇠를 가지고 있어."

제이크가 고개를 주억거렸다. 전혀 놀라는 기색이 없었다. "랜디 먼시 씨는 알리바이가 있어. 어제 밤새도록 여자 친구와 같이 있었대."

그랬겠지. 매일 밤 붙어 있으니 어제라고 다를 리 없겠지. 랜디가 범인이 아니라는 사실에 안도감이 밀려왔다. 그 순간, 또 다른 용의자가 번뜩 떠올랐다.

"한 명 더 있어." 내가 서둘러 덧붙였다. "며칠 전에 내가 싱크에서 만난 남자가 있는데. 그 사람도 조사해 봐야 할 것 같아."

"데이트한 거야?" 그가 불쑥 물었다.

내가 눈을 치켜떴다. "응. 암튼 그 남자가 좀…." 케빈과의 일을 구구절절 늘어놓고 싶지는 않았다. 그의 비난 섞인 시선을 감당해 낼 자신이 없었다. 하지만 사건의 심각성만은 전달해야 했다. "데이트가 좀 안 좋게 끝났거든. 근데 어젯밤에 그 남자가 집 앞에 불쑥 찾아와서 행패를 부렸어. 그때 보니가 나서서 그 남자를 쫓아 보냈는데…."

울컥해서 말문이 막혔다. 어젯밤 나를 지켜주던 보니의 모습이 떠올라 눈물이 터질 것만 같았다. 보니는 진정한 친구였다. 만약 나 때문에 살해당한 거면 어떡하지?

"걱정 마. 범인을 반드시 잡을 테니까." 제이크가 나를 안심시켰다. "이 사건에 엄청난 인력이 투입됐고, 나도 사활을 걸었거든. 일단 네가 싱크에서 만났다던 남자부터 모든 용의자를 샅샅이 뒤져서 꼭 잡고 말겠어." 그의 미간 사이에 주름이 깊게 팼다. "시드니, 나 믿지?"

나는 그를 믿는다. 제이크보다 일에 미쳐 있는 사람은 본 적이 없었으니까. 그가 전 부인에게 이혼당하고, 내가 그와 이별을 결심한 이유도 그 때문이었다. 2주 넘게 그와 밥 한 끼도 같이 먹지 못했다는 사실을 깨달은 날, 나는 짐을 싸며 소리쳤다. '얼굴도 못 보는데 이게 무슨 연애야!'

제이크는 일을 줄이겠다는 빈말조차 하지 않았다. 오히려 예의 진중한 목소리로 말했다. 인생에서 최우선 순위는 일이라고, 자신과 함께할 여자라면 그 사실을 존중해야 한다고.

내 첫사랑은 그렇게 끝이 났다.

나는 더 이상 제이크를 사랑하지 않는다. 한때는 그를 증오했지

만 지금 이 순간만큼은 그가 여기에 있어 다행이라는 생각이 들
었다. 보니에게 일어난 비극의 진실을 밝힐 수 있는 사람은 제이크
뿐이니까.

13

과거
톰

엄마는 커뮤니티 센터까지 굳이 나를 태워주겠다며 고집을 피웠다. 센터가 마을 반대편에 있다는 이유에서였다.

처음에는 단칼에 거절했다. 고물상에서 갓 건져 올린 듯한 낡아빠진 쉐보레를 누가 보기라도 하면 너무 창피하니까. 그러다 운전대를 잡게 해준다는 말에 그만 홀딱 넘어가 버렸다. 여름에 면허를 따고도 써먹지 못해 몸이 근질근질하던 참이었다.

"사이드미러 확인했니?" 좌회전하려고 차선을 바꾸는 내게 엄마가 물었다. 오늘만 오백만 번쯤 들은 것 같다.

"당연히 했지."

"혹시나 해서 물어본 거야."

"아, 진짜. 엄마, 나도 운전할 줄 알거든?"

마침내 사이드미러는 봤냐, 방향 지시등은 켰냐, 하는 엄마의 잔소리가 끊기고 운전에만 집중할 수 있게 되었다. 15분 남짓한 짧은 거리였지만 매 순간을 만끽했다. 어쩌면 내년에는 학교에 차를 몰고 다니게 해줄지도 모른다. 고3 선배들은 대부분 차를 끌고 등교하니까. 과외로 번 돈을 모아두었으니 엄마 차보다 괜찮은 녀석으로 하나 장만할 수 있을 것이다.

"네 여자 친구도 박람회에서 온다니?"

빨간불이길 천만다행이지, 아니었다면 앞차를 그대로 들이받을 뻔했다.

"누, 누구?"

"데이지 드리스컬 말이야. 네 여자 친구 맞지?"

엄마가 어떻게 아는 거지? 얼굴이 불에 덴 듯 뜨거워졌다.

"뭐 그런 거 같기도 하고. 몰라."

데이지와 나는 사귀자는 말을 꺼낸 적이 없었다. 데이지가 나를 남자 친구로 생각하는지조차 확실치 않았다. 하지만 키스까지 했으니 사귀는 사이가 맞지 않을까? 내가 다른 애를 만나는 것도 아니니까.

그래도 혼자 미루어 짐작하고 싶지는 않았다.

당황한 나를 보며 엄마가 싱긋 웃었다. 웃을 때면 얼굴에 난 주름이 한층 도드라졌다. 언제 이렇게 폭삭 늙은 건지 문득 가슴이 아려왔다.

"애가 참 착하던데. 용기 내서 데이지한테 데이트 신청도 하고 장하네."

이런 말에는 대체 뭐라고 답해야 하지? 고맙다고 해야 하나? 결국 신음 섞인 소리만 새어 나왔다.

"톰, 혹시라도 조언 필요하면 언제든지—"

"필요 없어."

"생일이나 기념일은 꼭 챙기렴. 그리고 꽃을 싫어하는 여자는 없단다."

데이지는 아니다. 내가 잔디밭에서 꽃 한 송이 꺾었다고 울상이 되었으니까. 화분에 심긴 꽃을 선물하면 괜찮으려나. 아무튼 엄마와 이런 이야기를 나누고 싶지 않았다. 나는 온 신경을 운전에만 쏟았다.

약속 시간보다 10분 일찍 커뮤니티 센터 주차장에 도착했다. 나는 엄마의 뺨에 입을 맞추고는 서둘러 입구로 향했다. 데이지의 얼굴을 조금이라도 일찍 보고 싶어서였다. 하지만 문 앞에 서 있는 사람은 데이지가 아니라 앨리슨이었다.

오늘은 앨리슨을 상대할 기분이 아니었다. 어젯밤에 잠을 설친 탓이었다. 새벽 2시쯤 부모님이 싸우는 소리에 잠이 깼다. 엄밀히 말하면 아빠 혼자 고래고래 고함을 질렀고, 엄마는 울었다. 그러다 무언가 크게 부딪히는 소리에 아래층으로 다급히 내려갔다. 하지만 이미 아빠는 지하실로 사라진 뒤였고, 엄마는 소파에 앉아 급히 눈물을 훔치며 울지 않은 척을 했다.

그런 일을 겪은 후 다시 잠들기란 쉽지 않다. 그나마 다행인 건 엄마 얼굴에 멍 자국이 보이지 않았다는 점이다. 물론 다른 곳은 멍투성이일지도 모르지만.

나는 그만 생각하려 애썼다. 생각할수록 화만 치밀 뿐이니까.

앨리슨이 특유의 아니꼬운 표정으로 나를 맞이했다. "뭐야, 또 너야? 네가 오는 줄 몰랐는데."

"데이지가 오라고 해서." 나는 방어적으로 들리지 않게 조심했다. 나 참, 건강 박람회에 봉사하러 온 것까지 해명해야 하나?

"끝내주네." 앨리슨이 퉁명스레 대꾸했다.

앨리슨은 나에게 친절했던 적이 한 번도 없었다. 나를 왜 그렇게 싫어하냐고 따져 묻고 싶었지만, 뻔한 사실을 굳이 그녀의 입으로 확인하고 싶지 않았다.

"그래, 네가 와서 데이지가 참 좋아하겠네." 앨리슨이 마지못해 말했다.

"어, 그래."

그때 불쾌한 생각이라도 났는지 앨리슨이 오만상 인상을 썼다. "설마 민달팽이도 오는 건 아니지?"

"안 와." 녀석은 죽었다 깨도 이런 행사에는 안 올 것이다. 뭐, 그럴 일은 절대 없겠지만 앨리슨과 잘해볼 기회가 생긴다 해도 마찬가지일 것이다.

앨리슨이 몸서리를 쳤다. 민달팽이의 짝사랑이 얼마나 덧없는지 새삼 느껴졌다. 녀석은 앨리슨이 '섹시한 사서' 같다며 입이 마르도록 칭찬했지만, 그게 왜 매력적인 건지 나로서는 도저히 이해할 수 없었다.

그때 뒤편 게시판에 붙은 기타 수업 전단이 눈에 들어왔다. 기타를 배우면 데이지가 좋아할까? 여자애들은 그런 거에 환장한다던데. 데이지에게 잘 보일 수만 있다면 뭐든 할 각오가 되어 있었다.

앨리슨이 내 시선을 따라 고개를 돌렸다. 나처럼 기타 수업 전단을 보고 있는 줄 알았는데, 그녀가 엉뚱한 말을 내뱉었다. "저 애는 아직도 못 찾았지?"

"누굴…?" 그러다 앨리슨이 뭘 보고 있는지 깨달았다. 오래전에 가출한 브랜디 힐리의 실종 전단이었다. "아, 그럴걸."

"얼마나 됐지?"

나는 어깨를 으쓱했다. "글쎄. 너덧 달쯤?"

"너랑 알던 사이지?"

순간 등골에 한기가 서렸다. "뭐, 그렇지. 같은 반이었으니까."

앨리슨의 황토색 눈동자가 내 얼굴을 꿰뚫을 듯 응시했다. "그래. 근데 너, 걔한테 수학 과외도 해줬었잖아."

머릿속에서 경보음이 울리기 시작했다. 앨리슨의 말이 맞다. 브랜디는 실종되기 전까지 내가 수학을 가르쳐주던 애였다. 그런데 그게 뭐 어쨌단 말인가. 브랜디가 가출한 게 내 탓도 아니고. 나는 그저 그 애가 기하학 시험에 통과하도록 도와주던 별 볼 일 없는 동급생이었을 뿐이다. 경찰도 나에게는 관심조차 없었다.

말문이 막혀 입만 벙긋거리고 있을 때, 마침 데이지가 활짝 웃으며 달려왔다. 두 뺨이 발그레했다.

"톰! 앨리슨!" 데이지가 밭은 숨을 몰아쉬었다. "왔구나!"

"당연히 오지, 그럼 안 오냐?"

앨리슨의 까칠한 태도에도 아랑곳하지 않고 데이지는 그녀를 따뜻하게 안아 주었다. 그런 다음 내게도 품을 내주었다. 우리의 포옹은 훨씬 더 길었다. 데이지가 내 바지 속에 봉긋 솟아오른 흔적을 가릴 봉사자용 앞치마를 건넸을 때, 나는 진심으로 안도했다.

"톰, 네가 할 수 있는 일이 뭐가 있을까. 혹시 혈압 잴 줄 알아?"

그럴 리가. "배우면 되지 않을까?"

잠시 고민하던 데이지가 고개를 내저었다. "앨리슨, 혈압 체크는 네가 맡아 줘. 톰은 피 뽑으면 되겠다."

뭐, 뭘 한다고?

데이지가 내 손을 덥석 잡고 클립보드를 든 중년 여성 앞으로 끌고 갔다.

"엘리스 아주머니, 안녕하세요." 데이지가 정중히 인사했다. "혈당 체크를 도와줄 새 봉사자를 데려왔어요."

엘리스가 나를 향해 생글 웃으며 펜을 집어 들었다. "잘 왔다. 이름이 뭐니?"

"톰 브루어예요." 데이지가 대신 답했다. "제 남자 친구랍니다."

순간 내 얼굴이 굳었다. 방금 데이지가 나를 남자 친구라고 소개한 건가? 내가 정말 그녀의 남자 친구가 된 걸까? 드디어 합격한 걸까? 속으로 환호성을 내질렀다.

엘리스에게 등록을 마친 후, 데이지는 '당뇨 검사'라는 팻말이 놓인 탁자로 나를 데려갔다. 탁자 주변에는 의자들이 놓여 있었고, 위에는 소형 혈당 측정기가 몇 대 보였다.

"자, 네가 할 일을 말해 줄게." 데이지가 사뭇 긴장한 목소리로 설명을 이어갔다. "이 채혈기로 손가락을 찌른 다음, 검사지에 피 한 방울을 묻히면 혈당 수치가 나올 거야."

"알았어."

오후 내내 피를 뽑을 생각에 흥분이 차올랐다. 그저 건강한 식습관이나 운동법이 적힌 책자나 나눠줄 줄 알았는데, 손가락에 바늘을 꽂게 될 줄이야. 의대에 가기도 전에 이런 경험을 하다니 앞으로 봉사를 더 자주 와야겠다 싶었다.

데이지가 나를 보며 환하게 웃었다. "역시 너라면 잘할 수 있을 줄 알았어. 앨리슨은 피만 보면 기겁하거든. 넌 괜찮지?"

"당연하지."

"잘 됐다. 대신 네가 미성년자라는 사실은 아무한테도 말하면 안 돼. 혈당 체크는 원래 열여덟 살 이상 성인만 할 수 있거든."

데이지가 거짓말 같은 부도덕한 일을 제안하다니. 웬일인지 그 모습을 보자 그녀가 더 좋아졌다. 내 머릿속은 온통 데이지 생각뿐이다. 그녀와 함께 있을 때면 심장이 터질 것만 같다. 어떨 때는 너무 좋아서 숨이 턱 막힐 지경이다.

"근데 아까 내가 했던 말 때문에 기분 상한 건 아니지?" 그녀가 머뭇거리며 물었다.

"무슨 말?"

데이지가 발끝을 이리저리 굴렸다. "음, 널 내 남자 친구라고 소개한 거 말이야. 우리 그런 얘기 나눈 적 없잖아." 그녀가 떨리는 숨을 들이켰다. "그게… 나도 모르게 툭 튀어나왔지 뭐야. 네가 싫으면 내 남자 친구 안 해도 돼. 신경 쓰지 마."

"아니야." 내가 재빨리 대꾸했다. "나 네 남자 친구 할래."

데이지의 푸른 눈이 환히 빛났다. "정말?"

내가 자기를 얼마나 원하는지 데이지는 꿈에도 모를 거다. "응, 정말."

그 말을 들은 데이지는 너무나 행복해 보였다. 콧노래를 흥얼거리며 검사지를 꺼내 측정기에 끼우는 법을 설명했다. 나는 그녀를 주의 깊게 살폈다. 사용법을 익혀야 하기도 했지만, 그녀의 얼굴에서 눈을 뗄 수 없었기 때문이었다.

설명을 마친 데이지가 내게 물었다. "이해했지?"

"응." 그리 어렵지 않은 작업이었다.

데이지가 고개를 비스듬히 기울였다. "나한테 연습해 볼래?"

심장이 요동쳤다. 데이지의 손가락에 바늘을 꽂으라고? 좋은 생각 같지 않았다. 그런 생각을 억누르려 안간힘을 써오던 참이었으니까. "글쎄, 그건 좀…."

"이리 와. 연습도 안 해 보고 봉사를 시킬 순 없잖아."

그 상대가 왜 하필 데이지 드리스컬이어야 하냐고.

하지만 피하기에는 이미 늦었다. 데이지는 이미 플라스틱 의자에 앉아 내가 옆자리에 앉기만을 기다리고 있었다. 탁자 위에 놓인 부드러운 손목 위로 요골 동맥이 희미하게 뛰는 게 보였다.

"먼저 채혈기에 침부터 꽂아야 해. 당연히 재사용은 금물이고."

"그, 그래."

데이지가 가르쳐주는 대로 따르려 했지만, 손이 부들부들 떨렸다. 네 번의 시도 끝에야 겨우 채혈침을 삽입했다. 민망해하는 나를 보며 데이지가 웃음을 터뜨렸다. "외과 의사가 될 사람이 이렇게 손을 떨어서 되겠어?"

겨우 채혈침 장착을 마치자 데이지가 검지를 내밀었다. 채혈기를 손가락 끝에 대고 버튼을 누르자 덜컥 소리와 함께 바늘이 튀어나왔다. 채혈기를 떼어내니 손끝에서 붉은 핏방울이 배어 나왔다.

"이 정도면 돼?"

"조금 더 짜내야 할 거야. 난 피가 잘 안 나오는 편이거든."

나는 데이지의 손가락을 잡고 피를 짜냈다. 진홍빛 핏방울이 점점 커지는 모습을 나는 넋을 잃고 바라보았다. 세상에서 제일 예쁜 데이지도 피만큼은 다른 사람과 똑같다는 사실이 신기했다. 색깔도, 농도도 똑같았다.

그리고 피를 2리터 남짓 쏟아내면 다른 사람들처럼 죽고 말겠지.

아니, 데이지 정도의 체구면 1리터만 유실돼도 사망에 이를 것이다. 그녀의 뺨에서 핏기가 사라지고 몸이 힘없이 늘어지는 광경이 선명하게 그려졌다. 처음에는 부드럽게 축 늘어지다가 사후 강직이 오면 뻣뻣하게 굳어질 것이다. 책에서 다 읽은 내용이었다.

데이지를 죽이기란 식은 죽 먹기일 것이다.

"톰?" 데이지가 걱정 어린 목소리로 나를 불렀다. "괜찮아? 너 안색이 창백해."

"괜찮아."

"근데 손가락을 너무 세게 눌러서 좀 아픈데."

나는 서둘러 검사지에 피를 묻혔다. 데이지가 불안한 표정으로 손을 거두어 갔다. 기기가 혈당을 측정하기 시작했다. 30초, 29초, 28초….

"반창고 붙여줄까?" 내가 물었다.

데이지가 나를 잠시 빤히 쳐다보더니 고개를 저었다. "내가 할게."

그러고는 탁자 위에 놓인 상자에서 반창고를 꺼냈다. 한 손으로 붙이려 낑낑대기에 내가 도와주려 했지만, 그녀가 나를 밀쳐냈다. 하, 망했다. 차라리 혈압을 재는 법을 안다고 거짓말할 걸 그랬다. 방법은 어떻게든 알아내면 됐을 텐데.

혈압 체크가 훨씬 안전한 선택이었을 것이다.

"톰, 당뇨 검사 맡아도 괜찮겠어?"

"응, 괜찮아."

“진짜지?”

“응.”

그때 혈당 측정기에서 삑삑 소리가 울렸다. 결과는 120.

“공복이 아닌 상태에서 정상이야. 여기 적힌 수치표 참고하면 돼. 혈당이 높게 나오면 빨리 병원에 가보라고 안내해 드려.”

“알았어.” 내가 겨우 웃어 보였다. “처음이라 긴장했나 봐. 이제 감 잡았으니 걱정 마.”

데이지가 한참이나 나를 살폈다. 이내 표정을 누그러뜨리고는 내 팔뚝을 살짝 쥐었다. “난 너 믿어.”

조금 전 피를 짜내며 내 머릿속에 스쳤던 생각들을 알게 된 후에도, 과연 데이지가 나를 계속 믿어 줄까?

14

시드니

그레천과 나는 오늘 밤새 우느라 휴지 한 통과 와인 한 병을 몽땅 비워냈다.

와인 잔이 비어갈수록 보니를 추억하는 우리의 대화는 눈물로 얼룩져 갔다. 그레천의 눈과 코는 시뻘겋게 부어올랐고, 내 몰골도 크게 다르지 않을 게 분명했다. 밤이 깊었지만 그레천은 떠날 생각이 없어 보였다. 나 역시 그녀가 곁에 있어 주기를 바랐다.

"너 보니가 웃는 연습하는 거 본 적 있어?" 그레천이 물었다.

"웃는 연습?"

"어!" 그레천이 눈물 젖은 미소를 지어 보였다. "거울 보면서 연습하다가 나한테 딱 걸렸잖아. 사람들한테 괜한 오해를 사지 않으려고 상황별 미소를 연습하는 거래. 행복한 미소, 고객 응대용 미소, 썰렁한 농담 상대용 미소가 다 따로 있더라니까."

"와, 전혀 몰랐어. 그럼 우리가 본 미소는 어떤 미소였을까?"

"당연히 진짜 미소지!" 그레천이 발끈했다.

"그런가…."

하지만 내심 보니에게 우리가 모르는 다른 면이 있었던 걸 아닐까, 하는 의구심이 들었다. 그녀를 잘 안다고 자부했지만, 내가 닿을 수 없는 영역이 존재했다. 이를테면 존잘남과 사랑에 빠져 진지하게 교제하고 싶어 하면서도, 우리에게 그를 소개해 주기는커녕 이름조차 알려주지 않은 것처럼.

만약 보니가 우리에게 그를 소개해 주었더라면 상황은 달랐을 것이다. 친구들이 그의 얼굴을 알았다면, 감히 보니를 죽일 엄두를 내지 못했을 테니까.

거기까지 생각이 미치자 다시금 눈물이 차올랐다.

"아, 맞다!" 그레천이 가방을 뒤적거렸다. "내가 가져온 게 있는데."

나는 휴지를 뽑아 눈가를 두드렸다. "뭔데?"

그레천이 곱창 머리끈을 당당하게 꺼내 들었다. "보니가 우리 집에 두고 간 거야. 하나씩 나눠 갖자. 보니를 기리는 의미로."

경건한 마음으로 머리끈을 건네받아 머리를 묶었다. 그레천도 따라 했다. 역시나 우리 둘 다 우스꽝스러웠다. 곱창 머리끈을 멋지게 소화할 수 있는 사람은 역시 보니뿐이었다.

그레천이 탁자 위에 놓인 와인 잔을 들어 올렸다. 오늘 아침까지만 해도 한 병 가득했던 와인의 마지막 한 모금이었다. "보니를 위하여."

나도 잔을 맞부딪쳤다. "보니를 위하여."

그 말을 끝으로 우리는 마지막 잔을 단숨에 들이켰다. 한 병 더 있었으면 좋았을 텐데. 집안에 와인을 상비해 두어야겠다. 조만간 내 절친한 친구가 또 살해당할 상황에 대비해 집안에 와인을 비축해 두어야겠다.

그레천이 떨리는 숨을 내뱉었다. "이제 그만 가야겠다. 너무 늦었네."

가지 말라고 붙잡고 싶었으나 이미 자정이 가까웠다. 나 역시 잠을 청해야 할 시각이었지만 어차피 밤새 뒤척일 게 뻔했다. "우버 불러줄까?"

그레천이 고개를 저었다. "아니, 랜디네 집에서 자고 가려고."

그래, 그레천은 나처럼 혼자 밤을 지새울 필요가 없지. "랜디는 좀 어때?"

랜디가 어떤 사람인지 여전히 헷갈리지만, 오늘 아침에 보여준 모습만큼은 칭찬할 만했다. 그는 내 비명을 듣자마자 곧장 달려와 상황을 수습했다. 혼절하기 직전인 나를 거실로 옮긴 뒤 침실 문을 닫고 바로 112에 신고했다. 충격으로 숨도 제대로 못 쉬던 나와 달리, 랜디는 소름 끼칠 정도로 침착했다. 그때는 고마울 따름이었지만, 그 역시 충격을 크게 받았을 터였다.

"괜찮대. 원래 무덤덤한 사람이라."

토막 난 시신을 코앞에서 보고도 어떻게 무덤덤할 수 있지?

"암튼." 그레천이 퉁퉁 부은 눈을 비비며 일어났다. "나 그만 갈게. 내일 다시 얘기하자."

그녀를 현관까지 배웅하면서도 속으로는 제발 가지 말라고 외쳐댔다. 한밤중이라도 와인 한 병쯤은 어떻게든 구할 수 있을 것이다. 그레천과 밤새 보니 이야기를 나누다 지쳐 잠들고 싶었다.

하지만 그녀를 붙잡을 수는 없었다. 현관에서 포옹한 후 그레천은 복도를 지나 엘리베이터로 걸어갔다. 나는 그녀가 시야에서 완전히 사라질 때까지 문을 조금 열어둔 채 뒷모습을 지켜보았다.

이제 다시 혼자다.

가끔은 혼자인 게 좋을 때도 있었다. 워낙 이상한 룸메이트를 많이 겪어본 터라 나는 고독을 즐기는 편이다. 하지만 지금은 그 고독이 끔찍이도 싫었다. 텅 빈 집 안에 철저하게 혼자만 남겨진 기분이었다.

나는 술을 대신할 만한 것을 찾아 주방으로 갔다. 냉동실에 민트초코 맛 아이스크림 한 통이 있었다. 내가 제일 싫어하는 맛이다. 혼자 사는 집에 왜 내가 싫어하는 아이스크림만 있는 건지 의아해하던 찰나, 번뜩 기억이 났다. 저녁을 같이 먹기로 했던 날, 보니가 사 온 것이었다. 그날 나는 요리를 맡고 보니는 디저트를 가져오기로 했었다. 하필 제일 싫어하는 맛을 사 왔다고 타박하는 내게 보니가 웃으며 말했다. "시드니, 무슨 맛인지가 뭐가 중요해? 아이스크림은 뭐든 다 맛있는 법이라고."

결국 보니를 기리는 의미로 곱창 머리끈을 묶은 채 민트초코 맛 아이스크림을 먹기로 했다.

나는 아이스크림 통을 들고 다시 소파에 털썩 주저앉았다. 싫어하는 맛인데도 무척 맛있었다. 보니 말대로 아이스크림은 뭐든 다 맛있는 모양이다.

입안 가득 차가운 덩어리를 밀어 넣으며 핸드폰을 집어 들었다. 곧장 싱크 앱을 열었다. 의문의 남자를 찾아 헤매던 오늘 아침이 백만 년 전처럼 까마득했다. 지금 그 남자 따위는 안중에도 없었다.

이번에는 검색창에 정확한 이름을 써넣었다. 제이크 수자.

검색 버튼을 누르자마자 그의 프로필이 떴다.

15

제이크가 여전히 솔로라는 확증이나 다름없었다. 싱크에 가입되어 있지 않은가. 우리가 서로의 반쪽이 아니라는 걸 처절히 깨달은 후에도 그는 여전히 누군가를 찾아 헤매는 중이었다.

프로필 사진 속 제이크는 근사했다. 케빈처럼 가짜 사진이 아니었다. 꾸민 흔적 없이 실제와 같은 모습이었다. 하긴, 제이크는 숨길 게 없는 사람이었다. 늘 겉과 속이 한결같았으니까. 사진 속 그는 매일 출근할 때 입는 셔츠와 넥타이 차림이었고, 턱에는 수염이 거뭇하게 돋아 있었다. 제이크는 면도하고 돌아서면 수염이 다시 자라났다. 덕분에 사춘기 시절 턱에 생긴 여드름 흉터가 가려졌다. 10대 시절 호리호리했을 제이크의 모습이 상상조차 안 되었다. 그는 태어날 때부터 서른다섯 살이었던 사람 같았다.

나는 프로필에 적힌 세부 정보를 살폈다. '자녀 없음, 자녀 원함, 비흡연자, 정치 성향 없음. 취미: 미식축구 시청'

거짓말. 제이크는 취미 따위를 즐길 시간이 없다.

원하는 이성상은 더 기가 막혔다. '기나긴 업무를 마치고 집으로 돌아온 나를 반겨주는 여자, 함께 따뜻한 저녁을 먹고 텔레비

전으로 영화 보기를 좋아하는 여자.'

거짓말도 정도껏 해야지. 제이크는 집에서 그를 반겨줄 여자를 원하는 게 아니다. 애초에 집에 들어올 생각도 없는 인간이니까.

속에서 분노가 부글부글 끓어올랐다. 하지만 그의 사진을 보고 있자니 예전의 이끌림이 되살아났다. 우리는 수년 전 싱크에서 처음 만났다. 둘 다 형편없는 데이트로 지쳐갈 때쯤이었다. 그를 처음 본 순간, 전신에 찌릿한 전율이 흘렀다. 그때 직감했다. 한동안 거지 같은 데이트는 하지 않아도 되리라는 걸.

우리는 왜 헤어져야 했을까. 지금쯤 결혼해서 아이를 낳고, 남들에게는 시각 공해일 뿐인 아기 사진을 페이스북에 도배하고 있어야 마땅한데.

나는 핸드폰 연락처 목록을 훑었다. 아니나 다를까, 제이크의 이름이 그대로 남아 있었다. 현명한 여자였다면 이별과 동시에 지워버렸을 테지만 나는 그러지 못했다. 그가 번호를 바꾸지 않는 한 내 핸드폰에 영구 박제되어 있을 것이다.

무언가에 홀린 듯 그의 이름을 눌렀다.

제이크가 전화를 받을 확률은 희박했다. 자정이 넘은 데다 사건 수사로 바쁠 테니까. 하지만 곧 그의 굵은 목소리가 흘러나왔다. 하긴 제이크는 잠이라는 걸 모르는 남자였다.

"시드니?"

"응, 나야."

그는 왜 전화했냐고 묻지 않았다. 그가 내 번호를 지우지 않았다는 사실이 많은 것을 말해 주었다. "그래."

그의 목소리를 듣자 기분이 한결 나아졌다. 제이크에게는 사람을 안심시켜 주는 힘이 있었다. 목소리만 들어도 그가 곁에 있는 듯한 안도감이 밀려왔다.

"수사는 어떻게 돼 가? 보니 남자 친구는 찾았어?"

"시드니, 수사 중인 사건은 말해 줄 수 없는 거 알잖아."

제이크는 규칙을 제 철칙처럼 지키는 인간이었다. "그래, 알았어."

그가 한숨을 길게 내쉬었다. "내가 말해 줄 수 있는 건 아직 체포된 사람은 없다는 것뿐이야."

"용의자는 특정했어?"

그가 망설이다 답했다. "아니."

기막힐 노릇이었다. 보니는 차가운 영안실에 누워 있는데, 그녀를 죽인 놈은 여전히 거리를 활보하고 있다니. "그게 말이 돼? 요즘은 지문이랑 DNA 판독 기술이 엄청나다며. 그런데 왜 여태 범인 하나를 못 잡아?"

"그렇게 간단한 문제가 아니야, 시드니. DNA랑 지문을 돌려 봐도 데이터베이스에 일치하는 인물이 없어." 그가 잠시 말을 멈추었다. "랜디 먼시가 뜨기는 하는데, 그 사람은 알리바이가 있으니까."

"끝내주네."

제이크에게 위로도 받고 범인을 잡았다는 소식도 듣기를 기대하며 전화를 걸었건만, 용의자조차 없다니 기가 찼다. 보니의 남자 친구 하나 추적하지 못한다는 게 말이 되나.

"시드니, 너 아직 혼자 살지?"

내가 발끈했다. "뜬금없이 무슨 소리야?"

"아니, 그러니까…." 제이크가 괜스레 헛기침했다. "조심하라고.

문단속 잘하고. 현관문에 보조 잠금장치 설치되어 있지?”

“응.”

“그것도 꼭 잠가. 그리고 아직도 싱크 앱 써?”

“어….”

“당분간은 좀 쉬는 게 좋지 않을까?”

나는 이를 악물었다. “어젯밤에 내 절친이 살해당했어. 데이트할 기분이 아니라고.”

“그래, 그럼 다행이고.”

별안간 불길한 예감이 스쳤다. “제이크, 혹시 내가 걱정해야 할 이유라도 있어?”

핸드폰 너머로 긴 침묵이 이어졌다. 지금 내 옆에 있었더라면 답답해서 멱살이라도 잡고 싶은 심정이었다.

“잘 들어.” 그가 마침내 입을 열었다. “아직 언론에도 공개하지 않은 내용인데, 넌 알아야 할 것 같아.”

“뭔데 그래?”

“비밀 지킬 자신 있어?”

“알았으니까 빨리 말해!”

“아까는 솔직하게 말을 못 했는데.” 그가 숨을 들이켰다. “사실 지문이 일치하는 건이 하나 나왔어.”

나는 놀란 숨을 삼켰다. 그렇다면 곧 범인을 잡을 수 있다는 뜻 아닌가. “그런데 왜 아직 체포를 안 한 거야?”

“그 지문이 누구 건지 모르거든.”

나는 미간을 찌푸렸다. “그게 무슨 소리야? 그럼 뭐랑 일치했다고 나온 건데?”

"다른 범죄 현장에서 채취한 지문."

그의 말뜻을 이해한 순간, 심장이 쿵 내려앉았다. 보니의 집에서 나온 지문이 다른 사건 현장에서 채취한 지문과 일치한다면….

"보니 또래의 여성이었어. 외모도 닮았고, 사망 전후 시신에 가해진 행위 등 여러모로 비슷한 점이 많아."

보니가 고문을 당했다는 건 경찰관들이 떠드는 소리를 우연히 들어서 이미 알고 있었다. 그런 이야기는 머릿속에 한 번 박히면 좀처럼 지워지지 않는 법이다. "구체적으로 뭐가 비슷하다는 얘기야?"

"진짜 아무한테도 말하면 안 돼, 시드니. 기밀 사항인데 넌 알아야 할 것 같아서 말해 주는 거니까."

자꾸 뜸을 들이는 통에 더는 알고 싶지 않다는 생각마저 들려했다. 하지만 궁금해서 한숨도 못 잘 게 뻔했다. "알았으니까 빨리 말해 봐."

"두 피해자 모두 머리카락 한 뭉텅이가 잘려 나갔어. 두피에 바짝 붙여서. 잘린 위치도 정확히 일치해. 집 안 어디에서도 발견되지 않은 걸 보면, 범인이 가져간 것 같아. 전리품처럼."

순간 미친 살인마가 지하실 유리병 속에 보니의 머리카락을 보관하고 있는 장면이 눈앞에 그려졌다.

"다른 피해자도 싱크에서 남자들을 많이 만났더라고. 최근에 데이트했던 남자들을 찾아내긴 했는데 다 용의선상에서 제외된 상태야. 현장에서 검출된 지문과 DNA도 죄다 신원미상이고."

"언제 있었던 일인데?"

"1년 6개월 전쯤."

보니가 그 남자를 만난 게 1년 전이니, 범인은 한 명을 죽이고 6개월 뒤 다음 희생자를 물색한 셈이다.

머리가 핑핑 돌았다. 와인 때문은 아니었다. 방금 먹은 아이스크림을 다 게워 낼 것 같았다.

"시드니, 반드시 잡을 테니 걱정 마." 제이크가 단호하게 말했다.

"아직 신원도 모른다며?"

"원래 우발적 범죄가 아니면 시간이 걸려." 짙은 눈썹 사이에 섹시한 주름을 잡고 있을 그의 모습이 상상됐다. "계획된 살인이라면 아무런 흔적도 남기지 않았을 거야. 공공장소에서 만나거나 SNS에 모습을 드러내지 않으려고 조심한 게 분명해. 본명을 숨겼을 가능성도 크고. 그래도 잡히는 건 시간문제야."

그다지 신뢰는 안 갔지만 다른 선택지가 없었다. 내가 할 수 있는 일은 아무것도 없었으니까. 젊은 여성을 노리는 연쇄 살인마가 도시를 배회한다면 경찰도 사활을 걸 수밖에 없을 것이다.

"시드니, 괜찮아?"

나는 텅 빈 와인 병과 휴지 상자, 녹아내린 아이스크림 통을 물끄러미 보았다. "괜찮을 리가 있겠어?"

"내가 지금 그쪽으로 갈까?"

얼굴이 확 달아올랐다. "뭐야, 지금 나한테 수작 부리는 거야?"

"아니! 절대 아니야." 당황해서 목까지 붉어졌을 그의 모습이 떠올랐다. 무척 귀여웠는데. "오늘 같은 날 네가 혼자 있기 싫을 것 같아서. 네가 원하면 같이 있어 주려고 했지. 걱정 마, 난 소파에 앉아 있기만 할 거니까."

"그럼 잠은 언제 자려고?"

"잠? 그게 뭐지?"

나도 모르게 피식 웃음이 났다. 제이크는 매일 두어 시간만 자고도 멀쩡한 인간이었다.

"됐어. 그레천이 밤새 같이 있다가 방금 갔어. 이제 자려고. 그리고 네가 오면 좀… 어색할 것 같아."

"내가 안 어색하게 할게."

"네가 어떻게 할 수 있는 게 아닐 텐데." 그때 하품이 나왔다. "암튼 이제 자러 가야겠어."

"알았어. 보조 잠금장치 거는 거 잊지 말고."

"아, 진짜. 그만 좀 해. 누가 우리 집에 쳐들어온다고 그래? 그럴 일 없으니까 신경 꺼."

"그래도 하라면 좀 해."

"엄마도 아니고 잔소리는." 내가 툴툴거렸다. "그만 끊어. 그리고 무시무시한 소식 전해줘서 고마워."

"그래, 잘자. 시드니."

전화를 끊고 시커먼 핸드폰 화면만 한참을 바라보았다. 이내 소파에서 일어나 현관으로 향했다. 보조 잠금장치가 제대로 잠겼는지 확인하고 또 확인했다.

16

과거
톰

땀에 흠뻑 젖은 채 잠에서 깨어났다.

또 데이지 꿈이었다. 이틀에 한 번꼴로 데이지가 꿈에 나타난다. 그때마다 나는 터질 듯한 심장 소리를 들으며 축축한 침대 위에서 눈을 뜬다.

꿈속에서 나는 데이지와 요리를 하고 있었다. 어릴 때부터 나는 엄마와 요리하는 걸 좋아했다. 요리는 '여자가 하는 일'이라는 아빠의 핀잔에도 굴하지 않았다. 머그 컵 바닥으로 칼날 가는 법을 익힌 덕분에 우리 집 부엌칼은 전부 지나칠 정도로 날카롭다.

데이지가 깍지콩을 썰다가 단말마의 비명을 질렀다. 현실이라면 손가락 끝에 가볍게 생채기만 났겠지만, 꿈속에서는 어찌 된 일인지 그녀의 손목이 댕강 잘려 나갔다. 잘린 손의 손가락들이 식탁 위에서 꿈틀거렸다. 데이지가 푸른 눈망울로 나를 올려다보았다. "톰, 큰일 났어."

그녀의 잘린 왼쪽 손목에서 피가 마구 뿜어져 나왔다. 내가 어쩔 줄 몰라 하며 물었다. "어떡하지?"

"글쎄." 데이지가 태연하게 말했다. "양팔이 짝짝이가 됐네. 반대쪽 손도 잘라줘."

좋은 생각이 아니라는 걸 알면서도 나는 홀린 듯 정육용 칼을 꺼냈다. 데이지가 조리대에 오른손을 올렸고, 나는 칼을 치켜들었다가 힘껏 내리쳤다. 칼날이 뼈를 가르며 손목을 깔끔하게 끊어냈다.

그 순간 잠에서 깼다.

일주일에 서너 번은 이런 꿈을 꾼다. 데이지를 칼로 찌르거나 목을 졸라 죽이는 꿈, 물속에 머리를 처박아 익사시키는 꿈. 깰 때마다 매번 안도감이 물밀듯이 밀려왔다.

현실이 아니구나, 내가 죽이지 않았구나, 데이지는 무사하구나, 하고.

하지만 오늘 밤 안도감은 오래가지 못했다. 나를 깨운 게 뭔지 금세 깨달았기 때문이었다.

엄마의 비명 소리였다.

나는 침대에서 벌떡 일어났다. 하얀 러닝셔츠와 팬티 차림으로 아래층을 향해 내달았다. 이렇게 처절한 비명은 오래간만이다. 어릴 때는 매일 같이 듣던 소리였다. 엄마는 무서운 소리가 들려도 절대 방에서 나오면 안 된다고 가르쳤다. "톰, 옷장 속에 꼭꼭 숨으렴. 엄마가 나오라고 할 때까지 절대 나오면 안 돼."

소리는 부엌 쪽에서 들려왔다. 아빠의 우렁찬 고함이 집 안을 가득 메웠다. "내가 밖에서 뭘 하든 네까짓 게 무슨 상관이야? 네년은 그저 예쁘게 꾸미고 밥상이나 잘 차려! 하나도 제대로 못 하는 주제에 어디서 까불어!"

쨍그랑, 유리가 깨지는 소리가 났다. 아빠가 엄마에게 접시를 던진 모양이다. 속에서 시뻘건 분노가 끓어 올랐다. 감히 엄마한테 저딴 말을 지껄이다니. 어릴 때는 무력했지만 지금은 아니다.

아빠는 여전히 나보다 덩치가 컸다. 판을 뒤집을 무기가 필요했다.

집 안에서 무기로 쓸 만한 물건들은 죄다 아빠가 버티고 선 부엌에 있었다. 거실을 둘러보던 내 시선이 벽난로 옆 부지깽이에 꽂혔다. 끝이 피부를 꿰뚫을 만큼 뾰족했다. 나는 부지깽이를 아빠의 가슴 깊숙이 박아 넣는 상상을 했다.

그래, 저거면 되겠다.

오른손에 부지깽이를 움켜쥐고 부엌으로 성큼성큼 들어갔다. 엄마는 바닥에 웅크린 채 흐느끼고 있었고, 아빠는 술 냄새를 풀풀 풍기며 엄마를 내려다보고 있었다. 바로 그때, 아빠가 도자기 컵을 엄마에게 내던졌다. 얼굴을 가까스로 비껴간 컵이 바닥에서 산산조각 났다.

"엄마한테서 떨어져."

내 경고에도 아빠는 한참이나 내 존재를 알아차리지 못했다. 그러다 속옷 차림의 나를 발견하고는 비릿한 비웃음을 흘렸다. "가서 잠이나 자라, 꼬맹이."

아빠는 나를 이름으로 부르는 법이 없다. 늘 '꼬맹이' 아니면 '자식'이다. 하지만 오늘 밤, 내가 더는 꼬맹이가 아니라는 사실을 깨닫게 될 것이다.

"떨어지라고 했을 텐데." 내가 부지깽이를 위협적으로 치켜들었다. "아니면 가만두지 않을 거예요."

아빠가 나를 위아래로 훑더니 내 손에 들린 날카로운 금속을 응시했다. 대뜸 폭소를 터뜨리며 엄마를 돌아보았다. "이 자식 좀 봐, 루앤. 부지깽이로 날 위협하는데?"

얼굴을 든 엄마의 두 눈이 퉁퉁 부어 있었다. 울어서 그런 건지, 아빠에게 맞아서 그런 건지 알 수 없었다. "톰, 끼어들지 말고 어서 네 방으로 가."

"엄마 말 들어라, 꼬맹이. 올라가서 네 일이나 신경 써."

"싫은데요."

아빠의 두 눈을 노려보았다. 내 코와 턱, 체격 모두 엄마를 쏙 빼닮았지만, 눈만큼은 아빠와 똑같았다. 원하는 것을 향해 레이저처럼 꽂히는 어두운 눈빛.

아빠가 부엌을 가로질러 나에게 성큼 다가왔다. 손만 뻗으면 찌를 수 있는 거리였다. 부지깽이를 불룩한 배에 쑤셔 넣기만 하면 모든 게 끝난다. 더는 엄마를 괴롭히지 못할 것이다.

하지만 멈칫했다. 과연 내가 아빠를 찌를 수 있을까?

그 찰나의 망설임이 화근이었다. 내가 손쓸 새도 없이 아빠가 부지깽이를 낚아채 갔다.

"그래, 톰. 방금 뭐라고 씨불였지?" 아빠의 시커먼 눈동자가 나를 죽일 듯 쏘아보았다.

이럴 수가, 순식간에 상황이 뒤집혔다. 엄마가 벌떡 일어나 달려왔다. "안 돼, 빌! 애는 건드리지 마!"

아빠의 손짓 한 번에 엄마는 헝겊 인형처럼 바닥에 나동그라졌다. 머리가 가스레인지에 부딪히며 쿵, 큰소리를 냈다. 정신을 잃을 정도는 아니었지만, 엄마는 맞서 싸울 의지가 완전히 꺾여 버린 듯했다.

이제 부지깽이를 꼬나쥔 아빠와 나, 단둘만의 싸움이다.

"잘 들어라, 꼬맹이." 아빠의 목소리는 낮고 위협적이었다. "엄마와 나 사이의 일은 네 놈이 상관할 바가 아니야. 알겠냐?"

대꾸가 없자 아빠가 부지깽이로 내 배를 찔렀다. 날카로운 선단이 러닝셔츠를 뚫고 피부를 압박했다. 고통 섞인 신음이 터져 나왔다.

"빌!" 바닥에 쓰러진 엄마가 울부짖었다. "제발 그만해! 제발!"

아빠가 머리를 홱 돌렸다. "닥쳐, 루앤! 한 번만 더 나불거리면 저 자식 배때기에 부지깽이를 확 쑤셔 박아 버릴 테니까."

정말 그러고도 남을 인간이었다. 안 그래도 포악한데 술까지 퍼마신 상태였으니까. 그의 손에서 부지깽이를 빼앗을 여력도 없었다. 아빠가 손에 힘을 주는 순간, 예리한 금속 날이 내 피부를 뚫고 내장을 관통할 것이다. 실로 고통스러운 죽음이 목전까지 다가왔다.

"앞으로 엄마 아빠 일에 참견 마라. 알겠냐, 꼬맹이?" 아빠가 으름장을 놨다.

대답이 없자 아빠는 부지깽이를 쥔 손에 힘을 실었다. 뾰족한 날이 살갗을 가르자 하얀 러닝셔츠가 순식간에 붉게 물들었다. 엄청난 고통에 다리가 후들거렸다. 엄마는 나를 해치지 말라며 애원할 뿐 움직이지는 않았다. 나를 도울 수 없다는 걸 엄마도 아는 것이다.

차라리 아빠가 나를 죽이고 평생 감옥에서 썩기를 바랐다. 그러면 엄마는 안전할 테니까. 하지만 죽고 싶지 않은 마음이 더 컸다. 하고 싶은 일이 너무 많았다. 의사가 되고 싶었다. 데이지와 첫 경험을 하고 언젠가 그녀와 결혼도 하고 싶었다. 내 꿈을 이룰 수 있을지는 미지수였지만, 적어도 한 가지만은 확실했다. 이 허름한 집 구석에서 아빠의 손에 죽고 싶지는 않다는 것.

"알았어요." 두 손을 치켜들고 풀 죽은 목소리로 답했다. "시키는 대로 할게요."

아빠가 거칠게 콧김을 뿜었다. "한밤중에 무슨 소리가 나도 가만히 있을 자신 있냐?"

"네." 이를 악물었다.

"뭐? 잘 안 들리는데?"

"그럴게요!"

그제야 만족한 듯 아빠가 부지깽이를 거두었다. 날카로운 통증은 가셨지만 둔탁한 아픔이 그 자리를 대신했다. 러닝셔츠 끝자락이 내 피로 축축하게 젖어 있었다. 잠자리에 들기 전에 상처부터 닦아내야 했다. 침대보를 더럽히고 싶지 않았다.

"썩 꺼져, 이 자식아." 아빠가 퉁명스레 외쳤다.

엄마를 두고 가고 싶지 않았지만, 그녀는 눈빛으로 애원했다. 어서 가라고. 나는 아빠가 시키는 대로 물러났다. 머지않아 아빠는 자신을 주체하지 못하고 엄마를 죽이고 말 것이다. 그 전에 무슨 수를 써서든 막아야만 한다.

17

현재

시드니

오늘은 보니의 장례식 날이다.

장소는 보니의 부모님이 사는 브루클린의 한 교회다. 아이러니하게도 보니는 생전에 교회 근처에도 가본 적이 없었다. 다른 종교를 믿거나 특별히 종교를 거부한 건 아니니 불쾌해하지는 않을 것이다.

그보다 서른셋에 장례를 치르게 됐다는 사실이 훨씬 억울하겠지.

나와 그레천, 랜디는 노란 택시에 몸을 구겨 넣고 벤슨허스트로 향했다. 달궈진 가죽 시트의 냄새가 차 안에 진동했다. 랜디는 지하철을 고집했지만, 장례식 복장을 차려입은 채 지하철을 타고 싶지는 않았다. 무엇보다 제시간에 도착하지 못할까 봐 걱정되었다. 보니는 시간관념이 철저했다. 장례식에 늦었다가는 죽어서도 족히 1년은 우리를 쫓아다니며 괴롭힐 것이다.

"휴지 챙겼어?" 중간에 앉은 그레천에게 내가 물었다.

"응, 바리바리 싸 왔지."

"휴지는 왜?" 랜디가 불쑥 물었다. "먹을 거라도 나와?"

랜디는 검은색에 가까운 짙푸른 색 정장을 입고 왔다. 덥수룩한 갈색 머리도 나름 빗어 넘긴 듯했으나, 창문을 활짝 열고 달린 탓에 바람에 날려 엉망이 되어 있었다.

"장례식에 가는 거잖아요." 내 일침에도 랜디가 여전히 멍한 표정을 짓기에 한마디 덧붙였다. "슬프지 않겠어요?"

"그렇긴 한데…." 랜디가 이맛살을 찌푸렸다. "그냥 친구였잖아요. 가족도 아닌데 뭘 그렇게까지."

나는 아연실색하여 랜디를 쳐다보기만 할 뿐이었다. 악의는 없었으나, 친구의 죽음에 왜 슬퍼해야 하는지 진심으로 모르는 눈치였다. 다행히 내 입에서 험한 말이 나오기 전에 그레천이 그의 옆구리를 쿡 찌르며 말했다. "멍청한 소리 좀 그만해."

그 말에 속이 다 시원했다.

교회 건물은 한 블록의 절반을 차지할 만큼 장대했다. 나는 건물 꼭대기에 박힌 십자가 첨탑을 눈으로 훑었다. 그때 택시가 끝없이 이어진 계단 앞에 멈추어 섰다.

내가 지갑을 꺼내기도 전에 랜디가 현금 뭉치를 운전사에게 건넸다. "제가 낼게요. 친구 장례식이라 슬플 테니까."

괜스레 미안한 마음이 들었다. 관리인 월급이라고 해 봐야 뻔할 텐데. 하지만 호의를 거절하는 것도 예의가 아니다. 나는 말없이 택시에서 내렸다. 그레천이 뒤따라 내리며 검은 치마를 매만졌다. 짧은 치마 아래로 가느다랗고 매끈한 다리가 고스란히 드러났다.

"이 치마, 장례식에 입고 가기엔 너무 짧지?"

"아니, 괜찮아." 사실 조금 짧기는 했다. 하지만 이제 와서 어쩌겠는가. 집에 가서 갈아입고 올 수도 없는 노릇이었다.

랜디와 그레천을 따라 까마득한 계단을 오르려던 찰나, 외벽에 기대선 남자 하나가 눈에 들어왔다. 순간 심장이 덜컥 내려앉았다. 제이크 수자 형사였다. 나는 두 사람을 먼저 들여보낸 뒤, 핸드백을 방어하듯 끌어안은 채 그에게 다가갔다.

제이크가 이내 나를 알아보고 침울하게 미소 지었다. "상심이 클 텐데, 괜찮아?"

위로 따위는 필요 없었다. 내 관심사는 오직 하나뿐이었다. "범인은 잡았어?"

제이크가 고개를 떨구었다. "아니, 아직."

어이가 없었다. 보니가 살해된 지 벌써 일주일이나 지났다. 시간이 흐를수록 범인을 잡을 확률은 희박해질 터였다. "남자 친구는 찾았어?"

제이크가 고개를 저었다. "안 그래도 그것 때문에 왔어. 혹시 여기 나타나지 않을까 싶어서."

"그 정도로 멍청한 사람이 어딨어?"

"살인범이 피해자의 장례식에 나타나는 경우가 의외로 많아. 실제로 그렇게 잡힌 놈들도 여럿이고."

"어지간히 절박한가 보네." 내가 비아냥거렸다.

제이크가 시선을 피했다. "좋은 소식 못 들려줘서 미안해. 하지만 나도 그 남자 친구라는 작자를 찾으려고 백방으로 애쓰고 있어. 근데 그 사람이 범인이라는 확증도 없고, 다른 사람일 가능성도 배제할 수 없는 상황이라."

그의 얼굴에 좌절감이 역력했다. 우리가 사귀던 시절, 제이크는 살인 사건을 맡는 족족 해결했다. 만약 내가 살해된다면 사건을 맡기고 싶은 형사로 주저 없이 그를 꼽았을 것이다. 제이크가 못 잡는다면 그 누구도 잡지 못하리라 확신했다.

그러다 아무도 범인을 찾지 못할 거라는 생각에 불현듯 우울해졌다.

그리고 두려웠다.

"밤에 문단속은 잘하고 있지?" 제이크가 불쑥 물었다.

"응. 걱정 마. 데이팅 앱은 거들떠보지도 않으니까."

내 말에 제이크가 어리둥절한 표정을 지었다. 평정심을 잃지 않는 거구의 그를 당황하게 만들 때면 묘한 희열이 느껴졌다.

문득 싱크에서 본 그의 프로필이 떠올랐다. 연애할 여유도 없으면서 여전히 만날 사람을 찾고 있었다. 상대가 원하는 것을 줄 수 없을지라도 여전히 반쪽을 갈구하는 모습이 퍽 모순적이었다.

"시드니, 조금이라도 수상한 낌새가 보이면 바로 알려줘."

"알았어."

제이크가 입술을 굳게 다문 채 나를 바라보았다. "조심하고."

안 그래도 무서워 죽겠건만 꼭 저렇게 겁을 줘야 할까.

교회 안으로 들어서자 검은색 블레이저와 스커트 차림의 60대 여자가 보였다. 보니의 어머니였다. 통통 부어 핏발 선 두 눈을 보는 것만으로 내 눈이 다 시큰했다. 나도 이토록 힘든데, 어머니인 그녀의 상심이 얼마나 클지 감히 가늠조차 되지 않았다. 그녀를 바라보는 것만으로도 가슴이 저렸다.

그때 누군가와 대화를 나누던 그녀가 돌연 내 쪽을 바라보았다. 그러더니 상대방에게 양해를 구하고는 나를 향해 잰걸음으로 다가왔다. 나는 본능적으로 움찔했다. 그녀와 대화하기 싫어서가 아니라 그녀를 마주하는 것만으로도 가슴이 찢어질 듯 아파서였다.

"시드니 씨 맞죠?"

"네, 어머님. 상심이 크시겠어요."

"와줘서 고마워요." 젖은 눈가에서 눈물이 주룩 흘렀다. "딸아이가 보고 싶어서 가슴이 미어터질 것 같아요."

"상심이 크시겠어요." 달리 무슨 말을 해야 할지 몰라 앵무새처럼 같은 위로만 반복했다.

"둘이 굉장히 친했다고 들었어요. 그 애한테 좋은 친구가 되어줘서 고마워요."

"보니도 저에게 소중한 친구였어요. 저도 많이 보고 싶을 거예요."

어머니가 너덜너덜한 휴지로 눈가를 훔쳤다. 마스카라를 바르지 않은 모양인데, 현명한 선택이라는 생각이 들었다. "경찰이 그러던데, 보니가 자주 만나던 남자가 있었다면서요? 혹시 누군지 알아요?"

"아뇨. 만나는 사람이 있다는 말만 들었어요."

"그래도 이름은 말해줬을 거 아녜요? 사진 같은 거도 못 봤어요?"

"죄송합니다."

"거짓말 마!" 그녀가 버럭 소리를 질렀다. "둘이 시도 때도 없이 연락하고, 쓸데없는 것들까지 죄다 사진으로 찍어 남겼잖니! 보니는 초밥 한 덩이도 대여섯 장씩 찍어서 나한테 보내던 애야. 그런데 남자 친구 사진이 한 장도 없다는 게 말이 되니?"

나는 뒷걸음질 쳤다. "저, 저도 몰라요."

"다 알면서 숨기는 거 내가 모를 줄 알아!" 그녀가 울부짖었다. "제발, 시드니! 사소한 거라도 좋으니 말해줘요. 내 새끼를 죽인 놈을 그냥 도망치게 둘 수는 없잖아요!"

"저, 저는…."

그녀가 울분을 토했다. "만약 네가 죽었다면, 보니는 널 죽인 놈을 찾아내려고 발 벗고 뛰어다녔을 거야! 너처럼 무심하게 '상심이 크시겠네요'라는 빈말이나 건네지는 않았을 거라고!"

보니의 어머니는 이성을 잃은 상태였다. 다행히 친구인지 친척인지 모를 지인이 다가와 그녀의 어깨를 감싸안아 데려갔다. 내 몸은 사시나무처럼 떨리고 있었다.

그녀의 말이 옳았다. 보니가 나를 괴롭히지 말라며 케빈에게 으름장을 놓던 모습이 아직도 눈앞에 선했다. 만약 내가 살해당했더라면, 보니는 절대 포기하지 않았을 것이다. 정작 나는 보니를 죽인 범인을 잡는 데 아무런 도움도 되지 못했다.

시간을 되돌릴 수만 있다면 그 남자에 대해 많은 걸 물어보고 싶었다. 이름이 뭔지, 사진은 없는지, 어디서 일하는지. 모두 거짓일지라도 단서가 되었을 텐데.

나는 후들거리는 다리로 그레천과 랜디가 앉아 있는 앞쪽으로 걸어갔다. 좁은 통로를 비집고 들어가 두 사람 옆에 자리를 잡았다. 다시 울음이 터진 그레천이 내게 물었다.

"보니 어머니께서 노발대발하던데. 괜찮아?"

"응, 괜찮아." 거짓말이었다. "상심이 크신 모양이야."

"그래, 당연히 그러시겠지." 그레천이 코를 훌쩍였다. "자식을 먼저 보내는 부모의 마음이 어떻겠어!"

내 장례식에서 엄마는 어떤 모습을 하고 있을지 상상해 보았다. 아빠가 돌아가셨을 때처럼 오열하고 있겠지. 자식의 죽음은 부모에게 평생 지워지지 않는 상흔을 남긴다. 그레천과 나는 언젠가 슬픔을 딛고 나아가겠지만, 보니의 어머니는 그러지 못할 것이다. 영원히.

랜디가 손을 뻗어 그레천에게 손깍지를 끼자, 그녀가 미소로 화답했다. 손을 잡아줄 남자 친구 하나 없는 내 처지가 더욱 처량해졌다. 어쩌면 영영 솔로 신세를 면하지 못할지도 모른다. 최근에 만난 남자들은 하나같이 쓰레기였고, 이제 싱크 앱을 켜는 것조차 두려웠으니까.

나는 고개를 돌려 뒤편에 제이크가 있는지 살폈다. 헤어졌어도 제이크는 존재만으로도 내게 위안이 되었다. 하지만 내 시야에 들어온 사람은 제이크가 아니었다. 하마터면 놀라 까무러칠 뻔했다.

케빈이었다.

보니의 장례식에 케빈이 왔다.

18

케빈이 왜 보니의 장례식장에 있는 걸까?

제이크는 수상한 낌새가 있는지 예의주시하라고 했고, 보니의 어머니는 범인에 대한 단서를 내놓으라며 나를 몰아세웠다. 그런데 지금, 보니가 경찰에 신고한다며 협박했던 남자가 그녀의 장례식에 나타났다. 보니의 시신을 발견한 이후 이보다 더 수상한 광경은 없었다.

그런데 진짜 케빈이 맞을까?

확신할 수 없었다. 그는 예배당 맨 끝에 앉아 있었고, 교회 안은 생각보다 어두웠다. 내가 잘못 봤을지도 몰랐다.

나는 목을 길게 빼고 얼굴을 자세히 살피려 애썼다. 바로 그때, 교회 문이 열리며 보니의 관이 안으로 들어왔다.

예배당 앞쪽으로 향하는 참나무 관에서 눈을 뗄 수가 없었다. 2주 전만 해도 함께 요가를 하고 차이 라떼를 마시던 보니가 저 작은 상자 안에 갇혔다는 사실이 믿기지 않았다. 그제야 운구 행렬 사이에서 보니의 남동생을 알아봤다. 금방이라도 쓰러질 듯 위태로워 보였다.

이윽고 관이 안치대에 놓였다. 보니는 추후 시립 묘지에 안장될 예정이었다. 보니의 시신이 훼손된 탓에 관은 굳게 닫혀 있었다. 하지만 보니는 개의치 않을 것이다. 조문객에게 시신을 공개하는 장례식은 섬뜩하다고 입버릇처럼 말하고는 했으니까. 죽은 이의 얼굴을 보고 싶은 사람이 어디 있겠냐면서.

그래도 나는 보니의 얼굴을 한 번 더 보고 싶었다. 장의사가 곱창 머리끈을 묶어 주었는지, 그녀가 아끼던 검은 하이힐을 신겨주었는지 확인하고 싶었다. 그게 보니가 원했을 모습이니까.

장례가 거행되는 내내 내 시선은 관에 고정되어 있었다. 보니의 죽음이, 저 관 안에 그녀가 안치되어 있다는 사실이 도무지 실감 나지 않았다. 어떻게 이런 일이 일어날 수 있을까. 어떻게 보니가 죽을 수 있단 말인가. 한창 꽃다운 나이에, 하고 싶은 것도 무척이나 많던 친구였는데. 보니는 늘 일을 잠깐 쉬고 라틴아메리카로 훌쩍 떠나고 싶어 했다. 일 년쯤 머물며 여러 나라를 누비는 여행을 꿈꿨다. 돈을 모아 해변에 집을 사고, 여유가 생기면 기타를 배우겠다던 아이였다.

무엇보다 자신의 반쪽을 찾기를 원했다. 매일 밤 데이트를 나간 것도 데이트를 즐겨서가 아니라 사랑을 찾고 싶어서였다. 평생을 함께할 제 반쪽을 만나기 위해.

이제 그녀의 꿈은 모두 물거품이 되었다. 사랑에 빠질 일도, 기타를 칠 일도, 해변에 있는 집을 살 일도 없을 것이다. 대신 차가운 땅속에 묻혀 영면할 일만 남았다.

생각이 꼬리에 꼬리를 물자 숨이 가빠오기 시작했다. 무릎을 부여잡고 깊은숨을 들이마셨다. 난 괜찮을 것이다. 보니처럼 30대 초반에 요절하지는 않을 것이다.

내가 공황에 빠진 걸 눈치챈 그레천이 등을 어루만지며 속삭였다. "괜찮아?"

"으응." 내가 힘겹게 대답했다.

그레천의 손길에도 호흡은 쉬이 가라앉지 않았다. 관 속에 누워 있는 보니의 모습이, 땅속에서 썩어갈 그녀의 육신이 머릿속에서 떠나지 않았다.

나는 저렇게 되지 않을 것이다. 가만히 당하고만 있지는 않을 것이다.

절대로.

19

과거
톰

학교에 도착하자, 정문 앞에 경찰차 두 대가 서 있었다.

곧장 몸을 돌려 집으로 돌아가고 싶은 심정이었다. 경찰차가 두 대씩이나 왔다는 건 결코 좋은 징조가 아니었다. 나는 아빠에게 부지깽이로 찔렸던 복부를 어루만졌다. 상처는 거의 다 아문 상태였다.

학교 벽에 기대 있던 민달팽이가 경찰서장을 보자마자 운동화로 담뱃불을 비벼 껐다. 정작 경찰들은 흡연 청소년 따위에는 관심도 없어 보였다.

"야, 민달팽이." 나는 서둘러 내 단짝에게 달려갔다. 녀석이라면 경찰이 출동한 이유를 알고 있을 게 분명했다. 학교에서 떠도는 소문은 다 꿰고 있는 놈이었으니까. "경찰차는 왜 온 거래?"

민달팽이의 입가에 비죽 미소가 번졌다. 입술 끝에는 성난 여드름 하나가 돋아 있었다. "못 들었어? 브랜디 힐리를 찾았대."

"그래? 집에 돌아왔나 보네?"

"아니, 시체로 발견됐어." 놀란 내 표정을 보며 녀석이 낄낄거렸다. "가출한 게 아니었나 봐."

순간 숨이 턱 막혔다. 경찰이 브랜디 힐리를 찾아냈다면….

"여기서 한 30분쯤 떨어진 숲속에 묻혀 있었대. 겨울 내내 눈이 많이 쌓여서 사람들 눈에 띄지 않았던 거지. 산책하던 개가 땅을 파헤치다 발견했다나 봐."

나는 벽에 몸을 기댔다. 민달팽이처럼 담배를 피울 수 있었다면 얼마나 좋을까. 지금 같은 순간이야말로 담배 피우기에 제격일 것만 같았다. "끔찍하네."

민달팽이가 고개를 주억거렸다. "들리는 말로는 범인이 죽이기 전에 고문도 했대. 아주 제대로 고통을 준 모양이야."

"맙소사."

"세상엔 미친놈들이 참 많다니까." 어쩐지 즐거워 보이는 듯한 목소리였다. "야, 근데 너 브랜디랑 친하지 않았어?"

나는 숨을 크게 들이켰다. "아니, 별로."

"웃기지 마. 네가 걔 과외도 해줬잖아."

"겨우 몇 번이 다야. 수업을 반도 안 나왔다고."

민달팽이가 고개를 절레절레 흔들었다. "그러냐? 내가 걔 과외 선생이었으면 벌써 꼬시고도 남았을 텐데. 걔 엄청 섹시했잖아." 녀석이 피식 웃었다. "뭐, 이젠 아니겠지만."

나도 모르게 주먹이 불끈 쥐어졌다. 브랜디에 대해 함부로 지껄이는 꼴이 참을 수 없이 거슬렸다. "그딴 식으로 말하지 마."

민달팽이가 의아한 표정으로 나를 바라보았다. "갑자기 왜 성질이야?"

나는 고개를 저었다. 브랜디 이야기는 그만하고 싶었다. 하지만 오늘 온종일 모두가 브랜디 이야기만 떠들어 댈 것 같은 불길한 예감이 들었다. 만약 누군가가 내 비밀을 알아채기라도 한다면….

"톰!"

데이지였다. 그녀가 눈물범벅이 된 얼굴로 나에게 달려왔다. 무슨 영문인지 파악할 새도 없이 데이지가 내 품으로 몸을 던졌다. 나는 머릿속의 어두운 생각들을 애써 떨쳐내며 데이지를 달래려 집중했다.

"너무 끔찍해." 데이지가 흐느끼며 말했다. "브랜디한테 그런 짓을 하다니."

오늘도 어김없이 앨리슨이 뒤따라 모습을 드러냈다. 데이지를 품에 안고 금빛 머리칼을 쓰다듬는 나를 앨리슨이 뚫어지게 노려보았다. 일자로 굳게 다물린 얇은 입술. 무슨 생각을 하는지 읽을 수가 없었다. 며칠 전 건강 박람회장에서 앨리슨은 브랜디가 나한테 과외를 받았었던 일을 언급했었다. 하지만 그건 누구나 다 아는 사실일 뿐, 딱히 문제 될 일도 아니었다.

"아빠가 범인을 반드시 잡겠다고 했어." 내 티셔츠에 얼굴을 묻은 채 데이지가 훌쩍였다.

"용의자는 있고?" 민달팽이가 물었다.

앨리슨의 두 눈은 여전히 나에게 붙박여 있었다. 그 눈길에 소름이 끼쳤다. "데이지, 너희 아빠가 그랬다며? 범인이 우리 학교 학생일 가능성이 크다고."

"맞아. 그래서 경찰이 온 거야. 전교생을 한 명씩 불러서 조사하려고."

심문받을 생각을 하자 속이 메슥거렸다. 경찰이 내 대답을 마음에 들어 하지 않으면 어떡하지?

"톰, 오늘 나 집까지 바래다줄 수 있어?" 데이지가 조심스레 물었다. "과외 있는 날인 거 아는데…."

"취소하면 돼."

"정말?"

나는 고개를 끄덕였다. 어차피 오늘 과외받기로 한 학생도 땡땡이칠 궁리만 하고 있을 터였다. 돈을 내는 건 그 아이의 엄마니까. 그리고 누가 알겠는가. 학교가 파할 때쯤이면 내가 수갑을 찬 채로 학교 밖으로 끌려 나오고 있을지도 모를 일이다.

20

과거
톰

경찰 심문 대상자 명단에서 내 순번은 한참 뒤쪽인 듯했다.

오전 내내 귀를 쫑긋하고 스피커에서 나오는 이름에 집중했다. 제일 먼저 브랜디의 친구들 스무 명 정도가 차례로 불려 나갔다. 친구가 참 많기도 하지. 그다음은 그녀와 키스한 전적이 있는 우리 반 남자애들이었다.

마침내 내 이름이 호명되었을 때는 오전이 다 끝나갈 무렵이었고, 내 공포는 극에 달해 있었다. 겁에 질려 자리에서 일어나는 것조차 버거웠다. 교실 문을 향해 걸어가다 제 발에 걸려 넘어질 뻔하기까지 했다.

"톰, 괜찮니?" 앤서니 선생님이 물었다.

내가 대답할 틈도 없이 교실 뒤쪽에서 누군가 소리쳤다. "브랜디랑 양다리 걸친 거 데이지한테 들킬까 봐 쫄았대요!"

아이들이 일제히 낄낄거렸다. 이 상황을 농담거리로 삼는다는 건 아무도 내가 브랜디와 사귀었다고 생각하지 않는다는 뜻이었다. 어쩌면 나 혼자 헛다리 짚고 지레 겁먹고 있는 건지도 모른다.

나는 영어 교실을 나와 교장실로 향했다. 3층에서 1층까지 걸어

내려가면서 아무 걱정할 것 없다고 스스로를 다독였다. 경찰관 앞에서 지어 보일 자신만만하고 여유로운 미소도 미리 연습했다. 별일 아니다. 이미 스무 명이 조사를 받고 나왔고, 나도 그중 하나일 뿐이다.

하지만 교장실에 도착한 순간, 내 근거 없는 자신감은 삽시간에 사라졌다. 짐 드리스컬 경찰서장이 거대한 몸을 나무 의자에 구겨 넣고 앉아 있었다. 나를 심문할 사람이 하필 데이지의 아빠일 줄이야. 우리 아빠도 무섭지만, 서장에 비할 바는 아니었다. 그에게 심문을 받는 건 내 인생 최악의 악몽이었다.

아니다. 심문이 아니라 그저 몇 가지 물어보려는 것뿐이다.

'긴장할 필요 없어, 톰!'

그때 문가에 서 있던 나를 발견한 드리스컬 서장이 내게 미소 지었다. 몸이 얼어붙어 옴짝달싹하지 않았다. 그가 커다란 손을 휘저으며 들어오라고 손짓했다. "어서 오너라, 톰. 거기 앉으렴."

나는 책상 앞에 놓인 작은 나무 의자로 가 앉았다. 아니, 다리에 힘이 풀려 주저앉았다는 표현이 더 정확할 것이다.

"안녕하세요, 서장님." 나는 최대한 예의를 갖춰 또박또박 대답했다.

"톰." 미소를 띠던 서장의 얼굴이 일순간 엄숙해졌다. "여기 왜 불려 왔는지 알고 있니?"

"브랜디 때문이라고 들었어요."

"그래, 참 비극적인 사건이지. 그 애를 그렇게 만든 범인을 반드시 잡아야 해."

"예, 그래야죠."

"그럼 몇 가지만 물어보마." 서장이 크고 두툼한 손을 맞비볐다. 내 손바닥은 이미 땀으로 축축했다. "브랜디한테 수학을 가르쳐줬다고 들었는데, 맞니?"

"네, 서너 달 정도요. 그런데 수업을 빼먹은 날이 더 많았어요."

거짓말이었다. 브랜디는 단 한 번도 수업을 거르지 않았다. 도리어 나와 만날 시간만을 학수고대했다.

"그 애랑 친했니?"

"아뇨, 별로 안 친했어요."

"그렇구나." 서장이 턱을 문질렀다. 아침에 면도했을 텐데도 수염이 까슬하게 돋아 있었다.

"혹시 브랜디에게 남자 친구가 있었다는 말은 못 들었니?"

"남자 친구요?"

서장의 한쪽 입꼬리가 실룩 올라갔다. "친구들 말로는 브랜디가 짝사랑하던 애가 있었다더구나. 누군지는 말하지 않았지만, 그 남자애도 브랜디를 좋아하는 눈치였대. 브랜디가 실종된 날 밤에도 그 애를 만나기로 했다는 말이 있어. 문제는 그 남자애가 누군지 아직 모른다는 거지."

나는 목소리가 떨리지 않게 애쓰며 대꾸했다. "저는 처음 듣는 얘기예요. 전 그저 수학이나 봐 주던 사이였을 뿐인걸요. 저한테 그런 비밀 얘기를 했을 리가 없잖아요."

"그래, 그랬겠구나." 서장이 한숨을 내쉬며 등받이에 몸을 기댔다. 나무 의자가 비명을 내질렀다. "브랜디 일만 생각하면 정말 끔찍하다. 할 수만 있다면 데이지를 집 안에 가둬두고 싶은 심정이야."

나는 공감한다는 듯 고개를 끄덕였다.

"물론 톰, 난 널 믿는다." 서장이 애써 미소 지었다. "어젯밤 아내한테도 그랬지. 데이지가 망나니 같은 놈이 아니라 너처럼 착한 애랑 만나서 천만다행이라고."

목구멍이 꽉 막혀 침을 삼키는 것조차 힘들었다. "좋게 봐주셔서 감사합니다."

"그나저나 저녁 먹으러는 언제 올 테야? 아내가 자꾸 닦달해서 말이야."

그 말에 마음이 조금 놓였다. 나를 조금이라도 의심한다면 자기 집에 저녁을 먹으러 오라거나 하나뿐인 딸과 어울리게 두지 않았을 테니까.

일단 오늘은 무사히 넘겼다. 하지만 서장이 진실을 알게 된다면….

"어머니께 여쭤보고 말씀드릴게요. 초대해 주셔서 감사합니다."

그의 집에 저녁을 먹으러 갈 일은 목에 칼이 들어와도 없을 것이다.

21

시드니

보니의 장례식이 끝날 즈음, 그레천과 내가 챙겨온 휴지는 바닥이 났다. 다행히 감정을 모조리 쏟아낸 덕에 나를 짓누르던 공황 발작은 잦아들었다.

사람들이 하나둘 빠져나가기 시작하자 예배당 뒷줄에서 진짜 케빈을 봤던 기억이 퍼뜩 떠올랐다. 보니의 관이 들어올 때 감정이 북받쳐 올라 까맣게 잊고 있었다. 나는 황급히 고개를 돌려 뒤를 살폈다.

어디로 갔지?

분명 맨 뒷줄에 앉는 걸 똑똑히 보았는데 온데간데없었다. 그가 앉았던 자리에는 웬 노신사뿐이었다.

"뭘 그렇게 봐?" 그레천이 물었다.

"그게…." 이 상황을 어떻게 설명해야 할까. "혹시 얼마 전에 내가 최악의 데이트였다고 말했던 남자, 기억나? 날 덮치려고 했던?"

"응, 기억하지."

"그 남자가 여기 왔어."

그레천의 눈이 커다래졌다. "뭐? 어디 있는데?"

"사라졌어. 방금까지 저기 있었는데."

그레천이 내 팔을 움켜쥐었다. "어떡해? 경찰에 신고해야 하는 거 아냐?"

제이크가 아직 근처에 있을지도 몰랐다. 하지만 그에게 알릴만한 일은 아닌 것 같았다. 일단 진짜 케빈이 맞는지 확신이 서지 않았다. 그에게 당했던 일 때문에 신경이 예민해서 착각한 걸지도 몰랐다. 지금은 정신이 온전한 상태는 아니니까.

게다가 나는 케빈의 본명조차 모른다. 수사에 도움이 될 만한 정보를 알고 있는 것도 아니었다. 제이크에게 말은 해두었으니 수사는 그의 몫으로 남기기로 했다.

"아니야, 됐어." 내가 중얼거렸다.

"진짜 괜찮겠어?"

"응. 내가 잘못 본 걸 거야."

진짜 케빈이 아니라고 마음을 달래보아도 찝찝함이 가시지 않았다. 하지만 불안에 잠식될 수는 없었다. 제이크의 말대로 문단속을 철저히 하고 싱크 앱에는 얼씬도 하지 말아야겠다. 그 사이 제이크가 보니를 살해한 범인을 잡아낼 것이다.

그러면 내 삶도 다시 평온해지겠지.

22

두 달 후
시드니

이번 데이트는 정말이지 완벽 그 자체다.

보니가 살해되고 한 달 동안은 내 그림자만 봐도 깜짝깜짝 놀랐다. 새로운 사람을 만날 엄두도 내지 못했다. 특히나 경찰이 끝내 범인을 잡지 못했다는 사실이 나를 미치게 했다. 처음에는 며칠이 멀다 하고 제이크에게 전화해 수사 상황을 캐물었다. 아무 진전이 없을 때마다 그를 몰아세웠다. 범인이 잡히기 전까지는 절대 데이트하지 않겠다고 다짐했다.

그러던 어느 날이었다. 평소처럼 티셔츠에 추리닝 바지 차림으로 소파에 앉아 텔레비전을 보며 저녁을 먹다가 문득 깨달았다. 여섯 달 후면 서른다섯이다. 내 인생은 야속하게 흘러가고 있었고, 보니를 애도하며 슬픔에 잠겨 지낸 지도 어언 두 달이 다 되어간다. 이만하면 충분하다. 이제 앞으로 나아갈 때였다.

다음 날, 나는 싱크에 접속해 프로필을 다시 활성화했다.

그리고 나는 지금, 그러길 참 잘했다는 생각이 들 만큼 즐거운 데이트를 즐기고 있다. 그의 이름은 트래비스. 프로필 사진과 실물이 판박이다. 적갈색 머리칼과 각진 턱선, 근육으로 다져진 팔뚝,

그리고 나보다 15센티미터 더 큰 키까지 완벽했다.

게다가 성격도 좋아 보였고, 공통점도 많았다. 유머 감각은 물론 영화 취향마저 똑같았다. 우리 둘 다 〈록키〉 같은 영화는 질색이었다. 무엇보다 그는 커피를 마시다 말고 어머니와 영상 통화를 하는 몰상식한 짓을 하지 않았다.

"솔직히 말할게요, 시드니." 트래비스가 커피를 한 모금 들이켰다. "이렇게 멋진 데이트는 진짜 오랜만이네요."

"저도요." 내가 맞장구쳤다.

우리는 최근 《뉴욕타임스》에 소개되어 북적이는 작은 카페에서 커피를 마시고 있었다. 상대가 별로면 금방 일어날 요량으로 카페에서 만났는데, 벌써 블루베리 머핀 두 개와 스콘, 그리고 칼로리 폭탄인 크로넛까지 해치운 상태였다. 헤어지기 아쉬운 마음에 빵으로 저녁까지 때울 기세였다.

"사실 거의 포기 상태였거든요. 워낙 이상한 여자들만 자꾸 만나서."

"저도요. 제 이야기 들으시면 깜짝 놀라실걸요?"

"제가 더 심할 텐데요?"

"그럼 동점인 걸로 하죠."

싱긋 웃는 트래비스를 보며 나도 덩달아 웃었다. 김칫국부터 마시고 싶지는 않지만 이번에는 예감이 좋았다. 두 번째 데이트는 물론이고, 세 번째, 어쩌면 그 이상도 가능할 것 같았다.

바로 그때였다. 카페 문이 열리더니 한 남자가 들어왔다. 곁눈으로 그의 얼굴을 확인한 순간 놀라 자빠질 뻔했다.

바로 의문의 남자였다. 이제 와서 그와 다시 마주치다니.

트래비스와 즐겁게 대화하는 와중에도 둥근 원목 테이블에 앉은 흑발 미남에게 자꾸 시선이 갔다. 트래비스도 멋졌지만 전율 같은 건 없었다. 그런 강렬한 느낌은 영겁과도 같은 그날 밤, 의문의 남자를 만난 이후 단 한 번도 느껴본 적이 없었다. 하지만 지금껏 그를 잊지 못한 나와 달리, 그는 나를 보지 못했거나 기억조차 못 하는 듯했다. 내 쪽으로는 눈길 한 번 주지 않았다.

차라리 잘된 일이었다. 내 앞에 있는 멋진 남자를 두고 나에게 관심도 없는 남자에게 정신을 팔고 싶지는 않았으니까.

"커피를 석 잔이나 마셨으니 오늘 밤에 잠은 다 잤네요." 트래비스가 푸른 눈으로 나를 그윽하게 바라보았다. "이대로 헤어지긴 아쉬운데 같이 저녁 먹으러 가실래요?"

나도 같은 생각을 하던 터라 미소가 절로 지어졌다. "좋죠."

"정말요? 잘됐네요!"

그의 얼굴에 만연한 미소를 보고 있자니 의문의 남자 생각은 온데간데없이 사라졌다. 이 남자와 함께할 저녁 식사가 몹시 기대됐다. 와인을 마시며 누가 더 최악의 데이트를 겪었는지 겨뤄보면 딱일 듯했다. 데이트를 포기하지 않기를 정말 잘했다 싶었다. 보니의 말이 맞았다. 결국 데이트는 확률 싸움이다. 비록 보니가 만난 그 남자는 꽝이었지만.

그때, 트래비스의 얼굴에서 미소가 싹 가셨다. 공포물이라도 본 사람처럼 얼굴이 하얗게 질려 갔다.

"시드니."

그가 숨을 헐떡였다. 왜 날 저런 표정으로 쳐다보는 거지? 그제야 내 셔츠 위로 뚝뚝 떨어진 핏자국이 눈에 들어왔다. 나는 황급히 코를 움켜쥐었다.

"어머! 죄송해요. 제가…"

타이밍 한번 끝내주네. 1년 넘게 잠잠하던 이놈의 코피가 하필 인생 최고의 데이트 도중에 터질 게 뭐람. 나는 휴지를 집어 들어 얼굴에 묻은 피를 닦아냈다. "저 잠시 화장실 좀 다녀올—"

그때 끔찍한 상황이 벌어졌다.

내 말이 채 끝나기도 전에 트래비스의 눈동자가 뒤집히더니 몸이 바닥으로 고꾸라졌다. 쿵, 소리와 함께 머리가 바닥에 부딪혔다.

운도 지지리도 없지. 몇 년 만에 만난 최고의 데이트 상대를 코피로 기절시켜 버리다니.

카페 안은 찬물을 끼얹은 듯 조용해졌다. 사람들은 바닥에 쓰러진 트래비스와 피 칠갑한 나를 번갈아 쳐다보았다. 어떤 여자는 비명까지 질렀다. 오버하기는.

"괜찮아요." 내가 콧속에 휴지를 박아 넣은 채 힘겹게 내뱉었다. "아무 일도 아니에요. 저는 단지…"

바로 그때, 의문의 남자가 자리에서 일어나 내 쪽으로 다가왔다. 젠장, 의문의 남자까지 내 지긋지긋한 코피를 관람하게 생겼네. 갈수록 아주 가관이었다.

의문의 남자가 쪼그리고 앉아 트래비스를 살폈다. 트래비스가 정신이 드는지 머리를 문지르며 신음을 내뱉었다.

"괜찮으십니까?" 의문의 남자가 미간에 주름을 잡으며 물었다.

"예…" 트래비스가 속눈썹을 파르르 떨며 몸을 일으키려 애썼다. "무슨 일이 있었던 거죠?"

"미주신경성 실신으로 잠시 정신을 잃으신 것 같습니다." 의문의 남자가 말을 이었다. "저는 의사입니다. 별일 없는지 확인하러 왔습니다. 원하시면 구급차를 불러 드릴 수도 있습니다."

트래비스가 머리를 문질렀다. "미주… 뭐요? 어쨌든 전 괜찮습니다." 그가 나를 슬쩍 쳐다보더니 흠칫하며 고개를 돌렸다. "미안해요. 제가 피를 잘 못 봐서."

의문의 남자가 나를 돌아보며 눈동자를 휘 굴렸다. 그러고는 트래비스에게 머리와 목은 괜찮냐, 팔다리는 움직일 수 있냐 질문 공세를 퍼부었다. 트래비스는 별다른 이상은 없어 보였다. 다만 얼굴에 난감한 기색이 역력했고, 나를 바라보던 눈빛도 이전과는 달라져 있었다. 내 시선을 필사적으로 피하는 눈치였다.

"저는 진짜 괜찮아요. 저보다 이쪽을 봐주셔야 할 것 같은데." 트래비스가 의문의 남자에게 말했다.

"저도 괜찮아요." 전혀 괜찮지 않았다. 피를 닦느라 휴지를 다섯 장 넘게 쓴 데다, 블라우스는 거의 회생 불능 상태였다. 뭐, 수년간 쌓아온 핏자국 제거 비법이 몇 가지 있기는 했지만.

"전혀 안 괜찮아 보이는데요?" 트래비스는 여전히 내 쪽은 쳐다보지도 못했다. 얼굴이 백지장처럼 하얬고, 이마에는 식은땀이 송골송골 맺혀 있었다.

"걱정할 거 없어요. 원래 코피가 잘 나는 편이라서요."

그 말에 트래비스가 정이 뚝 떨어진 표정을 지었다.

"시드니 씨, 오늘은 일단 몸부터 챙기시고요. 저녁은 다음에 먹죠."

"그래요. 이번 주 금요일 어떠세요?"

"어… 글쎄요." 트래비스가 손을 덜덜 떨며 의자에 걸쳐둔 재킷을 낚아챘다. "그때 봐서 제가 앱으로 연락드리든지 할게요. 그럼 전 이만."

그러고는 재킷을 꿰입으며 도망치듯 문밖으로 뛰어나갔다. 자기가 마신 커피값도 내지 않은 채.

이제 나에게 남은 건 빌어먹을 코피, 커피 여섯 잔과 머핀과 데니쉬가 잔뜩 찍힌 계산서, 피가 말라붙은 휴지 뭉치뿐이었다. 아, 그리고 나를 빤히 쳐다보고 있는 의문의 남자도.

"저녁 약속은 물 건너갔네요."

내 말에 의문의 남자가 웃음을 터트렸다. "그러게요."

"웃을 일 아니거든요." 내 의지와 상관없이 입꼬리가 씰룩거렸다. "믿기 힘들겠지만, 코피 터지기 전까지는 분위기 좋았다고요."

의문의 남자는 트래비스가 사라진 문 쪽을 바라보았다. "그래요? 어쨌든 저런 남자랑은 잘 안된 게 오히려 다행이죠. 코피 보고 기절하는 남자가 어딨습니까? 애도 아니고."

"그런가요?"

"저런 남자랑 애를 키운다고 생각해 보세요. 아이가 축구공에 맞아서 코피라도 쏟으면 어쩔 거예요? 똥차 피하신 거예요."

"그렇긴 하네요."

"게다가 계산은 왜 안 하고 갑니까? 매너도 없이."

의문의 남자가 지갑에서 현금을 꺼내 테이블 위에 툭 던졌다. 음식값을 치르고도 남을 금액이었다. "이게 뭐가 그리 어렵다고."

씰룩거리던 내 입가에 어느새 작은 미소가 피어올랐다. "고마워요."

나는 코에 대고 있던 휴지를 살며시 떼어냈다. 다행히 피는 멎은 듯했다. 데이트를 다 망쳐놓은 후에야 멎는 꼴이라니.

"바로 옆이 기념품 가게거든요. 갈아입을 옷 하나 사다 드릴 테니 잠시만 기다리세요."

"거긴 바가지가 심해서 엄청 비쌀 텐데요."

그가 어깨를 으쓱했다. "피투성이인 그 옷을 입고 돌아다니는 것보다는 낫잖아요." 내가 망설이자 그가 쐐기를 박듯 덧붙였다. "제 성의라고 생각해 주세요."

나도 모르게 미소가 비어져 나왔다. "그럼 감사히 받겠습니다."

"괜찮으시면 제가 저녁도 대접해 드리고 싶은데."

나는 멍하니 그를 쳐다보았다. 코에서 화산처럼 피를 뿜는 광경을 보고도 데이트를 신청하다니. 하지만 농담하는 표정 같지는 않았다. 나에게 꽂힌 갈색 눈동자는 선량해 보였고, 입가에는 호감 어린 미소가 걸려 있었다.

"네, 좋아요."

의문의 남자가 희고 가지런한 치아를 드러내며 활짝 웃었다. 순간 온몸에 전율이 일었다. 트래비스에게서는 느끼지 못했던 감각이었다. 이런 이끌림은 흔히 겪을 수 있는 일이 아니다. 의문의 남자 역시 나와 똑같은 전율을 느낀 듯했다.

어쩌면 이놈의 코피가 내 인생 최고의 행운이었는지도.

"전 시드니라고 해요."

"반가워요. 톰 브라운입니다."

23

과거
톰

브랜디의 시신이 발견된 지 벌써 일주일이 지났다.

사건은 여전히 오리무중 상태였다. 드리스컬 서장은 다시 학교에 찾아와 몇몇 학생들을 교장실로 불러냈지만, 나는 제외되었다. 경찰이 브랜디의 남자 친구를 물색 중인데 별다른 성과가 없는 모양이었다.

오늘 호명된 이들 가운데 내가 아는 사람은 민달팽이뿐이었다. 경찰이 녀석을 왜 부른 건지 이해가 안 됐다. 브랜디와 친하지도 않았는데.

경찰서장은 나를 재심문하기는커녕 범인을 잡을 때까지 방과 후에 데이지를 집까지 데려다 달라고 부탁했다. 내가 과외를 하는 날이면 데이지는 도서관에 앉아 두꺼운 책을 읽으며 나를 기다렸다. 혀끝을 내밀고 독서에 집중하는 모습이 몹시도 사랑스러웠다.

매일 데이지와 함께 집으로 향할 순간만 손꼽아 기다렸다. 하지만 오늘 내가 기대하는 건 따로 있었다. 바로 해부 실습수업. 오늘 생물 시간에 새끼 돼지를 해부한다. 몇 달 전부터 이 시간만을 고대해 왔다. 다만 흠이 있다면 실험 파트너가 앨리슨이라는 것.

브랜디의 시신이 발견된 후 앨리슨은 내게 더욱 차갑게 굴었다. 이제는 아예 나를 없는 사람 취급했다. 어쩌다 눈이라도 마주치면 나를 죽일 듯 노려보았다. 제발 앨리슨이 선생님에게 파트너를 바꿔 달라고 요청했기를 빌었다. 하지만 그런 행운은 일어나지 않았다. 실험실에 들어서자 앨리슨은 이미 자리를 잡고 앉아 있었다.

"안녕, 앨리슨." 최대한 친근하게 인사를 건넸다.

앨리슨이 감히 누구한테 아는 척이냐는 듯 나를 흘겨보았다. "인사는 됐고, 빨리 끝내기나 하자."

그때 선생님이 새끼 돼지가 담긴 쟁반을 우리 앞에 내려놓았다. 나는 어젯밤 교과서를 정독하며 실습 준비를 마친 상태였다. 그래서 이목구비가 완벽하게 형성되어 두 눈을 꼭 감은 돼지를 본 순간, 무엇을 해야 할지 정확히 알고 있었다. 하지만 앨리슨과 잘 지내고 싶은 마음에 메스를 그녀 쪽으로 쓱 밀었다.

"네가 먼저 해 볼래?"

"됐어. 네가 해." 앨리슨이 메스를 내 쪽으로 다시 밀어냈다.

"그래도 돼?"

"물론이지. 늘 자기가 다 하면서 새삼스럽긴." 앨리슨이 들릴 듯 말 듯 중얼거렸다.

난 그저 성적을 잘 받으려 노력할 뿐인데, 옆에서 비아냥대는 앨리슨이 심히 거슬렸다. 앨리슨은 나를 파트너로 둔 걸 감사해야 했다. 사실상 실습은 나 혼자 떠맡고 있는 거나 다름없었으니까. 앨리슨은 해부 실습에는 전혀 관심이 없었다. 내가 돼지 창자를 꺼내 풀어놓을 때도 눈길 한 번 주지 않았다. 내가 아니었으면 낙제를 면치 못했을 것이다.

앨리슨의 말대로 나는 실습수업을 즐긴다. 그게 뭐 잘못인가?

눈 깜짝할 새 한 시간이 흘러갔다. 수업이 끝날 무렵, 시플리 선생님이 우리 실험대로 다가와 결과물을 확인했다. 가지런히 놓인 장기들을 보며 대견스럽다는 듯 미소를 지어 보였다. "잘했구나, 톰, 앨리슨."

"톰이 다 했어요. 저는 그냥 앉아 있기만 했고요."

앨리슨의 당돌한 자백에 선생님이 적잖게 당황했다. "톰 혼자 했다고?"

"네. 보시다시피 톰이 이런 걸 엄청 즐기거든요. 그 즐거움을 함부로 뺏고 싶지 않아서요."

선생님이 이맛살을 찌푸렸다. "앞으로는 둘이 서로 도와가며 했으면 좋겠구나. 그래야 공평하잖니."

그 말을 남긴 채 선생님은 옆 실험대로 옮겨갔다. 앨리슨은 바짝 깎인 제 손톱만 내려다보았다. 파트너가 된 이후로 앨리슨은 줄곧 내 해부 실력을 비꼬았다. 참는 것도 이제 한계에 다다랐다.

"도대체 뭐가 문제야?"

내가 따지듯 쏘아붙였다. 앨리슨이 눈을 깜빡이며 되물었다. "내가 뭘 어쨌는데?"

싸늘한 말투에 온몸에 한기가 돌았다. 원래도 나를 싫어하기는 했지만 지난 일주일 사이 부쩍 심해졌다. 경멸에 가까운 느낌이랄까.

앨리슨 때문에 기분을 망치고 싶지 않았다. 곧 수업이 파하면 데이지를 바래다주러 가야 했다. 앨리슨이 그 즐거움마저 앗아가게 둘 수는 없었다.

그래도 양심은 있는지 앨리슨은 뒷정리를 도왔다. 실험대를 깨끗이 닦고 나자 종소리가 울렸다. 드디어 앨리슨에게서 벗어날 수 있다. 다음 주 생물 시간까지 적어도 일주일 동안은 앨리슨을 상대하지 않아도 되었다.

나는 데이지를 만날 생각에 서둘러 가방을 챙겼다. 그런데 발을 떼기도 전에 누군가 내 팔을 덥석 붙잡았다. 앨리슨이었다. 갈색 생머리를 귀 뒤로 넘긴 그녀가 두꺼운 안경 너머로 나를 뚫어지게 쳐다보았다.

"톰, 나랑 얘기 좀 해. 지금 당장."

24

과거
톰

"나랑 얘기 좀 해. 지금 당장."

나를 바라보는 앨리슨의 얼굴은 진지하다 못해 심각했다. 퀭하게 내려앉은 눈 밑 그늘을 보니 훗날 나이 든 그녀의 모습이 어떨지 눈에 선했다. 앨리슨은 애초에 중년 여성의 얼굴로 태어난 사람 같았다.

"안 돼. 데이지 만나기로 했어."

거짓말은 아니었다. 데이지를 만나기로 한 건 사실이었으니까. 하지만 앨리슨과 엮이기 싫은 마음이 더 컸다.

"중요한 얘기야." 앨리슨이 고개를 삐딱하게 치켜들고 나를 올려다보았다. 그녀의 키가 얼마나 작은지 새삼 와닿았다. 데이지보다도 작았다. 실험실에서는 줄곧 앉아만 있어서 커 보였는데, 막상 서 있으니 내 어깨에도 겨우 닿을 정도였다. "오래 안 걸려."

그녀의 목소리에 담긴 기묘한 힘이 나를 붙잡았다. 앨리슨과는 어떻게든 담판을 지어야 했다. 피할 수 없다면 빨리 해치우는 편이 나았다.

"알았어."

종례 종이 울린 뒤라 아이들이 썰물처럼 학교를 빠져나갔다. 사물함 앞에서 기다릴 데이지에게 늦을 것 같다는 문자를 보냈다. 데이지에게 둘러댈 핑곗거리는 나중에 생각하기로 했다.

그때 앨리슨이 내 팔을 덥석 붙잡고 빈 교실로 끌고 들어갔다. 교실 문이 닫히고 나자 불현듯 초조해졌다. 도대체 무슨 이야기를 하려는 걸까? 남들이 들으면 안 되는 이야기가 대체 뭐지?

"할 말이 뭔데?" 나는 불안함을 감추려고 부러 짜증을 냈다.

앨리슨이 나를 올려다보았다. 어두운 교실 안으로 스며든 햇빛이 앨리슨의 얼굴에 음산한 그림자를 드리웠다.

"데이지한테서 떨어져."

"뭐라고?"

"못 들은 척하지 마."

"데이지는 내 여자 친구야." 이 말을 내뱉을 때마다 가슴이 벅차올랐다. 데이지를 여자 친구로 둔 나는 세상에서 운이 제일 좋은 놈이다. "여자 친구한테서 어떻게 떨어지냐?"

"그럼 헤어지면 되겠네."

"앨리슨, 헛소리 좀 작작 해." 나는 어깨에 걸친 가방을 고쳐 메며 말했다. "이딴 소리할 거면 난 간다."

나는 문 쪽으로 걸음을 옮겼다. 손잡이를 잡으려는 찰나, 앨리슨이 불쑥 내뱉었다.

"네가 브랜디 힐리랑 키스하는 거 봤어."

순간, 머릿속이 하얘졌다.

나는 몸을 휙 돌렸다. "무슨 소린지 모르겠네."

"거짓말하지 마, 톰." 그녀의 목소리가 증오로 들끓었다. 앨리슨은 나를 경멸한다. "내가 다 봤어. 브랜디가 사라지기 며칠 전, 학교 뒤편에서 둘이 진하게 키스하는 거."

속이 메스꺼웠다. 아무도 못 봤을 줄 알았다. 그 일을 아는 사람은 나와 브랜디 둘뿐이라고, 그리고 그녀가 사라지고 난 후에는 나밖에 모르는 비밀이라 여겼다. 그런데 앨리슨이 알아버렸다.

큰일이었다.

"너지? 브랜디가 살해당하던 날 밤에 몰래 만나기로 했던 남자 친구."

부정할 수 없는 사실이었다.

"경찰이 혈안이 되어 찾고 있는 사람이 바로 너잖아. 브랜디는 아무에게도 말하지 않았지만, 내 눈으로 똑똑히 봤어."

심장이 미칠 듯이 요동쳤다. 나는 마음을 가라앉히려 책상에 몸을 기댔다. 앨리슨을 마주할 자신이 없어 시선을 떨구었다.

"남자 친구는 아니었어. 그날 딱 한 번 키스만 했을 뿐이야. 아무 의미도 없었다고."

"그럼 왜 밤중에 몰래 만나기로 한 건데?"

무어라 할 말이 없었다. 거짓말할 생각은 없었다. 브랜디와 격렬한 키스를 나누었고, 그 순간을 즐겼던 건 사실이니까. 하지만 딱 거기까지였다. 비록 내 마음을 고백할 용기조차 내지 못하고 있었지만, 내가 사랑하는 사람은 데이지뿐이었다. 나를 간절히 원하던 브랜디의 마음을 받아 줄 수 없었다.

그날 밤, 브랜디를 만나 거절 의사를 전할 생각이었다. 하지만 브랜디는 나타나지 않았다.

"이 얘기, 다른 사람한테도 말했어?"

"아니. 데이지랑 헤어지면 계속 비밀로 해 줄게."

"데이지가 상심이 클 텐데."

"네가 데이지를 해치게 내버려두는 것보단 나아. 어차피 데이지도 널 금방 잊을 테고."

"내가 데이지를 왜 해치냐?"

"솔직히 네가 어떤 앤지 잘 모르겠어. 다들 민달팽이가 이상한 놈이고 넌 착한 애라고 생각하지. 넌 예의 바르고 똑똑한 데다 잘생기기까지 했으니까. 하지만 내 생각은 달라. 넌 민달팽이만큼이나 저질이야. 아니, 그보다 더 악질이지. 넌 꽹장히 의뭉스럽잖아. 민달팽이는 기분만 나쁠 뿐이지만 넌 위험하다고!"

"헛소리 그만해."

"너나 그만해!" 앨리스의 눈이 번뜩였다. "1년 내내 네 실험 파트너였어! 네가 어떤 앤지 다 봤다고. 너, 동물 해부는 왜 그렇게 잘해? 교과서만 봐서 나올 수준이 아니던데? 게다가 넌 완전 즐기잖아. 어렸을 때 동물을 죽여서 해체해 보기라도 했어? 설마 너 사이코패스야?"

그녀의 말이 명치를 세게 강타했다. 숨이 막혀왔다. 나는 허벅지를 짚고 상체를 숙인 채 가쁜 숨을 몰아쉬었다. "제발, 그만해."

"데이지랑 헤어져."

그녀의 온갖 독설과 협박에도 불구하고 나는 고개를 저었다. "제발 그 말만은 하지 말아줘. 난 데이지를 절대 해치지 않아. 데이지를 사랑한다고."

"데이지를 진심으로 사랑한다면, 내 말이 옳다는 걸 너도 잘 알 거야. 데이지가 안전해지려면 네가 사라져야 해. 네가 곁에 있는 한, 데이지는 위험해. 데이지는 내가 반드시 지킬 거야. 나도 데이지를 사랑하니까."

그 말이 내 가슴에 비수처럼 날아와 박혔다. 나는 데이지를 사랑한다. 하지만 매일 밤 데이지 꿈을 꾼다. 싸구려 공포 영화의 한 장면 같은 끔찍한 꿈을. 데이지에게 아무 일도 없기를 바라지만, 나조차도 나 자신을 믿을 수 없었다. 내가 데이지의 생명을 위태롭게 할까 봐 불안했다.

"근데 날 먼저 찾아온 이유가 뭐야? 경찰한테 다 말하면 되잖아. 내가 브랜디랑 키스하는 거 봤다고."

앨리슨은 어깨를 으쓱하며 대답을 회피했다. 하지만 말하지 않아도 눈빛으로 알 수 있었다. 앨리슨은 나를 두려워하고 있다. 내가 증거를 하나도 남기지 않은 데다 경찰서장에게 무한한 신뢰를 받고 있다는 사실을 그녀도 모르지 않았다. 경찰에게 말해 봤자 나를 감옥에 보내기는커녕 자신이 쥐고 있는 패만 써버리게 될까 봐 두려운 것이다. 나를 섣불리 건드려 적을 만들고 싶지 않겠지.

앨리슨은 그만큼이나 나를 두려워하고 있었다.

"며칠 생각할 시간을 줄게. 그다음엔 드리스컬 서장님께 알릴 거야."

내가 브랜디의 숨겨진 남자 친구였다는 말을 서장이 믿지 않을 가능성도 있었다. 하지만 데이지 근처에 얼씬도 못 하게 할 공산이 더 컸다. 그러면 데이지와는 끝이었다. 앨리슨은 나를 외통수로 몰아넣었다. 모든 길이 파국을 향해 있었다.

나는 어찌해야 할까.

데이지는 약속대로 사물함 앞에서 나를 기다리고 있었다. 나를 보자마자 데이지의 만면에 미소가 가득 피어올랐다. 저 표정이 어떤 의미인지 잘 안다. 지금 내 기분도 똑같았으니까. 그녀를 볼 때마다 바보처럼 웃음이 새어 나왔다.

"톰!" 데이지가 바닥에 놓인 가방을 무겁게 들어 올렸다. 데이지를 처음 집에 바래다준 날 이후 가방을 들어주겠다는 말을 한 번도 하지 않은 나 자신이 새삼 부끄러워졌다. "무슨 일 있었어?"

"아냐, 아무 일도 없었어. 실습 끝나고 뒷정리하느라 조금 늦었어."

아무 문제 없어. 딱 하나, 우리가 헤어져야 할지도 모른다는 사실만 빼면. 네 절친이 내가 브랜디랑 키스하는 걸 봤고, 경찰서장인 네 아빠한테 이르겠다고 협박 중이거든. 그것만 빼면 아주 완벽해!

"근데 너 안색이…." 데이지가 고개를 갸우뚱했다. "정말 괜찮은 거 맞아?"

나는 한쪽 입꼬리를 억지로 끌어올렸다. "응, 괜찮대도. 집에 가자."

데이지를 따라 학교 밖으로 나왔다. 경찰서장과 약속한 대로 곧장 데이지의 집으로 향했다. 날씨가 제법 포근해져서 겨울 내내 지겹도록 쌓였던 눈은 이제 흔적도 없이 사라졌다. 평소 눈을 싫어했지만, 지금은 달랐다. 눈이 오래 남아 있었더라면 브랜디의 시신이 발견되는 걸 조금 더 늦출 수 있었을 텐데. 물론 언젠가는 발견되었을 테지만.

"아빠 때문에 나 바래다주느라 매일 고생이네. 내가 대신 사과

할게. 우리 아빠도 참 유난이지? 훤한 대낮에 덤불 속에서 튀어나와 사람을 죽이는 바보가 어딨다고."

나는 데이지의 손을 잡았다. "난 너 데려다주는 거 좋아."

"진심이야?"

"응. 온종일 이 순간만 기다리는걸." 진심이었다.

데이지가 나를 보며 환하게 웃었다. "나도 그래."

'사랑해, 데이지. 널 처음 본 순간부터 사랑했어. 널 잃지 않을 수만 있다면 무슨 짓이라도 불사할 각오가 되어 있어. 널 지켜낼 방법이 있으면 좋을 텐데.'

"아빠가 자꾸 집 근처에 있는 대학교에 가래. 내가 졸업하고도 계속 이 동네에 처박혀 있을 줄 아나 봐." 데이지가 눈을 굴리며 투덜댔다.

"어느 대학에 가고 싶은데?"

데이지가 수줍게 미소 지었다. "아직 모르겠어. 너는?"

"나도 아직은."

"나중에 원서 쓸 때 서로 비교해 보자."

2주 전이었다면 가슴이 벅차올랐을 말이었다. 다른 애들은 대학에 가서 이성을 만날 생각에 부풀어 있겠지만, 나는 달랐다. 데이지와 평생을 함께하기만을 바랐다. 그런데 빌어먹을 앨리슨 때문에 내 꿈이 무너지게 생겼다.

아니, 애초에 내게 허락되지 않은 허황된 꿈이었다. 그 꿈을 이룰 수 있으리라 생각한 내가 어리석었다.

"사랑해, 데이지."

불쑥 튀어나온 말에 데이지가 걸음을 우뚝 멈춰 섰다. 내 말을 곱씹듯 두 눈을 연신 깜빡였다. 왜 하필 지금 사랑한다는 말이 튀어나온 걸까. 마음을 전할 기회가 지금뿐일지도 모른다는 직감 때문이었을까. 앞으로 일이 주 후면 나를 보는 그녀의 눈빛이 지금과는 달라져 있을 것이다. 그때가 되면 나와 말도 섞지 않을지도 모른다.

아니, 나를 두려워하게 될지도.

데이지가 내 진심을 받아 줄 마지막 기회라는 생각에 냅다 고백해 버린 것이다. 그런데 데이지의 표정을 보니 괜한 짓을 했나 싶었다.

"난⋯." 그녀가 입을 뗐다.

이런, 망했다. 말하지 말 걸 그랬다. 멍청하기는. "못 들은 걸로 해줘."

"못 들은 걸로 하라고?"

손에 땀이 차서 데이지의 손을 슬그머니 놓았다. "내가 괜한 소릴 했어. 그런 말은 하는 게 아니었는데."

"아냐, 말하길 잘했어."

데이지가 내 손을 다시 붙잡았다. 여느 때처럼 보송보송했다. 어쩜 손이 이토록 보드라울까. 땀을 없애주는 특제 로션이라도 쓰는 모양이다.

"나도 너랑 같은 마음이거든. 사랑해, 톰."

데이지가 내게 입을 맞추는 순간 깨달았다. 내 인생에서 이보다 행복한 순간은 다시 오지 않으리라는 것을. 나는 이 순간을 기억하고 음미하려 애썼다.

머지않아 모든 상황이 최악으로 치달을 것이 분명했으므로.

25

시드니

내 꼴은 흡사 공포 영화 속 희생자 같았다.

나는 카페 화장실에 틀어박힌 채 의문의 남자, 아니 톰이 갈아입을 옷을 사 오기를 기다렸다. 얼굴에 묻은 피는 대충 닦아냈지만 하필 연분홍색 블라우스를 입고 온 게 문제였다. 이대로 거리에 나갔다가는 사람들의 시선은 물론 경찰 출동까지 각오해야 했다.

더군다나 내 얼굴도 말이 아니었다. 몸속 혈액 절반을 쏟아낸 터라 영화배우 같은 미모를 뽐내기란 불가능했다. 내심 톰이 저녁 약속을 다른 날로 미루자고 말해 주기를 바랐다. 하지만 오늘이 아니면 다시는 그를 보지 못할 것 같다는 생각이 들었다.

똑똑, 노크 소리에 화장실 문을 열자 톰이 흰 티셔츠를 쑥 내밀었다. "스몰 사이즈 맞죠?"

나는 티셔츠를 건네받아 내 몸에 대보았다. 억, 이게 뭐람.

"지금 나더러 '아이 러브 뉴욕' 티셔츠를 입으라는 거예요?"

"왜요? 뉴욕 안 좋아하세요?" 톰이 능청맞게 웃었다.

"관광객 같아 보이잖아요!"

“그래도 피범벅인 그 옷보다는 낫지 않겠어요?”

틀린 말은 아니었다. 나는 마지못해 티셔츠를 손에 쥔 채 화장실 문을 잠갔다. 피비린내 나는 블라우스를 벗어 던지고, 관광객 티가 팍팍 나는 티셔츠를 꿰입었다.

그래, 이만하길 다행이다. 적어도 사과 그림이 대문짝만하게 박혀 있지는 않으니까. 게다가 재킷으로 가리면 그만이었다.

나는 머리를 정돈하고 립스틱을 덧발랐다. 이제야 사람 꼴 같았다. 블라우스를 핸드백에 욱여넣으려 했지만 역부족이었다. 앙증맞은 핸드백은 지갑 하나만으로도 벅차 보였다. 쓰레기통에 버리든가 데이트 내내 손에 들고 다녀야 할 판인데 어느 쪽도 내키지 않았다.

화장실을 나오자 톰이 문 앞에서 팔짱을 낀 채 기다리고 있었다. 새삼 잘생겼다는 생각이 들었다.

톰이 엄지를 척 들어 보였다. “잘 어울리네요. 세트로 자유의 여신상 스노 볼이라도 하나 사 올 걸 그랬나.”

“옷값 얼마 드리면 돼요?” 못해도 50달러는 넘을 터였다.

“에이, 됐어요. 선물이라 칩시다.”

“그럼 감사히 받을게요.” 나는 피 묻은 블라우스를 들어 보였다. “이게 처치 곤란이네요. 가방에 들어가지도 않고.”

톰이 자기 재킷을 툭툭 쳤다. “이리 주세요. 이래 봬도 주머니가 꽤 크거든요.”

피 묻은 옷을 만지는 걸 꺼리지도 않고 자기 옷이 더러워질 위험까지 감수하다니. 과연 의사다웠다.

“저녁 드시러 가실까요? 6번가에 괜찮은 인도 레스토랑이 많아요. 혹시 인도 음식 좋아하세요?"

"네, 좋아해요."

톰이 활짝 웃었다. "저도요. 공통점 하나 발견했네요."

카페를 나오는 길에 톰은 내가 나갈 수 있게 문을 잡아주었다. 데이트를 숱하게 해봐도 문을 잡아주는 남자는 의외로 드물었다. 톰은 매너까지 갖춘 완벽한 남자였다.

"혹시 오해하실까 봐 말씀드리는데요. 매번 이렇게 코피를 쏟진 않는답니다."

"다행이네요." 톰이 무언가를 생각하듯 고개를 갸웃했다. "그래도 아까 그 코피는 꽤 인상적이었어요. 카페 안이 그리 건조하지도 않았는데. 설마 코를 판 건 아니겠죠?"

농담인 걸 알면서도 얼굴이 홍당무처럼 빨개졌다. "아니거든요."

"참, 그러고 보니 우리가 처음 만났을 때도…" 톰이 자기 이마를 가리켰다. 그날 밤 내가 피를 철철 흘리던 바로 그 부위였다.

차라리 솔직하게 말하는 편이 나을 것 같았다. 그도 뭔가 미심쩍다고 생각하는 눈치였고, 카페에서 코를 후비는 사람으로 오해받기도 싫었으니까.

"실은 제가 혈액 응고 장애를 앓고 있거든요. 심각한 건 아니고요."

톰의 까만 눈썹이 올라갔다. "그래요? 폰 빌레브란트병? 아니면 응고 인자 결핍증인가요? 제10인자나 제2인자?"

"폰 빌레브란트병이에요." 그가 쓸데없는 추측을 이어가기 전에 내가 서둘러 답했다. 솔직히 그의 능력에 감탄했다. 내 주치의도 면전에서 인터넷에 검색해 보고야 알았던 병명을 단번에 맞히다니.

"가장 흔한 유전성 출혈 질환이죠." 그가 싱겁게 웃었다. "미안해요. 제가 살짝 너드 같은 면이 있거든요. 의대 다닐 때도 시험에 안 나오는 부분까지 다 알아야 직성이 풀리곤 했어요. 일할 땐 도움이 되긴 하지만요."

톰은 너드라기보다 짜증이 날 정도로 완벽한 사람 같았다. 외모와 두뇌, 매력까지 두루 갖춘 데다 직업마저 의사였다. 사실 보니일 이후로 의사라면 거부감부터 들었지만, 그 남자는 직업부터 모든 것이 거짓이었을 터였다. 더구나 어떤 여자가 의사와의 데이트를 마다하겠는가.

하지만 30대 중반인 남자가 아직 혼자라면 필시 무슨 문제가 있다는 뜻이었다. 30대 미혼 남성 절반이 앓고 있는 '진지한 관계 기피증'이라도 있는 걸까.

인도 레스토랑에 도착했을 때도 톰은 문을 잡아주었다. 나는 눈에 불을 켜고 그의 결점을 찾으려 애썼다. 하지만 그는 안내받은 자리가 북향이 아니라는 이유로 거부하지도, 은식기를 깐깐하게 검사하지도 않았다. 자리에 앉자마자 이상한 냄새가 난다며 당장 나가자고 생떼를 부리지도 않았다. 게다가 내가 앉기 전에 의자를 뒤로 빼주기까지 했다.

"매너가 참 좋으시네요."

내 칭찬에 기분이 좋은지 그가 싱긋 웃었다. "어머니께 배운 거랍니다."

젠장, 마마보이였구나. 그의 입에서 절절한 어머니 찬양이나, 어머니를 따라올 여자는 어디에도 없을 거라는 지루한 독백이 이어지기를 기다렸다. 하지만 내 예상은 보기 좋게 빗나갔다. 그는 여전히 짜증 날만큼 완벽했다.

"어머니와 각별하신가 봐요?"

내가 넌지시 묻자 톰이 어깨를 살짝 들썩였다. "그런 편이죠. 고등학생 때 아버지가 심장마비로 돌아가신 후로 줄곧 어머니와 둘이 지냈거든요."

나는 입을 틀어막았다. "어머, 그러셨군요. 저희 아버지도 몇 년 전에 심장마비로 돌아가셨어요. 너무 갑작스러워서 무척 힘들었죠. 고등학생 때였으면 훨씬 힘드셨겠네요."

"네, 뭐." 그의 턱에 힘이 잔뜩 들어갔다. 첫 데이트에서 아버지의 죽음을 화제로 삼고 싶지는 않을 터였다. 나는 얼른 말을 돌렸다.

"어느 병원에서 근무하시는지 여쭤봐도 될까요?"

"뉴욕대 병원입니다."

오호, 우리 집에서 그리 멀지 않은 곳이다. "거기서 어떤 일을 하시는데요?"

그가 대답을 망설이다 입을 열었다. "병리과에 있습니다."

"병리과면 온종일 시체 부검하는 곳 아닌가요?"

톰이 미간을 찌푸리며 앞에 놓인 냅킨을 만지작거렸다. "병리과 의사라고 부검만 하는 건 아닙니다. 조직 샘플을 현미경으로 판독해 암 여부를 가려내기도 하죠."

순간 얼굴이 화끈거렸다. "아, 몰랐네요. 그럼 판독 업무를 주로 하시나 봐요?"

"음, 아닙니다. 저는 법의관이라 주로 부검을 하죠."

“결국 온종일 시체 부검만 하신다는 거네요.”

톰이 나를 보며 오묘한 표정을 지었다.

“그 일이 재미있으세요?”

“재미라기보다 직업이니까요. 굳이 말하자면 지적 자극을 많이 받습니다.”

이 남자는 시체를 해부하며 먹고산다. 완벽한 그가 여태 솔로인 이유를 찾은 것 같았다.

“시드니 씨는 무슨 일 하세요?” 톰이 화제를 돌렸다.

“회계사예요.”

톰의 얼굴이 눈에 띄게 편안해졌다. “오, 좋은데요? 실용적인 직업이잖아요.”

“고마워요. 사실 점쟁이가 꿈이었는데, 실용적이지 않아서 회계사로 전향한 거거든요.”

그가 웃음을 터뜨렸다. “그 두 직업을 놓고 고민하는 사람이 있을 줄은 몰랐네요.”

“어쨌든 나름 만족하며 일하고 있어요.” 내가 헛기침을 했다. “뭐, 딱히 불만은 없거든요.”

“나중에 제 퇴직연금도 좀 봐주세요.”

“일단 번호표부터 뽑으시죠.”

톰이 폭소했다. 눈가에 잡히는 주름이 숨 막힐 정도로 섹시했다. 나를 보는 그의 눈빛이 마음에 쏙 들었다. 내심 나에게 과분한 남자라는 생각이 들었지만, 정작 톰은 나를 하대하지 않았다. 오히려 당장 나를 테이블 위로 던져 뜨겁게 사랑을 나누고 싶은 열망을 꾹 참고 있는 느낌이었다.

그때 종업원이 물잔을 들고 주문을 받으러 왔다. 메뉴판을 훑어볼 정신조차 없었던 터라 나는 평소 즐겨 먹던 치킨 티카 마살라를 시켰다. 톰은 내가 먼저 주문하도록 배려해 주었고, 내 음식 취향을 폄훼하지도 않았으며, 원치 않는 메뉴를 강권하지도 않았다. 무엇보다 종업원의 풍만한 가슴을 힐끗거리지 않았다.

종업원이 자리를 뜬 뒤 톰이 말을 꺼냈다. "실은 처음 만났을 때 연락처를 묻고 싶었어요."

"그런데 왜 안 물어봤어요?"

"못 물어본 거죠." 톰이 물을 한 모금 홀짝였다. "방금 겁탈당할 뻔한 사람한테 번호를 어떻게 물어봐요. 그 정도로 개념 없는 사람은 아닙니다, 그리고…." 잠시 말을 멈추었다가 다시 이었다. "그때는 저도 만나던 사람과 관계를 정리하던 중이었거든요."

그 말에 내가 놀란 눈을 했다. "진지하게 만나던 사이였나요?"

"아니요." 톰이 의자에서 몸을 뒤척였다. 내 질문이 썩 달갑지 않은 기색이었다. "어쨌든 지금은 끝났습니다. 아주 깔끔하게요."

나는 그의 왼손 약지를 재차 확인했다. 결혼반지는커녕 반지를 꼈던 자국조차 보이지 않았다. "결혼한 적은 있으세요?"

"아뇨, 한 번도 없습니다." 그 말을 내뱉으며 톰의 얼굴이 살짝 일그러졌다. 아직 결혼하지 못한 게 무척 괴로운 사람처럼. "시드니 씨는요?"

"저도 없어요. 하지만 결혼은 하고 싶어요." 아차, 내가 지금 무슨 말을 한 거지? 첫 데이트 때 절대 해서는 안 되는 금지어가 바로 결혼이다. 이 남자는 사람을 무장해제 시키는 힘이 있었다. "아, 그러니까 언젠가는 하고 싶다는 말이에요."

"그렇군요. 그럼 그 언젠가를 위해." 톰이 물잔을 들며 외쳤다.

잔을 맞부딪히며 나는 속으로 생각했다. 나의 '언젠가'가 톰이 있었으면 좋겠다고.

26

과거
톰

이틀 전 데이브 이모부가 심장마비로 쓰러졌다.

엄마는 시애틀행 비행기표를 끊고 서둘러 짐을 쌌다. 어릴 때라면 엄마를 따라갔겠지만 지금은 학교 때문에 아빠와 집에 남아야 했다.

아빠와 단둘이 집에 있는 게 영 내키지 않았지만, 아빠는 어차피 나를 투명 인간 취급할 게 뻔했다. 게다가 나는 학교에 가고 아빠는 일하느라 바쁠 테니, 엄마가 없는 동안 한 번도 마주치지 않을지도 모른다.

"아빠 말 잘 들어야 한다, 톰." 공항으로 떠나기 전, 쉐보레에 올라타며 엄마가 당부했다.

누가 들으면 허구한 날 술 퍼먹고 난동 부리는 사람이 난 줄 알겠네. "응."

그래도 마음이 놓이지 않는지 엄마가 내 두 손을 맞잡았다. "아빠 심기 건드리지 말고, 알겠지?"

"알았어."

엄마는 내 볼에 입을 맞추고는 시애틀에 도착하자마자 전화하겠노라 약속했다. 비행기가 추락할까 봐 아들이 전전긍긍할 줄 아나 보다. 정작 내 걱정거리는 따로 있었다.

앨리슨이 최후통첩을 날린 후 벌써 이틀이나 지났지만, 나는 여전히 데이지와 사귀는 중이었다. 앨리슨의 경고 어린 시선에도 헤어질 결심이 서지 않았다. 직접 이별을 고하지 않아도 되는 어떤 일이 터지기를 내심 바랄 뿐이었다.

하지만 앨리슨이 경찰에 가게 놔둘 수는 없었다. 데이지에게 듣자 하니 경찰이 브랜디의 남자 친구를 찾느라 총력을 기울이고 있다고 했다. 이런 상황에서 그 남자 친구가 나라는 사실이 탄로 나면 큰일이었다.

나는 엄마가 냉장고에 넣어둔 치마살을 꺼내 구웠다. 딸의 안전에 지나치게 관심이 많은 경찰서장만 아니었다면 오늘 밤 데이지와 함께 저녁을 먹고 있었을 텐데. 식탁에 앉아 늦은 저녁을 한술 뜨려는데 데이지에게서 문자가 왔다.

'심심해. 뭐 하고 있어?'
'저녁 먹는 중'
'뭐 먹는데?'
'내가 직접 구운 스테이크.'
'맛있겠다! 나중에 나한테도 해줄 거야?'

데이지가 우리 집으로 올 수만 있다면 스테이크가 웬 말인가. 진수성찬을 차려 줄 수도 있다. 그녀만 기쁘게 할 수 있다면 당장 요리 학교에 등록할 수도 있었다. 그녀를 위해서라면 무슨 일이든 할 수 있다.

데이지와 헤어질 수는 없다. 절대로. 분명 다른 방법이 있을 것이다.

그때, 현관문이 쾅 닫히는 소리가 났다. 나는 핸드폰을 급히 주머니에 쑤셔 넣었다. 아빠가 철물점 일을 마치고 집으로 돌아왔다. 아빠는 늘 허드렛일뿐이라며 툴툴댔지만 그런 일자리라도 있는 걸 감사해야 했다. 일주일에 절반은 술에 절어 있고 나머지 절반은 숙취로 골골대기 일쑤였으니까.

아니나 다를까. 비틀대며 들어오는 그의 눈은 벌겋게 충혈됐고, 몸에서는 위스키 냄새가 진동했다. 오늘도 퇴근길에 단골 술집인 '오툴스'에 들러 진탕 퍼마시고 온 모양이었다. 거의 매일 밤 반복되는 일상이었다.

"네 엄마는 어디 갔냐?" 아빠가 다짜고짜 물었다.

시애틀에 간다고 엄마가 골백번은 말했을 텐데 또 까먹다니. 이제는 놀랍지도 않았다. "이모부 병문안 갔잖아요."

"그 여편네는 집구석에 처박혀 있는 날이 없네." 아빠가 투덜거렸다.

나는 아무 대꾸도 하지 않았다. 엄마가 저녁 시간에 집을 비우는 일은 극히 드물었다. 글로리아 이모를 보러 가는 것도 일 년에 고작 두 번뿐이다.

"내 저녁은 어디 있냐? 배고파 죽겠다." 아빠가 버럭 소리를 질렀다.

나는 내 앞에 놓인 접시를 내려다보았다. 스테이크는 딱 한 덩이만 구웠고, 그마저도 거의 다 먹은 상태였다. "모르겠는데요."

아빠가 나를 잡아먹을 듯 노려보았다. "너 혼자 다 처먹었단 거냐? 네 아비는 굶든 말든 상관없다 이거냐? 네가 이 집에서 배불리 먹고 등 따습게 지내는 게 다 누구 덕인데?"

"오늘 집에 안 오시는 줄 알았어요."

"나 참, 기가 막혀서 원. 버르장머리도 없는 새끼."

아빠는 비틀대며 주방 안쪽에 있는 찬장으로 향했다. 안에는 빈 술병들이 가득했다. 술을 사다 놓는 족족 아빠가 물처럼 마셔댄 탓이었다. 그가 술병을 달그락거리며 소리쳤다. "뭐야? 내 위스키 다 어디 갔어?"

"아빠가 다 마셨잖아요."

그가 찬장 문을 쾅 닫았다. 부엌 전체가 흔들릴 정도의 위력이었다. "거짓말 마라. 네놈이 야금야금 훔쳐 먹는 거 내가 모를 줄 알아?"

술을 마시기는커녕 입에 대본 적도 없었다. 술주정뱅이 아빠 때문에 술이라면 진절머리가 날 지경이었으니까.

하지만 나는 아빠를 아주 잘 안다. 한번 꽂히면 끝장을 보는 성격이다. 내가 술을 훔쳐 마시고 있다고 믿는 이상 순순히 물러날 리 없었다.

아빠가 성큼 다가왔다. "너 같은 새끼는 맞아야 정신을 차리지."

그의 손이 허리띠로 향했다. 어릴 때 아빠한테 허리띠로 몇 번 맞은 적이 있었다. 그 이후로 나는 늘 아빠를 피해 다녔다. 지금껏 나 대신 그의 폭언과 매질을 온몸으로 받아낸 건 엄마였다.

"전 방으로 갈게요. 주방에 먹을 거 많으니까 맘껏 드세요."

아빠가 콧방귀를 뀌며 허리띠에서 손을 뗐다. "방구석에 처박혀

서 뭐 하게? 경찰서장 딸내미랑 통화라도 하시게? 네 여자 친구라며?"

나는 그대로 얼어붙었다. 우리가 사귀는 걸 아빠가 알고 있을 줄은 꿈에도 몰랐다. 순간 불길한 느낌이 엄습했다.

내 표정이 재미있다는 듯 아빠가 껄껄 웃었다. "내가 모를 줄 알았냐? 네 엄마가 다 말해줬다. 네가 만나기엔 너무 과분한 애 아니냐?"

틀린 말은 아니었다. "저도 알아요."

"언제 집에 한 번 데리고 와라." 아빠가 눈을 찡긋했다. "데이지 고년이 이쁘장하니 참 탐스럽게 생겼더라. 쭈글쭈글한 네 엄마 젖가슴만 보는 것도 지긋지긋한데, 아빠 눈 호강 좀 시켜주면 좋지 않겠냐?"

사실 지금껏 아빠가 뭐라 떠들든 별로 신경 쓰지 않았다. 허리띠로 나를 위협하고, 자기 술을 훔쳤다고 몰아세우는 일은 허다했으니까. 하지만 데이지를 모욕하는 건 도저히 참을 수가 없었다.

부아가 치밀었다.

마침내 도발이 먹혔다는 걸 알아차린 아빠가 비릿하게 웃었다. "며칠 전에 개네 집 뒷마당에 있는 걸 봤는데 몸매가 예술이더라. 나한테 손을 막 흔들며 꼬리를 치더라니까. 그래서 언제 한번 찾아가 볼까 싶다. 고년 방이 2층 뒤쪽 맞지?"

아빠가 데이지 근처에 얼씬거리는 상상만으로도 주먹에 힘이 잔뜩 들어갔다.

"개도 분명 좋아 죽겠다고 할 게다." 그가 혀로 입술을 핥았다. "너 같은 애송이는 꿈도 못 꿀 정도로 내가 제대로 만족시켜 주마."

"데이지는 건들지 마요." 내가 이를 악물었다.

"내가 아주 뿅 가게 해줄 참이야." 입에서 뿜어져 나오는 술 냄새에 눈이 따가울 지경이었다. 게다가 정체 모를 악취까지 섞여 있었다. "고년이 원하든 원치 않든 상관없어. 막상 해 보면 아주 좋아 자지러질 테니까."

나도 모르는 사이 내 손이 스테이크를 썰던 칼을 쥐고 아빠의 가슴을 겨누었다. "데이지 털끝 하나라도 건들이기만 해요."

칼날과 내 얼굴을 번갈아 보던 아빠가 폭소를 터뜨렸다. "웃기는 놈일세. 저번에 대들다가 어떻게 됐는지 벌써 잊은 게냐?"

그럴 리가. 하지만 이번에는 칼을 빼앗기지 않을 자신이 있었다. 나는 칼자루를 힘껏 움켜쥐었다. "데이지는 내가 지킬 거예요."

불과 이틀 전에 앨리스가 했던 말을 내가 똑같이 내뱉고 있다니. 참 아이러니하기도 하지.

"제 몸뚱이 하나도 건사하지 못하는 주제에 누굴 지킨다는 게냐?" 아빠는 칼 따위는 아랑곳하지 않고 찬장으로 손을 뻗었다. 바닥이 드러난 술병을 꺼내 마지막 한 방울까지 입에 탈탈 털어 넣었다. "말 나온 김에 지금 데이지나 보러 가야겠다." 그러더니 칼을 내려다보았다. "좋은 말 할 때 칼 치워라."

나는 아빠가 맨손으로 엄마를 두들겨 패는 걸 보며 자랐다. 그가 휘두른 허리띠가 내 등짝을 파고드는 고통을 직접 겪기도 했다. 하지만 지금 이 순간만큼 그를 증오한 적은 없었다. 나는 그의 배 깊숙이 칼날을 밀어 넣었다.

칼날은 무척 날카로웠다. 일주일 전쯤, 엄마가 가르쳐준 대로 머

그 컵에 대고 갈아 둔 덕분이었다. 칼날은 살갗을 매끄럽게 파고 들었다. 칼을 끝까지 박아 넣은 후 확인 사살하듯 살짝 비틀었다. 칼을 뽑아내고 나서야 아빠의 얼굴을 살폈다.

그의 얼굴은 충격으로 굳어 있었고, 불그스름하던 피부는 잿빛으로 변해갔다. 아빠가 입을 떡 벌린 채 조리대를 붙잡고 헐떡였다.

"톰." 그 말과 함께 바닥으로 쓰러졌다.

피가 울컥울컥 쏟아졌다. 바닥에 피 웅덩이가 고였지만, 생명은 커녕 의식을 잃기에도 부족한 양이었다. 아빠는 아직 살아 있었고, 다시 일어서려고 발버둥 쳤다. 하지만 네발짐승처럼 기는 것밖에 할 수 없었다.

"톰." 그가 기침을 토했다. 바닥 위로 붉은 핏방울이 점점이 내려 앉았다. "너, 너한테 이런 배짱이 있는 줄 몰랐다."

아빠는 몰랐을지 몰라도 나는 익히 알고 있었다.

"톰….." 그의 말투가 어눌해졌다. 술 때문인지 죽음의 그림자 때문인지 알 수 없었다. "어서 구급차 불러라. 네 아비 좀 살려다오."

그가 고개를 쳐들고 나와 똑같은 갈색 눈으로 내 눈을 바라보 았다. 그 순간 내가 구급차를 불러줄 마음이 없다는 사실을 똑똑 히 깨달았을 것이다. 그가 부엌 바닥에서 피를 흘리며 죽어가도록 내버려둘 거라는 것도.

아빠가 핸드폰을 찾아 주머니를 더듬었다. 하지만 있을 리 만무 했다. 늘 술집이나 철물점에 두고 오고는 했으니까. 소파 옆에 유 선 전화기가 있었지만, 제대로 서지도 못하는 그에게는 광활한 바 다 너머에 있는 거나 매한가지였다.

그럼에도 그는 포기하지 않았다. 바닥에 핏자국을 그리며 거실로 엉금엉금 기어갔다. 나는 부엌에 선 채로 그 모습을 지켜보았다. 엄마가 아끼는 카펫 위에서 한번 쓰러질 뻔했지만 굴하지 않았다. 목숨이 생각보다 질겼다. 이대로라면 죽기는커녕 전화기까지 기어갈 기세였다.

이제 내게 남은 선택지는 둘 뿐이었다.

구급차를 불러 아빠를 살릴 것인가, 아니면 내 손으로 숨통을 끊을 것인가.

그리 어려운 결정은 아니었다. 꿈속에서 수천 번도 더 해 본 일이었으니까.

나는 핏물에 미끄러지지 않으려 조심하며 성큼성큼 걸어갔다. 온 집안에 피 묻은 발자국이 남았지만 개의치 않았다. 내가 앞길을 막아서자 아빠가 내 발목을 붙잡았다. 내 청바지에 피가 잔뜩 묻어났다.

"톰, 제발 도와다오. 이러다 네 아비 죽겠다. 제발 구급차 좀 불러 다오." 아빠가 쌕쌕거리며 말했다.

나는 바닥에 무릎을 굽히고 앉아 그의 핏발 선 눈을 똑바로 응시했다. 갈색 눈동자에 내 얼굴이 비쳐 보였다.

"이제 아무도 괴롭히지 못할 거야."

그 말을 끝으로, 나는 그의 목을 칼로 그어버렸다.

27

현재

시드니

톰과의 저녁 식사는 환상적이었다.

트래비스와 커피를 마셨을 때보다 훨씬 즐거웠다. 트래비스에게는 없었던 묘한 끌림이 존재했으니 당연한 결과였다. 게다가 톰은 입담도 좋고 박학다식했다. 어떤 주제든 막힘없이 이야기를 이어갔다. 계산서가 나오자마자 내가 손댈 틈도 없이 잽싸게 가로채는 모습까지 마음에 쏙 들었다.

"반씩 나눠 낼까요?"

"무슨 말씀이세요. 그럼 오늘 제가 문 잡아주고 의자 빼준 노력이 수포가 되잖아요."

살짝 구식인 그 모습마저 매력적이었다. 나도 밥값 정도는 낼 능력은 되지만 한사코 거절하는 그의 마음씨가 몹시 사랑스러웠다. 레스토랑을 나오기 전 내게 재킷을 입혀주는 손길도 달콤했다. 나는 '아이 러브 뉴욕' 문구를 가리려고 재킷 단추를 목 끝까지 채웠다.

우리는 입구 앞에서 한참을 뭉그적거렸다. 제법 쌀쌀해진 밤공기에 나는 옷깃을 여미며 톰의 얼굴을 올려다보았다.

"집까지 모셔다드릴까요?" 톰이 물었다.

첫 데이트 때는 집 위치를 알려 주지 않는 것이 내 철칙이었다. 카페에서 우연히 만난 남자는 더더욱 조심해야 했다. 게다가 톰이 집까지 따라온다면 그를 돌려보낼 자신이 없었다. 그가 집 안으로 발을 들이는 순간 무슨 일이 일어날지는 불을 보듯 뻔했다. 곧장 침실 행이겠지.

싫지는 않았지만 오늘 다리에 제모를 안 했다는 게 문제랄까.

"아뇨, 택시 타고 가도 괜찮아요."

"그래요. 그럼 핸드폰 번호 좀 알려 줄래요?"

그의 짙은 초콜릿 빛 눈동자가 내 얼굴에서 떠날 줄을 몰랐다. "네, 물론이죠."

톰은 내가 읊어주는 숫자를 정성껏 자기 핸드폰에 입력했다. 연락이 올 것 같은 분위기였지만 섣불리 장담할 수는 없었다. 백 퍼센트 확신했다가 감감무소식이었던 적이 한두 번이 아니었으니까.

"데이트가 오랜만이라서 잘 몰라서 그러는데요. 제가 내일 바로 전화하면 너무 없어 보이나요? 질척댄다고 생각하실 거예요?"

나도 모르게 입꼬리가 올라갔다. "이미 질척대고 있으니까 편하게 전화 주셔도 괜찮아요."

내 대답이 썩 마음에 든 눈치였다. "하나만 더요. 요즘에는 데이트 때 어디까지 허용되나요? 첫 데이트 때 키스해도 될는지…."

나는 놀란 숨을 들이켰다. 톰과 키스한다는 생각만으로도 심장이 터질 것 같았다. "네, 괜찮아요."

톰의 눈이 반짝였다. "다행이네요."

그 말이 끝나기가 무섭게 그가 내게 입을 맞추었다. 내 인생의 모든 키스는 오직 이 순간을 위한 연습이었던 것 같았다. 진짜 키스란 이런 것이었다. 너무 황홀해서 온몸이 아이스크림처럼 녹아내릴 것만 같았다.

물론 제이크와의 키스도 꽤 괜찮았다. 헤어졌다고 해서 좋았던 기억까지 폄하하고 싶지는 않다.

톰이 입술을 떼고 달뜬 표정으로 나를 바라보았다. 내 표정도 별반 다르지 않을 터였다. 여기가 우리 집이 아니기를 천만다행이었다. 그랬다면 지금 당장 서로의 옷을 벗기느라 정신이 없었을 테니까.

"내일 전화할게요."

"안 하기만 해봐요."

그가 다시 입을 맞추었다. 처음만큼이나 달콤한 키스였다. 어떻게 나에게 이런 행운이 굴러들어 온 걸까?

행복에 취한 나머지 집에 돌아와서야 깨달았다. 톰이 내 피 묻은 블라우스를 돌려 주지 않았다는 사실을.

28

오늘 밤 톰과 데이트가 있다.

카페에서 코피 소동을 벌인 후 저녁을 먹은 것까지 치면, 벌써 세 번째 데이트다. 다행히 두 번째 데이트 때는 피 보는 일 없이 무탈하게 지나갔다. 그것만으로도 나로서는 대성공인 셈이었다. 오늘 밤에는 톰을 집으로 초대할까 진지하게 고민 중이었다. 오후 4시 요가 수업 내내 머릿속에는 온통 그 생각뿐이었다.

"왜 자꾸 혼자 실실 웃어? 좋은 일이라도 있어?" 요가 매트를 돌돌 말며 그레천이 물었다. 보니가 살해된 뒤 한동안 요가 수업을 쉬었다. 우리끼리만 나오는 게 어색할 것 같아서였다. 하지만 한 달쯤 되자 그레천은 허리가 아프기 시작했고, 나도 온몸이 쑤셨다. 막상 둘이 수업을 듣고 나니 예전과 별반 다르지 않았다.

"오늘 밤에 데이트가 있거든."

"오호!" 그레천의 눈이 커다래졌다. "그 완벽남이랑?"

'완벽남.' 그레천이 톰에게 붙인 별명인데 그에게 찰떡이었다. 지금까지 그에게서 어떤 결점도 찾지 못했으니까. 살짝 걸리는 게 있다면, 직업 특성상 매일 시체를 해부한다는 점 정도?

"응."

"이야, 너 그 사람 진짜 좋아하나 보네."

"응, 그런 것 같아."

톰에게 빠져드는 속도가 무서울 정도로 빨랐다. 고작 두 번 만났을 뿐인데 벌써 결혼식 테이블 세팅이며 교외에 살 집까지 상상하고 있었다. 이런 내가 나조차도 어처구니없었다. 이제 겨우 세 번째 데이트를 앞둔 참 아닌가. 톰이 천하의 나쁜 놈이라는 걸 깨닫게 될 시간은 앞으로도 차고 넘쳤다.

하지만 그럴 리 만무했다. 톰은 뼛속까지 좋은 사람 같았다.

"드디어 꿈에 그리던 네 반쪽을 찾았네." 그레천이 장난스레 말했다.

"아직 단정하기엔 이른 것 같아."

"거짓말. 이미 네 얼굴에 다 쓰여 있거든?"

정곡을 찔린 것 같아 차마 그녀의 눈을 마주할 수가 없었다.

수련실을 나오는 길에 알린이 초콜릿이 담긴 접시를 내밀었다. 그래, 이 맛에 요가하러 오는 것 아니겠는가. 편안한 음악을 들으며 한 시간 동안 스트레칭과 명상을 하고 나면 달콤한 초콜릿을 맛볼 수 있으니까. 그레천과 나는 초콜릿을 한 조각씩 집어 들었다.

"맛있게 드세요!" 알린이 설명을 이어갔다. "제 친구 회사에서 만든 수제 초콜릿이에요. 공정무역으로 들여온, 그늘에서 재배한 천연 카카오를 사용했죠. 카카오 함량이 90퍼센트가 넘어요."

"잘 먹겠습니다." 그레천이 대꾸했다.

"두 분이 다시 수업에 나오셔서 얼마나 다행인지 몰라요. 보니 씨 얘기 듣고 마음이 너무 아팠거든요."

"말씀 감사해요." 내가 나직이 말했다.

"도움이 되실지 모르겠지만." 알린이 문신처럼 두르고 다니는 구슬 목걸이를 만지작대며 운을 뗐다. "두 분이 오실 때마다 보니 씨의 영혼이 느껴져요. 보니 씨도 우리와 함께 수업을 듣고 있답니다."

전혀 도움이 안 된다고 내가 따질 새도 없이, 그레천이 가슴에 손을 얹으며 감사를 표했다. 두 사람이 뭐라 믿든 보니의 영혼이 수련실을 떠돌 리 없었다. 보니는 살해당해 땅에 묻힌 지 오래였고, 범인이 누군지도 모른다. 이러다 범인을 영영 잡지 못하는 건 아닐까 슬슬 불안해졌다.

계단을 내려가며 그레천과 나는 초콜릿을 입에 털어 넣었다. 서로의 눈이 마주친 순간, 그레천이 손바닥 위에 초콜릿을 퉤 뱉어 냈다. "웩! 진흙 씹는 것 같아!"

차마 뱉어내지 못한 나는 초콜릿을 억지로 삼켜냈다. 사약이 이런 맛일까. 다시는 공짜 초콜릿에 현혹되지 않으리라 다짐했다.

그때 유리문 밖에서 말총머리를 한 남자가 눈에 들어왔다. 심장이 덜컥 내려앉았다. 케빈이었다.

우연이라기에는 너무 자주 마주쳤다. 데이트 이후로 벌써 예닐곱 번은 본 것 같다. 보니의 장례식에서 그를 본 것 같다는 의구심은 이제 확신으로 굳어졌다. 며칠 전 베이글을 사러 간 카페에서도 마주쳤다. 케빈은 나를 보고 깜짝 놀란 척했지만, 그런 발 연기에 속을 내가 아니었다. 나는 화장실에 숨어 그가 사라질 때까지 나오지 않았다. 그보다 몇 주 전에는 가판대에서 껌을 사고 있을 때도 뒤에서 불쑥 나타났다. 그가 말을 걸세라 나는 지하철역으로 쏜살같이 도망쳤다. 케빈이 언제 어디서 튀어나올지 몰라 미칠 노릇이었다.

그런데 저 남자가 진짜 케빈이 확실할까?

"시드니, 왜 그래?" 그레천이 미간을 찌푸리며 물었다.

문밖에 선 남자가 한 발짝 다가오자 이목구비가 선명해졌다. 젠장, 진짜 케빈이 맞았다. 유리문 앞을 기웃거리며 안을 들여다보고 있었다.

바로 그때, 그와 눈이 딱 마주치고 말았다. 케빈이 짐짓 놀란 표정을 지으며 손을 흔들었다. 나는 그의 인사를 무시한 채 고개를 돌렸다. 그가 내 뜻을 알아듣기를 바라면서.

"아는 사람이야?" 그레천이 물었다.

"몇 달 전에 데이트했던 사람이야. 나한테 키스하려다 급소를 걷어차인 놈, 기억나? 아무래도 날 스토킹하는 것 같아."

"보니 장례식장에서 봤다던 그 남자 말이야?"

내가 고개를 끄덕였다.

그레천이 얼굴을 확인하려고 문 쪽으로 고개를 돌렸다. 내가 황급히 그녀의 팔을 붙잡았다. "쳐다보지 마!"

"미안." 그레천이 요가원 로비 안쪽으로 나를 끌고 들어갔다. "뭐야, 저 남자 진짜 소름이다! 경찰에 신고해야 하는 거 아냐?"

"저 사람 성이 뭔지도 몰라. 케빈이 본명인지도 확실치 않고. 싱크에 신고도 했고, 보니 사건 담당 형사한테도 말해놨어. 내가 할 수 있는 건 그게 다야. 아직까진 딱히 위협적인 행동을 한 것도 아니라서."

“어휴, 남자들은 왜 다 저 모양인지 몰라.”

인류 역사상 영원히 풀리지 않는 난제다. “내버려둬. 저러다 제 풀에 지쳐 떨어져 나가겠지.”

그레천은 내 말에 수긍하는 눈치였다. 보니였다면 절대 그냥 넘어가지 않았을 것이다. 당장 나를 경찰서로 끌고 가 접근 금지 명령을 받으라고 난리였겠지. 하지만 보니는 이제 죽고 없다.

“참, 충격적인 소식이 있어.”

본능적으로 나쁜 이야기라고 지레짐작하는 나 자신이 싫었다. “뭔데?”

“나 랜디랑 같이 살기로 했어!”

방금 케빈을 본 충격을 싹 잊을 정도로 놀라운 소식이었다. “정말? 잘됐다!”

나는 아이처럼 기뻐하는 그레천을 꼭 안아 주었다. 하지만 마냥 기쁘지만은 않았다. 랜디와 계속 만나기에는 그레천이 너무 아까웠다. 보니만큼은 아니어도 나 역시 랜디를 볼 때마다 께름칙한 기분을 떨칠 수 없었다.

하지만 내 속마음을 털어놓을 수는 없었다. 그저 진심으로 축하해 주는 척할 수밖에.

“이사랄 것도 없어. 거의 몸만 들어가는 거나 마찬가지거든. 이제 우리 이웃사촌이야!”

“와, 신난다!” 나는 최대한 들뜬 목소리를 쥐어 짜냈다.

“나 집에 짐 챙기러 갈 건데. 너도 같이 갈래?”

나는 고개를 저었다. “아니, 괜찮아.”

“맞다. 너 오늘 완벽남이랑 데이트 있다고 했지?” 그레천이 눈을 찡긋했다. "좋은 시간 보내! 오늘은 데이트 도중에 내가 전화 안 해줘도 되지?"

"응."

다행히 알린이 건물 뒤편 출구를 알려준 덕분에 케빈을 피해 빠져나왔다. 그레천은 지하철역 방향으로 걸어갔고, 나는 집으로 향했다. 약속 시간까지는 아직 두 시간이나 남았지만, 샤워를 하고 입고 나갈 옷을 고르려면 서둘러야 했다. 옷장에 있는 옷을 죄다 꺼내 입어볼 게 분명했으니까.

8번가 건널목을 건너고 있는데 가방 속에서 벨 소리가 울렸다. 핸드폰을 꺼내려는 찰나, 택시 한 대가 쌩하니 지나가며 내 운동화 위로 구정물을 튀겼다. 뉴욕의 빗물은 아스팔트에 닿는 순간 시커멓게 변했다. 화면을 확인하자 제이크의 번호가 떠 있었다.

설마 보니를 죽인 범인을 잡은 걸까?

그때 신호등이 파란불을 깜빡이며 초읽기에 들어갔다. 뉴욕의 신호등을 설계한 사람은 우리가 무슨 올림픽 단거리 선수라도 되는 줄 아는 모양이다. 대로변을 건너려면 늘 시간이 부족했다. 그 바쁜 와중에도 나는 전화를 받았다.

"여보세요?"

"시드니, 나야. 제이크." 그가 잠시 말을 끊었다. "어딘데 이렇게 시끄러워?"

"밖이라 그래. 뉴욕은 늘 시끄럽잖아."

"그렇지." 핸드폰 너머로 제이크의 깊은 한숨 소리가 들렸다. "잠깐 통화할 시간 돼?"

핸드폰을 쥔 손에 힘이 들어갔다. "범인 잡았어?"

“아니.”

실망이 파도처럼 밀려왔다. “잡겠다고 호언장담한 게 벌써 두 달 전이야.”

“알아. 하지만—”

나는 택시에 치이는 일 없이 무사히 건널목을 건너 인도 위에 안착했다. 뉴욕에서 길을 건너는 건 늘 목숨을 걸어야 하는 일이다. “그럼 뭐 때문에 전화한 건데?”

“그냥 네가 걱정돼서 확인차 전화했어.”

“뜬금없이 내가 왜 걱정돼?”

핸드폰 너머로 한동안 침묵이 흘렀다. “실은 네가 알아야 할 소식이 있어.”

예감이 좋지 않았다. “뭔데?”

“희생자가 한 명 더 나왔어.”

“뭐라고?”

“들은 대로야. 3년 전 사건인데 범행 수법이 똑같아. 두피에서 머리카락이 잘려 나간 흔적이 있어. 보니 씨 아파트에서 나온 것과 일치하는 DNA도 발견됐고.”

나는 인도 한복판에 우뚝 멈춰 섰다. 숨이 가빠왔다. “그럼 연쇄 살인이라는 소리네.”

“그렇지.”

“근데 신문에 그런 기사는 코빼기도 안 보이던데?”

“언론에 안 새어나가게 최대한 막고 있어. 시민들이 공포에 떠는 건 원치 않으니까.”

“나는 공포에 떨어도 괜찮고?”

무시무시한 소식에 반해 제이크의 목소리는 놀라울 정도로 침착했다. "우리가 꼭 잡을 거야. 그때까지만 조심해 줘. 문단속 잘하고, 싱크 앱에 접속하지 말고."

"지금 내 안전이 걱정되는 거야, 내가 평생 혼자 살다 죽길 바라는 거야?"

"시드니…."

"됐어. 농담한 거야."

나는 여전히 인도 한복판에 멈춰 서 있었다. 행인들이 나를 비켜 지나가며 따가운 눈총을 보냈지만, 도저히 발이 떨어지지 않았다.

제이크가 목을 큼큼 가다듬었다. "시드니, 혹시 오늘 밤에 별일 없으면 내가 너희 집으로 갈까? 중국 음식 포장해 갈게. 사건 얘기는 안 해도 돼. 같이 영화나 한 편 보든지."

콧방귀가 절로 나왔다. "지금 나한테 데이트 신청하는 거야?"

"아냐! 그냥 혼자 있으면 무섭다길래 같이 있어 주려고 했지."

"내 걱정은 붙들어 매셔. 오늘 밤에 데이트하러 나갈 거니까."

"데이트? 누구랑?" 놀라움이 역력한 그의 목소리에 살짝 자존심이 상했다.

그때 패딩을 입은 남자 하나가 나에게 손가락 욕을 날렸다. 뉴욕 거리 한복판에 감히 5초 동안 멈춰 서 있었다는 죄목으로. 나는 누군가한테 멱이 따일 세라 걸음을 재촉했다. "알아서 뭐 하게?"

"참견하려는 게 아니라 걱정돼서 그래."

"걱정할 필요 없어. 무척 좋은 사람이고 내 마음에 쏙 드니까."

제이크의 목소리가 한층 가라앉았다. "그렇구나. 잘 됐다. 좋은 남자 만났다니 다행이야. 그런데 믿을만한 사람이야?"

"제이크!"

"알았어, 알았다고." 그가 한숨을 푹 쉬었다. "어쨌든 조심해. 미심쩍은 구석이 있거나 신원 조회가 필요하면 언제든 연락하고. 난 괜찮으니까."

인정하고 싶지는 않지만, 제이크는 사람을 안심시키는 재주가 있었다. 그는 훤칠한 키에 진중하고 듬직한 남자였다. 우리가 사귀던 시절, 나는 전담 경호원을 둔 기분이었다. 헤어진 뒤에도 나를 살피는 그가 있어 든든했다.

하지만 이제 제이크의 보살핌 따위는 필요 없다. 내게는 톰이 있으니까.

29

과거
톰

나는 아빠의 목을 어떻게 그어야 할지 정확히 알았다. 그간 독파한 외과 수술 교과서 덕분이었다. 하얀 카펫 위로 엄청난 양의 피가 쏟아졌다. 치사량을 넘고도 남을 양이었다.

내 앞에서 아빠가 죽어갔다. 그의 눈에서 생명의 빛이 꺼져가는 모습을 지켜보며 생각했다. '당신은 죽어도 싸.' 다시는 엄마를 때리지도, 우리 가족을 공포에 떨게 하지도 못할 것이다.

하지만 아빠가 사라졌다는 안도감은 이내 공포로 바뀌었다. 내가 아빠를 죽였다. 우리 집 거실 한가운데서 식칼로 그의 경정맥을 끊어버렸다. 사고였다고, 정당방위였다고 우길 수 있는 수준이 아니었다.

이대로라면 평생 감옥에서 썩게 될 것이다.

감옥행을 면할 방법은 딱 하나뿐이다.

나는 떨리는 손으로 바닥을 짚고 일어났다. 온몸이 피범벅이었다. 청바지와 운동화는 물론 손에도 피가 흥건했다. 2리터의 피가 어느 정도인지, 부엌 바닥을 뒤덮고 나서야 비로소 실감이 났다. 혼자서 처리하기에는 무리였다. 내 능력 밖의 일이다.

이 상황에서 나를 구해줄 사람은 단 한 명뿐이었다.

나는 욕실로 가서 따뜻한 물로 손에 묻은 피를 씻어냈다. 붉게 물들었던 비누는 한참을 헹궈내고 나서야 다시 하얗게 돌아왔다. 내 손도 평소처럼 깨끗해졌다. 반면 청바지와 운동화는 사정이 달랐다. 내가 걸친 옷가지 모두 불태워야 했다. 하지만 지금은 손만 깨끗하면 되었다. 전화만 걸면 되니까.

나는 연락처 목록 맨 위에 있는 이름을 눌렀다. 나와 제일 자주 통화하는 사람이었다. 반복되는 신호음에 맞춰 머리도 지끈지끈 울렸다.

'제발 받아라, 제발. 네가 필요해.'

그때 귀에 익은 목소리가 울려 퍼졌다.

"여보세요?"

"야, 민달팽이. 나 좀 도와줘." 목이 메어왔다.

내 절친이 한 치의 망설임도 없이 답했다. "알았어. 무슨 일인데?"

나는 거실 카펫 위에 미동도 없이 누워 있는 아빠의 시신을 바라보았다. "내가 아주 끔찍한 짓을 저질렀어."

잠시 침묵이 흘렀다. "무슨 짓을 했길래?"

"전화로 말하긴 좀 그래."

"무슨 일인지 알아야 도와줄 거 아냐."

민달팽이를 믿어도 될까? 내 직감은 그를 믿으라고 말하고 있었다. 하지만 녀석이 이 광경을 보고 기겁하면 어쩌지? 그렇다 해도 마땅한 대안이 없다. 혼자서는 이 상황을 해결할 방법이 없었다.

"지금 부모님 차 끌고 우리 집으로 올 수 있어?"

"응. 두 분 다 벌써 주무셔. 내가 나가도 모르실 거야."

그가 무심하게 말했다. 녀석의 부모님은 예순이 넘은 고령이었다. 늦은 나이에 뜻하지 않게 얻은 막둥이를 돌볼 기력조차 없었다. 덕분에 민달팽이는 제멋대로 살았고, 부모님 역시 크게 신경 쓰지 않았다.

나를 도와주기에는 더없이 완벽한 조건이었다.

15분 뒤, 민달팽이가 부모님의 올즈모빌을 타고 우리 집 앞에 도착했다. 차에서 내려 긴 다리를 쭉 늘리더니 현관으로 걸어왔다. 창밖에서 그 모습을 지켜보던 나는 초인종이 울리기도 전에 문을 열어젖혔다. 그의 앙상한 손목이 허공에서 갈 곳을 잃은 채 멈춰 있었다.

"빨리 들어와."

"진정해, 톰." 나는 서둘러 현관문을 닫았다. 하마터면 문에 발등이 찍힐 뻔한 민달팽이가 비틀대며 들어왔다. 무슨 말을 덧붙이려다 피로 얼룩진 내 티셔츠를 보고는 입을 떡 벌렸다. "톰…."

"선택의 여지가 없었어." 진실인 척 심각한 목소리로 말했다.

민달팽이가 나를 밀치고 거실로 돌진했다. 심장이 미친 듯이 뛰었다. 카펫 위에 널브러진 아빠의 시체를 발견한 녀석이 숨을 크게 들이켰다. 나는 숨을 죽이고 그의 입에서 나올 말을 기다렸다. 평생을 알고 지낸 친구였고 그를 믿었지만, 이건 친구 사이에 부탁할 수준을 넘어선 일이었다.

이윽고 민달팽이가 입을 열었다. "결국 저 개자식을 처단했네."

"사고였어." 내가 궁색하게 둘러댔다.

"사고 같은 소리하네. 아예 작정하고 목을 벤 것 같은데."

나는 손을 덜덜 떨며 머리를 쓸어 넘겼다. 머리에서 축축한 피가 만져졌다. 젠장, 피가 온갖 곳에 튀어 있었다. 해부학책에서는 결코 가르쳐 주지 않는 사실이었다. 지난 15분 동안 바닥에 묻은 피는 얼추 닦아냈지만 카펫은 답이 없었다. 초강력 세정제를 쓴다 해도 흔적이 남을 게 분명했다.

"카펫은 버려야겠네." 내 생각을 읽기라도 한 듯 민달팽이가 말했다. "저걸로 시체 감싸면 되겠다."

"시체를 왜 감싸?"

"갖다 버려야 할 거 아냐." 녀석이 답답하다는 얼굴로 나를 쳐다보았다. "그거 도와달라고 나 부른 거 아니야?"

나는 녀석을 빤히 바라보았다. 얼굴은 기름진 피자처럼 번들거렸고, 이마에는 옹골차게 영근 여드름이 빽빽했다. 하지만 제일 기괴한 건 그가 소름 끼칠 만큼 침착하다는 사실이었다. 안절부절못하는 나와 달리, 녀석은 잔잔한 호수처럼 평온했다.

"카펫으로 둘둘 말아서 트렁크에 싣자. 바닥에 깔 쓰레기봉투 있어?"

"어, 있을 거야."

"야, 빨리 가져와. 시간 없어." 멍하니 서 있는 나를 민달팽이가 다그쳤다.

"알았어. 몇 장 필요해?"

"여섯 장."

트렁크에 시체를 실을 때 필요한 봉투의 개수를 어떻게 정확하게 알고 있는 건지 궁금했지만, 그 답은 모르는 편이 나을 것 같았다.

나는 봉투를 가져다준 뒤 옷을 갈아입으러 위층으로 향했다. 피 묻은 옷을 어떻게 처리할지 막막했지만 이 꼴로 집을 나설 수는 없었다.

위층으로 올라온 나는 욕실 거울을 들여다보았다. 그러길 천만다행이었다. 얼굴과 머리카락에 피가 잔뜩 묻어 있었다. 다행히 머리 색이 어두워서 티가 나지 않았다. 일단 시체부터 처리하고 나서 몸을 꼼꼼히 씻어내야 할 것 같았다.

거울 속 내 얼굴은 시체처럼 창백했고 눈 밑은 퀭했다. 마치 일주일 내내 한숨도 못 잔 사람처럼.

그때, 옷장 위에 올려둔 핸드폰이 진동했다. 문자 메시지였다. 서둘러 화면을 확인하니 데이지가 보낸 메시지가 떠 있었다.

'이 영상 봤어? 진짜 웃겨!'

고양이가 피아노를 치는 영상인 듯했지만 재생하지 않았다. 귀여운 동물을 감상하며 낄낄댈 기분이 아니었다. 그러기에는 지금 내 처지가 너무도 비참했으니까. 데이지의 문자를 무시하고 싶지는 않았지만 답장을 보낼 정신이 없었다.

나는 서둘러 아래층으로 내려갔다. 그새 민달팽이가 아빠의 시체를 카펫으로 말아두었다. 자로 잰 듯 크기가 딱 맞았다. 운이 좋았다.

인기척을 느낀 민달팽이가 허리를 곧추세우며 청바지에 손을 쓱쓱 문질렀다. 형들보다 키가 훨씬 큰 탓에 물려 입은 바지가 조금 짧았다.

"트렁크 세팅 끝났어." 민달팽이가 보고하듯 말했다. "차고 안에 너희 아빠 차가 세워져 있어서 내 차는 밖에 댔어. 후방 주차해 놨으니까 바로 싣기만 하면 돼. 아무도 못 볼 거야."

"알았어." 민달팽이가 시체 처리에 능숙하다는 사실이 못내 찝찝했다. 평소 벌레를 먹는 것 말고는 잘하는 게 하나도 없는 녀석이라 더욱 수상했다.

"야, 괜찮냐? 정신 똑바로 차려." 녀석이 눈을 가늘게 뜨고 나를 살폈다.

"어, 괜찮아."

"다행이네." 민달팽이가 바닥에 놓인 큼지막한 카펫 뭉치를 눈짓했다. "나 혼자선 절대 못 들어. 너도 거들어야 해."

민달팽이가 한쪽 끝을 잡고, 내가 반대편 끝을 들었다. 아빠가 워낙 거구인지라 둘이 옮기기에도 쉽지 않았다. 시신을 떨어뜨리지 않으려 안간힘을 쓰며 차고 밖으로 끌고 나갔다. 녀석이 미리 트렁크와 차고 문을 열어둔 덕분에 싣기만 하면 되었다. 차에 가까워질수록 시신이 트렁크에 안 들어갈까 봐 불안해졌다. 하지만 민달팽이는 아무 걱정 없는 눈치였고, 과연 그의 예상대로 시신을 밀어 넣는 데 성공했다. 트렁크 문이 쾅 닫히는 순간, 울컥 치미는 토악질을 간신히 참아냈다. 시신은 또 어디에 갖다 버려야 할까? 갈 길이 먼 밤이었다.

하지만 내 모든 걱정거리는 단박에 사라지고 말았다. 트렁크 위로 고개를 쳐든 순간, 인도 위에 서 있는 형체가 눈에 들어왔다. 누군가가 우리의 범행을 전부 지켜보고 있었다.

젠장, 앨리슨이었다.

30

과거

톰

우리가 아빠의 시신을 트렁크에 처넣는 걸 앨리슨이 봤다.

못 봤을 리가 없다. 밤이었지만 칠흑같이 어둡지는 않았다. 게다가 현관 등까지 훤히 켜져 있었다. 불도 안 끄고 시신을 옮기는 바보가 대체 어디 있담? 온 동네에 광고하는 것도 아니고. 어휴, 내가 미쳤지.

물론 못 봤을 수도 있다. 앨리슨은 개를 데리고 있었다. 주인보다 훨씬 순해 보이는 발바리 한 마리. 개똥을 치우느라 정신이 없었을지도 모른다. 우리가 뭘 하는지 다 봤다고 단정할 수는 없었다. 설사 보았대도 트렁크에 카펫을 싣는 모습밖에 못 봤다. 기분전환 겸 카펫을 교체하는 중이라 둘러대면 그만이었다.

다만 우리 아빠가 실종됐다는 소식을 듣게 된다면 이야기가 달라질 것이다. 그때쯤이면 앨리슨도 앞뒤 정황을 쉽게 맞출 수 있을 테니까.

"안녕, 앨리슨."

앨리슨이라는 소리에 민달팽이가 고개를 휙 치켜들었다. 하지만 가만히 서 있기만 할 뿐 아무 말도 하지 않았다. 평소 같으면 예쁘다고 난리법석을 떨었을 텐데.

"안녕." 앨리슨이 무미건조하게 대답했다.

나는 한달음에 앞뜰 한복판까지 달려 나갔다. 깜깜해서 그녀의 표정을 읽을 수 없었다. 우리의 범행을 전부 목격한 걸까?

"개랑 산책 중이야?"

앨리슨이 손에 쥔 목줄을 내려다보았다. "보면 몰라?"

"산책하기엔 좀 늦은 시간 아냐?"

앨리슨이 어깨를 으쓱했다. "괜찮아. 루퍼스가 지켜줄 테니까."

명령이라도 받은 듯 루퍼스가 나를 향해 으르렁거리기 시작했다. 꼴 좋다. 이제 개에게 물어뜯길 차례인가.

"조용히 해, 루퍼스."

앨리슨의 다그침에도 으르렁거림은 잦아들지 않았다. 흥분한 루퍼스는 앨리스가 휘청할 정도로 세게 목줄을 잡아당기며 날뛰었다.

루퍼스의 목표는 내가 아니었다. 나를 지나쳐 계속 내달았다.

"미안. 얘가 갑자기 왜 이러는지 모르겠네."

나 역시 영문을 모르기는 매한가지였다. 하지만 루퍼스가 올즈모빌로 돌진하는 순간, 아차 싶었다. 당황한 민달팽이가 두 손을 들고 차에서 물러났다. 루퍼스는 트렁크 앞에 멈춰서서 왕왕 짖어댔다. 사냥감을 노리는 한 마리의 들짐승처럼.

"혹시 트렁크에 생고기 들었어? 얘는 생고기 냄새 맡았을 때만 이러거든." 앨리슨이 물었다.

두려움에 몸이 얼어붙은 나는 대답할 엄두도 내지 못했다. 그때 민달팽이가 나섰다. "맞아. 내일 우리 집에서 바비큐 파티가 있어서 햄버거 패티랑 핫도그 좀 얻어가는 길이었어."

"아, 그래서 그랬나 보네." 앨리슨이 완강히 버티는 루퍼스를 억지로 끌어냈다. "그나저나 톰, 데이지랑 얘기는 해봤어?"

제발 그 얘기는 넣어둬. "아직."

"조만간 할 거지?" 앨리슨이 두꺼운 안경 너머로 나를 빤히 쳐다보았다.

"어, 해야지." 나는 이를 악물었다.

내 대답에 만족한 듯 앨리스는 그제야 루퍼스를 인도 쪽으로 끌고 갔다. 트렁크에서 떨어지지 않으려 버티던 루퍼스는 마지못해 제 갈 길을 갔다. 민달팽이와 나는 멀어져가는 앨리슨을 숨죽인 채 지켜보았다.

앨리슨의 뒷모습이 멀어지자마자 민달팽이가 말했다. "앨리슨이 봤어. 확실해."

나는 민달팽이를 바라보았다. 녀석의 시선은 작은 점처럼 멀어진 앨리슨에게 붙박여 있었다. "아냐, 어두워서 못 봤을 거야."

"우리가 수상한 짓을 하고 있었다는 건 눈치챘을 거야. 저 개새끼가 트렁크를 보고 미친 듯이 짖어댔잖아. 너희 아빠가 사라졌다는 뉴스 뜨면 곧장 알아챌걸."

"아닐 수도 있지."

"순진한 소리하고 있네."

나는 마른세수를 했다. "그럼 뭐 어떡하자는 건데?"

민달팽이가 침묵했다. "나도 몰라. 근데 내버려뒀다간 큰 문제가 되겠는데."

머리가 터질 것만 같았다. 이미 할 일이 산더미였다. 당장 트렁크 안에 있는 시체부터 처리해야 했다. 앨리슨까지 신경 쓸 겨를이 없었다.

"시체는 어떡하지?"

"원래는 강에 던져버리려고 했거든. 강도당한 것처럼 꾸미려고 말이야." 민달팽이가 트렁크를 톡톡 두드렸다. "근데 목격자가 생긴 이상, 땅에 묻는 게 낫겠어. 한동안 발견되지 않게."

브랜디 힐리의 시체를 처리한 방식과 똑같았다.

"알았어. 삽 챙겨올까?"

민달팽이가 고개를 저었다. "뒷좌석에 두 자루 실어놨어."

역시 녀석은 나를 실망시키지 않는다.

31

과거
톰

그로부터 4시간 후, 우리는 텅 빈 트렁크와 함께 돌아오는 중이었다.

아빠는 차로 1시간 반 거리의 버려진 산책로에 묻혔다. 민달팽이는 시체를 묻을 만한 위치를 정확히 알고 있었다. 어릴 적 형들과 캠핑을 왔던 곳이라고 했다. 나는 더 캐묻지 않았다. 녀석의 말을 믿어야 했다. 그의 말이 거짓일 경우 마주할 상황이 너무도 끔찍했으니까.

민달팽이는 라디오에서 흘러나오는 닥터 드레의 노래를 흥얼거렸다. 막 시체를 묻고 온 사람치고는 너무 태연했다. 물론 손톱 밑에 흙이 까맣게 끼어 있기는 했지만.

"집에 가면 부모님께 혼나는 거 아냐?"

민달팽이가 리듬을 타듯 운전대를 두드렸다. "걱정 마. 우리 아빠 잠들면 누가 업어 가도 몰라. 우리 엄만 수면제를 사탕처럼 먹고. 내가 나간 줄도 모를걸."

"그럼 다행이고."

민달팽이가 하품을 늘어지게 했다. "졸리네. 집 청소는 너 혼자

해야겠다."

오히려 잘됐다 싶었다. 어차피 잠도 오지 않을 것 같았다. 밤새도록 표백제로 부엌 바닥이나 닦아야겠다.

"집에 가자마자 피 묻은 옷부터 세탁기에 돌려. 뜨거운 물에 세제랑 표백제 왕창 때려 넣고."

녀석은 이런 걸 어떻게 다 아는 걸까?

"알았어."

"엄마는 언제 오셔?"

"모레." 나는 의자에서 몸을 꼼지락댔다. 바지 엉덩이에 흙이 묻어서 찝찝했다. "근데 내일 아빠가 출근 안 하면 사람들이 의심할지도 몰라. 뭐, 평소에도 술 먹고 쨴 적이 많기는 하지만."

"엄마한텐 뭐라고 할 건데?"

"술 마시러 가서 안 들어왔다고 하면 돼."

흔한 일이었다. 한번은 일주일도 넘게 안 들어온 적도 있었다. 엄마는 걱정하겠지만 바로 경찰에 신고하지는 않을 것이다. 그러면 골치만 더 아파진다는 사실을 잘 아니까. 사나흘 정도는 괜찮을 것이다. 아빠의 차가 차고에 남아 있다는 게 걸렸지만, 차까지 처분하기에는 위험 부담이 너무 컸다.

"맞다. 앨리슨을 어떻게 할지 정해야지."

나는 고개를 홱 돌렸다. "앨리슨은 왜?"

"우리가 시체를 옮기는 걸 개가 다 봤잖아."

"우리를 본 건 맞는데 뭐 하는지는 못 봤을 거야." 나는 흙과 피가 엉겨 붙은 청바지 무릎을 문질렀다.

"그래? 지금 네 인생을 걸고 도박이라도 하겠다는 거야? 감옥에

198

갈지도 모르는데?”

“그럼 뭘 어쩌자는 건데?”

민달팽이가 침묵한 채 어둠 속 헤드라이트가 비추는 도로만 주시했다. 라디오에서 나오는 갱스터 랩이 차 안을 가득 메웠다.

“야, 무슨 말이라도 해봐.”

“앨리슨 때문에 뒤탈이 생길 수도 있어. 아주 큰 뒤탈이.”

나는 고개를 저었다. “너 앨리슨 좋아하는 거 아니었어? 섹시한 사서니 뭐니 난리 칠 땐 언제고.”

민달팽이가 어깨를 으쓱했다. “예쁜 건 인정. 근데 걔가 우리를 봤잖아. 그냥 뒀다가 무슨 일이라도 생기면 어쩔 건데? 넌 그런 위험을 감수하고 싶어?”

“응. 감수할게.” 내가 단호하게 대답했다.

민달팽이는 아무 말도 얹지 않은 채 운전에만 집중했다. 더는 이 이야기로 왈가왈부하고 싶지 않았다. 앨리슨은 아무것도 못 봤다. 내가 장담한다. 뭔가를 봤다면 분명 그 자리에서 한마디 하고도 남았을 애니까.

32

현재

시드니

세 번째 데이트 역시 완벽했다.

오늘은 톰과 함께 포케(날생선과 채소를 소스에 버무린 하와이 전통 음식 – 옮긴이)를 먹으러 갔다. 포케를 그다지 좋아하지는 않지만 지난 데이트 때 톰이 입이 마르게 칭찬을 늘어놓은 덕분이었다. 그가 기막힌 맛집이라 소개한 식당은 우리 집에서 그리 멀지 않은 곳에 있었다. 우리는 포케 볼을 하나씩 주문했고, 톰은 늘 그렇듯 내가 지갑을 꺼내기도 전에 계산서를 낚아채 갔다.

그리고 지금은 함께 우리 집을 향해 걷는 중이다.

참고로 오늘 내 다리는 매끈하게 제모된 상태다.

"아까 주류 판매점 지나다가 테킬라 한 병 샀어요." 내가 슬쩍 말을 건넸다.

"테킬라 좋죠. 대학 때 많이 마시곤 했는데 진짜 오랜만이네요." 톰이 고개를 주억거리며 호응했다.

"라임도 같이 샀어요. 테킬라에 라임이 빠질 순 없잖아요."

"라임 없이 테킬라를 마시는 건 불법이죠."

"맞아요. 제 전 남친이 경찰인데, 아마 그것 때문에 사람 여럿 잡아넣었을걸요."

일순 톰의 얼굴이 굳어졌다. 내가 미쳤지. 장차 내 남자 친구가 될 사람 앞에서 전 남자 친구 이야기를 꺼내다니. 아니, 세 번째 데이트니 이미 내 남자 친구인가? 어느 쪽이든 전 남자 친구 이야기가 기꺼울 리 없었다.

"경찰이랑 만났었어요?"

"아, 네. 근데 헤어진 지 한참 됐어요."

"지금도 연락하고 지내요?"

"그럴 리가요." 최근에 제이크와 다시 연락하기 시작했다는 말은 삼켰다. "미안해요. 제가 말실수했네요. 쓸데없이 옛 남자 친구 얘기를 꺼내서는."

"아뇨, 괜찮아요. 누구에게나 과거는 있는 법이니까요."

우리가 처음 만났을 때 톰도 이별하는 중이라고 했었다. 하지만 그 뒤로 전 여자 친구에 대해 철저히 함구했다. 마치 내가 첫사랑인 양 행동했는데, 그 점이 무척 마음에 들었다. 전 연인을 못 잊은 남자만큼 끔찍한 것도 없으니까.

하지만 내심 궁금했다. 톰은 어떤 여자들을 만났을까? 누가 봐도 매력적인 남자니까 분명 엄청난 미인들만 만났겠지? 그보다 전 연인들과 헤어진 이유가 뭘까?

뭐, 만나다 보면 자연스레 알게 될 것이다.

진실은 언제나 드러나기 마련이니까.

그때 갑자기 톰이 걸음을 멈추었다. 우리 집까지는 아직 세 블록이나 남았는데. 내가 계속 걸어가려 하자 톰이 의아한 얼굴로 물었다. "어디 가요?"

"우리 집에요."

톰이 미간을 찌푸린 채 우리 앞에 솟은 건물을 올려다보았다. 그제야 번뜩 깨달았다. 여기는 톰이 진짜 케빈에게서 나를 구해줬던 바로 그 장소였다.

"여기 사는 거 아니었어요?"

내가 고개를 저었다. "아, 그땐 일부러 다른 집을 알려준 거예요. 그 남자가 우리 집 앞에 찾아올까 봐서요."

"하하. 기발하네요. 그럼 계속 가시죠." 톰이 입술을 축이며 의미심장한 눈빛으로 나를 바라보았다. "테킬라 마실 생각에 벌써 설레네요."

나 역시 오늘 밤이 너무 기대되었다.

나머지 세 블록을 걷는 동안 톰은 깍지 낀 손을 놓지 않았다. 달콤하기도 하지. 하지만 우리 집 앞에 도착한 순간, 내 손을 홱 놓더니 하얗게 질린 얼굴로 물었다.

"여기 살아요?"

"네. 겉만 번지르르하지, 들어가 보면 실망할걸요."

내가 장난스레 대꾸하며 현관 계단을 올랐다. 하지만 톰은 요지부동이었다. 난간을 부여잡은 채 금방이라도 토할 것 같은 얼굴이었다. 갑자기 왜 저런담?

"톰, 어디 아파요?"

그가 배를 문지르며 말했다. "글쎄요. 갑자기 속이 안 좋네요. 아까 먹은 포케가 잘못됐나 봐요."

집에 가라고 할까, 잠시 망설였다. 하지만 톰의 상태를 보아하니 집까지 가지도 못하고 쓰러질 것 같았다. 게다가 오늘을 위해 집을 쓸고 닦고 다리 제모까지 마친 수고가 아까웠다. 그가 이대로 가버리면 너무 허탈할 것 같았다. 나는 그의 손을 잡아 이끌었다. "올라가서 잠깐 쉬었다 가요."

톰은 사형대로 끌려가는 사람처럼 마지못해 나를 따라 건물 안으로 들어왔다. 엘리베이터 안에서도 그는 불안한 눈빛으로 사방을 두리번거렸다. "여기서 얼마나 살았어요?"

"2년 정도요."

그가 검은 머리를 쓸어 넘기며 소리 없이 '2년'이라고 읊조렸다. "그럼 이 건물에 아는 사람도 많겠네요?"

별걸 다 묻네. "아니요."

"그래요?"

"네. 뉴욕이잖아요. 다들 옆집에 누가 사는 줄도 모를걸요."

"그렇죠."

내 대답이 썩 만족스럽지 않은 눈치였다. 그래서 솔직히 털어놓았다. "실은 친하게 지내던 친구가 있었는데… 몇 달 전에 살해당했어요."

톰이 넋이 나간 표정으로 나를 바라보았다. 입만 벌린 채 아무 말도 하지 못했다.

"아, 건물 자체는 안전하니까 걱정 안 하셔도 돼요." 내가 얼른 덧붙였다. "경찰은 남자 친구가 범인이라 의심하는 모양인데, 아직 못 잡았나 보더라고요. 그 남자가 줄곧 대포폰으로만 연락을 주고받았다나 봐요. 진짜 용의주도한 놈이에요."

"세상에. 그럼 범인이 누군지 전혀 모른다는 거군요?"

"알았으면 벌써 감옥에 처넣었겠죠."

현관에 다다랐을 즈음 내가 실수한 것 같다는 생각이 들었다. 톰은 공포에 질려 있었고, 그 이유를 알 수 없어 답답했다. 살인 사건 이야기 때문일까? 하지만 그는 그전부터 몹시 불안해 보였다. 설마 우리 아파트에 무슨 문제라도 있는 걸까? 귀신이 나온다는 소문이라도 떠도나? 아니면 나만 모르는 악취라도 나는 걸까?

사실 나도 이곳이 썩 마음에 들지는 않았다. 보니가 살해된 이후 늘 어두운 기운이 감도는 기분이었다. 나는 지금도 매 순간 보니를 생각한다. 데이트를 시작할 만큼 기운을 차렸어도 보니를 잊은 건 아니었다. 그녀를 평생 잊지 못할 것이다.

제이크가 보니를 죽인 괴물을 꼭 잡았으면 좋겠다. 그놈이 잡히기 전까지는 마음을 놓을 수 없을 것 같았다.

집 안으로 들어서자마자 나는 테킬라를 준비하러 부엌으로 직행했다. 어색한 상황을 깰 수 있는 건 단연 술뿐이었다. 톰이 인상을 잔뜩 쓴 채 부엌으로 따라 들어왔다.

"시드니."

나는 냉장고에서 라임을 꺼내 칼로 썰기 시작했다. "딱 2분만 기다려요. 금방 준비할게요."

"미안한데, 술은 다음에 마셔야겠어요." 톰이 손가락으로 대리석 조리대를 강박적으로 두들겨 댔다. "내일 아침 일찍 회의가 있는 걸 깜빡했네요."

"시체들이랑 회의도 해요?"

그가 나를 흘겨보았다. "아뇨, 직원들이랑요."

직원회의 같은 소리 하네. 순 거짓말이다. 한 시간 전까지만 해도 없던 회의가 갑자기 생겼을 리 없다. 게다가 섹스 대신 잠을 택하는 남자는 듣도 보도 못했다. 톰은 그저 여기서 나가고 싶은 것이다.

이유가 뭘까? 왜 갑자기 태도가 돌변한 거지? 내가 뭘 잘못했나?

이유야 어찌 됐든 그가 이대로 나가면 다시는 못 볼 것 같다는 예감이 들었다.

순간, 짜증이 확 치밀었다. 칼날이 미끄러지며 라임을 고정하고 있던 왼손 검지를 베고 지나갔다. 아니나 다를까. 이번에도 손가락에서 엄청난 양의 피가 솟구쳤다.

"아야!" 내가 비명을 질렀다. 오늘 밤은 갈수록 꼬이기만 하네.

"이런, 상처가 꽤 깊은데요."

톰과 네 번 만났는데, 피를 뿜은 게 벌써 세 번째다. 떠나고 싶어 안달인 그에게 아주 확실한 명분을 제공한 셈이다.

'멋지다, 시드니.'

나는 고개를 들어 톰을 바라보았다. 창백했던 얼굴에 생기가 돌아와 있었다. 피를 보고도 전혀 당황하지 않는 기색이었다. 하긴, 의사니까 그럴 수도 있지. 내가 말하기도 전에 폰 빌레브란트병이 뭔지도 알고 있던 사람 아닌가.

"구급상자는요?"

"욕실 선반 맨 위 칸에 있어요."

톰은 곧장 욕실로 달려가 구급상자를 들고 왔다. 그사이 나는 키친타월로 지혈해 보려 애썼지만 역부족이었다. 일반인도 출혈이 심할 정도도 깊게 베인 터라 피가 엄청나게 흘렀다. 삼류 공포 영화에서나 볼 법한 정도의 양이었다.

"와, 준비성이 철저하시네요." 톰이 구급상자 안을 보며 감탄했다.

"그래요?"

"진짜 없는 게 없는데요?" 톰이 흥분한 손길로 내용물을 뒤적였다. "핀셋, 가위, 냉찜질 팩. 이야, 지혈대까지 있네요."

"지혈대까지 써야 할 정도예요?"

"아뇨." 톰이 나를 보며 활짝 웃었다. 경직되었던 어깨가 마침내 누그러져 있었다. "구비가 잘 되어 있다는 뜻이었어요. 자, 상처 좀 볼까요?"

보통 사람들은 내가 피를 흘리는 모습을 보면 질겁한다. 그레천도 내가 손가락을 베자마자 입을 틀어막고 방 밖으로 뛰쳐나가 버렸다. 하지만 톰은 거부감이 전혀 없었다. 아주 능숙하게 거즈로 상처를 압박해 지혈한 후 붕대를 감아주었다. 늘 5분도 못가 새 붕대로 갈아야 했는데, 이번에는 내일 아침까지도 거뜬할 것 같았다.

"고마워요." 그의 솜씨에 감탄하며 내가 말했다. "의사랑 데이트하니 이런 덕을 다 보네요."

다시는 못 볼 사이라는 게 아쉬울 따름이었다. 회의가 있다는 말은 누가 봐도 거짓말이었으니까.

그런데 묘하게도 톰은 회의 따위는 까맣게 잊은 듯했다. 내 상처를 돌봐주는 사이 불안이 진정된 모양이었다. 주방 조리대에 기대선 그의 입가에는 옅은 미소까지 걸려 있었다.

"도움이 되었다니 기쁘네요."

나는 그의 갈색 눈동자를 올려다보았다. 우리 집 앞에서 꺼진 줄 알았던 뜨거운 욕망이 다시금 차올라 있었다. 그가 내 눈을 마주 보더니 이내 내 입술 위에 자신의 입술을 포개었다.

온몸이 녹아내릴 듯한 달콤한 입맞춤 후, 톰이 내 귓가에 속삭였다.

"침실로 갈까요?"

"내일 회의는 어쩌고요?"

"밤새고 가도 괜찮아요."

"테킬라는요?"

"지금 내가 원하는 건 오직 당신뿐이에요."

뭐, 그렇다면 나도 마다할 이유는 없지.

33

다음 날 아침 눈을 뜨자 어젯밤 일이 끔찍한 악몽처럼 느껴졌다.

잠을 두 시간밖에 못 잔 탓이 컸다. 그마저도 목에 구멍이 뚫린 아빠가 흙투성이로 현관문을 박차고 들어오는 꿈에 시달리느라 선잠을 잤다. 어쩌면 진짜 꿈이었는지도 모른다. 내가 아빠를 죽이고 숲속에 묻었다는 게 말이 되나?

나는 억지로 몸을 일으켜 화장실로 향했다. 정신이 들 때까지 얼굴에 연신 물을 끼얹었다. 엄마 때문에 평소 입에도 대지 못했던 커피가 오늘은 절실했다. 거울을 들여다보니 눈에 핏발이 잔뜩 섰고 머리카락은 제멋대로 뻗쳐 있었다. 물을 아무리 적셔도 머리가 말을 듣지 않았다.

화장실을 나와 안방 앞을 지나며 귀를 쫑긋 세웠다. 아빠가 코를 골며 침대 위에 곯아떨어져 있기를 바랐다. 그러면 어젯밤 내가 생생한 악몽을 꾸었다는 뜻일 테니까. 하지만 방 안은 쥐 죽은 듯 조용했다.

아빠는 이제 여기 없다. 영원히.

나는 몽롱한 정신으로 옷을 대충 껴입고 아래층으로 향했다. 떨어져 죽지 않으려고 난간을 꼭 붙잡은 채 계단을 내려왔다. 거실 카펫이 사라진 빈자리를 보고서야 비로소 실감이 났다.

나는 어젯밤 아빠를 죽였다. 그의 목을 그은 후, 시신을 카펫에 말아 숲속에 묻었다.

카펫이 깔려 있던 자리에 멍하니 서서 아빠를 떠올려 보았다. 나는 아빠를 사랑하지 않았다. 살면서 단 한 순간도 애정을 느껴 본 적이 없었다. 아빠의 죽음에 일말의 동정심조차 일지 않았다. 아빠는 죽어 마땅했다. 아니, 그보다 더 비참한 일을 당해도 싼 인간이었다.

하지만 아빠를 죽이지는 말았어야 했다. 살인은 죄악이니까. 그런데 칼을 손에 쥔 순간 나 자신을 주체할 수 없었다. 그의 말캉한 복부에 칼을 찔러넣고 싶은 충동이 나를 압도했다.

솔직히 말하자면, 그가 죽어가는 모습을 지켜보며 희열을 느꼈다. 내 인생 최고의 순간이라 꼽을 만큼.

이런 내가 정상일 리 없다. 분명 심각한 문제가 있다. 엄마와 데이지는 모르는 내 뒤틀린 본성을 앨리슨과 민달팽이는 꿰뚫어 보았다. 이런 나 자신을 어떻게 해야 할지 모르겠다. 앨리슨의 말이 맞다. 나는 위험한 사람이다.

비틀거리며 부엌으로 가 커피 머신을 켰다. 엄마가 집에 없을 때면 몰래 한 잔씩 내려 마시고는 했다. 내일이면 엄마가 돌아온다. 집에 오자마자 제일 먼저 "아빠는?" 하고 물을 게 뻔하다.

그냥 못 봤다고 둘러댈까? 이럴 때는 모른다고 잡아떼는 게 상책이다. 아빠는 원래도 제멋대로였고, 엄마 대신 그를 보살피는 게 내 의무는 아니잖은가.

커피가 추출되는 사이, 주머니에서 핸드폰이 울렸다. 역시나 엄마였다. 등교 전 나와 통화하려는 심산이겠지. 음성 사서함으로 넘길까 했지만 나까지 연락이 안 되면 경찰에 신고할지도 몰랐다. 전화를 받는 편이 나을 것 같았다.

"어, 엄마." 잠을 설친 티를 내지 않으려 무던히 애를 썼다.

"톰, 목소리에 왜 그렇게 힘이 없어? 무슨 일 있니?" 역시 엄마는 귀신같이 알아챘다.

"아니, 아무 일도 없어. 이모부는 좀 어떠셔?"

"많이 좋아지셨어. 심장에 스텐트를 삽입했대. 그런 수술이 있다는 거 알고 있었니?"

"응." 아주 먼 미래의 일이지만 심장 전문의가 되고 싶었다. 사람의 가슴을 열어 펄떡이는 심장을 손에 쥐는 상상만으로도 짜릿했다. 몇 달 전 생물 시간에 해부했던 소의 심장이 아닌 진짜 사람의 심장을.

다만 외과의가 되어 살아 있는 사람의 심장을 들여다본 순간에도 내 어두운 본성을 억누를 수 있을까? 눈을 감으면 아빠의 뱃속에 칼을 밀어 넣던 감각이 생생하게 되살아났다.

그때 핸드폰에서 울린 엄마의 목소리가 나를 상념에서 깨웠다.

"톰, 아빠가 전화를 안 받네. 집에 있니?" 내가 대답하기도 전에 엄마가 덧붙였다. "자고 있으면 깨우지 말고."

아빠가 단잠을 깨웠다고 불뚝성을 내거나, 괜히 나에게 화풀이할까 봐 걱정되는 모양이었다. "출근했나 본데."

"이렇게나 일찍?"

"응, 그런 것 같아."

잠시간 정적이 흘렀다. "어젯밤에 아빠가 집에 들어오긴 했지?"

"어." 뭐, 사실이기는 했으니까.

"그래, 알았다. 그럼 철물점에 연락해 봐야겠구나."

"일터로 전화하면 싫어할걸? 기분이 별로 안 좋아 보이던데."

"오늘 아침에 아빠를 봤구나?"

빌어먹을. 엄마는 내 거짓말을 잡아내려고 안달인 사람 같았다. 정작 내가 무슨 짓을 했는지는 알지도 못하면서. "아니, 요즘 계속 저기압이더라고. 뭐, 하루이틀 일도 아니잖아."

"그래." 엄마가 말을 끊고 생각에 잠겼다. "철물점에 전화는 안 하는 게 낫겠구나. 저녁에 아빠 들어오거든 문자 한 통만 보내줄래?"

"그럴게."

"고맙다, 톰. 엄마가 많이 사랑하는 거 알지?"

"응. 엄마, 이만 끊어."

전화를 끊자마자 머릿속이 바삐 돌아갔다. 오늘 밤에는 또 뭐라고 둘러대야 하지? 아빠가 집에 온 척해야 하나? 별로 좋은 생각 같지 않았다. 거짓말을 하다 들통나는 건 질색이었으니까.

커피를 단숨에 들이켠 후, 어젯밤 현관에 던져두었던 가방을 챙겨 학교로 향했다. 날씨는 화창했다. 상쾌한 바람이 불어왔고, 오후에는 제법 따듯해질 것 같았다. 하지만 날씨를 만끽할 겨를이 없었다. 어젯밤 일로 머릿속이 복잡했다. 엄마가 돌아오면 어떡해야 할까.

앨리슨은 또 어떻게 한담?

그런데 묘하게도 모든 일이 잘 풀릴 것만 같은 예감이 들었다. '괜찮아, 톰. 다 알아서 해결될 거야.' 누군가 내 귓가에 대고 속삭이는 것 같았다.

신선한 공기 덕분이었을까. 학교에 다다를 즈음에는 기분이 한결 나아졌다. 어젯밤 패륜을 저질렀지만 뒷수습을 완벽하게 했다. 민달팽이는 비밀을 지킬 테고, 앨리슨은 아무것도 못 봤다. 아무도 내 범행을 알아내지 못할 것이다. 모든 상황이 나에게 유리하게 흘러갈 것이다.

하지만 학교 앞에 도착하자마자 불안이 덮쳐왔다.

교문 앞에 경찰차가 두 대나 서 있었다. 브랜디의 시신이 발견된 이후 가끔 한 대씩 서 있기는 했지만, 두 대가 동시에 온 적은 첫날 딱 한 번뿐이었다. 그때 불안에 떠는 내 앞으로 세 번째 경찰차가 미끄러지듯 들어왔다.

이럴 수가.

설마 아빠 때문일까? 벌써 시신을 발견하고 나와 민달팽이를 체포하러 온 걸까?

말도 안 되는 소리다.

그렇다면 경찰차가 세 대씩이나 온 이유가 대체 뭘까? 끔찍한 일이 터진 게 분명했다.

교문 앞에서 학생들이 떼 지어 무어라 수군대고 있었다. 도대체 무슨 일이지? 궁금해 미칠 지경이었다.

물어보러 가려는 찰나, 누군가 내 이름을 불렀다. "톰! 톰!"

돌아보자마자 데이지가 달려와 내 품에 안겼다. 브랜디가 죽었을 때도 무척 괴로워했는데, 지금에 비하면 아무것도 아니었다. 데이지가 온몸을 파르르 떨며 오열했다. 나는 영문도 모른 채 그녀의 머리를 쓰다듬으며 달랬다.

"데이지, 진정해. 괜찮을 거야."

데이지가 눈물로 얼룩진 얼굴을 들고 나를 보았다. "무슨 소릴 하는 거야? 내가 어떻게 괜찮아! 앨리슨이 실종됐단 말이야!"

앨리슨이 사라졌다고?

구역질이 치밀어 올랐다.

34

시드니

세상에나.

정말이지 끝내준다는 말 말고는 표현할 길이 없었다. 아니, 그 정도로도 부족했다. 지난 두 시간 동안 침실에서 벌어진 일을 표현하려면 새로운 단어를 창조해야 할 판이었다. 구름 위를 걷는 듯한 이 황홀함은 어떤 말로도 형용할 수 없었으니까.

톰의 기술은 가히 현란했다. 의사 일이 잘 안 풀리더라도 다른 분야에서 충분히 성공하고도 남을 수준이었다.

"우와." 내가 그의 팔을 베고 눕자 톰이 감탄을 터트렸다. "방금 진짜 끝내줬어요."

내 말이 그 말이다. 다만 그는 모든 공로를 나에게 돌리고 있었다. 굳이 따지자면 우리 둘의 합이 잘 맞은 덕분이겠지.

이런 남자가 왜 여태 솔로였던 걸까?

톰이 내 어깨를 꼭 감싸안자 기분 좋은 온기가 퍼졌다. 내일 회의가 있다는 말이 사실이든 아니든 지금은 떠날 생각이 없어 보였다. 이대로 같이 살자고 해도 흔쾌히 수락할 분위기였다.

"그러게요. 진짜 황홀했어요. 평소엔 피지도 않는 담배가 생각날 정도라니까요.”

내 말에 톰이 웃었다. “무슨 말인지 알 것 같아요. 솔직히 처음 봤을 때부터 우리가 잘 맞을 것 같았어요.”

“진짜요? 저도 그랬는데.”

그때 톰 쪽 협탁 위에 놓인 내 핸드폰에서 진동음이 울렸다. 문자 메시지였다. 화면을 확인한 톰의 몸이 경직되었다. 젠장.

“제이크라는 사람이 데이트 잘 끝났냐고 묻네요. 뭐라고 답장해 줄까요?”

제이크, 이 인간은 왜 하필 지금 문자를 보내서 산통을 깨뜨리는지 원.

나는 앓는 소리를 내며 메시지를 확인했다. 생각보다 훨씬 심각했다.

‘데이트 끝나고 잘 들어갔어? 오늘 만난 남자 뒷조사 필요하면 말해. 아무도 믿으면 안 돼.’

“의미심장한 문자네요.” 톰이 무미건조한 목소리로 말했다. “제이크가 누구예요?”

나는 얼굴을 찌푸렸다. “경찰이었다던 전 남자 친구예요.”

“연락 안 한다면서요? 그런데 데이트 끝나고 귀가 보고까지 하나 보죠?”

“제가 다 해명할게요.” 나는 톰의 곁으로 다가가 앉았다. 나를 안아 줄 마음이 싹 가신 듯 그의 얼굴에는 경계심이 가득했다. “최근에 그 사람이 수사 중인 사건 때문에 다시 연락이 닿은 것뿐이에요. 수사가 잘 안 풀려서 예민한 상태라 저런 문자도 보낸 거고요. 처음부터 받아 주지 말았어야 했는데, 제 잘못이에요.”

“그렇군요.”

“딱 잘라 말할게요. 약속해요.”

나는 톰이 볼 수 있게 핸드폰을 비스듬히 기울인 채 메시지를 적어 내려갔다.

‘미안한데 내 사생활에 신경 꺼. 뒷조사 같은 것도 필요 없어.’

전송 버튼을 누르고 톰을 돌아보았다. “이제 됐죠?”

“그런 셈 치죠.” 그의 말투에는 여전히 가시가 돋아 있었다. “꽤 진지한 사이였나 봐요?”

나는 머리카락을 귀 뒤로 넘겨 꽂았다. “가벼운 사이였다고 거짓말하진 않을게요. 동거도 했으니까요. 하지만 벌써 몇 년도 전에 끝난 사이예요. 방금 말했듯이 최근에 우연히 마주쳤을 뿐이라고요.”

“그래요.”

“아니, 우리가 어린애도 아니고. 그쪽도 동거 정도는 해봤을 거 아녜요?”

톰이 대답을 망설였다. 그에게 어떤 대답을 듣기를 원하는지 나 자신도 알 수 없었다. 그의 연애사를 듣고 싶은 건 아니었다. 하지만 이 나이가 되도록 동거도 한 번 안 해봤다면 그 또한 결함이라 생각했다.

그가 마침내 입을 뗐다. “아뇨, 없는데요.”

세상에. 30대 중반인데 동거할 만큼 진지하게 만난 사람이 한 명도 없다니. 설마 가벼운 만남만 즐기는 바람둥이인가?

"어머."

"직업 특성상 연애할 시간이 없었어요." 톰이 다소 방어적인 투로 덧붙였다. "의대 졸업하자마자 바로 레지던트 생활하면서 병원 당직도 많이 섰거든요. 계속 일에만 매달려 살았어요."

제이크도 일에 미쳐 살았지만, 결혼도 한 번 했고 나와 동거도 했다. 더구나 톰은 사회성이 결여된 사람 같지도 않은데. 내게 말 못 하는 무언가가 있는 게 분명했다.

"누군가를 사랑해 본 적은 있어요?"

내 당돌한 질문에 톰이 충격을 받은 듯 나를 멍하니 쳐다보았다. 그의 맨가슴이 위아래로 거칠게 오르내렸다. "네, 있어요. 아주 오래전에 딱 한 번."

"그게 언젠데요?"

"고등학생 때요." 톰이 손바닥으로 얼굴을 비볐다. "어릴 때부터 알고 지내던 사인데 고등학교 들어가서 사귀기 시작했어요. 세상에서 제일 멋진 사람이었죠. 어른이 되면 당연히 그 사람과 결혼할 거라 믿었어요. 고작 열여섯 살 때였으니 지금 생각하면 웃긴 얘기지만, 그땐 진심이었거든요. 그 애와 결혼하는 게 소원이었죠."

"근데 왜 안 했어요?"

톰이 두 눈을 질끈 감았다. "그 애가… 죽었거든요."

나는 깜짝 놀라 손으로 입을 틀어막았다. "어머, 미안해요. 제가 괜한 걸 물어봐서."

“괜찮아요.” 톰이 고개를 돌렸다. “다만 더는 말하고 싶지 않네요.”

“알았어요. 그만해도 돼요.”

무려 20년 전 일인데도 그의 얼굴에 서린 고통은 어제 일처럼 생생했다. 그 소녀를 진심으로 사랑했던 모양이었다. 도대체 무슨 일이 있었던 걸까? 사고? 아니면 암? 대체 무엇이 열여섯 소녀의 목숨을 앗아갔을까.

어쨌든 드디어 그가 왜 여태 솔로였는지 수수께끼가 풀렸다.

그는 죽은 소녀를 여전히 사랑하고 있었다.

35

과거
톰

앨리슨 댄징어가 실종됐다.

데이지가 자초지종을 설명해 주었지만, 격앙된 탓에 앞뒤가 맞지 않았다. 그래도 요지는 파악할 수 있었다. 오늘 아침 앨리슨이 밥때가 돼도 내려오지 않았고, 어머니가 올라가 보니 침대가 비어 있었다는 것이다.

그 후 1시간이 지난 지금, 실종 경보가 발령되었으나 경찰은 단순 가출일 가능성에 무게를 두고 있었다. 어젯밤 부모님과 사소한 말다툼이 있었다는 이유에서였다.

"앨리슨이 가출했을 리가 없어. 부모님이랑 싸울 때도 있었지만 걱정 끼치지 않으려고 얼마나 애썼는데. 앨리슨은 그럴 애가 아냐. 얼마나 착하고 다정한 앤데."

"그렇겠지." 나는 고개를 끄덕였지만 속으로는 동의하지 않았다. 자기 절친이 나를 협박해 우리 사이를 갈라놓으려 했다는 사실을 알면 데이지는 과연 뭐라고 할까.

데이지가 퉁퉁 부어오른 눈가를 닦았다. "느낌이 안 좋아. 앨리슨에게 끔찍한 일이 생긴 것 같아."

나 역시 같은 생각이었지만 입 밖으로 내지는 않았다. 나는 그 정도로 잔인한 인간은 아니니까. "괜찮을 거야. 혼자 산책하러 나갔는데 부모님이 유난 떠시는 걸 수도 있잖아."

데이지가 고개를 세차게 흔들었다. "아냐. 앨리슨은 산책 때마다 루퍼스를 꼭 데리고 가. 혼자 나가면 개가 동네 시끄럽게 짖어대거든."

그래, 시체 앞에서도 그러더라. "그래도 금방 돌아올 테니 걱정 마."

곧 경찰이 학생들을 전부 불러 심문할 예정이었다. 지난번에 별 소득이 없었다는 걸 벌써 잊은 모양이다. 데이지가 옆에서 상황을 설명하는 동안, 내 마음속 불안은 점점 커져만 갔다. 앨리슨은 가출한 게 아니다. 단순한 오해일 리도 없었다.

학교 안으로 들어선 뒤 데이지와 찢어졌다. 나는 건물 정 반대편에 있는 민달팽이의 사물함으로 향했다. 다행히 사물함에 책을 던져 넣고 있는 민달팽이와 마주쳤다. 녀석이 근심 하나 없는 얼굴로 나에게 손을 흔들었다. "안녕, 톰."

어젯밤 그런 일을 치르고도 어쩜 저렇게 태연할까. 피곤한 기색은커녕 여드름까지 가라앉은 듯 보였다.

"안녕." 나는 헛기침을 하며 입을 뗐다. "앨리슨이 실종됐다는 소식 들었어?"

"응. 덕분에 우리 문제가 말끔히 해결됐네."

그러고는 내게 윙크를 날렸다. 순간 숨이 멎을 뻔했다.

"야, 아니지? 설마 네가 어젯밤에…." 내가 소리를 낮춰 물었다.

"진정해, 톰." 민달팽이가 사물함 문을 쾅 닫고 자물쇠를 채웠다.

"난 아무 짓도 안 했어. 너도 마찬가지지? 그냥 상황이 우리한테 유리하게 돌아갈 뿐이야. 운이 좋았다고 생각해."

운이라는 건 포커에서 풀하우스가 나왔을 때나 쓰는 말이다. 내 비밀을 아는 자가 홀연히 사라진 상황에 쓰는 말은 아니다. 하지만 민달팽이는 나와 생각이 다른 게 분명했다. 그리고 그 순간, 나는 중요한 사실을 하나 깨달았다.

나는 위험한 놈일지 모른다.

하지만 민달팽이는 나보다 훨씬 위험한 놈이다.

36

과거
톰

브랜디 때처럼 경찰은 학생들을 한 명씩 교장실로 불러들였다. 앨리슨의 행방을 찾기 위함이었다.

내 순번은 지난번보다 훨씬 앞쪽이었다.

이번에도 드리스컬 서장이 교장실에 앉아 나를 맞이했다. 빳빳하게 풀을 먹인 흰 셔츠에 갈색 체크무늬 넥타이 차림이었다. 넙데데한 얼굴은 엄숙했고, 미간에는 주름이 깊게 패어 있었다. 몇 달 새 10대 소녀가 연이어 실종되었으니 서장으로서 압박이 상당할 터였다. 어떻게든 앨리슨을 무사히 찾아내 가족의 품으로 돌려보내고 싶을 테지.

물론 그런 일은 일어나지 않겠지만.

"톰, 왔니?" 그가 미소 한 점 없는 얼굴로 나를 바라보았다. "앉으렴."

나는 책상 앞에 놓인 플라스틱 의자에 궁둥이를 붙였다. 브랜디 일로 불려 오기 전까지는 교장실 문턱 한 번 밟아본 적도 없었다. 나는 문제아가 아니었으니까.

"무슨 일로 부른 건지는 알고 있지?"

"엘리슨이 실종됐다고 들었어요."

"맞아." 서장이 거뭇하게 돋아난 수염을 긁적였다. "부모님이 어젯밤 잠자리에 드는 걸 봤는데, 아침에 침대가 비어 있었다더구나."

"그럼… 누군가 집에 들어와서 납치해 갔다는 말인가요?"

서장이 고개를 저었다. "아냐, 침입 흔적은 없었어. 아는 사람에게 직접 문을 열어줬거나 제 발로 집을 나갔다고 봐야지."

그 말의 저의는 분명했다. 우리 학교 학생이 연루되었다고 생각하는 것이다. 브랜디가 살해된 밤에 만나기로 했던 바로 그놈의 짓일지도 모른다고.

"앨리슨이 한밤중에 집 밖으로 나간 이유가 뭘까?"

나는 아주 잠깐 멈칫했다. "모르겠는데요."

"다시 한번 잘 생각해 봐라, 톰."

제길, 왜 대답을 망설인 걸까? 민달팽이라면 1초도 머뭇거리지 않았을 텐데. "진짜 모르겠어요."

"앨리슨의 안위가 몹시 걱정되는구나. 한시라도 빨리 찾아서 집으로 데려와야 하는데. 사소한 정보라도 좋으니 아는 게 있으면 말해다오. 앨리슨을 찾는 데 큰 도움이 될 거야."

나는 양팔을 벌려 보였다. "죄송해요. 정말 아무것도 몰라요. 앨리슨이랑 안 친했거든요."

"톰." 서장의 눈이 날카로워졌다. "왜 과거형으로 말하는 거지?"

심장이 덜컥 내려앉았다. "말이 잘못 나왔나 봐요. 걔랑 안 친해요." 얼굴이 불에 덴 듯 달아올랐다.

"네 생물 실습 파트너이고, 데이지랑 제일 친한 친구인데도?"

젠장, 조사를 아주 철저히 하고 온 모양이다. "네. 그냥 인사만 하는 사이였어요. 아니 사이예요. 하지만 친구는 아니었어요." 제발, 말 좀 똑바로 해, 톰! "그러니까 친구는 아니에요."

서장을 설득하기는커녕 의심만 사고 있었다. 서장이 한참 동안 말없이 나를 바라보았다. 마침내 깍지 낀 손을 책상 위에 얹으며 몸을 내 쪽으로 기울였다. "왜 친구가 아니지?"

그야 앨리슨이 나를 죽도록 싫어해서 협박까지 했으니까. "글쎄요. 물과 기름 같은 사이였어요. 관심사도 다르고요."

"그렇구나." 서장이 오묘한 표정을 지으며 등받이에 몸을 기댔다. "그럼 앨리슨과 사이가 좋지 않다는 거네?"

"아뇨, 그런 뜻이 아니고요. 안 친했었다고, 아니 안 친하다는 말이에요." 나도 모르게 언성이 높아졌다. 나는 목을 가다듬으며 평정심을 되찾으려 애썼다. "그럭저럭 잘 지내요."

제발 이 상황이 빨리 끝나기를.

"친구들 말은 다르던데."

가슴이 철렁했다. "네?"

"앨리슨이 너를 끔찍이 싫어했다고 하던데. 데이지더러 너랑 헤어지라고 노래를 불렀다며?"

"그건…." 땀이 흥건한 손바닥을 청바지에 슬쩍 문질렀다. "처음 듣는 얘깁니다."

"그래?"

입안이 바짝 말랐다. 말이 나오지 않아 그저 고개만 끄덕일 뿐이었다. 별문제 없을 것이다. 앨리슨이 나를 싫어한 건 사실이지만, 내가 그녀를 죽였다는 증거는 아니었다.

224

“마지막으로 하나만 더 물으마. 어젯밤에 어디 있었니?”

내 알리바이를 묻고 있다. 불길한 징조다. “집에요.”

“밤새도록?”

“네.”

“부모님도 같이 있었니?”

“아뇨. 엄마는 시애틀에 있는 이모 댁에 가셔서 아빠랑 둘만요.”

“그렇구나.” 서장이 생각에 잠긴 듯한 얼굴로 고개를 주억거렸다. “그럼 아버지랑 통화를 해봐야겠구나.”

“네.” 해볼 테면 해보시지. “이제 가봐도 되나요?”

“그래.” 서장이 서둘러 한마디 덧붙였다. “오늘부터는 방과 후에 데이지를 바래다줄 필요 없다. 내가 직접 데리러 올 테니까.”

나를 자기 딸 가까이 두지 않겠다는 선언이었다. 뭐, 이미 예상한 일이었다. 서장은 원래 아무도 믿지 않는 사람이니까. 오늘부로 나는 그의 신임을 완전히 잃었다.

37

현재

시드니

오늘은 톰과 여섯 번째 데이트가 있는 날이다.

우리는 차이나타운에 있는 딤섬 집 근처에서 만나기로 했다. 오늘은 내가 제일 좋아하는 식당에 데려갈 참이었다. 예전에 딱 한 번 식중독에 걸린 적이 있었지만, 그래도 포기할 수 없는 맛집이라 그를 꼭 데려오고 싶었다. 톰은 지독한 일 중독자라 데이트 일정은 늘 그의 근무 시간에 맞춰야 했다. 딤섬 카트가 오후 3시에 멈추는 터라 톰은 일을 마치고 곧장 택시를 타고 오기로 했다. 걱정하는 내 마음을 읽기라도 하듯 꼭 샤워하고 오겠노라 덧붙였다.

길모퉁이에 서서 그를 기다리는 내내, 거리에서 풍겨오는 볶음면 냄새에 배꼽시계가 연방 울어댔다. 그때 가방 속에서 벨 소리가 났다. 엄마였다. 톰이 오려면 아직 시간이 남았기에 배고픔도 잊을 겸 전화를 받았다.

"엄마, 무슨 일이야?"

"기쁜 소식이야!" 엄마가 대뜸 외쳤다.

"뭔데?"

"네 사촌 재키가 쌍둥이를 낳았대! 마흔둘에 말이다!"

엄마가 전하는 기쁜 소식들이 슬슬 내 자존심을 긁기 시작했다.

"와, 잘됐네."

"마흔둘에 쌍둥이라니! 너도 할 수 있어, 시드니!"

나는 톰이 오는지 살피며 핸드폰을 반대쪽 귀로 옮겨 쥐었다.

"엄마, 난 아직 출산 같은 거에 관심 없어."

"왜 없어?" 엄마가 씩씩거렸다. "30대 중반에 여태 혼자면서!"

30대 중반이라고? 서른넷이면 아직 초반 아닌가? 서른다섯보다는 어리니까 초반이라고 쳐줘야지.

"게다가 만나는 남자 하나 없잖니." 엄마가 잔소리를 이어갔다.

톰과 다섯 번이나 만났지만 엄마에게는 비밀로 했다. 엄마가 괜히 흥분해서 꼬치꼬치 캐묻는 게 싫어서였다. 그런데 남자 하나 못 만난다는 타박을 듣고 있자니 차라리 말해 버리는 게 나을 성싶었다.

"실은 만나는 사람이 있어."

"정말?" 엄마가 충격적인 소식이라도 들은 양 화들짝 놀랐다.

"누군데?"

"엄마가 모르는 사람."

"이름이 뭐야?"

"톰."

"톰이면 토머스의 애칭인가?"

"아마도 그렇겠지."

"성은?"

"브라운이야."

톰 브라운이라는 이름을 인터넷에 검색해 보았지만 아무것도 나오지 않았다.

"뭐 하는 사람이야?"

이름 다음으로 궁금한 게 직업이라니, 참 엄마답다. "의사야."

무슨 의사인지까지 말할 필요는 없다. 가끔은 나조차 몰랐으면 싶으니까.

"어머, 잘됐다!" 엄마의 목소리가 단숨에 환희로 바뀌었다.

그때 멀찍이 택시에서 내리는 톰이 보였다. 나를 향해 걸어오다 말고 멈추어 서서 노숙자에게 지폐를 몇 장 건넸다. 내가 만난 그 누구보다도 선행을 자주 베푸는 사람이었다. 그가 나를 보며 손을 흔들었다. "엄마, 그만 끊어야겠다. 그 사람이 지금 이쪽으로 오는 중이거든. 나중에 다시 통화해."

"잠깐 인사라도 하게 좀 바꿔줘."

"절대 안 돼. 끊을게, 엄마."

가까스로 전화를 끊고 나자 톰이 다가왔다. 갓 샤워를 마친 듯 머리가 촉촉이 젖어 있었고, 옷도 갈아입은 상태였다. 그제야 한시름 놓았다. 데이트 내내 시체 냄새를 맡고 싶지는 않았으니까.

여섯 번째 만남이라 그런지, 톰이 자연스럽게 내게 입을 맞추었다. 달콤한 키스에 다리 힘이 쭉 풀렸다. 이런 아찔함도 언젠가는 사라지겠지만 지금은 마음껏 만끽하고 싶었다.

"제가 좀 늦었죠?" 그가 내 귓가에 속삭였다. "오래 기다렸어요?"

"몇 분밖에 안 기다렸어요."

나는 사람으로 북적이는 거리로 그를 안내했다. 그가 내 손을 잡아주기를 기대했지만 역시나였다. 톰은 손을 잡고 걷는 스타일이 아니었다. 뭐, 상관없다. 제이크도 그랬었으니까.

생선 가게를 지나 각종 공예품과 기념품을 파는 상점 앞을 지났다. 톰은 차이나타운이 오랜만인지 진열된 물건에서 눈을 떼지 못했다. 정작 내 머릿속에는 오후 3시 전에 딤섬 집에 도착해야 한다는 생각뿐이었다.

"시드니, 부채 필요해요?"

"아뇨, 괜찮아요."

"저 꼬마 거북이는 어때요?"

수조 안에는 새끼손가락만 한 아기 거북이들이 가득했다. 귀엽기는 한데 집에서 키우기 쉬울까? 길거리에서 파는 거북이는 온갖 세균이 득실거릴 게 뻔했다.

"아뇨, 마음만 받을게요."

"그럼 불법 폭죽 사 줄까요? 분명 파는 데가 있을 텐데."

내가 눈을 흘겼다. "됐거든요. 손가락 날려 먹을 일 있어요?"

"오, 저 인턴 때 그런 환자 본 적 있어요! 폭죽이 손안에서 터져서 첫 번째랑 두 번째 중수골을 절단해야 했죠. 저도 수술실에 같이 들어갔는데 정말 대단했어요."

의학 관련 이야기를 할 때마다 그의 눈에는 생기가 돌았다. "와, 참 재미있네요. 계속해 봐요."

"손바닥 전체에 아주 심한 화상을 입어서—" 내 표정을 살피던 그가 말을 멈추었다. "방금 반어법이었어요?"

"네."

피야 원체 많이 봐서 괜찮았지만, 누군가의 손가락을 자르는 상상을 하자 속이 울렁거렸다. 더구나 지금은 밥 먹으러 가는 길 아닌가. 하지만 톰은 이야기를 마저 끝내지 못해 실망한 기색이었다. 걷는 내내 입을 꾹 다물고 있었다.

다행히 딤섬 집 앞에 도착할 즈음 톰은 기분이 풀린 듯했다. 내가 식당 입구를 가리키자 잽싸게 달려가 문을 열어주었다. 보여주기식이 아닌 진심 어린 배려였다. 역시나 톰은 완벽했다. 아, 직업 하나만 빼면. "들어가시죠."

식당 안으로 들어서려는 찰나, 마침 밖으로 나오던 두 할머니와 마주쳤다. 그중 한 분이 톰을 보고는 화들짝 놀랐다. "어머, 브루어 선생님 아니세요?"

톰이 의아한 표정을 지었다. "네?"

"선생님 맞으시네!" 할머니는 짧은 백발에 체구는 땅딸막했고, 우스꽝스러울 정도로 커다란 안경을 쓰고 있었다. "벨마 스튜어트예요. 선생님 환자였던." 톰이 어리둥절해하자 할머니가 덧붙였다. "아이고, 내 정신 좀 봐. 제가 아니라 제 남편이요. 몇 달 전 남편이 세상을 떠났을 때 선생님께서 부검을 맡아 주셨거든요."

"아!" 그제야 톰의 얼굴이 환해졌다. "당연히 기억하죠. 그동안 잘 지내셨어요?"

"이제 좀 나아졌답니다." 할머니의 눈가가 촉촉해졌다. "그날 제 이야기 들어주셔서 정말 감사했습니다. 남편이 고통 없이 편히 갔다고 말씀해 주셔서 얼마나 위안이 됐는지 몰라요. 바쁘셨을 텐데도 한 시간 넘게 제 넋두리를 들어주셨잖아요."

톰의 뺨이 발그레해졌다. "제가 좋아서 한 일인걸요."

"이야기도 잘 들어주시고 어찌나 친절하시던지. 제 인생에서 제일 힘들었던 시기였는데, 선생님이 말동무가 되어 주셔서 큰 힘이 됐답니다. 복 받으실 거예요."

톰이 겸연쩍게 미소 지었다. "도움이 되셨다니 다행입니다."

할머니가 내게 시선을 돌렸다. "아주 진국인 사람이니 꽉 잡아요!" 그러더니 톰을 돌아보며 첨언했다. "게다가 인물까지 훤하지 않수!"

뭐, 잘생긴 건 나도 인정한다.

할머니는 톰에게 대여섯 번은 더 감사를 표하고 나서야 식당을 나섰다. 그제야 우리는 오붓하게 점심을 즐길 수 있게 되었다. 톰은 우연한 만남이 무척 뿌듯한지, 자리에 앉을 때까지 미소가 가시지 않았다.

"기분 좋네요. 제 직업 특성상 환자 가족을 마주할 일이 그리 많지 않거든요. 뭐 당연한 거지만. 가끔은 그런 교감이 그립기도 해요."

"원래부터 부검의가 꿈이었어요?"

"아뇨. 어릴 땐 외과 의사가 되고 싶었어요."

그에게 무척 잘 어울리는 직업이었다. 똑똑하고 박식한 데다 손재주도 뛰어나니 분명 훌륭한 외과의가 되었을 터였다. "그런데 왜 부검의가 됐어요?"

"글쎄요." 톰이 검은 머리칼을 쓸어 넘겼다. "저도 잘 모르겠네요. 외과 의사가 될 재목이 아니었나 보죠."

나는 할머니가 사라진 문을 슬쩍 돌아보았다. "근데 아까 그분은 왜 계속 브루어 선생님이라고 부른 거예요? 브라운 선생님이라고 고쳐드려야 하나 고민했잖아요."

톰이 멈칫하다 말을 이었다. "제 성은 브루어인데요."

"네? 브라운이라고 하지 않았어요?"

"아뇨, 브루어예요."

"분명 브라운이라고 했거든요!"

이름을 처음 들었던 순간이 아직도 또렷했다. 톰 브라운이 흔한 이름이라 인터넷에서 그의 뒷조사를 하기는 글렀다고 생각했었다. 역시나 의사, 뉴욕, 부검의 같은 키워드를 붙여 검색해도 아무것도 찾지 못했다. 뭐, 톰 브루어라 해도 별반 다를 것 같지는 않지만.

톰이 가볍게 어깨를 으쓱했다. "잘못 들으셨나 보네요. 제 성은 브루어가 확실하거든요. 운전면허증이라도 깔까요?"

혼란스러웠다. 분명 브라운이라고 말했었다고 확신했지만, 내가 잘못 들었을 가능성도 무시할 수 없었다. 당시 카페가 워낙에 시끄러운 데다 코피까지 한 바가지 흘린 후였으니까.

그가 내 쪽으로 몸을 기울이며 방긋 웃었다. "톰 브라운이 아니라 톰 브루어라도 나 계속 좋아해 줄 거죠?"

"아마도요."

"다행이네요." 톰이 자리에서 일어나 청바지에 손을 툭툭 털었다. "그럼 화장실 가서 손 좀 씻고 올게요. 지하철 타고 왔거든요. 카트 지나갈 때 새우 슈마이 있으면 하나만 챙겨줘요."

이게 웬 떡이냐. 안 그래도 그의 진짜 이름을 인터넷에 검색해보고 싶던 참이었는데, 알아서 자리까지 비켜주다니.

톰이 사라지자마자 나는 핸드폰을 꺼내 검색창에 입력했다. '토머스 브루어 부검의'

곧바로 검색 결과가 떴다. 나는 링크 하나를 클릭했다.

오호라, 흥미로운걸.

<h1 style="text-align:center">38</h1>

'토머스 브루어'에 관한 검색 결과는 단 하나, 마운트 사이나이 병원의 웹사이트였다. 링크를 클릭하자 흰 가운을 입은 그의 최근 증명사진과 짤막한 약력이 떴다. 코넬 대학 학부를 거쳐 펜실베이니아 의과 대학과 레지던트 과정을 마쳤다는 이력이 꽤 인상적이었다. 하지만 마음에 걸리는 대목이 하나 있었다.

톰은 분명 뉴욕대 병원에서 일한다고 했었다.

두 병원은 지리적으로 서로 동떨어져 있다. 톰에게 병원 이름을 들었을 때 우리 집과 가깝다고 좋아했던 기억이 선명하다. 만약 마운트 사이나이라고 했다면 멀다는 생각부터 했을 것이다.

설마 내게 거짓말을 한 걸까?

나는 검색창으로 돌아가 다른 결과가 있는지 훑어보았다. 아무것도 없었다. 페이스북, 인스타그램, 트위터에서도 그의 본명으로 된 계정은 나오지 않았다. 마지막으로 싱크 앱에 들어가 뒤져보아도 매한가지였다.

내가 혼란에 빠져 있을 때 톰이 화장실에서 돌아왔다. 내 맞은편에 앉아 메뉴판을 집어 들며 그가 말했다. "뭐 시킬지 정하셨어요? 아, 배고파 죽겠네요."

때마침 김이 모락모락 나는 음식을 가득 싣고 카트가 다가왔다. 새로운 음식에 도전하기를 즐기는 톰은 닭발이 담긴 접시를 집어 들었고, 나는 무난한 돼지고기 만두를 골랐다. 톰은 게걸스레 음식을 먹기 시작했지만, 입맛이 싹 가신 나는 만두만 멍하니 내려다보았다.

"근데 근무하는 병원이 어디라고 했었죠?" 내가 태연한 척하며 물었다.

"마운트 사이나이요." 이번에는 일말의 망설임도 없었다.

"뉴욕대 병원에서 일한다고 하지 않았어요?"

톰이 한쪽 눈썹을 치켜올리며 장난기 어린 미소를 지었다. "뭐예요? 나 화장실 간 사이에 인터넷에서 내 뒷조사라도 했어요?"

딱 걸렸다. 하지만 들킨 건 내가 아니라 톰이라는 생각이 들었다. "뒷조사 좀 하면 어때서요? 그때 분명 뉴욕대 병원이라고 했잖아요."

"거기 있다가 최근에 옮겼어요. 그때 시드니 씨한테 넋이 나가서 실수했나 보네요."

뭐, 그럴 수도 있다고 치자. 하지만 이름이 이어 직장까지 잘못 말했다고? 실수라고 하기에는 어딘가 께름칙했다.

그러다 문득 입구에서 마주쳤던 할머니의 말이 떠올랐다. 남편을 잃은 그녀에게 톰이 얼마나 다정했었는지 열변을 토했더랬지. 나는 그 말을 믿는다. 그리고 내 직감이 말해주고 있었다. 톰은 좋은 사람이라고. 그런 그가 나를 속였을 리 없다.

"근데 싱크 앱은 왜 안 해요? 프로필 검색해도 안 나오던데."

톰의 입가가 씰룩 올라갔다. "저 떠보는 거예요? 우리 지금 데이트 중이잖아요. 제가 싱크 앱에 가입했으면 좋겠어요?"

"아뇨. 그냥 다들 쓰는 앱을 안 하니까 궁금해서요."

"전 데이팅 앱 같은 거 안 좋아해요."

"그럼 여자는 어떻게 만나요?"

톰이 씩 웃었다. "음, 코피 흘리는 여자를 눈여겨보다가 새 옷을 사다 주겠다며 접근하죠. 은근히 잘 먹히더라고요."

"나 참, 하나도 안 웃기거든요."

톰이 한쪽 눈썹을 치켜올렸다. "정 거슬리면 지금이라도 데이팅 앱에 다 가입할까요?"

아주 대놓고 능청을 떠네. 뭐, 내 질문 공세를 생각하면 그럴 만도 했다. "아뇨, 됐거든요."

톰이 테이블 너머로 내 손을 덥석 잡았다. "아니면 시드니 씨도 데이팅 앱 다 지우고, 앞으론 저랑만 만나는 거 어때요?"

깜짝 놀라 숨이 멎을 뻔했다. 사실 우리 관계가 깊어지고 있다는 건 알고 있었다. 하지만 연애 경험이 적다던 그가 이렇게 적극적으로 나올 줄이야. 당혹스럽기는 했어도 싫지는 않았다. 오히려 날아갈 듯 기뻤다. 마침내 그가 고등학교 때 죽은 그 소녀를 잊을 준비가 된 모양이었다.

"좋아요. 그럴게요."

드디어 나에게도 남자 친구가 생겼다.

39

두 달 후

시드니

톰은 항상 커피에 스틱 설탕 반 봉지를 넣어 마신다.

설탕을 넣는 방법도 늘 똑같다. 종업원이 커피를 가져다주면 스틱 설탕을 하나 집어 든다. 그런 다음 정중앙을 찢어 정확히 절반만 커피에 쏟아붓는다. 부족하다 싶으면 봉지를 톡톡 두드리며 설탕 몇 톨을 신중히 털어 넣는다. 그 일련의 과정은 과학 실험처럼 정교하다.

사귄 지 두 달쯤 지나면 이런 사소한 습관들이 하나씩 눈이 들어오고, 관계에 조금씩 금이 가기 시작한다.

"실수로 설탕 한 봉지를 다 넣으면 어떻게 돼?" 그의 커피 의식을 옆에서 지켜보던 내가 불쑥 물었다. 나른한 일요일 오후, 우리는 식당에 브런치를 즐기러 나온 참이었다.

"글쎄, 마시자마자 죽겠지." 톰이 히죽 웃었다. "그러는 자기는? 커피에 크림을 반 컵이나 들이부어 마시면서."

"에이, 그 정도는 아니거든."

"그래서? 자기 커피 봤어? 커피가 아니라 크림에다 커피를 살짝 첨가한 수준이잖아."

아주 틀린 말은 아니었다. 우리 둘 다 유별난 구석이 있었다. 하지만 톰의 버릇은 대체로 참아줄 만했다. 그는 변기 시트를 올려두거나 시트에 소변을 튀기지 않았고, 한꺼번에 휴지를 절반이나 풀어 쓰지도 않았다. 우리 집에 여러 번 왔는데도 남자들이 흔히 저지르는 화장실 실수를 하나도 범하지 않았다.

훌륭한 화장실 습관 외에도 장점이 많았다. 일단 금전적으로 매우 후했다. 모든 데이트 비용을 혼자서 부담했고, 계산대에서 잔돈을 기부하겠냐고 물으면 언제나 기꺼이 응했다. 게다가 영화 취향도 나와 비슷했다. 때로는 배꼽이 빠질 만큼 웃기기도 했다. 무엇보다 내 몸에서 갑자기 피가 철철 흘러도 당황하지 않았다. 지금껏 만나온 남자들을 감안하면 거의 기적에 가까운 일이었다.

더구나 침대에서도 끝내줬다. 처음 느낌 그대로였다. 구름 위를 걷는 듯 황홀했다.

물론 단점도 있었다. 톰도 제이크처럼 지독한 일 중독자였다. 주중은 물론 주말에도 병원에서 살다시피 했다. 하지만 진짜 문제는 그가 병원에서 뭘 하는지 자꾸 상상하게 된다는 것이다. 이따금 그가 퇴근하자마자 우리 집으로 와서 내 입을 맞출 때면, 시체를 해부하는 그의 모습이 머릿속을 스쳤다. 그가 온종일 시체를 만지고도 나에게 키스하고 싶은 기분이 든다는 사실이 때로는 섬뜩하기까지 했다.

하지만 그 일을 아주 오랫동안 해온 그에게는 그저 일상일 뿐일 것이다. 더는 개의치 않을지도 모른다.

한 조각 남은 프렌치토스트를 입에 넣으려 할 때였다. 어린 소년 하나가 우리 테이블 옆을 지나쳐 뛰어갔고, 그 뒤를 부모가 바짝 쫓았다. 세 살쯤 되었을까. 멜빵바지를 입고 곱슬한 금발을 휘날리는 아이는 더없이 사랑스러웠다. 멀어져가는 아이의 뒷모습을 톰이 다정한 눈빛으로 지켜보았다.

"귀엽기도 하지."

내 말에 톰이 고개를 끄덕였다. 찰나였지만 그의 얼굴에 슬픔이 깃들었다. "그러게."

참으로 이상한 노릇이다. 톰은 정착하는 걸 극도로 꺼리는 듯하다가도, 지금처럼 단란한 가족을 보면 눈동자에 깊은 갈망이 서리고는 했다.

사실 그에게 아이 이야기를 넌지시 꺼내본 적이 있었다. 당장 임신을 원한다기보다 그가 아버지라는 존재에 대해 평소 어떤 생각을 지니고 있는지 알고 싶었을 뿐이었다. 하지만 내가 묻는 말마다 그는 교묘하게 대답을 회피했다.

그때 톰이 테이블 너머로 내 손을 잡았다. 미소를 머금은 채 엄지로 내 손등 위의 푸른 혈관을 훑었다. 그가 자주 하는 행동이었다. 뭔가 할 말이 있는데 망설이는 얼굴이었다. 무슨 생각을 하는 걸까.

"정맥이 왜 파랗게 보이는지 알아?"

전혀 예상치 못한 질문이었다. "혈액 속에 산소가 없어서 그런 거 아냐?"

"흔한 오해지." 톰이 내 손등 위 정맥 하나를 엄지로 꾹 눌렀다. "하지만 사실이 아니야. 산소가 없어도 피는 붉은색을 띠어. 다만 좀 더 어두울 뿐이지. 정맥이 파랗게 보이는 건 산란 현상 때문이야. 적색광은 피부에 흡수되고 청색광만 반사되어 우리 망막에 도

238

달하는 거지."

톰은 참 흥미로운 잡지식을 많이도 알고 있다. 한번은 폰 빌레브란트 인자에 대해 즉석 강연을 늘어놓은 적도 있었다. 나중에 살짝 무안해하기는 했지만, 내 지병을 열심히 공부해 온 그가 내심 귀여웠다.

따로 찾아보았을 게 분명했다. 의사라 해도 세세한 내용까지 달달 외우고 있을 리는 없으니까.

"이따 오후에 영화 보러 갈까?" 내가 화제를 돌렸다.

"나 약속 있어."

"또 일하러 가?"

톰이 고개를 저었다. "아니, 어머니 뵈러 가. 아침 일찍부터 나 보러 오시는 중이거든. 우리 집에 잠깐 들렀다 같이 저녁 먹으러 가려고."

아버지가 돌아가셔서인지 어머니와 사이가 각별해 보였다. "나도 같이 갈까?"

내 말이 끝나기가 무섭게 톰이 잡았던 내 손을 내팽개쳤다. 내 정맥이 왜 푸른지 따위에는 더는 관심도 없어 보였다. 방금 마신 커피를 다 토해 낼 듯한 낯빛으로 그가 되물었다. "우리 어머니랑 저녁을 같이 먹겠다고?"

뭐, 대답은 이미 충분히 들은 것 같네. "누가 보면 내가 독약이라도 같이 마시자고 한 줄 알겠네."

"시드니, 우리 사귄 지 이제 겨우 두 달이야."

얼굴에 열이 올랐다. 마지막 빵 한 조각을 먹을 식욕이 뚝 떨어졌다. "무슨 말인지 잘 알겠어."

"두 달은 아주 짧은 시간이잖아."

"알았다니까."

톰은 애꿎은 냅킨만 만지작거렸다. 어떻게든 이 상황을 수습해 보려는 기색이 역력했다. 그가 이런 반응을 보인 게 오늘이 처음은 아니었다. 그레천과 랜디 커플이랑 더블데이트를 하자고 제안했을 때도 그는 졸도할 듯한 표정을 지었다. 그의 말이 맞다. 겨우 두 달 만났을 뿐이다. 그래도 내가 이런 제안을 할 때마다 경악하는 표정은 짓지 않았으면 좋으련만.

"다음에 같이 보자." 그가 우물쭈물 말했다.

어이구, 말이나 못 하면. 하지만 어쩌겠는가. 관계를 진전시킬 의지가 없는 그를 뻥 차버리든가, 아니면 언젠가 바뀌리라는 희망을 품고 환상적인 섹스나 즐기는 수밖에.

"오늘 어머님 만나서 뭐 할 건데?"

톰이 턱을 어루만졌다. "글쎄, 몇 주 전에 자기랑 갔던 중동 음식점에 모시고 갈까? 거기 엄청 맛있던데. 이름이 뭐였지?"

"잠깐만. 찾아볼게."

톰이 커피를 홀짝대는 동안, 나는 핸드폰을 들고 식당 이름을 찾아 헤맸다. 그레천이 추천해 준 곳이라 그녀와 주고받은 문자 메시지를 한참 뒤져야 했다. 그사이 종업원이 다가와 톰에게 노골적으로 꼬리를 쳤지만, 그는 예의 바른 미소로 응수했다. 매력적인 그가 바람둥이는 아니라는 사실이 무척이나 마음에 들었다.

마침내 식당 이름과 주소가 담긴 링크를 찾아 그에게 보냈다.

"링크 보냈어."

그러고는 식사 내내 테이블 위에 올려져 있던 그의 핸드폰을 쳐다보았다. 문자를 알리는 진동이 울리기를 기다렸지만 감감무소식이었다.

"어라, 이상하네. 방금 식당 이름 보낸 거 받았어?"

톰이 꺼진 화면을 내려다보았다. "어, 온 것 같아."

"보지도 않고 어떻게 알아? 화면이 계속 꺼져 있었는데."

"무음으로 해놔서 그래."

"10분 전까지 윙윙거렸는데 무슨 소리야."

톰이 핸드폰을 낚아채 주머니에 쑤셔 넣었다. "왔겠지. 식사 중에 핸드폰을 확인하는 건 예의가 아니잖아."

"뭐래, 평소엔 밥 먹으면서 잘만 보더니."

"그건 병원에서 온 연락이라 그랬지. 중요한 건지 확인은 해야 하니까."

왜 이렇게 까탈스럽게 구는 걸까. 내가 무슨 대단한 요구를 한 것도 아니고 문자가 왔는지만 봐달라는 건데. 그게 그렇게 어려운 일인가?

"별것도 아닌 일로 왜 이래?" 내가 그를 흘겨보았다. "문자가 왔는지 확인해 주는 게 뭐 그리 어렵다고."

"알았어. 하면 되잖아." 톰이 주머니에서 핸드폰을 꺼내 화면을 두드렸다. "여기 왔네. 됐어?"

"식당 이름이 뭔데?"

톰이 나를 보며 한숨을 푹 내쉬었다. "그래, 자기 말이 맞아. 문자 안 왔어."

너무 혼란스러웠다. 왜 이런 사소한 걸로 거짓말까지 하는 걸까? "그럼 다시 보낼까?"

그의 턱 근육이 경직됐다. "천천히 보내줘도 돼."

나는 그의 말을 무시하고 문자를 다시 전송했다. "왔어?"

"음… 고장 났나 보네. 신경 쓰지 마. 어차피 어머니는 이탈리아 음식을 더 좋아하셔."

톰은 바늘방석에 앉은 사람처럼 안절부절못했다. 갑자기 왜 이러는 걸까?

"나한테 지금 문자 한 통만 보내봐."

"뭐? 갑자기 왜?"

"왜, 나한테 문자를 보내면 안 될 이유라도 있어?"

톰이 마침내 핸드폰을 테이블 위에 내려놓으며 실토했다. "실은 이거 업무용 핸드폰이야. 그래서 자기 문자가 안 오는 거고."

"업무용 핸드폰?" 나는 그의 아이폰을 내려다보았다. 내 주변에서 흔히 보이는 평범한 기종이었다. 그는 늘 이 핸드폰 하나만 들고 다녔다. "그럼 개인용 핸드폰은 어디 있는데?"

"집에 두고 다녀."

"그러니까 개인용 폰은 집에 두고 업무용 폰만 가지고 다닌단 말이야?"

그가 대수롭지 않게 대꾸했다. "그런 셈이지. 말했잖아. 병원에서 응급 콜이 오는지 확인해야 한다고."

"급할 일이 뭐가 있어? 자기 환자는 이미 죽은 사람뿐인데!"

톰이 핸드폰을 주머니에 도로 집어넣었다. "자기가 물어본 질문에 대답 다 했잖아. 대체 나한테 원하는 게 뭐야?"

내가 원하는 건 하나였다. 내가 알고 있는 번호가 왜 그의 진짜 핸드폰 번호가 아닌지 알고 싶었다. 그가 분신처럼 들고 다니는 저 핸드폰이 업무용이라고? 헛소리도 정도껏 해야지.

　여기서 더 따져 물어봐야 내 입만 아플 뿐이었다. 톰이 내게 진실을 말할 생각은 눈곱만치도 없어 보였으니까.

40

톰

학교에서 돌아오기가 무섭게 또 엄마에게서 전화가 왔다.

받지 말까 잠시 망설였다. 지금쯤이면 엄마도 앨리슨의 실종 소식을 들었을 것이다. 아빠의 행방이 묘연하다는 사실까지 알게 되면 공포에 질릴 게 뻔했다. 내일 돌아오면 자연스레 알게 될 테니 엄마를 미리 겁주고 싶지는 않았다.

하지만 전화를 안 받을 수는 없었다. 지금 상황에서 나까지 연락이 안 되면 당장 집으로 경찰을 보낼 위인이니까. 일단 전화를 받고 모든 게 정상인 척 연기해야 했다. 아카데미 남우 주연상급 열연이 필요한 시점이었다.

"여보세요?" 최대한 평소처럼 목소리를 냈다.

"톰!" 핸드폰 너머에서 엄마의 목소리가 갈라졌다. "걱정돼 죽는 줄 알았잖니! 뉴스에서 실종된 여학생 소식 들었어. 데이지 친구 맞지?"

"그럴걸. 나랑은 별로 안 친했던 애라서."

제길, 왜 앨리슨을 언급할 때마다 자꾸 과거형이 튀어나오는 걸까?

다행히 엄마는 눈치채지 못한 듯했다. "아이고, 이게 다 무슨 난리라니. 여자애 하나가 죽은 채로 발견된 지 얼마나 됐다고 또 이런 일이 생기다니. 혹시 뭐 들은 거 없니?"

"없어." 아주 상세히 답할 수 있었지만 짧게 잘라 말했다.

"어쨌든 넌 괜찮지?"

"응."

"아빠는?"

드디어 올 것이 왔다. 예상했던 질문이었는데도 마땅한 대답이 떠오르지 않았다. "일하고 있겠지."

"철물점에 전화하니 오늘 아빠가 출근을 안 했다던데." 엄마가 잠시 말을 멈추었다. "혹시 여태 2층에서 자고 있는 거 아니니? 아빠 편들지 말고 솔직히 말하렴."

"그게…." 위층에서 자고 있다고 했다가는 당장 바꿔 달라고 할지도 모른다. 그런 위험을 감수할 수는 없었다. "조금 전에 오툴스에 간다고 나갔는데."

경험상 그 술집은 전화를 받는 법이 없다. 안전한 거짓말이었다.

"그래."

엄마의 긴 한숨에 걱정이 가득 묻어났다. 미안한 마음이 들 뻔했지만 금세 사라졌다. 내가 저지른 짓 덕분에 엄마와 나는 더 나은 인생을 살 수 있을 것이다.

물론 내가 잡히지만 않는다면.

"그럼 내일 집에서 보자. 그때까지 몸조심하고, 우리 아들."

"응. 엄마."

"위험하니까 집에 꼭 붙어있어. 아빠 말고는 아무한테도 문 열어

주지 말고."

그렇다면 아무도 집에 들이지 말라는 소리네.

내일 엄마가 돌아오면 경찰에 신고하지 못하게 엄마를 설득해야 했다. 그리 어렵지는 않을 것이다. 엄마는 아빠의 기행으로 경찰을 부르는 걸 죽기보다 싫어했다. 콩가루 집안처럼 보이고 싶지 않다나. 사실 아빠 때문에 경찰이 출동한 적이 한두 번이 아니었다. 아빠는 술만 취하면 개차반이 되기로 동네에서 악명이 자자했으니까.

하지만 앨리슨은 전혀 다른 문제였다. 제발 무사히 돌아오기만을 바랄 뿐이었다.

41

과거

톰

앨리슨의 실종 사건으로 어수선했던 탓에 오늘은 숙제가 하나도 없었다. 덕분에 나는 오후와 저녁 내내 지역 뉴스를 시청했다. 중간에 시트콤을 몇 번 틀어보기도 했지만, 도무지 집중할 수가 없어 다시 뉴스로 채널을 돌렸다.

뉴스는 앵무새처럼 똑같은 소리만 되풀이했다. '17세 소녀 앨리슨 댄징어가 오늘 아침 자택에서 실종됐습니다. 현재 경찰은 대대적인 수색 작업을 벌이며 유력한 단서를 추적하는 중입니다. 아직 이번 실종 사건과 관련해 용의선상에 오른 인물은 없는 것으로 알려졌습니다.'

뉴스를 보다가 억지로 저녁을 챙겨 먹었다. 도리토스 과자 한 봉지와 스프라이트로 간단히 때웠다. 봉지를 뜯어 바닥까지 긁어 먹다 어느새 소파에서 까무룩 잠이 들었다. 이런 상황에서도 잠이 온다는 게 믿기지 않았다. 서른여섯 시간 동안 깨어있었던 지라 몸이 한계에 다다른 모양이다.

그러다 벨 소리에 화들짝 잠에서 깼다. 소파 틈새에 낀 핸드폰을 찾아내 화면에 뜬 이름을 확인했다. 순간 심장이 철렁 내려앉왔다. 데이지였다. 오늘 아침 내 품에서 오열하던 데이지와 헤어진 후 처음 온 연락이었다.

“톰.” 전화를 받자마자 데이지의 울음소리가 들렸다. 아침부터 지금까지 줄곧 운 듯한 목소리였다. “어떡해, 톰.”

“왜 그래? 무슨 일 있어?” 데이지의 아빠가 나를 체포하러 온다는 소리일까 봐 덜컥 겁이 났다.

“앨리슨을 찾았대.”

찰나의 순간, 나는 그게 좋은 소식이라 생각했다. 앨리슨이 가출했다가 무사히 돌아온 거라고. 그렇다면 우리 아빠도 지금 술집에 있을지도 모른다고.

다만 좋은 소식이라면 데이지가 서럽게 울 리가 없지 않은가.

“강에서 앨리슨의 시신이 발견됐대.” 데이지가 숨이 넘어갈 듯 흐느꼈다. “어떡하면 좋아, 톰.”

강이라니. 민달팽이가 우리 아빠의 시신을 던져 버리려고 했던 장소 아닌가.

데이지는 엉엉 우느라 말을 잇지 못했다. 아직 뉴스에도 나오지 않은 내용인 걸 보면 서장에게 직접 들은 모양이었다.

또 무슨 이야기를 들었을까.

“시신이 훼손됐대. 아빠가 통화하는 걸 몰래 들었는데, 앨리슨이 죽기 전에 고문을 당한 것 같대.”

헉, 브랜디와 똑같다.

불현듯 불길한 느낌이 엄습했다. 브랜디 사건으로 학생들을 재조사할 때 민달팽이의 이름이 불렸던 기억이 났다. 둘이 모르는 사이인 줄 알았는데 아니었나 보다.

내가 대체 무슨 짓을 한 걸까.

그때 핸드폰 너머에서 괄괄한 목소리가 울려 퍼졌다. 데이지가 목소리를 낮추었다. "이만 끊어야겠다. 아빠가 너랑 통화하지 말래."

이미 짐작하고 있었지만, 막상 들으니 가슴이 아려왔다. "서장님이?"

"미안해. 너 때문이 아니라 아빠가 우리 학교 애들은 아무도 못 믿겠대."

내가 유력 용의자가 아니라는 사실에 내심 안도했다. 하기야 내가 의심받는 게 더 이상하지. 서장이 아는 거라고는 내가 앨리슨과 사이가 나빴다는 것뿐이니까. 브랜디가 살해당한 밤 만나기로 했던 의문의 남자 친구가 나라는 사실은 아직 모른다. 그 사실을 아는 유일한 목격자인 앨리슨은 이제 영원히 사라졌다.

내가 미처 대답하기도 전에 핸드폰 너머에서 다시 고함이 들렸다. "톰, 나중에 다시 통화해. 안녕."

"사랑해, 데이지." 다급히 외쳤지만 전화는 이미 끊긴 후였다.

42

과거
톰

다음 날 아침, 앨리슨 댄징어에 관한 뉴스가 봇물 터지듯 쏟아졌다. 시신이 발견된 강가 화면을 족히 오백만 번은 본 것 같았다. 그런데도 뉴스에서 눈을 뗄 수가 없었다.

휴교령이 내려진 덕분에 나는 텅 빈 집에 홀로 남아 뉴스에만 매달렸다. 민달팽이에게 연락해 볼까도 했지만, 혹시 누군가 우리를 감시하고 있을지도 모른다는 생각에 덜컥 겁이 났다. 사실 지금 대화하고 싶은 사람은 오직 데이지뿐이었다.

오후 4시쯤 엄마가 집에 돌아왔다. 커다란 더플백을 어깨에 멘 채였다. 내가 짐을 받아 주려고 달려가자 엄마가 나를 와락 껴안았다. 결국 나는 가방을 바닥에 내려놓았다.

"잘 있었니, 톰?" 엄마가 나를 으스러트릴 듯 꽉 껴안았다. 하지만 엄마는 나보다 몸집이 훨씬 왜소해서 결코 나를 해칠 수 없는 존재였다. "걱정돼서 죽는 줄 알았다."

"난 괜찮아."

"그 실종된 여자애 말이야." 엄마가 나를 떼어놓으며 물었다. "죽은 채로 발견됐다면서?"

"응, 죽었대." 이제 앨리슨을 마음껏 과거형으로 말해도 된다.

엄마는 한동안 입술을 앙다문 채 말이 없었다. 그 틈을 타 나는 짐가방을 집어 들었다. "안방에 갖다 놓고 올게."

엄마가 붙잡을세라 나는 서둘러 계단을 올라갔다. 안방 침대 위에 가방을 내려놓고 잠시 멈춰 섰다. 아빠가 이 방에서 마지막으로 잔 게 이틀 전이었다. 원체 침대 정리를 안 하는 위인이라 이불은 이틀 전 그대로 어지럽혀 있었다. 어젯밤 아빠가 여기에서 잤다고 해도 전혀 의심을 사지 않을 모양새였다.

거실로 내려오자 엄마가 손을 맞잡고 초조하게 서 있었다. "톰, 아빠는 어디 갔니?"

젠장. 집에 온 지 얼마나 됐다고 또 시작이다. 저녁 먹기 전까지는 안 물어볼 줄 알았건만. "일하는 중이겠지."

"철물점에 전화해 봤는데 오늘도 출근을 안 했다던데."

"글쎄. 그럼 나도 모르지." 나는 모르쇠로 일관했다.

"오늘 아침엔 봤다고 했지?"

"응."

엄마가 아랫입술을 질근 깨물었다. "이상하네. 조금 전에 차고에 차 대려고 보니까 네 아빠 차가 이미 주차돼 있던데. 차도 안 가지고 대체 어딜 간 거지?"

"걸어갔나 보지."

어불성설이다. 아빠는 어딜 가든 늘 차를 타고 다닌다. 술을 잔뜩 마신 후에도 운전대부터 잡는 인간이니까. 하지만 아빠를 어디든 태워다 줄 술친구들이라면 차고 넘쳤다.

차 때문에 엄마의 의심을 살 거라는 건 이미 알고 있었다. 하지만 길가에 내다 버렸다가 경찰 눈에 띄는 게 더 위험했다.

"어쨌든 오늘 아침에 본 건 확실하지?" 엄마가 미간을 찌푸린 채 재차 물었다.

"방금 말했잖아. 아침에 봤다고."

그때 엄마의 시선이 바닥에 꽂혔다. 무언가를 유의 깊게 살피는 눈치였다. 뭘 보는지 알 수 없어 속이 타들어 가던 순간, 엄마가 불쑥 물었다. "여기 있던 엄마 카펫은 어디 갔니?"

맙소사, 사라진 카펫을 까맣게 잊고 있었다.

"크랜베리 주스를 쏟았는데, 얼룩이 너무 심해서 갖다 버렸어."

"뭐? 버렸다고?" 엄마의 눈이 커졌다. "세탁하면 될 걸 왜 버리니!"

"미안해. 세탁해도 답이 없을 것 같아서."

"집 앞에 내놓았지? 가서 가져와야겠다."

"아까 쓰레기차가 와서 수거해 갔어."

"아이고, 톰." 엄마의 한숨을 내쉬었다. "아끼던 건데 왜 그랬니? 낡아서 좀 걸리적거리긴 했어도 오랫동안 정이 많이 든 물건인데."

문득 내가 아빠에게 한 짓을 털어놓을 때도 비슷한 대화가 오가지 않을까, 하는 생각이 들었다.

"됐다. 카펫 얘긴 이쯤 하자." 엄마가 손목시계를 내려다보았다. "엄만 올라가서 좀 쉬어야겠다. 한 시간쯤 뒤에 저녁 차려 주마. 그때쯤이면 아빠도 오시겠지?"

"오늘 늦을 거라고 하던데."

내 말에도 엄마는 전혀 놀라지 않았다. "그래, 그럼 우리끼리 먹자."

엄마가 어깨를 늘어뜨린 채 위층으로 올라갔다. 안방 문이 닫히
는 소리를 확인하고 나서야 나는 텔레비전을 켰다. 다시 뉴스가
시작되고 있었다.

43

현재

시드니

"업무용 핸드폰? 네 말대로 수상쩍긴 하네."

톰이 나를 버리고 가버린 후, 나는 그레천의 집을 찾았다. 랜디가 볼일을 보러 나간 터라 집에는 그레천 혼자뿐이었고, 나는 톰의 핸드폰에 얽힌 기묘한 이야기를 모두 털어놓았다. 내 말을 듣던 그레천도 당혹감을 감추지 못했다.

"그래서 네 생각은 어때?" 그레천이 팝콘 한 움큼을 입에 넣으며 물었다. 그레천은 내가 놀러 올 때마다 늘 주전부리를 내왔다. 그럴 때마다 괜히 고마운 마음이 들었다.

나는 어깨를 으쓱했다. "글쎄, 남자 친구가 나랑 세컨드 핸드폰으로 연락을 주고받는다는데 기분이 좋을 리는 없지."

"근데 진짜 업무용 핸드폰만 가지고 다닐 수도 있잖아. 일 중독자라며. 게다가 남자들은 가방도 안 들고 다니니까 두 개 다 챙기기는 무거울 테고."

나는 탁자 위 나무 그릇에서 팝콘을 한 줌 집어 들었다. "나도 처음에는 대수롭지 않게 물어본 거였어. 근데 핸드폰 얘기가 나오자마자 톰이 쩔쩔매더라고. 뭔가 숨기고 있는 사람처럼."

"그래? 뭘 숨기고 있을까?" 그레천의 눈이 동그래졌다. "설마 유부남인가?"

"에이, 절대 아냐. 집에 가봤는데 여자 흔적은 눈을 씻고 찾아봐도 없었어. 그리고 남들 눈을 피하려는 것 같지도 않고."

다만 딱 하나 걸리는 게 있기는 했다.

데이트할 때마다 우리는 늘 새로운 식당만 갔다. 단 한 번의 예외도 없이. 제이크와 사귈 때는 주말마다 늘 똑같은 식당만 갔는데, 톰은 단골집을 만드는 걸 극도로 꺼리는 눈치였다.

"그럼 대체 뭐지?"

아무리 생각해도 짚이는 게 없었다. 여자 문제는 아닌 것 같아 다행이었지만, 업무용 핸드폰만 들고 다닌다는 게 마뜩잖았다. 내 예상보다 훨씬 더 일에 미쳐 산다는 뜻이니까. 제이크가 딱 그랬다. 그리고 그 끝이 어땠는지도 뼈저리게 알고 있었다.

제이크 때와 같은 이유로 톰과 헤어지고 싶지 않았다. 톰은 정말 좋은 사람이다. 다정하고 똑똑한 데다 어머니에게도 잘했다. 무엇보다 눈이 호강할 정도로 잘 생겼다.

세상에, 그에게 푹 빠진 모양이다.

"남친한테 우리랑 같이 저녁 먹자고 해봐. 내가 사람 보는 눈 하나는 끝내주거든. 양다리인지 아닌지 딱 보면 알아."

"말해 봤자 싫다고 할 게 뻔해."

"왜?"

"내가 친구들 소개해 준다고 했더니 기겁하더라고. 말했잖아. 완전 자유로운 영혼이라고." 내가 허망한 얼굴로 덧붙였다. "고등학교 때 첫사랑을 아직도 못 잊으셨대."

"세상에!" 그레천이 입을 틀어막았다. "고등학교 때 첫사랑을 아직도? 그게 말이 돼?"

"내 말이. 결혼까지 생각했던 모양인데 그 여자가 죽었다나 봐. 그 얘기를 할 때 어찌나 슬퍼 보이던지 내 마음이 다 아프더라니까."

"진짜? 그건 좀 감동이네."

나는 소파 쿠션에 몸을 기댔다. 머릿속이 너무 복잡했다. 난 이제 어떻게 해야 할까? 톰에게 빠져들기 시작했지만 위험 신호 또한 무시할 수 없었다. 내 친구들은 안 만나도 그만이라 쳐도 핸드폰 문제는 도저히 그냥 넘어갈 수 없었다.

제이크에게 신원 조회라도 부탁해 봐야 하나?

그러자니 자존심이 상했다. 전 연인에게 '너 대신 새로 사귄 남자가 못 미더우니 뒷조사를 좀 해달라'는 말을 어찌한단 말인가. 차라리 내가 멋진 남자를 만나고 있다고 믿게 두는 편이 나았다. 나 같은 여자를 놓친 걸 땅을 치고 후회하도록.

게다가 제이크는 지금 눈코 뜰 새 없이 바쁠 터였다. 신문 어디에도 보니와 다른 두 여성을 죽인 범인을 잡았다는 소식은 없었다. 범인이 잡혔다면 내가 모를 리 없다.

"참, 내 전시회 곧 끝나. 철거하기 전에 꼭 와 주라!"

내가 싱긋 웃었다. "이미 봤어!"

"알아. 근데 전시 내리기 전에 한 번 더 봐줬으면 해서 그래. 내가 엄청 공들여 준비한 전시거든."

"그래, 네가 고생 많이 했지. 몇 달 동안 주야장천 그 얘기만 했잖아." 그래서 보니가 무척 지겨워했다는 말은 굳이 하지 않았다.

보니에 대한 기억을 훼손하고 싶지는 않았으니까.

"내 몸을 완전 갈아 넣었지. 전시회 전날도 작업하느라 박물관에서 밤을 꼴딱 새웠거든."

그레천의 말에 어딘가 찜찜한 기분이 들었다. 하지만 뭐 때문인지 정확히 알 수 없었다. 깊이 생각할 틈도 없이 현관문 자물쇠가 돌아가는 소리가 났다. 그레천이 눈을 반짝이며 외쳤다. "랜디 왔다! 과연 뭘 사 왔을까?"

"뭐 사러 간 건데?"

"세입자 한 분이 수고했다고 상품권을 줬대. 그래서 백화점에 갔어. 동거 기념으로 집에 놓을 만한 거 하나 사 오겠다고. 너무 로맨틱하지 않니?"

"그림 같은 거?"

"모르겠어. 안목이 높으니까 분명 근사한 걸 사 왔을 거야!"

순간 내 귀를 의심했다. 랜디의 집은 휑뎅그렁하니 노총각 티가 풀풀 났다. 게다가 늘 청바지에 티셔츠 아니면 후드티 따위나 입는 남자가 어디를 봐서 안목이 높다는 거지? 뭐, 콩깍지가 씐 그레천 눈에는 완벽한 남자로 보이나 보지.

그때 랜디가 현관문이 벌컥 열고 들어왔다. 품에는 길이가 족히 60센티미터는 되어 보이는 커다란 물건이 들려 있었다. 저게 대체 뭐람? 어항 같은 유리통 안에 모래가 가득했다. 그레천 역시 당혹스럽기는 매한가지인 듯했다. 그녀가 허리에 손을 얹으며 자리에서 일어났다.

"그게 뭐야?"

"개미 사육장!" 랜디가 신이 나서 외쳤다.

"뭐, 뭐라고?"

그레천은 전혀 기뻐 보이지 않았다. 당장이라도 랜디의 얼굴에 주먹을 날리고 싶은 표정이었다. 행여나 그가 사육장을 떨어뜨려 깨뜨릴까 봐 간신히 참고 있는 눈치였다.

"개미 사육장이라니까. 저기 창가 쪽에 둘까? 개미들이 뭐 하는지 잘 보이게."

"안 돼!" 그레천이 개미가 득실대는 사육장을 손에 든 랜디 앞을 가로막았다. "당장 이 집에서 가지고 나가!"

랜디가 이맛살을 찌푸렸다. "왜? 창가에 두면 엄청 예쁠 것 같은데."

"예쁘긴 개뿔! 개미가 탈출하기라도 하면 어쩌려고 그래?" 그레천이 악다구니를 썼다.

"그럴 일 없으니 걱정 마."

"그걸 어떻게 장담해? 온 집안을 개미 왕국으로 만들 참이야?" 그레천이 두 팔을 허공에 치켜든 채 나를 돌아보았다. "시드니, 너도 내 생각에 동의하지?"

"응, 개미 사육장을 집에 두기엔 좀 그렇지."

랜디가 사육장을 바닥에 내려놓자 그레천이 반사적으로 뒷걸음질 쳤다. "그럼 나더러 어쩌라는 거야? 환불도 안 되는데. 그냥 갖다 버리라는 거야?"

"그걸 내가 어떻게 알아? 변기에 넣고 내려버리든가 마음대로 해!"

랜디의 낯빛이 어두워졌다. "그래도 그건 아니지. 너무 잔인하잖아."

그레천은 개미 때문에 화가 머리끝까지 나 있었다. 그런 그녀가 십분 이해 갔다. 나라도 개미집을 집에 두기는 싫을 테니까. 벌겋게 달아오른 그레천의 얼굴을 보니 조만간 한바탕 싸움이 벌어질 듯한 전운이 감돌았다.

"그레천, 난 이만 가볼게. 원만하게 해결되길 빌어."

서둘러 두 사람의 집을 빠져나왔다. 그런데도 찜찜한 기분이 가시지를 않았다. 그레천이 했던 말 때문인데, 뭐가 문제인지 가늠이 되지 않았다.

뭐, 언젠가 알게 되겠지.

44

결국 저녁은 혼자서 배달 음식으로 때우게 됐다.

오늘도 음식을 잔뜩 시켰다. 중국 음식을 주문할 때면 늘 양 조절에 실패한다. 그렇다고 브로콜리 치킨 하나만 배달해달라고 할 수는 없지 않은가. 그래서 여러 번 나눠 먹을 요량으로 서너 가지씩 시키고는 한다. 냉장고에 처박힌 음식들은 악취를 풍길 때까지 방치되다 결국 쓰레기통으로 직행한다. 일주일쯤 지나면 또다시 중국 음식이 당기고 똑같은 짓을 반복한다. 그야말로 '중식의 굴레'인 셈이다.

소고기 차우펀을 입에 쑤셔 넣으며 소화제를 언제 먹을지 고민했다. 그러다 문득 톰에게 문자를 보내볼까, 하는 생각이 들었다. 오늘 헤어질 때 분위기가 싸늘했다. 그가 어머니를 소개해달라는 내 부탁을 거절한 데다 핸드폰 문제로 실랑이를 벌인 후였으니까. 물론 문자를 보낸다 한들 내 문자가 어디로 갈는지 의문이지만.

결국 나는 연락하지 않기로 했다. 내게 이실직고할지 말지 혼자 고민하게 내버려둘 작정이었다. 어차피 지금 내 머릿속은 다른 생각으로 가득했다.

그레천과 나눈 대화가 계속 머릿속에 맴돌며 나를 괴롭혔다. 하지만 그 이유를 몰라 미칠 지경이었다.

'내 몸을 완전 갈아 넣었지. 전시회 전날도 작업하느라 박물관에서 밤을 꼴딱 새웠거든.'

그레천의 말이 귓가에 다시 울렸다. 전시회 첫날은 잊으려야 잊을 수가 없었다. 랜디와 내가 침실에서 죽어 있는 보니를 발견한 날이었으니까. 원래는 보니와 함께 전시회를 보러 가기로 약속했었다. 끝내 지켜지지 못한 약속이 되어 버렸지만.

'내 몸을 완전 갈아 넣었지. 전시회 전날도 작업하느라 박물관에서 밤을 꼴딱 새웠거든.'

제이크와 용의자에 대해 이야기하던 날, 나는 랜디를 언급했었다. 그를 범인으로 몰고 싶지는 않았지만 분명 짚고 넘어가야 할 부분이 있었다. 랜디가 이 건물의 모든 집 열쇠를 가지고 있다는 사실과 보니가 그를 소름 끼치게 싫어했다는 점. 하지만 제이크는 랜디가 용의선상에서 제외되었다고 말했다.

'확인해 봤는데, 랜디 먼시 씨는 알리바이가 있어. 어제 밤새도록 여자 친구와 함께 있었대.'

하지만 그날 밤 그레천은 랜디와 함께 있지 않았다. 박물관에서 전시회 준비를 하느라 밤을 꼬박 새웠다고 했으니까.

이럴 수가.

나는 곧장 그레천에게 전화를 걸었다. 신호음이 몇 번 울린 뒤 그녀가 전화를 받았다.

"시드니, 무슨 일이야?"

"솔직히 말해. 보니가 살해당하던 날 밤, 너 어디에 있었어?"

핸드폰 너머에서 긴 침묵이 이어졌다. "뜬금없이 무슨 소리야?"

"아까 네가 그랬잖아. 전시회 전날 박물관에서 밤을 꼴딱 새웠다고. 근데 경찰한테는 그날 밤새도록 랜디와 같이 있었다고 진술한 거 아냐? 대체 뭐가 맞는 거야?"

다시 정적이 흘렀다. "내가 착각했나 봐. 전시회 전날 밤엔 집에 있었어. 박물관에서 밤새운 건 그 전날이었을 거야."

"그레천."

"진짜라니까!"

나는 이를 악물었다. "거짓말 마. 네가 무슨 말을 했는지 내 귀로 똑똑히 들었어. 그리고 전시회 하루 전날 무슨 일이 있었는지도 잘 알고 있지."

"시드니…"

"사실대로 말해."

그레천의 목소리가 가늘게 떨렸다. "그래, 네 말이 맞아. 그날 밤 박물관에 있었고, 경찰한테 거짓말했어. 됐니?"

"세상에! 대체 왜 그런 거야?"

"그럼 어떡해!" 그레천이 울먹였다. "시드니, 랜디가 그런 거 아니야. 그런 짓을 할 사람이 못돼. 하지만 경찰의 의심을 피하려면 알리바이가 필요했어. 건물 관리인이라 아파트 열쇠를 다 가지고 있잖아. 그리고…"

"그리고 뭐?"

그레천이 또 말이 없었다.

"그레천, 뭐냐니깐?"

그레천이 조심스레 입을 뗐다. "그게 좀 안 좋게 들릴 수 있는

데…."

나는 인상을 썼다. "뭐가?"

"몇 년 전에, 그러니까 나랑 만나기도 훨씬 전에 랜디가 스토킹으로 고소당한 적이 있어."

놀라서 입이 떡 벌어졌다. "진짜야?"

"폭행 혐의도 하나 있는데, 그건 랜디가 억울하게 뒤집어쓴 거야! 랜디는 아무 잘못도 안 했어! 어쨌든 전과가 있으니까, 알리바이가 있는 편이 좋겠다고 생각했어."

"그레천, 설마 랜디가 거짓말하라고 시켰어?"

"아니!" 그레천이 울부짖었다. "랜디가 먼저 말을 꺼내긴 했지만 내가 원해서 한 거야! 랜디가 억지로 시킨 거 아니야!"

갈수록 가관이네. "그레천, 경찰에 사실대로 말해."

"안 돼. 제발 부탁이야, 시드니." 애써 울음을 참던 그레천이 대성통곡하기 시작했다. "랜디는 살인을 저지를 사람이 아냐. 설마 랜디가 보니한테 그런 끔찍한 짓을 저질렀다고 생각하는 건 아니지?"

"글쎄, 잘 모르겠어."

"아니라고 대체 몇 번을 말해!" 그레천이 오열했다. "시드니, 내가 사랑하는 사람이야. 살면서 이렇게까지 좋아한 사람은 랜디가 처음이야. 그 사람이랑 평생을 함께하고 싶단 말이야."

그레천이 랜디와 결혼한다는 상상만으로도 속이 뒤틀렸다. 랜디를 알고 지낸 지도 벌써 2년이었다. 조금 별나기는 해도 보니에게 끔찍한 짓을 저지를 사람은 아니었다. 무엇보다 그레천은 그를 진심으로 사랑하고 있었다. 그런데도 랜디만 생각하면 꺼림칙한 느낌을 지울 수가 없었다.

나는 아랫입술을 깨물며 갈등했다. 보니의 사건은 미궁에 빠진 상태고, 지금 내 핸드폰에는 제이크의 번호가 있다. 지금 당장 그에게 전화해 그레천의 거짓말을 폭로해야 할까? 하지만 랜디가 범인이 아니라면 친구의 신뢰를 저버리고 인생을 짓밟는 것은 물론이거니와, 랜디의 평판과 직장까지 잃게 만들지도 모른다. 보니의 범인을 찾는 데 도움이 안 된다면 굳이 알릴 필요는 없었다.

게다가 제이크는 다른 두 사건 현장에서 신원불명의 지문이 나왔다고 했다. 랜디에게 전과가 있다면 그의 지문이 기록에 남아 있을 터였다. 그러니 랜디는 범인이 아니다.

아니, 아니어야만 했다.

"시드니." 그레천이 코를 훌쩍였다. "경찰에 신고할 거야?"

"아니."

"진짜? 고마워!" 눈물이 그렁그렁한 채 작은 코가 새빨개졌을 그레천의 모습이 눈에 그려졌다. "넌 진짜 좋은 친구야. 나중에 랜디랑 결혼할 때 네가 꼭 들러리 서줘야 해!"

하, 그냥 지금 확 신고해 버릴까 보다. 그러면 들러리 서는 일도 없을 텐데.

그레천은 그 후로도 한참 동안 내게 얼마나 고마운지, 랜디를 만난 게 얼마나 행운인지 횡설수설 떠들어댔다. 그녀의 말을 묵묵히 듣는 와중에도 내 머릿속에는 한 가지 생각뿐이었다. 지금 내가 끔찍한 실수를 저지르고 있는 건 아닐까.

45

과거
톰

이틀간 정크 푸드와 탄산음료만 먹다가 엄마의 저녁상을 마주하자 눈물겹도록 반가웠다. 나와 달리 민달팽이는 평생 정크 푸드만 먹고 살래도 좋다고 할 녀석이었다. 녀석의 피부가 늘 엉망인 걸 보면 실제로 그런 것 같기도 하다.

식탁에 마주 앉아 따끈한 치킨 라이스를 먹는 동안, 엄마는 이모부가 받은 수술 이야기를 늘어놓았다. 평소 같으면 아주 흥미롭게 경청했을 테지만 지금은 그럴 기분이 아니었다. 그래도 엄마의 성의를 봐서 듣는 척은 했다. 적당한 대목에서 고개를 끄덕이고, 이모부가 무사히 퇴원했다는 말에는 억지로 미소까지 지어 보였다. 하지만 엄마의 이야기는 한 귀로 듣고 한 귀로 흘릴 뿐이었다.

"데이지는 좀 어떠니?" 이모부 이야기를 끝낸 엄마가 물었다.

"데이지가 왜?"

"앨리슨이랑 무척 친했잖니."

"그랬지."

"상심이 아주 크겠구나."

나라고 알겠는가. 데이지에게 몇 번이나 전화했지만 그때마다 음성 사서함으로 연결될 뿐이었다. 서장이 나와의 접촉을 막고 있다는 사실을 엄마에게 말할 수는 없었다. 그랬다가는 그 이유까지 설명해야 할 테니까.

"톰." 엄마의 목소리가 사뭇 진지했다. "아무래도 내 생각엔—"

엄마가 또 어떤 섬뜩한 말을 꺼내려나 걱정하던 찰나, 초인종이 울렸다. 엄마가 현관문 쪽으로 고개를 홱 돌렸다. "아빠 열쇠 안 가져갔니?"

문밖에 서 있는 사람이 아빠일 리는 없었다. "잘 모르겠는데."

엄마가 냅킨으로 입가를 닦고 현관으로 향했다. 나도 자리에서 일어나 조용히 뒤를 따랐다. 누구일까? 설마 경찰인가? 다행히 문 앞에는 대머리에 올챙이배를 한 중년 남자가 서 있었다. 그는 무언가를 건네며 엄마와 작은 목소리로 대화를 주고받았다.

누구지?

현관문을 닫고 돌아선 엄마가 나를 보고는 화들짝 놀랐다. "어머, 톰. 거기 있는 줄 몰랐네."

그제야 엄마의 손에 들린 물건이 눈에 들어왔다. 핸드폰이었다.

"오툴스에서 일하는 바텐더인데, 네 아빠가 술집에 핸드폰을 두고 갔다네." 엄마가 잠시 말을 끊었다 덧붙였다. "이틀 전 밤에."

순간 말문이 턱 막혔다. "아…"

"아빠가 핸드폰 잃어버렸단 말은 안 하든?"

나는 고개를 설레설레 흔들었다. "그런 말은 못 들었는데."

엄마가 현관을 돌아보더니 다시 나를 빤히 쳐다보았다. "바텐더 말로는 그날 이후 아빠가 한 번도 안 들렀다더구나. 철물점에 출근도 안 하고. 이 양반이 대체 어디로 갔다니?"

입안이 바짝 말랐다. 나는 스스로를 다독였다. 엄마는 아빠한 테 무슨 일이 생겼다고 의심만 하고 있을 뿐, 내가 아빠를 죽인 것까지는 모른다. 물론 내가 부지깽이로 아빠를 위협하는 모습을 본 적이 있기는 하지만.

그때였다. 엄마가 갑자기 바닥을 뚫어지게 쳐다보았다. 머리를 굴리는 소리가 내 귀에까지 들리는 듯했다. 제발 이쯤 하고 저녁 식사나 마저 즐겼으면 좋으련만.

"톰, 여기 있던 카펫 내놓은 게 언제랬지?"

또 빌어먹을 카펫 타령이었다. 아빠가 거실까지 기어가도록 내버려두는 게 아니었다. 부엌에서 바로 멱을 따버려야 했다. 그랬다면 이런 대화를 나눌 일도 없었을 텐데.

"이틀 전에."

"그럼 화요일이네?"

"그렇지."

엄마의 미간이 좁혀졌다. "쓰레기 수거일은 월요일 아니니? 카펫을 벌써 가져갔을 리가 없을 텐데?"

정곡을 찔렀다. 무어라 대답해야 할지 몰라 입만 벙긋거렸다. 카펫이 사라진 이유를 설명할 길이 없었다. 이미 쓰레기차가 수거해 갔다고 둘러댄 터라, 내가 쓰레기 매립지까지 가서 버리고 왔다고 말을 바꿀 수도 없었다. 그렇다고 진실을 고할 수도 없는 노릇이었다.

엄마가 턱을 치켜들고 나를 올려다보았다. 지난 2년 새 내가 엄마보다 키가 훨씬 커졌다는 사실이 여전히 낯설었다. 내 시선은 어김없이 엄마의 가느다란 목으로 향했다. 팔딱팔딱 뛰는 경동맥이 선명하게 보였다.

"톰?" 엄마가 부드럽게 나를 불렀다.

대답할 말을 찾지 못해 식은땀이 흐를 때쯤 마침 초인종이 다시 울렸다. 안도감에 어깨가 스르르 풀렸다. 바텐더가 다른 용건이 있어 다시 찾아온 걸까? 덕분에 변명을 구상할 시간을 벌었다.

하지만 안도감도 잠시, 현관 앞에 서 있는 사람을 확인한 순간 심장이 쿵 내려앉았다.

드리스컬 서장이었다.

46

과거

톰

경찰서장이 현관 앞에 서 있었다.

집까지 직접 찾아오다니. 학교 교장실로 불려 갔을 때와는 차원이 다른 공포가 엄습했다. 우리 집에 왜 온 걸까? 앨리슨 때문인가?

"늦은 시간에 죄송합니다." 드리스컬 서장은 오늘 아침과 똑같은 옷차림에 파란색 블레이저를 걸치고 있었다. "톰이랑 잠깐 이야기 좀 나눌 수 있을까요?"

조금 전까지 나를 몰아세우던 엄마가 나를 비호하듯 앞을 막아섰다. "무슨 일이죠?"

서장이 입술을 굳게 다물었다. 엄마의 적대적인 태도에 적잖이 당황한 기색이었다. "앨리슨 댄징어에 대해 몇 가지 물어볼 게 있습니다."

엄마가 문 앞에 떡하니 버티고 선 채 잠시 생각에 잠겼다. "그걸 왜 톰한테 물어보죠?"

"앨리슨은 잔인하게 살해당했습니다." 서장의 목소리가 무겁게 가라앉았다. "그 아이와 친분이 있었던 사람들을 모두 탐문하는 중입니다. 범인을 잡아서 법의 심판을 받게 해야 하니까요."

끝까지 버틸 줄 알았던 엄마가 옆으로 비켜섰다. 나는 본능적으로 뒷걸음질 쳤다.

"들어오세요."

엄마를 따라 거실로 들어서며 스스로를 다독였다. '이미 학교에서 조사를 받았다. 그는 아무것도 모른다. 알았다면 벌써 수갑을 채웠겠지. 나를 겁주려는 수작일 뿐이다.'

내가 소파에 앉자, 엄마는 나를 지키듯 내 옆에 바짝 붙어 앉았다. 서장은 맞은편에 놓인 아빠의 안락의자에 자리를 잡았다. 교장실에서 봤을 때보다 표정이 한층 더 침울해 보였다. 하기야 그때는 앨리슨이 살아 있으리라는 희망이 있었으니까.

앨리슨에게 더 이상 희망은 없다. 남은 일은 범인을 잡아 처벌하는 것뿐이다.

"톰." 서장의 미간에 주름이 잡혔다. "앨리슨 소식은 데이지한테 들어 알고 있겠지?"

"네." 그래 봐야 다 뉴스에 공개된 내용뿐이었다.

"다른 학생들 말로는 네가 앨리슨이랑 사이가 좋지 않았다던데. 데이지가 너랑 사귀는 걸 앨리슨이 반대했다면서?"

옆에 앉은 엄마의 몸이 빳빳하게 굳었다. 나는 평정심을 유지하려 애썼다. "그래도 나름 잘 지냈어요."

서장이 목을 가다듬었다. "그저께 저녁엔 집에 있었다고 했지?"

"네, 밤새도록 집에만 있었어요."

"아버지도 같이 계셨고?"

"네."

270

서장이 계단 쪽으로 시선을 던졌다. "혹시 지금 아버님이 댁에 계신가? 잠깐 이야기를 나눴으면 하는데."

"애 아빠는 지금 집에 없어요." 엄마가 대신 나서서 답했다. "들어오는 대로 연락드리라고 할게요."

"어디 가셨습니까?"

"아직 퇴근 전이에요."

망설임 없는 엄마의 대답에 서장이 고개를 끄덕였다. 엄마의 말을 곧이곧대로 믿는 눈치였다. 엄마는 왜 거짓말을 한 걸까? 출근하지 않았다는 걸 뻔히 알고 있으면서.

"그럼 최대한 빨리 연락 달라고 전해주십시오."

"네, 그러죠." 엄마가 인상을 찌푸렸다. "그런데 어떻게 톰이 이 사건에 연루됐다고 생각하실 수가 있죠? 어릴 때부터 봐와서 톰이 어떤 앤지 잘 아시잖아요. 우리 아들이 정말 앨리슨을 해쳤다고 생각하세요?"

나는 서장이 그저 형식적인 절차일 뿐이라며 엄마의 말에 동의해 주기를 바랐다. 하지만 그의 굳은 표정은 풀릴 기미가 없었다. "솔직히 말씀드리죠. 같은 반 학생들 몇 명과 이야기를 나눠 봤는데 톰에게 미심쩍은 부분들이 있더군요."

이건 또 무슨 청천벽력 같은 소리람? 누가 대체 뭐라고 떠들었길래?

"미심쩍은 부분이라니, 무슨 말씀이세요?" 엄마가 날카롭게 쏘아붙였다.

"몇 가지 소문이 떠돌았던 모양이더군요." 서장이 손으로 무릎을 문지르며 말을 이었다. "톰과 앨리슨 그리고 브랜디에 관한 소문이요."

이럴 수가. 서장이 나와 브랜디에 대해 알고 있다. 내가 브랜디를 죽였다고 의심하는 게 분명했다.

"남편분 돌아오시거든 세 분이 같이 경찰서로 나오시죠. 그때 자세히 말씀드리겠습니다. 어차피 진술서도 받아야 하니까요."

경찰서에 출두하라니 덜컥 겁이 났다.

"애 아빠가 피곤해할 거예요." 엄마가 굳은 목소리로 답했다.

"그럼 내일 아침에 뵙는 걸로 하죠."

"아니, 도무지 이해가 안 가네요. 우리 아들을 왜 의심하는 거죠? 톰이 착한 아이라는 거 서장님도 잘 아시잖아요. 안 그랬으면 딸이랑 사귀게 놔두지도 않았을 거 아니에요?"

"네, 절대 못 만나게 했을 겁니다."

그제야 나는 비로소 깨달았다. 서장은 이제 내가 데이지 근처에 얼씬도 못 하게 할 것이다. 운 좋게 감옥행을 면하더라도 데이지와는 끝이었다. 그녀를 만날 일도, 같은 대학에 진학해 결혼하는 일도 없을 것이다.

하지만 지금 당장은 그런 걸 따질 겨를조차 없었다. 그저 서장이 우리 집에서 빨리 나가주기만을 바랄 뿐이었다.

마침내 서장이 바지를 툴툴 털며 안락의자에서 일어났다. 현관을 향해 몸을 돌리던 그가 갑자기 우뚝 멈추어 섰다.

"어? 저게 뭐죠?"

나는 그의 시선을 따라 소파 옆면을 바라보았다. 순간 숨이 턱 막혔다.

말라붙은 핏자국이었다.

깨끗이 닦아낸 줄 알았는데 아니었던 모양이었다. 사방이 피바다였으니 그럴 만도 했다. 집 안 어딘가에 내가 놓친 혈흔이 더 있을지도 몰랐다. 내가 아빠의 목을 그었던 곳에서 꽤 떨어진 소파에까지 튄 걸 보면, 경정맥뿐만 아니라 경동맥까지 건드린 게 분명했다. 동맥혈이 뿜어져 나오는 압력은 실로 어마어마하다.

물론 드리스컬 서장이 그 사실을 알 리 없었다. 그의 눈에는 황갈색 천 위에 묻은 적갈색 얼룩으로 보일 뿐일 테니까. 하지만 엄마의 얼굴은 종잇장처럼 하얗게 질렸다.

"물감이에요." 엄마가 마침내 입을 뗐다.

"물감이요?" 서장의 한쪽 눈썹이 비죽 올라갔다. "물감치고는 색깔이 참 묘하군요."

"미술 과제를 하던 중이었거든요." 그러고는 엄마가 나를 쳐다보며 덧붙였다. "톰의 학교 과제요."

"그렇군요." 서장이 고개를 천천히 끄덕였다. "혹시 소파에 묻은 물감 좀 채취해도 되겠습니까?"

"그건 좀 곤란하겠는데요." 엄마가 고개를 빳빳하게 치켜들었다. "톰이랑 같이 저녁 먹는 중이라 시간을 더 내어드리긴 힘들 것 같네요. 소파에 묻은 물감 따위가 뭐가 대수라고 샘플 채취까지 하나요?"

"잠깐이면 됩니다. 차에 가서 키트만 가져오면 돼요."

엄마가 눈을 가늘게 뜨고 그를 노려보았다. "그러려면 수색 영장이 있어야 하는 거 아닌가요?"

드리스컬 서장은 엄마의 말을 곱씹듯 잠시 침묵했다. 이내 주머니에 두 손을 찔러넣었다. "그럼 영장 받아서 다시 오죠."

엄마는 그를 내쫓다시피 현관 밖으로 내보냈다. 문이 잠기는 소리가 들리고 나서야 나는 참았던 숨을 몰아쉬었다. 문에 기대선 엄마의 어깨가 가늘게 떨렸다.

"엄마?"

엄마는 카펫이 깔려 있던 바닥을 멍하니 내려다보았다. "네 방으로 가렴, 톰."

"하지만—"

"네 방으로 가래도." 엄마가 고개를 들어 나를 보았다. "지금은 혼자 있고 싶구나."

나는 엄마가 시키는 대로 했다. 위층 내 방으로 올라가 문을 닫았다. 그리고 30분쯤 후 화장실에 가려고 거실로 내려왔을 때였다. 엄마가 바닥에 웅크린 채 소파 아래쪽을 미친 듯이 문질러 닦고 있었다.

47

현재
시드니

다음 날 아침, 신규 고객과 줌 미팅이 잡혀 있었다.

아직 연말 정산 시즌은 아니지만 미리 상담을 요청하는 사람들이 더러 있었다. 오늘 만날 고객은 오슨 핀리. 몇 분 후면 미팅을 시작해야 하는데, 몸이 천근만근이었다. 어젯밤 잠을 설친 탓에 눈 밑은 퀭했고, 왼쪽 관자놀이가 지끈거렸다. 상태가 엉망이었지만 미팅 직전에 약속을 취소하는 건 전문가답지 못한 처사였다.

랜디의 거짓 알리바이를 함구한 게 잘한 일인지 여전히 확신이 서지 않았다. 하지만 랜디가 살인을 저지를 사람이 아니라는 생각에는 변함이 없었다.

뭐, 그가 범인이라 밝혀져도 그리 놀랄 것 같지는 같다. 알고 보니 우리 엄마가 연쇄 살인마였다, 이 정도는 되어야 놀랄 만하지.

사실 내가 침묵한 건 순전히 그레천 때문이었다. 그녀의 말대로 랜디에게 전과가 있다면, 작은 의심만으로도 그의 인생이 송두리째 망가질 것이다. 건물주는 그가 보니 사건에 연루되었다는 김새만 보여도 당장 그를 해고할 게 뻔했다. 게다가 엉뚱한 사람을 쫓느라 진범을 놓치기라도 하면 큰일 아닌가.

그때 핸드폰에서 미팅 알림이 울렸다. 컴퓨터 앞에 앉아 줌에 접속하기 전, 나는 카메라에 비친 내 모습을 마지막으로 점검했다. 컨실러로 눈그늘을 감쪽같이 가리고, 립스틱으로 얼굴에 생기를 더했다. 머리카락은 말을 듣지 않아 뒤로 넘겨 한데 묶어 버렸다. 그레천이 준 보니의 곱창 머리끈으로 머리를 묶으면서, 숭덩 잘려 나간 보니의 머리카락을 떠올리지 않으려 애썼다.

줌에 접속하자 화면 가득 얼굴 하나가 떴다. 파리한 얼굴에 헝클어진 꽁지머리. 그가 누군지 대번에 알아보았다.

"케빈? 이게 대체 무슨 짓이죠?"

화면 속 남자는 케빈이었다. 아니, 오슨 핀리인가? 그의 본명이 무엇이든 무슨 상관이랴. 이 인간 때문에 내 소중한 시간을 허비했다는 사실이 중요했다.

"이 방법밖엔 없었어요. 매번 나랑 마주칠 때마다 대화를 거부하니까." 그가 숨 가쁘게 말을 쏟아냈다.

"그래요. 그 정도면 눈치껏 물러났어야죠." 나는 종료 버튼으로 마우스 커서를 옮겼다. "다시는 안 봤으면 좋겠네요. 그럼 이만."

"잠깐만요!" 그가 화면 가까이 얼굴을 들이밀었다. 눈 밑에 짙게 깔린 다크서클이 훤히 보였다. "제발 나가지 마요! 시드니, 당신은 내 이상형이에요. 내가 만나는 여자마다 어머니께 소개해 주는 줄 아세요?"

제발 아니기를 바랐다. "케빈—"

"딱 한 번만 기회를 줘요. 제발 제 말 좀 들어줘요. 딱 1분이면 돼요."

"케빈…."

"딱 1분만. 부탁이에요."

나는 못 이기는 척 고개를 끄덕였다. 딱 1분만 참자. 하고 싶은 말을 다 쏟아내고 나면 내 인생에서 영원히 사라지겠지.

"그날 밤 무례하게 굴어서 미안해요. 원래는 안 그러는데, 그날은 시드니 씨도 저와 같은 마음이라고 착각해서 선을 넘고 말았어요. 저 자신이 굉장히 부끄럽습니다. 저희 어머니가 알았다면 분명 실망하셨을 거예요. 다 제 잘못입니다. 정말 미안해요."

이 남자에게 사과를 받게 될 줄은 꿈에도 몰랐다. 뜻밖의 모습에 살짝 감명받기까지 했다. "그렇게 말해 주니 고맙네요."

"그럼 한 번 더 기회를 주시는 건가요?"

사과는 고맙지만 나는 이미 사귀는 사람이 있다. 설령 없다 하더라도 나를 겁탈하려 했던 남자와 데이트할 생각은 추호도 없었다. 내가 다시 만나주리라 기대하다니 염치도 없지. "그럴 일은 없을 것 같아요."

그의 갈색 눈이 튀어나올 듯 커졌다. "제발, 딱 한 번만요. 부탁이에요. 내가 행복하게 해 줄게요."

"미안하지만 사양할게요." 차분하되 단호한 목소리로 내가 말했다.

그가 애원하며 매달렸다. "직접 만나서 얼굴 보며 얘기하고 싶단 말이에요. 이렇게 창문 너머로 말고요."

"방금 뭐라고 했어요?"

"얼굴 보며 얘기하고 싶다고요."

나는 이를 악물었다. "아뇨, 창문 어쩌고 한 말이요."

케빈이 놀란 토끼 눈을 했다. "무슨 창문이요?"

이런, 젠장.

나는 곧장 종료 버튼을 눌러 버렸다. 화면이 꺼지자마자 튕기듯 일어나 창가로 달려갔다. '이렇게 창문 너머로 말고요.' 설마 이 변태 자식이 나를 염탐하고 있었던 건가?

나는 경계 어린 눈으로 창밖을 내려다보았다. 고층인지라 행인들은 개미처럼 작았고 차들은 장난감 같아 보였다. 아무렴, 이렇게 높은 곳까지 보일 리가 없지.

그러다 시선을 돌려 주변 건물을 살폈다. 우리 집 안을 훤히 들여다볼 수 있는 건물이 두 채나 되었다. 건물에 달린 수백 개의 창문이 나를 감시하듯 바라보고 있었다.

순간 등골이 오싹해졌다.

제이크에게 전화해야 할까? 하지만 그는 나를 괴롭히는 놈을 겁주기 위해 공권력을 남용할 사람이 아니다. 접근 금지 명령을 신청하라는 원론적인 소리나 할 텐데, 그런 번거로운 일까지 자처하고 싶지는 않았다.

게다가 제이크와 통화했다가는 랜디의 알리바이가 가짜라고 말해 버릴 것 같았다.

나는 줄을 잡아당겨 블라인드를 끝까지 내렸다. 외부 세계와 타인의 시선이 완벽히 차단되고 나서야 안도의 한숨이 새어 나왔다.

그때 초인종이 울렸다. 나는 반사적으로 창가에서 멀찍이 떨어졌다. 심장이 터질 듯 요동쳤다. 아침 9시부터 누구지? 택배 기사일 리도 없는데.

고개를 돌려 컴퓨터 화면을 확인했다. 줌 미팅은 이미 종료된 상태였다. 하지만 케빈이 자기 집에서 접속한 게 아니었다면? 화면

배경이 흐릿해서 장소를 특정하기가 힘들었다.

설마 케빈이 문 앞까지 찾아온 걸까?

나는 책상으로 달려가 핸드폰을 낚아챘다. 겁먹을 필요 없다. 케빈이면 곧장 경찰에 신고하면 그만이다. 현관문이 튼튼하니 부수고 들어올 수도 없을 터였다. 게다가 보조 잠금장치까지 걸어두지 않았던가.

아, 내가 보조 잠금장치를 잠갔던가?

그때 초인종이 다시 울렸다. 아까보다 길고 집요했다. 누군지는 몰라도 안으로 들어오려고 안달 난 사람 같았다.

나는 현관문으로 내달았다. 심장이 마구 날뛰었다. 블라인드를 쳤는데도 뒤통수에서 따가운 시선이 느껴지는 듯했다. 문에 다다르자마자 깜짝 놀랐다. 보조 잠금장치가 풀려 있었다. 하필 이럴 때 멍청한 실수를 범하다니.

당황할 필요 없다. 일단 경찰에 신고한 다음, 그레천과 랜디를 부르면 된다. 오히려 잘된 일일지도 모른다. 케빈에 대해 아는 게 없어서 신고도 못 했는데, 현장에서 검거된다면 접근 금지 신청도 한결 수월해질 테니까.

나는 숨을 죽인 채 외시경을 들여다보았다.

랜디였다.

나는 잠금장치를 해제하고 문을 열었다. 티셔츠에 청바지, 낡은 운동화 차림의 랜디가 초조하게 문 앞을 서성이고 있었다. 제이크보다 조금 더 클 뿐인데 내 위로 거대한 나무 한 그루가 드리워진 듯한 위압감이 느껴졌다.

"시드니, 잠깐 얘기 좀 할 수 있어요?"

대답이 선뜻 나오지 않았다. 보니가 살해당하던 밤 랜디에게 알리바이가 없다는 사실이 번뜩 떠올랐다. 보니의 집에는 강제 침입 흔적이 없었고, 랜디에게는 그녀의 집 열쇠가 있었다. 하지만 그가 아침 댓바람부터 나를 죽이러 왔을 것 같지는 않았다. 죽일 생각이었으면 열쇠로 직접 따고 들어오면 되지, 뭐 하러 초인종을 누르겠는가.

"네, 들어오세요."

나는 옆으로 비켜서며 랜디를 안으로 들였다. 초조한 그를 보고 있자니 나까지 덩달아 불안해졌다. 대체 뭐 때문에 이렇게 긴장한 걸까?

"시드니, 보여줄 게 있어요." 랜디가 운을 뗐다. "아무한테도 말하면 안 돼요. 알았죠?"

"네."

랜디의 손이 청바지 주머니 안으로 들어갔다. 보니의 머리카락 같은 걸 꺼낸다면 나는 그 자리에서 졸도해 버릴 것이다. 깊은 주머니 속을 한참 뒤적인 끝에 마침내 그가 뭔가를 꺼내 들었다. 그 순간, 폐부에서 공기가 모조리 빠져나가는 기분이었다.

이럴 수가. 안 돼.

48

랜디의 손바닥 위에 놓인 물건을 본 순간, 욕지기가 치밀었다.

"어제 개미 사육장 보러 가던 길에 산 거예요."

랜디가 기대에 찬 얼굴로 파란 벨벳 상자를 열었다. 백금 반지에 박힌 조그마한 다이아몬드가 천장 조명을 받아 반짝였다.

속이 메스꺼웠다.

"환불 가능하대요." 내 반응을 살피던 랜디가 서둘러 덧붙였다. "그레천이 안 좋아할 것 같으면 다른 걸로 바꿀 수도 있고…"

그냥 환불하고 내 친구 인생에서 꺼지시지? "음…"

랜디의 표정이 시무룩해졌다. "다이아가 너무 작은가요?"

그의 말대로 다이아몬드는 정말 코딱지만 했다. 그래도 그레천은 분명 좋아할 것이다. 지금 문제는 보석 크기가 아니라 그 반지를 건네는 사람이었다. 랜디가 살인마라고 생각하지 않았지만, 그레천에게 어울리는 상대라고 생각하지도 않았다. 그레천은 훨씬 더 좋은 남자를 만날 수 있었다. 하지만 그에게 콩깍지가 씌어 발목이 잡힌 것이다.

"알이 좀 작긴 하네요."

랜디가 작디작은 보석을 못마땅하게 쳐다보았다. "저도 왕방울만 한 걸로 사 주고 싶었어요. 그런데 이것도 여섯 달 치 월급을 탈탈 털어 겨우 마련한 거예요. 이 이상은 무리예요."

"그 정도로 쪼들리는데 결혼은 어떻게 하려고요? 차라리 몇 년 더 기다렸다가 하는 게 낫지 않겠어요?"

그가 목덜미를 매만졌다. "하지만 너무 사랑하는걸요. 그레천을 놓치고 싶지 않아요. 검은 머리가 파뿌리 될 때까지 행복하게 해 주고 싶어요."

그의 가느스름한 눈이 둥그레졌다. 그 눈빛에서 진심이 느껴졌다. 랜디를 별로 좋아하지는 않지만 그레천을 사랑한다는 사실만큼은 명백했다. 그리고 그레천 역시 그를 몹시 사랑했다. 그런 두 사람을 갈라놓자니 내가 악당이 된 기분이었다.

"반지 주면 그레천이 좋아할 거예요."

마지못해 던진 한마디에 그의 얼굴이 금세 환해졌다.

"정말요?"

"그럼요."

"고마워요, 시드니." 랜디가 보석 상자를 탁 닫고는 주머니 깊숙이 쑤셔 넣었다. "청혼은 어떻게 하면 좋을까요? 한쪽 무릎을 꿇고 반지를 주면 되겠죠?"

나도 모르게 미소가 비어져 나왔다. "그럼요. 무릎은 무조건 꿇어야죠."

"할 말을 종이에 적어 가면 너무 없어 보일까요? 실수 없이 완벽하게 하고 싶거든요."

"어떻게 하든 그레천이 무조건 승낙할 테니 걱정 마요."

랜디가 나를 보며 활짝 웃었다. 그렇게 환히 웃는 모습은 처음 보는 듯했다. 그레천이 청혼을 받아 주는 순간에는 지금보다 훨씬 기뻐하겠지. 그레천이 아깝다는 생각은 변함없지만 랜디가 그녀를 진심으로 사랑한다는 사실은 부정할 수 없었다. 그레천도 그간 숱한 이별의 아픔을 견뎌냈으니 이제는 행복해질 차례였다.

그리고 그 순간 결심했다. 보니가 살해되던 날 밤, 랜디에게 알리바이가 없다는 사실을 누구에게도 발설하지 않겠다고.

49

핸드폰 사건 이후 우리 사이는 여전히 냉랭했다.

바로 다음 날 톰에게서 몇 차례 문자가 왔지만 답하지 않았다. 어머니에게 나를 소개해 주지 않은 그에게 서운하기도 했고, 케빈 일 때문에 마음이 싱숭생숭한 탓이었다.

그러다 톰이 직접 저녁을 차려주겠다는 솔깃한 제안을 해왔다. 촛불 조명 아래 분위기 있는 저녁 식사. 나는 못 이기는 척 그를 용서해 주기로 했다.

톰은 버는 수입에 비해 허름한 건물 5층에 살았다. 건물 입구에 경비원이 없는 건 우리 집과 같았지만, 톰네 집은 엘리베이터도 없었다. 힘겹게 계단을 오른 나는 가쁜 숨을 몰아쉬었다. 역시 요가는 유산소 운동이 아니었다. 나는 겨드랑이에 땀이 차지 않았는지 확인한 후 초인종을 눌렀다.

톰이 버선발로 뛰어나와 나를 와락 껴안고 키스를 퍼부었다. 아주 오랫동안.

"보고 싶어 죽을 뻔했어." 그가 내 귓가에 속삭였다.

"5층 집만 아니었어도 자주 왔을 거야. 계단 올라오다 심장마비

걸리겠어. 아직도 심장이 터질 것 같다고." 내가 가슴을 움켜쥐며
엄살을 부렸다.

"그거 알아?" 톰이 인체에 관한 잡지식을 뽐내는 그 특유의 들
뜬 목소리로 말을 받았다. "운동을 하면 근육 쪽 혈관이 확장돼서
혈류가 늘어나. 그럼 심장은 더 많은 피를 뿜어내야 하지. 혈압을
유지하기 위해 심장 박동이 빨라지는 거야."

"와, 정말 흥미롭군요. 브루어 의사 선생님."

톰이 웃음을 터뜨렸다. "어쨌든 이사하고 싶어도 못 해. 이 많은
가구를 1층까지 옮길 엄두가 안 나거든. 평생 여기서 살아야 할
걸."

만약 우리가 합치면 톰이 우리 집으로 들어오면 될 일이다. 아
니면 아예 새로운 집을 구하든지.

그런 생각을 하는 와중에도 나는 알고 있었다. 톰은 결코 나에
게 같이 살자는 말을 하지 않으리라는 것을.

"들어와."

톰이 내 손을 잡고 거실로 이끌었다. 식탁 위에는 정말 촛불이
타고 있었다. 수도꼭지에서 녹물이 나오는 집이라 생수병이 두 개
놓여 있었고, 두 사람 몫의 식기 사이로 갈색 종이봉투가 보였다.
"식기 전에 얼른 먹자."

"흠, 요리를 직접 하겠다고 들은 것 같은데."

그가 머쓱하게 고개를 끄덕였다. "알아. 원래 스파게티를 만들려
고 했는데 내가 요리에 젬병이더라고. 대신 맛집을 찾아내는 소질
하나는 기가 막히거든."

그럴싸한 변명이었다. "그랬구나. 가서 수저 가져올게."

은식기를 챙기러 부엌으로 들어갔을 때였다. 냉장고와 찬장 사이 틈새에서 무언가 움직였다. 나는 몸을 숙여 정체를 확인했다.

"으악! 톰! 이리 좀 와봐!"

내 비명을 들은 톰이 부엌으로 달려왔다. 그러고는 개수대 옆에서 움츠린 채 벌벌 떨고 있는 내 시선을 따라 고개를 돌렸다. 냉장고 옆 틈새에 작은 회색 쥐 한 마리가 갇혀 있었다. 세상에, 진짜 쥐를 다 보다니.

"오! 한 달 동안 날 괴롭히던 녀석이 드디어 잡혔네. 끈끈이에 아주 제대로 걸렸어."

나는 손으로 눈을 가렸다. "으, 징그러워! 꼴도 보기 싫어!"

"쥐 한 마리 가지고 유난은." 손가락 사이로 살짝 엿보니 톰이 나를 보며 능청스레 웃고 있었다. "내가 치울 테니까 나가 있어."

세상 반가운 소리였다. 나는 주방 바닥에서 버둥거리는 쥐를 뒤로하고 거실로 후다닥 뛰쳐나갔다.

식탁에 앉아 숨을 죽인 채 기다렸다. 주방에서 나는 요란한 소리를 들으며 제발 톰이 맨손으로 쥐를 만지지 않기를 기도했다. 그때 갑자기 쾅, 쾅 무거운 타격음이 연거푸 울렸다. 잠시 후 톰이 은식기를 손에 쥐고 나타났다. 설마 손은 씻었겠지?

"다 해결됐어."

태연스러운 목소리에 인상이 찌푸려졌다. 아까 들린 소리는 뭐였을까? "쥐는 어떻게 했어?"

"봉지에 넣어서 망치로 내리쳤지."

"뭐? 망치로?"

"어."

"살아 있는 생명한테 어떻게 그럴 수가 있어?"

톰이 어이없다는 듯 나를 보았다. "뭐야, 장난해? 조금 전까지 징그럽다고 난리 친 게 누군데. 내가 쥐를 처리하겠다고 했지, 구조해서 키우겠다고 했어?"

"그래도 잔인하게 죽일 필요까진 없었잖아."

"그럼 내가 어떻게 했어야 했는데?"

"밖에 풀어줄 수도 있었잖아!"

그가 나를 물끄러미 바라보았다. "끈끈이에 붙어 있는 거 못 봤어? 게다가 여긴 5층이야. 대체 어떻게 풀어주라는 거야?"

나는 애꿎은 손만 만지작거렸다. 살아 있는 생명체를 망치로 때려죽여 놓고도 대수롭지 않아 하는 그의 태도에 소름이 끼쳤다. "글쎄, 그건 나도 잘…."

"그럼 다음번에 또 쥐가 끈끈이에 걸리면 그땐 자기가 직접 밖에 풀어주면 되겠네." 그가 눈썹을 치켜세웠다. "그만하고 내가 주문한 저녁이나 맛있게 먹자."

그의 말도 일리가 있기는 했다. 하지만 끈끈이가 비인도적이라는 건 누구나 다 아는 사실이다. 쥐를 죽이지 않아도 되는 다른 덫을 놓으면 좋을 텐데. 나중에 비살생 포획틀이라도 하나 사다 줘야겠다고 마음먹었다.

나는 종이봉투 안에 든 음식을 꺼냈다. 내가 먹을 치킨 파르미지아나와 톰이 먹을 치킨 피카타, 바삭한 롤빵이 한가득 식탁 위에 놓였다. 톰의 맞은편에 자리를 잡고 앉자 천장 조명 아래 은식기가 번뜩였다. 접시 옆에 일반적인 스테이크용 나이프보다 훨씬 큰 칼이 놓여 있었다.

"세상에, 이렇게 큰 걸 어디에 쓰라는 거야?" 내가 칼을 집어 들며 물었다.

"치킨 썰어 먹어야 할 거 아냐."

나는 칼을 옆으로 돌려 보았다. "진짜 날카롭네. 우리 집 칼들은 무뎌서 빵도 제대로 안 잘리는데. 직접 간 거야?"

"아니." 톰이 제 앞에 놓인 칼을 집어 들었다. "사 놓고 잘 안 써서 날이 서 있는 거야."

날카로운 칼날을 마주하자 바짝 긴장되었다. 자칫 베이기라도 하면 피를 한 바가지 쏟을 터였다. 각별히 조심해야 했다.

음식을 먹으며 나는 줌에서 케빈을 만났던 일화를 톰에게 들려주었다. 최대한 가볍게 농담처럼 말했지만, 이야기를 마칠 때쯤 톰의 얼굴이 붉으락푸르락 달아올랐다. 진심으로 격노한 얼굴이었다.

"뭐 그런 미친놈이 다 있어!" 톰이 성난 소리를 냈다. "처음부터 경찰에 신고했어야 했어. 어쩐지 느낌이 싸하더라니." 톰이 주먹을 불끈 쥐었다. 케빈이 앞에 서 있었다면 냅다 주먹을 갈길 태세였다. "시드니, 그런 놈한테 왜 계속 당하고만 있는 거야?"

"신고하고 싶어도 못 해. 내가 아는 거라곤 싱크 앱에서 본 이름이랑 사진이 전부야. 그마저도 남의 사진을 도용한 거고."

"사람 찾을 방법이야 얼마든지 있어. 그놈이 무슨 범죄 전문가도 아닐 텐데."

"무슨 수로 찾는데?"

"사설탐정을 고용하면 되지. 아님 해킹 좀 한다는 고등학생만 불러도 네 줌 접속 기록 보고 그놈 주소쯤은 바로 찾아낼걸."

과연 케빈을 찾는 게 그의 말처럼 쉬울까? 어쨌든 케빈 이야기는 그만하고 싶었다. 말할수록 톰의 화만 더 돋우는 것 같았다.

"참, 며칠 전에 무슨 일이 있었는 줄 알아? 들으면 깜짝 놀랄걸."

"뭔데?"

손가락이 베이지 않게 주의하며 치킨을 한 점 썰었다. "그레천의 남자 친구가 곧 청혼할 거래! 우리 집으로 찾아와서 반지를 보여주고 갔어."

"그래? 잘됐네." 톰이 시큰둥하게 대꾸했다. 하기야 둘의 결혼에 그가 기뻐할 이유도 없었다. 그레천과 랜디를 만나는 것조차 거부했던 사람 아니던가.

나는 접시 위에 돌돌 말려있는 스파게티 면을 포크로 들었다가 놨다 했다. "두 사람 결혼식 때 같이 가자고 하면 싫다고 할 거지?"

"결혼식?" 톰의 눈이 휘둥그레졌다. "시드니, 아직 청혼도 안 했다며. 약혼에 결혼까지 못해도 2년은 걸릴 텐데. 그때 가서 얘기하자."

예상했던 반응이었지만 짜증이 치밀었다.

"지금 결혼식이 언제인지가 중요한 게 아니잖아." 나도 모르게 욱했다. "나랑 격식 있는 자리에 가거나 내 지인을 만나자는 얘기만 나오면 늘 정색하니까 그렇지."

"내가 언제—"

"늘 그랬어. 알면서 아닌 척하지 마. 그게 더 기분 나쁘니까."

톰의 시선이 제 앞에 놓인 접시 위로 떨어졌다. "기분 나쁘게 하려던 건 아니었어."

"알아."

"자기가 나에 대해 모르는 게 있어. 말해도 절대 이해하지 못할 거야."

"그래? 뭔지 한번 들어나 보자."

그가 포크로 접시 바닥을 긁었다. 어깨를 들썩이며 무어라 중얼거리는 듯했지만, 무슨 말인지는 알아들을 수 없었다.

"시드니, 나 자기 많이 좋아해. 진심으로."

"그게 끝이야?"

적막한 집 안 너머로 옆집 고양이가 밥을 달라고 보채는 소리가 들려왔다. 톰이 떨리는 손으로 머리칼을 쓸며 침묵을 깼다.

"알았어."

"뭘 알아?"

고개를 든 톰의 입가에 옅은 미소가 비쳤다. "결혼식이 언제든 같이 갈게."

그의 말대로 그레천의 결혼식은 아주 먼 미래의 일일지도 모른다. 하지만 같이 가주겠다는 말만으로도 기분이 좋았다. 우리도 둘만의 미래를 그려 보아도 되지 않을까, 하는 희망이 움텄다. 언젠가 함께 살 아파트를 구하러 다닐 날이 올 것만 같았다. 어쩌면 그가 정말 내 운명의 상대일지도 모른다는 생각이 들었다.

그 순간, 식탁 너머로 그와 눈이 마주쳤다. 어쩜 이리도 섹시할까.

그의 눈에 욕망이 타오르고 있었다. 뜨거운 눈빛에 정신이 혼미해질 지경이었다. 그는 이제 저녁 식사 따위에는 관심이 없어 보였다. 나 역시 마찬가지였다.

50

과거
톰

시간이 얼마나 흘렀을까. 엄마가 계단을 올라와 안방 문을 닫는 소리가 들렸다.

엄마는 지금 무슨 생각을 하고 있을까? 소파에 묻은 얼룩이 혈흔이라는 걸 엄마도 알고 있었다. 카펫의 행방을 더는 캐묻지 않는 걸 보면, 아빠가 집으로 돌아오지 않으리라는 사실도 직감한 것 같았다.

무엇보다 내가 방으로 올라오기 전, 나를 바라보던 엄마의 눈빛이 뇌리에서 떠나지 않았다.

엄마는 내가 아빠에게 끔찍한 짓을 했다고 의심하고 있었다. 어쩌면 앨리슨과 브랜디를 죽인 범인도 나라고 생각할지 모른다.

그런데도 엄마는 왜 내가 남긴 핏자국을 대신 지워준 걸까? 나라면 당장 경찰서로 끌고 갔을 텐데.

밤 10시쯤, 나는 어둠이 드리운 거실로 살금살금 내려갔다. 전등 하나만 켠 채 소파 옆면을 살폈다. 엄마가 박박 문지른 덕에 옅어지긴 했지만 흔적은 여전히 선명했다. 섬유를 채취해 분석하면 물감이 아닌 혈흔임이 단번에 탄로 날 것이다.

그래도 앨리슨의 피는 아니니 다행이라 해야 할까.

그때 배에서 꼬르륵 소리가 났다. 저녁을 절반도 못 먹은 탓이었다. 허기만 느껴질 뿐 음식 생각은 없었다. 식욕을 거세당한 듯한 기분이었다.

머릿속은 온통 데이지뿐이었다.

마지막 통화에서 데이지는 나와 더는 연락할 수 없다고 했다. 드리스컬 서장이 핸드폰을 감시하고 있을 게 분명했다. 경찰서장이 나를 어떻게 생각하는지도 이제 명확해졌다. 하지만 이대로 포기할 수는 없었다. 평생 데이지만을 사랑했고 이제 겨우 마음을 얻었는데, 이렇게 허무하게 빼앗기자니 너무 억울했다.

지금 당장 데이지를 만나야 했다. 드리스컬 서장의 허락 따위는 필요 없었다.

나는 계단 위 안방 쪽을 살폈다. 엄마가 잠들었을 시각이었다. 지금 몰래 빠져나가면 눈치채지 못할 것이다.

서둘러 옷장에서 후드 티셔츠를 꺼내 걸쳤다. 열쇠와 핸드폰을 주머니에 쑤셔 넣고 뒷문으로 빠져나왔다.

데이지의 집은 우리 집에서 불과 몇 블록 떨어져 있었다. 발걸음을 재촉하며 후드를 뒤집어썼다. 허술한 변장이었지만 얼굴을 내놓는 것보다는 나았다. 경찰서장이 현장에 나갔거나 야근 중이기만을 빌었다.

데이지의 방은 집 뒤편 가장 구석진 곳에 있었다. 감시 카메라나 보안 장치는 없었다. 위험한 동네도 아닌 데다, 감히 경찰서장의 집에 침입할 만큼 간 큰 놈은 없을 테니까. 덕분에 나는 아무런 방해 없이 뒤뜰까지 들어갈 수 있었다. 고개를 들어 2층 창문을 살피자 알록달록한 글자로 '데이지'라고 써 붙인 창문이 보였다. 방 안에는 아직 불이 켜져 있었다.

어떻게든 그녀의 주의를 끌어야 했다.

나는 잔디밭에서 조약돌을 몇 개 집어 들었다. 유리는 깨지 않되 데이지가 들을 수 있도록 힘 조절이 필요했다. 속으로 셋을 세고 작은 돌멩이를 창문에 던졌다. 명중이었다.

하지만 방 안에서는 인기척이 없었다.

다시 한번 돌을 던졌고, 이번에도 정확히 창문에 맞았다. 잠시 후, 유리창 너머로 그림자가 어른거렸다. 창가에 나타난 데이지의 창백한 얼굴을 보는 순간, 숨이 턱 막혔다.

"데이지!" 내가 낮게 외쳤다. "할 말이 있어!"

그녀가 고개를 절레절레 흔들었다.

나는 두 손을 맞잡고 간절히 빌었다. '제발, 데이지. 부탁이야.'

마침내 데이지가 못 이기는 척 뒷문을 가리켰다. 문득 부모님에게 일러바쳐 나를 쫓아내려는 건 아닐까, 하고 의구심이 스쳤다. 그때, 다행히 뒷문이 빠끔히 열리며 데이지가 나타났다. 달빛 아래 그녀의 머리칼이 금빛으로 반짝였다.

"데이지."

나도 모르게 달려가 그녀를 와락 껴안았다. 순간 데이지의 몸이 돌처럼 굳었다. 나는 미간을 찌푸리며 그녀를 품에서 놓아주었다.

"데이지…."

나를 올려다보는 그녀의 눈에 눈물이 그렁그렁했다. "톰, 아빠가 너랑 이야기하지 말랬어."

"알아, 하지만—"

"아빠는 네가 앨리슨을 죽였다고 생각해." 데이지가 눈을 깜빡이자 오른쪽 눈에서 눈물이 한 방울 툭 떨어졌다. "브랜디도 네가 죽였다고 믿고 계셔. 너랑 민달팽이가 공범이라고 말이야."

나는 마른침을 삼켰다. 서장이 나를 브랜디의 남자 친구로 알고 유력한 용의자로 보고 있다는 건 이미 예상했다. 하지만 그 의심을 데이지에게까지 털어놓았을 줄이야.

"민달팽이가 브랜디를 창문으로 훔쳐보곤 했대. 그러다 들킨 적도 있다나 봐. 넌 알고 있었어?"

"아니."

"민달팽이가 훔쳐본 애가 브랜디 말고도 한둘이 아니래."

금시초문이었다. 서장이 왜 민달팽이를 다시 불러 조사했는지 이제야 이해가 갔다. 젠장, 녀석이 그런 짓을 하고 다닌 줄 알았다면 그날 밤 집으로 부르지 않았을 텐데.

판도라의 상자를 열어버린 기분이었다. 민달팽이가 이상한 놈이라는 건 알았지만 이 정도로 위험한 존재일 줄은 꿈에도 몰랐다.

"데이지, 설마 너도 날 의심하는 건 아니지?"

"나도 누구 말을 믿어야 할지 모르겠어!" 데이지가 손등으로 눈물을 훔쳤다. 그녀를 영영 잃을지도 모른다는 생각에 슬픔이 밀려왔다. "내가 말하지 않은 게 하나 더 있어."

또 있다고? 경찰서장에게 살인범으로 의심받는 것보다 더 나쁜 소식이 또 있다는 말인가?

"그게 뭔데?"

데이지가 목소리를 낮게 깔았다. "앨리슨이 실종되던 날 밤, 나한테 전화했었어."

심장이 덜컥 내려앉았다.

"너랑 민달팽이가 트렁크에 뭔가를 쑤셔 넣는 걸 봤는데 너무 수상했대. 겁에 잔뜩 질려서는 나더러 당장 너랑 헤어지라고 난리였어."

제길, 상황이 최악으로 치닫고 있었다.

"그날 민달팽이가 우리 집에 온 건 맞는데, 운동 기구를 빌리러 온 거였어. 수상할 일이 전혀 아니라고."

"네 손에 피가 묻어 있었다고 하던데?"

문득 앨리슨이 죽어서 천만다행이라는 생각이 들었다. 민달팽이의 말이 맞았다. 앨리슨은 골칫덩이였다.

"데이지." 나는 크게 심호흡했다. "우리 어릴 때부터 알았잖아. 난 너한테 절대 거짓말 안 해. 널 사랑하니까. 난 앨리슨을 해치지 않았어. 목숨 걸고 맹세할 수 있어."

그녀의 얼굴을 살피며 내 말을 믿는지 확인했다. 간절히 믿고 싶어 하는 눈치였다.

"데이지?"

그녀의 눈에서 눈물 한 방울 또르르 흘렀다. "내가 믿고 안 믿고는 중요치 않아. 우리 아빠는 네가 범인이라고 확신하고 있으니까."

"데이지—"

그때 2층에서 불이 켜졌다. 데이지의 몸이 얼어붙었다. "나 그만 들어가야겠다. 너랑 같이 있다가 들키면 아빠한테 죽어."

데이지를 이대로 보낼 수는 없었다. 그녀를 다시 볼 수 없을지도 모른다는 생각에 미칠 것만 같았다.

"이따 새벽에 잠깐 나올 수 있어?" 내가 절박하게 물었다. 데이지가 고개를 저으려는 찰나 내가 재빨리 덧붙였다. "제발, 데이지. 부탁이야."

데이지가 망설이다 입을 열었다. "알았어. 엄마 잠들면 몰래 나갈게. 새벽 1시에 메이플가 근처 '데어리 퀸' 뒤편에서 봐. 인적이 드문 곳이니까 사람들 눈에 안 띌 거야."

나를 만날 의향이 있다는 건 적어도 나를 살인자라고 생각하지 않는다는 뜻이었다.

나는 충동적으로 그녀를 끌어당겨 입을 맞추었다. 잠시 저항하던 데이지가 이내 내 품에 녹아들었다. 데이지와의 키스만큼 황홀한 게 세상에 또 있을까.

그때 그녀의 목에서 고동치는 경정맥이 느껴졌다. 규칙적인 박동에 홀린 듯이 손가락을 갖다 댔다. 순간, 칼에 베인 아빠의 목에서 피가 뿜어져 나오던 광경이 번뜩 떠올랐다.

데이지의 목에서 피가 쏟아진다면 어떤 모습일까.

입술을 떼자 내면의 목소리가 속삭였다. 인적이 드문 주차장에서 데이지와 단둘이 만나는 게 과연 좋은 생각이냐고, 나 자신을 믿을 수 있겠냐고. 어쩌면 앨리슨의 말이 맞았는지도 모른다. 데이지를 진심으로 아낀다면 놓아 주어야 했다.

하지만 그러기에는 너무 늦어 버렸다. 데이지가 집 안으로 들어간 후였으니까. 들키기 전에 서둘러 떠나야 했지만, 나는 멍하니 서서 닫힌 문을 바라보았다. 데이지와 키스하고 나면 늘 다리가 풀려서 마음을 추스를 시간이 필요했다.

이윽고 나는 최대한 은밀하고 빠르게 뒤뜰을 빠져나왔다. 데이지에게 온 신경을 빼앗긴 탓에 누군가가 나를 지켜보고 있다는 사실을 전혀 눈치채지 못했다.

그러다 그 사람과 정면으로 마주쳤다.

민달팽이였다.

51

현재

시드니

오늘 밤 우리는 유난히 격렬한 사랑을 나누었다. 톰은 평소와 달리 정사가 끝나자마자 샤워실로 향했다. "자기 덕분에 오늘 땀 좀 뺐네." 그 말에 그만 웃음이 터지고 말았다. "같이 씻을래?"

"아니, 손가락 까닥할 힘도 없어." 내가 장난스레 말하자 톰이 웃음을 터뜨렸다.

침대에 누워 톰이 욕실에서 노래를 흥얼대는 소리를 들었다. 베토벤인가? 온몸에서 여전히 짜릿한 여운이 느껴졌다. 톰이 평생 결혼식에 같이 가주지 않는다 해도 그와 헤어질 수는 없을 것 같았다. 황홀한 섹스가 너무나도 그리울 테니까.

그때 협탁 위에 놓인 내 핸드폰이 울렸다. 엄마였다. 내게 남자친구가 생긴 뒤로 엄마의 불안은 사그라드는 듯했지만, 톰과 헤어질지도 모른다는 내 말에 다시 고개를 든 참이었다. 내가 마흔까지 결혼하지 못하면 엄마는 정말 졸도해 버릴지도 모른다.

받지 말까 하다 마음을 다잡고 전화를 받았다.

"여보세요? 엄마, 나 지금 바빠."

"그래?" 엄마는 내 말을 제대로 이해하지 못한 듯했다. "남자 친구랑 같이 있니?"

"응."

"둘이 화해했어?"

"뭐, 잘 풀었어."

내 목소리에 묻어난 불안을 엄마도 감지했을 것이다. 앞날이 마냥 낙관적인 상황은 아니었다. 톰과 헤어지지는 않겠지만 가까운 시일 내에 결혼할 일도 없을 테니까. 내가 그에게 바랄 수 있는 최선은 그레천의 결혼식 하객으로 함께 가주는 것 정도였다.

"엊그제 성경 모임이 있었거든. 아브라함의 아내 사라 알지? 글쎄, 이삭을 낳을 때 사라 나이가 아흔이었다지 뭐니."

어안이 벙벙해진 나는 핸드폰만 멍하니 쳐다보았다. "나한테 그 얘길 왜 하는 거야?"

"그냥 언제든 희망은 있다는 거지."

엄마와 이딴 대화를 나눌 기분이 아니었다. "엄마, 다음에 통화해."

"얘, 예전에 너랑 같이 살던 키 크고 잘생긴 형사 있잖니? 제이크였나. 그 친구는 잘 지낸다니?"

순간 움찔했다. "뜬금없이 또 무슨 소리야? 그 사람이랑 헤어진 지가 언젠데."

"그냥 생각나서 물어봤어. 사람이 참 진국이었는데. 너를 무척 좋아하기도 했고."

"그만 끊을게, 엄마."

나는 일방적으로 전화를 끊어버렸다. 엄마의 난데없는 소리에 짜증이 확 치밀었다. 그 바람에 핸드폰을 협탁 위에 올려두려다 침대 틈 사이로 떨어뜨리고 말았다.

속에서 천불이 났다.

나는 침대에서 내려와 협탁 옆에 쭈그리고 앉았다. 틈새로 손을 넣자 차갑고 매끈한 감촉이 닿았다. 핸드폰이었다. 그런데 또 다른 것이 손끝에 걸렸다. 보드라운 벨벳 천의 촉감이었다.

뭐지?

두 물건을 한꺼번에 밖으로 끄집어냈다. 핸드폰과 함께 딸려 나온 물건을 확인한 순간, 놀라 까무러칠 뻔했다.

검은색 곱창 머리끈이었다.

톰의 침실에 곱창 머리끈이 대체 왜 있는 걸까?

여자들이 흔히 쓰는 물건이었다면 이 정도로 놀라지는 않았을 것이다. 톰이 수도승도 아니고, 현란한 잠자리 기술을 혼자 연마했을 리도 없으니까. 하지만 곱창 머리끈은 얘기가 달랐다. 요즘 세상에 곱창 머리끈을 하고 다니는 여자가 과연 있기나 할까?

보니밖에 없으리라 장담한다.

톰이 보니의 남자 친구일 가능성은 희박하다고만 여겨왔다. 하지만 머리끈을 내려다보는 순간, 내가 너무 안일했음을 깨달았다. 그제야 모든 조각이 맞춰졌다.

애당초 우리의 첫 만남부터 우연이 아니었을지도 모른다. 보니의 남자 친구가 그녀를 집까지 바래다준 직후, 나는 불과 세 블록 떨어진 곳에서 톰을 만났다. 직업도 의사로 똑같았다. 보니의 살인 사건 이야기를 했을 때 그는 기묘한 반응을 보였다. 나를 처음 만났을 때 일부러 가짜 이름을 댄 것 같다는 의혹까지 더하면.

어쩌면 눈앞에 놓인 진실을 애써 외면해 왔는지도 모른다. 톰의 뛰어난 외모에 눈이 멀어서였을까. 아니면 아흔이 되기 전에 결혼해 아이를 낳아야 한다는 조바심 때문이었을까.

아니, 그럴 리 없다. 톰은 살인을 저지를 사람이 아니다. 차라리 랜디가 살인자라는 편이 더 그럴싸했다. 톰은 좋은 사람이다.

과연 정말 그럴까?

나는 방 한가운데 서서 핸드폰 화면을 내려다보았다. 즐겨찾기 목록을 열자 정중앙에 톰의 이름이 보였다. 나도 모르게 그의 이름을 눌렀다.

곧이어 핸드폰 벨 소리가 들려왔다. 하지만 서랍장 위에 놓인 그의 핸드폰에서 나는 소리가 아니었다. 서랍 안 깊숙한 곳에서 아스라이 울리고 있었다.

나는 서랍장으로 다가갔다. 톰이 욕실에서 모차르트를 열창하는 소리를 뒤로한 채 서랍들을 뒤지기 시작했다. 첫 번째 서랍에는 잘 개켜진 티셔츠가, 두 번째 서랍에는 바지들이 가지런히 들어 있었다. 속옷이 가득한 세 번째 서랍을 여는 순간 벨 소리가 한층 선명해졌다.

찾았다.

나는 서랍 안을 닥치는 대로 헤집었다. 이내 맨 아래쪽에 숨겨진 핸드폰을 찾아냈다. 화면에서 알파벳 'S'가 연신 깜빡댔다.

잠시 후 전화는 음성 사서함으로 넘어갔다. 나는 조심스레 핸드폰을 꺼내 살펴보았다. 친구나 가족들과 연락하는 개인용 핸드폰이 아니었다. 대포폰이 분명했다. 톰은 지금까지 나와 대포폰으로 연락해 왔던 것이다. 통화 목록과 문자 함을 훑었다. 모두 나와 한 기록뿐이었다. 이 핸드폰은 오로지 나와 연락하기 위해 존재하는 물건이었다.

이게 대체 무슨 상황이지?

욕실을 힐끗 살폈다. 물소리가 여전히 우렁찼다. 톰은 샤워를 오래 하는 편이었다. 남은 시간은 5분 남짓. 단 1초도 허투루 써서는 안 되었다. 나는 대포폰을 제자리에 넣고 서랍을 닫았다. 톰에게 빌려 입은 헐렁한 티셔츠 하나만 걸친 채 거실로 달려 나갔다. 식탁에는 저녁 식사의 흔적과 침실로 향하기 전 톰이 꺼버린 촛불의 잔향이 남아 있었다. 나는 식탁 위를 내려다보았다. 식기에서 지문을 채취할 수 있을까?

그때 톰이 마시던 생수병이 눈에 들어왔다.

저거다!

지문이 훼손되지 않게 주의하며 엄지와 검지로 생수병을 집어 들었다. 거실 탁자로 달려가 가방 안에 조심스레 집어넣었다. 지퍼를 잠그려는 찰나, 등 뒤에서 목소리가 울려 퍼졌다.

"시드니, 지금 뭐 하는 거야?"

52

내 생각이 짧았다.

생수병 따위는 잊고 가방만 챙겨 곧장 달아났어야 했다. 속옷 위에 티셔츠만 달랑 걸쳤을지언정 기회가 있었을 때 도망쳤어야 했다. 여자라면 절대 하지 말아야 할 어리석은 실수를 범하고 말았다.

불과 몇 발짝 떨어진 곳에 톰이 서 있었다. 러닝셔츠에 사각팬티 차림이었다. 갓 샤워를 마친 그의 검은 머리카락이 물기로 반짝였고, 심연 같은 눈동자가 나를 응시했다.

"응?"

"지금 거기서 뭐 하는 거냐고."

"핸드폰 좀 찾느라고." 나는 가방을 내려다보며 억지 미소를 지었다.

"침실에 있는 걸 왜 거기서 찾지?"

그의 말이 맞다. 내 핸드폰은 서랍장 위에 있다. 핸드폰부터 챙겼더라면 지금 당장 경찰에 신고할 수 있었을 텐데.

나는 억지로 웃음을 짜냈다. 목이 졸린 듯한 기괴한 소리가 새어 나왔다.

"그래? 왜 내 눈엔 안 보였지? 가서 가져와야겠다."

톰의 눈이 가느다래졌다. "갑자기 왜 그래?"

최대한 자연스럽게 행동해야 했다. 내가 그의 범행을 알아챘다는 걸 들켜서는 안 되었다. 그가 눈치채는 순간 나도 보니와 같은 신세가 될 것이다. 어쩌면 보니도 같은 이유로 살해당했는지도 모른다.

"뭐가?"

톰은 아무 말이 없었다. 그저 나를 뚫어지게 쳐다볼 뿐이었다.

"실은… 몸이 좀 안 좋아서 그래."

"어디가?"

나는 십중팔구 먹히는 핑계를 꺼냈다. "방금 생리가 터졌거든."

하지만 의사인 그는 전혀 당황하지 않았다. "진통제 줄까?"

나는 자궁 근처 아랫배를 문질렀다. "그냥 집에 가서 쉬면 괜찮아질 거야."

톰이 또 침묵했다. 마치 영화에서 악당이 거짓말한 주인공을 살려둘지 고민하는 순간 같았다. 머리를 굴리는 소리가 내 귀에까지 들리는 듯했다. 톰은 똑똑한 남자다. 곧 알아챌 것이다.

그때 섬뜩한 생각이 뇌리를 스쳤다.

곱창 머리끈이 어디에 있더라?

핸드폰과 같이 서랍장 위에 올려두었다면 나는 죽은 목숨이다. 내가 죽은 여자의 물건을 발견했다는 걸 그가 알아채는 순간, 나는 이 집에서 한 발짝도 나가지 못할 것이다.

머리끈을 어디에 두었는지 생각해 내야만 했다.

"늦었으니까 자고 가. 한밤중에 어딜 간다고 그래?"

나는 아랫배를 어루만지며 재차 호소했다. "내 침대에서 자야 마음이 편할 것 같아."

"그럼 내 침대 혼자 써. 난 소파에서 자면 되니까."

내가 헛기침을 했다. "아냐, 집에 가는 게 나을 것 같아."

별안간 그의 시선이 내 가방으로 떨어졌다. 그가 가방 안을 확인하자고 하면 큰일이었다. 빈 생수병을 왜 챙겼는지 설명할 길이 없었다. 궁색한 변명을 늘어놔 봤자 통할 리 없었다.

결국 관건은 머리끈이었다. 톰이 머리끈을 봤다면 나는 죽은 목숨이고, 아직 못 봤다면 살아서 나갈 수도 있다.

심장이 마구 뛰었다. 쿵쾅대는 소리가 그에게까지 들릴까 봐 겁이 났다. 숨 막히는 대치

끝에 마침내 그가 옆으로 비켜섰다.

"그래 그럼. 내가 택시 불러 줄게."

나를 순순히 보내주다니. 하늘이 도운 게 분명했다.

침실로 향하는 내 뒤를 톰이 바짝 쫓아왔다. 공포가 심장을 옥죄어 왔다. 머리끈이 침대 위에 떡하니 놓여 있으면 어떡하지? 뒤를 돌아보는 순간 톰이 도살용 칼을 들고 달려든다면?

다행히 침대 위에는 아무것도 없었다. 대체 머리끈이 어디로 간 거지?

그때였다. 협탁 옆 카펫 위에 떨어진 검은 머리끈이 보였다. 카펫도 검은색이라 유심히 보지 않으면 눈에 띄지 않았다. 문득 톰이 머리끈을 발견하는 광경이 눈앞에 그려졌다. 미간을 찌푸리고 검은 천을 바라보다 그 정체를 깨닫는 순간 선득하게 굳는 그의 얼

굴까지.

당장 여기서 나가야 했다.

나는 재빨리 옷을 챙겨입었다. 톰이 침대 가장자리에 걸터앉아 나를 지켜보았다. 그가 머리끈을 발견할까 봐 조마조마했다. 심장이 가슴을 뚫고 나올 듯 요동쳤다. 다행히 신발을 신으려던 찰나, 톰이 욕실로 들어갔다. 나는 그 틈을 타 머리끈을 발로 차서 협탁 아래로 밀어 넣었다.

휴, 살았다. 이제 그에게 들킬 일은 영영 없을 것이다.

그때 톰이 욕실에서 나왔다. 그의 손에는 알약 두 알이 들려 있었다. 나는 의심스러운 눈초리로 알약을 내려다보았다.

"그게 뭐야?"

"이부프로펜이야."

웃기시네. 이 남자가 주는 정체 모를 약을 넙죽 받아먹을 만큼 바보는 아니었다. "괜찮아. 안 먹어도 돼."

"그래? 안색이 너무 안 좋아 보이는데."

나는 최대한 그럴듯하게 웃어 보였다. "말했잖아. 집에 가서 쉬면 괜찮아질 거야."

톰이 현관까지 배웅하는 동안에도 심장이 계속 벌렁거렸다. 문 앞에서 그가 몸을 숙여 내 입을 맞추자 소름이 끼쳤다. 이 집에 들어올 때 나누었던 키스와는 천지 차이였다.

"그럼 이만 갈게."

"그래, 나중에 봐." 내 얼굴을 훑는 그의 집요한 시선에 몸 둘 바를 몰랐다. "몸 좀 나아지면."

꿈 깨시지. 여기서 나가는 순간 이 집 근처에는 얼씬도 하지 않을 것이다.

"아래층까지 바래다줄까?" 그가 문 앞에 떡하고 버티고 선 채 물었다. 제발 닥치고 내 앞에서 꺼지라고 소리치고 싶었다.

"아냐, 괜찮아." 나는 억지로 웃었다. "그리 늦은 시간도 아니고 혼자 가도 돼. 택시는 내가 알아서 부를게. 내려갔다 오려면 괜히 자기 다리만 아프지, 뭐."

"정말 괜찮겠어?"

"응, 걱정하지 마."

"난 1층까지 갔다 와도 괜찮은데."

제발 작작 좀 해. "아냐, 혼자 갈게."

마침내 톰이 몸을 돌려 현관문을 열었다. 문밖으로 나서는 순간 까지도 긴장을 풀 수 없었다. 그가 내 머리채를 잡아끌고 들어가 목을 조를 것 같았다. 끈끈이에 붙잡힌 생쥐처럼 망치로 내 머리 통을 내려칠 것만 같았다. 하지만 기우일 뿐이었다. 톰은 곧장 문 을 닫고 집 안으로 사라졌다. 드디어 그의 손아귀에서 풀려났다.

나는 죽을힘을 다해 계단을 뛰어 내려갔다.

53

집으로 돌아가는 택시 안에서도 불안은 멈추지 않았다. 톰이 우리 집 앞에서 기다리고 있다가 코트 안에서 칼을 꺼내 내 목을 그어버릴 것만 같았다. 다행히 이번에도 내 상상일 뿐이었다.

계단을 단숨에 뛰어 올라가 현관문을 이중으로 걸어 잠갔다. 의자를 문손잡이에 괴어 놓고 나서야 겨우 숨을 돌렸다. 케빈 덕분에 블라인드는 이미 내려져 있었다. 침대에 누운 뒤에도 몇 시간째 뒤척일 뿐 잠을 이루지 못했다.

아침 6시 반, 제이크에게 메시지를 보냈다. 아침형 인간인 그가 곧장 확인하기를 기도했다. 입이 근질거려 미쳐버릴 것 같았다.

'할 얘기가 있어. 어디에서 만날까? 내가 그쪽으로 갈게.'

곧장 답신이 왔다.

'너희 집으로 갈게. 30분 후에 봐.'

20분 뒤 초인종이 울렸다. 그 소리에 놀라 자지러질 뻔했다. 제이크인 줄 알면서도 나는 부엌에서 식칼을 챙겨 들고 외시경을 살폈다. 구깃구깃한 흰 셔츠에 트렌치코트 차림의 제이크가 서 있었다. 턱에는 그 특유의 거뭇한 수염이 돋아 있었다.

문을 열자 그의 크고 듬직한 풍채가 문간을 가득 채웠다. 내 손에 들린 식칼을 본 그의 눈이 휘둥그레졌다. "시드니, 대체 무슨 일이야? 그 칼은 또 뭐고?"

나는 그를 집 안으로 잡아끈 후 문을 걸어 잠갔다. 곧장 거실로 달려가 탁자 위에 놓인 지퍼백을 집어 들었다. 안에는 톰의 집에서 가져온 생수병이 들어 있었다.

"여기서 지문 채취 좀 해줘."

"지문은 왜?"

나는 깊은숨을 내쉬었다. "보니네 집에서 나온 지문과 일치하는지 확인하고 싶어."

제이크가 지퍼백을 받아 들고 생수병을 유심히 들여다보았다. "어디서 난 거야?"

그에게 전부 털어놓기가 망설여졌다. 사귀던 남자가 연쇄 살인마일지도 모른다는 말을 내 입으로 꺼내자니 치욕스러웠다. 제이크는 타인을 쉽게 재단하는 사람은 아니지만, 나를 한심하게 볼 게 분명했다. 뭐, 그래도 싸기는 하지만.

확실한 결과가 나오기 전까지는 입을 닫고 싶었다.

나는 주먹을 꽉 쥐었다. "아무것도 묻지 말고 지문만 확인해 주면 안 돼? 부탁이야."

그가 나를 쏘아보았다. "안 돼. 시드니, 나도 돕고 싶어. 그래도 이건 아니지." 그가 팔짱을 꼈다. "무슨 일인지 말해 주기 전까지 여기서 한 발짝도 안 나갈 거야."

부당한 요구는 아니었다. 오히려 그가 자세한 내막도 묻지 않고 부탁을 들어줬다면 더 놀랐을 것이다. 모든 걸 털어놓아야 할 때였다.

"그 지문, 토머스 브루어라는 남자 거야."

"그래. 근데 왜 그 남자가 보니 씨를 죽였다고 생각하는 건데?"

드디어 올 게 왔다. 단도직입적으로 말해야 했다. "내가 사귀는 사람인데, 그 남자 집에서 보니의 물건을 발견했어."

제이크의 얼굴이 백지장처럼 하얘졌다. "진짜야?"

내가 고개를 천천히 끄덕였다.

"그러니까 지금 네가 연쇄살인범으로 의심되는 사람이랑 만나고 있었다는 거야?"

얼굴이 화끈거렸다. "처음엔 정말 괜찮은 남자인 줄 알았어. 의사란 말이야." 말이 좋아 의사지, 실상은 시체를 해부하며 먹고사는 부검의일 뿐이다.

"토머스 브루어라…." 그가 이맛살을 찌푸렸다. "어디서 들어본 이름인데. 그 사람 혹시 검시관이야?"

나는 다시 한번 고개를 끄덕였다.

"세상에." 제이크가 믿기지 않는다는 듯 고개를 저었다. "나도 아는 사람이야. 똑똑하고 실력 좋은 검시관이지. 그런데 이상한 느낌은 전혀 없었는데. 정말 그 사람 짓이라고 확신해?"

"응." 나는 아랫입술을 깨물었다. "실은 어젯밤에 그 사람 집에서 간신히 도망쳤어. 살아 돌아온 게 기적이라고."

"뭐? 진짜야?"

"응. 무서워 죽는 줄 알았어. 나도 보니처럼 될까 봐…."

제이크가 넋이 나간 얼굴로 소파에 털썩 주저앉았다. 지퍼백 속 생수병을 망연히 내려다보는 그의 눈가가 촉촉해졌다. "그러니까 네가 죽을 수도 있었다는 거네…."

나는 그의 옆으로 가 앉았다. "운 좋게 빠져나왔잖아."

"그런 일이 있었으면 나한테 바로 전화했어야지!"

"아무 일도 없었는데 뭐 하러 그래. 한밤중에 네 단잠을 깨울 순 없지."

"지금 농담이 나와?" 그의 눈이 번뜩였다. "시드니, 부탁이니까 이런 일이면 한밤중이라도 좋으니 바로 전화해. 알겠어?"

"알았어. 난 그냥…."

"얼마나 위험했는지 알기나 해? 그 자식이 널 죽일 수도 있었다고!"

그가 버럭 소리를 질렀다. 나는 순간 얼어붙었다. 제이크는 웬만 해서는 화를 내지 않는 사람이었다. 하지만 한 번 터지면 집이 흔들릴 만큼 위압적이었다.

제이크가 지퍼백을 탁자 위에 던지고 얼굴을 두 손에 파묻었다. "진짜 큰일 날 뻔했어, 시드니."

"제이크…."

그가 고개를 들며 으르렁대듯 말했다. "그 자식이 네 손끝 하나 라도 건드렸다면 내 손으로 멱을 따버렸을 거야."

나는 숨을 들이켰다. 제이크는 감정을 잘 드러내지 않는 사람이 었다. 지금처럼 얼굴이 상기된 채 관자놀이의 핏줄이 곤두선 모습은 처음이었다. 법을 철칙처럼 지키는 경찰이었지, 전 연인을 위해 사적인 복수를 가할 인물은 결단코 아니었다.

어쩌면 그도 변한 걸지도 모른다.

제이크는 심호흡하며 감정을 가라앉혔다. 조금씩 안색이 돌아오고 굳어 있던 어깨도 풀렸다.

"이렇게 하자. 생수병은 지문 감식 맡기고, 결과 나올 때까지 너희 집 앞에 순찰차 배치할게."

"굳이 그렇게까지…."

"거절할 생각 마." 그의 미간에 주름이 깊게 팼다. "시드니, 넌 내가 지킬 거야. 그 사이코패스 자식이 너한테 무슨 짓이라도 했다면… 평생 나 자신을 용서하지 못했을 거야. 애초에…." 제이크가 말끝을 흐리며 시선을 떨구었다. "애초에 내가 너한테 잘했더라면 이런 일도 없었을 텐데."

뭐, 틀린 말은 아니었다. 우리는 잠시 말없이 서로를 응시했다. "과거는 과거일 뿐이야. 이미 지나간 일을 바꿀 수도 없잖아."

"그래도 바로 잡을 수는 있지."

이해할 수 없는 말을 남긴 채 제이크는 자리에서 일어났다. 탁자 위에서 지퍼백을 집어 들고 결과가 나오는 대로 연락하겠다고 했다. 지문 대조가 얼마나 걸릴지는 몰라도 조만간 연락이 올 것 같은 예감이 들었다.

54

과거

톰

민달팽이가 나를 지켜보고 있었다.

언제부터 저기 서 있었던 걸까. 잔뜩 구겨진 표정을 보아하니 데이지와 나눈 대화를 엿들은 게 분명했다.

"이야, 능력 좋네. 데이지까지 불러내고. 너한테 아주 제대로 빠졌나 본데?"

나는 민달팽이를 올려다보았다. 어릴 때는 키가 비슷했는데, 지난 몇 년 사이 훌쩍 커버린 녀석은 나보다 한참이나 컸다. 하지만 맞붙어 싸운다면 승산은 나에게 있다. 녀석은 바람만 불어도 날아갈 것처럼 삐쩍 말랐으니까.

물론 녀석에게 흉기가 있다면 이야기가 달라지겠지만.

하지만 싸우고 싶지는 않았다. 그는 내 제일 친한 친구다. 초등학교 시절, 우리 둘과 어울리려는 사람은 아무도 없었다. 민달팽이가 누가 봐도 이상한 녀석이었다면, 나는 서툰 아이였다. 다른 아이들과 공감대가 잘 형성되지 않았고, 대화를 해도 늘 어색함만 감돌았다.

민달팽이와 있을 때는 달랐다. 우리는 함께 버려진 존재들이었다. 녀석은 알코올중독자인 우리 아빠에 대해 함부로 말하지 않았고, 나 역시 그의 벌레 먹는 습관이나 연로한 부모님을 들먹이지 않았다. 해마다 생일 파티를 열어도 참석자는 우리 둘뿐이었다. 반 전체에 초대장을 돌려도 아무도 오지 않았다.

과연 내년에도 서로의 생일을 함께 축하할 수 있을까?

왠지 그럴 일은 없을 것 같았다.

"너 지금 나 미행하는 거야?"

"그렇다면 어쩔 건데?"

"얍삽한 놈."

나는 그를 밀치고 뒤뜰을 빠져나왔다. 여기 있다가 들켜 봐야 좋을 게 없었다. 민달팽이도 나를 막지 않고 나란히 걸음을 옮겼다.

"앨리슨이 데이지한테 다 말했다며?"

제기랄. 역시 다 들었구나.

"괜찮아. 내가 다 설명했어."

"걔가 네 말을 믿디?"

"응."

"트렁크에 햄버거 패티 싣는 중이라는 거짓말을 앨리슨이 철석같이 믿었던 것처럼 말이지?"

할 말이 없었다.

"데이지가 문제네."

순간 온몸에 소름이 돋았다. 앨리슨이 살해당하기 불과 몇 시간 전, 녀석이 앨리슨을 두고 했던 말과 똑같았다.

"문제 될 거 없어. 내가 알아서 해결할게."

"그래. 앨리슨 때도 네가 참 잘도 해결했었지."

빈정거림에 슬슬 짜증이 치밀었다. 앨리슨이 정말 경찰에 신고했는지는 확실치 않았다. 게다가 녀석이 앨리슨을 '처리'한 방식은 상황을 최악으로 몰아넣었을 뿐이었다.

"내가 데이지랑 다시 얘기해 볼게. 아무 일 없을 테니 걱정 마."

달빛 아래 드러난 민달팽이의 앙상한 얼굴이 흡사 해골 같았다.

"그래, 정 그러시다면."

"야, 데이지 근처에 얼씬거리지 않겠다고 약속해."

서슬 퍼런 경고에 그의 턱이 굳게 다물렸다. "톰, 네가 내 절친인 건 맞는데 네 무능함 때문에 나까지 감옥에 가기는 싫다."

그 말을 끝으로 민달팽이는 어둠 속으로 사라졌다.

55

현재

시드니

제이크를 배웅하고 짧게 샤워까지 마쳤는데도 정신은 여전히 혼미했다. 일이 손에 잡히지 않아 거실만 이리저리 서성였다.

몇 시간 뒤, 드디어 핸드폰이 울렸다. 제이크의 이름을 확인하자마자 전화를 받았다.

"결과 나왔어?"

"응, 일치해."

순간 사방의 벽이 나를 조여 오는 듯했다. 나는 후들거리는 다리로 간신히 소파까지 걸어가 앉았다. "뭐랑 일치한다는 거야?"

"보니 씨 그리고 그전 사건 피해자의 집에서 발견된 신원 미상의 지문들. 톰, 그 사람이 현장에 있었던 게 확실해."

"말도 안 돼…."

"그래? 생수병을 가져온 사람이 할 소린 아닌 거 같은데."

그의 말이 맞았다. 톰을 의심한 건 나였다. 하지만 내심 망상이기를 바랐다. 내 남자 친구가 연쇄 살인마라니.

보니의 머리끈을 발견하지 못했다면 다음 차례는 나였을까?

"이제 어떡해? 바로 체포하는 거야?"

제이크가 콧방귀를 뀌었다. "생수병 하나로는 어림도 없지. 일단 참고인 조사로 불러서 정식 지문부터 채취해야지. 영장 받기가 쉽진 않겠지만, 되는 데까지 해 보자고."

당장 톰을 체포해 감옥에 처넣겠다는 말을 듣고 싶었지만, 세상일이 어디 내 마음대로 되겠는가. 조사를 받고 톰이 다시 풀려날지도 모른다는 생각에 눈앞이 캄캄해졌다. 경찰이 증거를 충분히 모았기를 바랄 뿐이었다.

증거 부족으로 톰이 풀려난다면, 신고자가 나라는 사실을 알고 분명 복수하려 들 테니까.

"우리 집 앞에 순찰차는 아직 있어?"

"응. 서에서 철수 명령이 내려지면 내 차로라도 감시할게. 그놈이 널 건드리지 못하게 내가 지킬 거야."

"그래."

"시드니, 괜찮아?"

나는 두 눈을 질끈 감았다. "그냥… 내가 너무 멍청했던 것 같아. 정말 괜찮은 사람인 줄 알았거든. 물론 완벽하진 않았지만… 이런 인간일 줄은 몰랐어."

"자책하지 마. 솔직히 나도 충격 먹었어. 직접 만났을 때 나도 좋게 봤거든. 이런 놈들이 원래 그래. 영리한 두뇌와 잘생긴 외모로 모두를 깜빡 속이지."

"그래도 속은 내가 바보지."

"아냐. 네 덕분에 보니 씨를 죽인 범인을 잡게 됐잖아."

제이크의 말이 맞았다. 내가 톰과 사귀지 않았다면 그는 유유히 빠져나갔을 것이다. 내 덕분에 보니의 억울함을 풀 수 있게 되었다.

"제이크, 새로운 소식 있으면 알려 줘."

"응, 바로 연락할게."

이제 남은 일은 기다리는 것뿐이다.

56

집에서 제이크의 연락만 기다리다가는 미쳐버릴 것 같아 요가원을 찾았다. 6시 수업을 듣고 나면 얼추 저녁 먹을 시간이 될 터였다. 그렇다고 입맛이 돌 것 같지는 않았다. 점심때도 샌드위치를 반의반도 못 먹고 남겼으니까.

그레천에게 같이 가겠냐고 물었지만 랜디와 약속이 있어 바쁘다고 했다. 결국 혼자 요가원으로 향했다. 톰이 지금쯤 경찰서에 있을 거라 생각하니 그나마 숨통이 트였다.

오늘 수업에는 대여섯 명뿐이었다. 나는 구석진 자리에 매트를 펴고 요가 블록 몇 개를 챙겼다. 뒤로 묶어 올린 머리카락을 찰랑이며 수련실로 들어온 알린이 밝게 인사했다.

"오늘은 혼자 오셨나 봐요?"

"네."

"참, 지난주였나. 어떤 남자랑 같이 지나가는 거 봤어요! 검은 머리에 되게 잘생겼던데요."

"아, 그래요?"

알린이 미간을 좁히며 목소리를 낮췄다. "주제넘은 소리일 수도 있지만, 그 남자분 주변에 어두운 기운이 감돌아요. 소름 끼칠 정도로요."

그럴 만도 하지. 여자들을 여럿 죽인 인간이니까. "그렇군요."

"제가 이런 쪽으로 촉이 좀 좋거든요. 그 남자, 조심하시는 게 좋을 것 같아요."

며칠만 일찍 말해줬으면 좋았을걸. "이미 헤어졌으니 걱정 마세요."

"어머, 천만다행이네요!" 알린이 가슴을 쓸어내렸다. "바로 시드니 씨한테 달려가서 얼른 도망치라고 소리치고 싶었거든요."

요가 선생님마저 느낀 위협을 왜 나만 알아채지 못했을까.

수업은 한 시간 남짓 이어졌다. 평소에는 스트레칭만 해도 풀리던 몸이 오늘따라 말을 듣지 않았다. 근육이 잔뜩 굳어 있었고, 명상할 때도 머릿속이 생각들로 가득했다.

톰은 이제 어떻게 될까? 조사 후 바로 체포될까? 아니면 벌써 구금됐을까? 경찰이 그의 집에서 죽은 여성들의 흔적을 찾아냈을까? 두피에서 도려낸 머리카락 뭉치 같은 게 숨겨져 있지는 않았을까?

수업이 끝나자마자 가방에서 핸드폰부터 꺼내 확인했다. 제이크에게서 온 부재중 전화 두 통. 순간 심장이 덜컥 내려앉았다.

나쁜 소식이 분명했다.

나는 떨리는 손으로 전화를 걸었다. 신호음이 가기 무섭게 제이크가 전화를 받았다.

"시드니?"

"조사 끝났어?"

"응, 근데—"

"그럼 감옥에 갇힌 거지?"

핸드폰 너머로 무거운 침묵이 흘렀다. "아니, 풀어줬어."

"말도 안 돼. 지문이 일치했다면서?"

"그것만으로는 부족해. 두 여성의 집에 간 적이 있다는 증거일 뿐이니까."

"그게 수상하다는 거잖아! 어떻게든 잡아뒀어야—"

"시드니, 그 사람 알리바이가 완벽해."

"확실해? 꾸며낸 걸지도 모르잖아."

"보니 씨가 살해되던 날 병원에서 밤샘 근무 중이었어. 목격자도 여럿이고 CCTV도 확인했어. 병원을 떠난 기록이 없어. 그 사람이 보니 씨를 죽였을 리 없어."

순간 눈앞이 하얘졌다. 톰이 범인이 아닐 리가 없다. 다른 두 피해자의 집에서 그의 지문이 발견되었고, 알린도 그에게서 사악한 기운이 느껴진다고 하지 않았던가.

내 남자 친구가 살인자가 아니라는 사실에 안도해야 했지만, 오히려 의문만 깊어졌다. 톰이 아니라면 진범이 누구란 말인가? 보니와의 관계는 왜 숨겼던 걸까? 왜 나와 대포폰으로 연락한 걸까?

알리바이가 있는데도 그의 결백을 도저히 믿을 수가 없었다.

"시드니, 괜찮아?"

목이 메어왔다. "응…. 조금 혼란스럽네. 그러니까 톰은 범인이 아니라는 거지?"

"그렇지. 알리바이가 사실로 확인됐으니까. 여러 여자를 만났는데 공교롭게도 그중 두 사람이 살해당한 것뿐이라고 하더라고."

"그 말을 믿어?"

"응."

나는 머리카락을 손가락으로 비비 꼬았다. "그럼 내가 톰을 다시 만나도 괜찮다는 거네?"

제이크는 한동안 말이 없었다. "아니. 하지만 그 남자가 살인마라서 만나지 말라는 건 아냐."

무어라 답해야 할지 몰라 잠시 침묵했다.

"시드니, 그 사람이 널 해칠 일은 없을 거야. 전에도 말했듯이 좋은 사람이야. 그래도 혹시 모르니까 네 집 주변 순찰은 계속할게."

"그럴 필요 없어."

"내 맘이 안 놓여서 그래."

요가원에서 집까지 데려다 달라고 하려다 이내 관두었다. 어스름이 깔렸지만 그리 늦은 시간도 아니었고, 거리에는 사람들이 오가고 있었다. 톰이 연쇄 살인자가 아니라면 혼자 걸어가도 위험하지 않다.

물론 어딘가에 보니를 죽인 진범이 도사리고 있을 테지만.

외투를 챙겨입고 알린에게 작별 인사를 건넨 뒤, 차가운 밤공기 속으로 발을 내디뎠다. 지난 몇 주 사이 기온이 뚝 떨어져 어느새 한겨울이었다. 어쩌면 크리스마스에 눈이 올지도 모르겠다.

집 근처에 다다랐을 즈음, 계단에 앉아 있는 남자가 눈에 띄었다. 비니를 눌러쓴 채 코트를 입은 모습이 왠지 낯익었다. 가까이 다가가자 남자가 자리에서 일어섰다. 가로등 불빛 아래 그의 얼굴이 선명히 드러났다.

톰이었다.

57

과거
톰

시곗바늘이 새벽 1시를 향해 달리고 있었다. 나는 침대에 누워 천장을 바라보며 자문했다. 지금 내가 끔찍한 실수를 저지르고 있는 건 아닐까.

나는 데이지를 사랑한다. 그녀가 보고 싶어 미칠 것 같다. 널 해치지 않겠다고, 네 아빠가 반대해도 계속 만나고 싶다고 말하고 싶다. 설령 거짓이라 해도, 그녀만은 내가 좋은 사람이라고 믿어줬으면 좋겠다.

하지만 생각할수록 불안해진다. 나는 좋은 사람과는 거리가 먼 놈이다. 사람을 죽였으니까. 게다가 데이지를 볼 때마다 나쁜 생각이 스친다. 그녀에게 입을 맞추고 싶으면서도 잔인한 짓을 저지르고 싶은 충동이 함께 인다.

우리 둘에게는 비극뿐인 결말이 기다리고 있는 것 같았다.

불안은 민달팽이 때문에 한층 깊어졌다.

나와 데이지의 대화를 녀석이 엿들었다. 우리가 언제 어디서 만날지도 알고 있다. 내가 데이지를 회유하지 못하면 자기 방식대로 처리하려 들 것이다.

데이지가 위험하다.

나는 침대에서 벌떡 일어났다. 시간이 흐를수록 걱정은 눈덩이처럼 불어났다. 민달팽이는 이미 끔찍한 일을 저지른 전적이 있다. 감옥에 가지 않기 위해 '데이지 문제'를 직접 매듭지으려 할 것이다.

데이지에게 알려야 했다. 하지만 내가 보낸 메시지는 하나도 읽지 않은 상태였다. 부모님께 핸드폰을 빼앗긴 게 분명했다. 우리의 비밀 만남을 문자로 남기기에는 너무 위험했다.

손목시계가 12시 30분을 가리켰다. 데어리 퀸까지는 걸어서 20분, 전력 질주하면 15분 거리였다. 엄마 차를 몰고 가면 더 빠르겠지만, 차고 문 여는 소리에 엄마가 깰지도 몰랐다. 내 앞을 막아서거나 경찰을 부르겠다고 하면 끝이었다. 자전거는 타이어가 터진 채 방치된 지 오래였다.

결국 걸어가는 수밖에 없었다. 지금 출발하면 데이지보다 먼저 도착할 수 있을 것이다. 민달팽이가 와 있다면 쫓아버리거나 멍청한 짓을 못 하게 막아야 했다.

후드 티셔츠를 걸치고 운동화에 발을 욱여넣었다. 이미 몇 분을 허비한 터라 데이지보다 먼저 도착하려면 서둘러야 했다.

아니다. 데이지네 집에 먼저 들러야 한다. 아직 출발 전이라면 그녀를 붙잡을 수 있을지도 모른다. 모든 게 여기에 달렸다.

어쩌면 그녀의 목숨까지.

나는 옆집 마당을 가로질러 죽을힘을 다해 뛰었다. 숨이 턱끝까지 차올랐지만 멈출 수 없었다. 데이지네 집 모퉁이를 돌아 곧장 뒷문으로 달려갔다.

사방이 고요했다. 부모님은 이미 잠들었거나 서장이 현장에 나
간 모양이었다. 무엇보다 데이지의 방에 불이 꺼져 있었다.

빌어먹을. 데이지를 놓쳤다. 예감이 좋지 않았다.

데이지의 집에 들르느라 5분이나 낭비했다. 5분이면 끔찍한 일
이 벌어지고도 남을 시간이다.

서둘러야 했다.

나는 데어리 퀸을 향해 전속력으로 달렸다. 절반쯤 왔을 때 엄
마 차를 끌고 오지 않은 걸 뼈저리게 후회했다. 몸이 달아올라 후
드 티셔츠를 벗어 허리에 묶었다. 제길, 약속 시간 안에 도착하기
에는 무리였다.

'데이지, 제발 무사해야 해.'

평정심을 찾으려 애썼다. 민달팽이가 그런 짓을 할 리 없다고, 데
이지는 무사할 거라고 되뇌었다.

약속 장소에 도착하자 주차장에 링컨 컨티넨탈이 서 있었다. 데
이지 엄마의 차였다. 그리고 그 옆에 세워진 차를 확인한 순간 심
장이 멎는 듯했다.

민달팽이의 올즈모빌이었다.

두 사람 모두 여기 있다. 그런데 어디에도 보이지 않았다.

티셔츠는 땀에 젖어 축축했다. 숨이 가빠 금방이라도 쓰러질 것
같았지만 지체할 수 없었다. 데이지가 무사한지 확인해야 했다.

데어리 퀸 뒤편 주차장으로 향하는 내내 심장이 미친 듯이 뛰었
다. 15분간 전력 질주했기 때문만은 아니었다. 약속 시간보다 고작
2분 늦었을 뿐이었다. 그 짧은 시간에 무슨 일이 생길 리 없다고
스스로를 달렸다.

하지만 주차장에 가까워질수록 주변은 소름 끼치도록 고요했다. 대화도, 비명도 들리지 않는 끔찍한 적막.

데이지에게 무슨 일이 생긴 게 분명했다.

"데이지?"

대답 대신 무거운 침묵만이 돌아왔다.

뒤늦은 공포가 밀려왔다. 식칼이라도 챙겨 왔어야 했다. 녀석이 빈손으로 왔을 리 없었다. 데이지를 지키려면 나도 흉기가 필요했다. 데이지한테 무슨 짓이라도 했다면 녀석을 내 손으로 죽여버릴 테니까.

건물 모퉁이를 돌아선 순간, 나는 그대로 얼어붙었다. 주차장 저편에 덩어리 같은 것이 보였다. 조금 더 다가갔다. 이런, 사람이었다. 바닥에 쓰러져 미동도 없는 몸. 그리고 그 생기 잃은 형체 옆에 한 사람이 서 있었다.

내가 너무 늦었다.

내가 사랑하는 데이지가….

58

시드니

지금 당장 도망쳐야 했다. 톰과 대화하고 싶지 않았다.

하지만 톰이 입구를 가로막고 있어 피할 곳이 없었다. 게다가 제이크는 톰이 살인자가 아니라고 했다. 겁먹을 이유는 없었다.

문제는 그도 내가 신고했다는 걸 알고 있다는 것이다.

톰이 몸을 일으키며 입을 뗐다. "시드니, 얘기 좀 해."

순간 몸이 얼음처럼 굳었다. "무슨 얘기?"

"내가 사람을 죽였다고 경찰에 신고했더라?"

나는 놀란 숨을 들이켰다. "그, 그게….."

"제이크 수자, 네 전 남친 맞지?" 톰이 한쪽 눈썹을 치켜올렸다. "제이크라는 이름의 경찰이라. 만나자마자 감이 오더군."

나는 움찔했다. "맞아, 내가 신고했어."

그의 어깨가 힘없이 늘어졌다. "시드니, 어떻게 내가 사람을 죽였다고 의심할 수 있어?"

"몰라서 물어?" 나는 두 팔로 몸을 감싸안았다. 살을 에는 추위 때문만은 아니었다. "우리 아파트에서 살해당한 여자와 사귀었다는 걸 숨겼잖아."

"가볍게 만난 여자라 말하지 않았던 거야."

"거짓말! 그 여자는 진지한 사이라고 했어. 그리고 자기 입으로 말했잖아. 여자 친구와 관계를 정리 중이라고."

"아냐, 보니랑은 그냥 가벼운 사이였어. 진지하게 만나 보자는 말만 오갔지, 둘 다 진심은 아니었다고. 우리 같은 사이는 아니었어."

"뭐, 우리?" 내가 버럭 소리를 질렀다. "그래, 말 한번 잘했다. 도대체 우리가 어떤 사인데?"

"몰라서 물어? 사귀는 사이잖아."

"그러셔? 자기는 여자 친구랑 대포폰으로만 연락하나 보지?"

톰은 입술만 달싹댈 뿐 아무 말도 하지 못했다. 구차한 변명조차 떠오르지 않는 듯했다.

"그래, 대답 못 할 줄 알았어."

"그런 거 아니야." 톰이 고개를 저었다. "내가 비겁한 놈이라서 그래. 깊은 관계를 맺는 게 두려워서 늘 도망치기만 했어. 하지만 고치려고 노력 중이야. 자길 진심으로 사랑하니까." 그의 미간에 주름이 잡혔다. "이대로 헤어지고 싶지 않아."

나는 톰의 얼굴을 빤히 쳐다보았다. 제길, 여전히 그에게 자석처럼 끌렸다. 뭐 어때? 어차피 연쇄 살인마도 아니잖은가.

하지만 그를 계속 만날 수는 없었다. 더는 그를 믿을 수 없었다. 살인마가 아니라 해도 미심쩍은 구석이 너무 많았다. 게다가 거짓말까지 일삼았다. 그에게 다시 기회를 주는 건 바보짓이다.

"미안해. 난 더 이상—"

이별을 고하려던 찰나, 뒤에서 카랑카랑한 목소리가 들렸다.

"시드니! 어머, 이분이 네 남자 친구야?"

제길, 그레천과 랜디였다.

뒤돌아보니 그레천이 랜디의 팔짱을 낀 채 이쪽으로 걸어오고 있었다. 그레천은 하얀 털 방울 모자를 쓰고 있었고, 랜디는 검은색 트렌치코트 입고 있었다. 소개해 주려고 애쓸 때는 안 되더니, 하필 헤어지려는 순간에 딱 만나다니.

"안녕하세요! 톰 씨 맞죠? 얘기 많이 들었어요. 전 그레천이고, 이쪽은 제 남자 친구 랜디예요."

그레천이 명랑하게 인사했다. 나는 톰의 반응을 살폈다. 내 환심을 사려고 살갑게 구는 척이라도 할 줄 알았건만, 그는 얼어붙은 듯 서 있기만 했다. 시체처럼 창백해진 얼굴로 랜디를 뚫어지게 응시했다.

"반가워요. 드디어 만나 뵙게 됐네요." 랜디가 손을 들어 보였다.

톰은 금방이라도 토할 것 같은 표정으로 난간을 부여잡았다. "네, 안녕하세요."

"세상에. 시드니, 네 말대로 진짜 잘생겼다." 그레천이 호들갑을 떨었다.

톰의 시선은 여전히 랜디에게 붙박여 있었다. 이상하네. 어디서 본 적이라도 있는 걸까?

"시드니." 톰이 다급하게 내 팔을 붙잡았다. 나는 그의 손길을 매정히 뿌리쳤다. "잠깐 얘기 좀 할 수 있을까? 단둘이서만?"

그레천과 랜디가 호기심 어린 눈으로 우리를 바라보았다. 톰과 이야기하고 싶지 않았다. 이미 끝난 사이였다. 질질 끌어 봤자 시간 낭비일 뿐이었다.

"미안, 너무 추워서 이만 들어가 봐야겠어."

"그럼 같이 들어가서…."

"아니." 나는 그를 차갑게 쏘아보았다. "더 할 말 없을 것 같은데."

"시드니." 톰이 내 팔을 강하게 붙잡으며 소리 낮춰 말했다. "제발, 꼭 알아야 하는 이야기야."

톰은 언제나 신사적이었다. 이별하는 지금에야 나는 그의 낯선 이면을 목도하고 있었다. 그가 내 팔을 세게 붙잡거나, 가달라는 내 요청을 거절한 건 처음이었다.

그때 랜디가 가슴을 한껏 부풀리며 톰을 막아섰다. 비쩍 말랐지만 톰보다 키는 훨씬 컸다. "그쪽이랑 말하기 싫다잖아요. 이만 돌아가시죠."

톰이 독기 어린 눈으로 랜디를 노려보았다. "당신이 상관할 일 아냐."

"상관하겠다면?"

두 사람은 서로를 잡아먹을 듯 대치했다. 랜디가 위협적으로 한 발짝 다가서자 톰이 내 팔을 놓았다. 톰의 시선이 나와 랜디 사이를 빠르게 오갔다.

"알았어요. 가면 되잖아요."

그레천이 내 어깨를 감싸안고 건물 안으로 이끌었다. 랜디는 톰과 끝까지 팽팽한 신경전을 벌이다 뒤따라 들어왔다. 문이 닫힐 때까지도 톰은 계단 아래에 못 박힌 듯 서 있었다.

"시드니, 이게 다 무슨 일이래. 괜찮아?"

그레천의 물음에 눈물이 왈칵 솟았다. 하지만 두 사람 앞에서 울고 싶지 않았다. "응, 괜찮아."

"우리 집으로 가자."

그레천이 동의를 구하듯 쳐다보자 랜디가 고개를 끄덕였다. "저 인간이 저러고 버티고 있는데 혼자 있으면 위험해요. 잠깐이라도 우리 집에 있다가 가요."

"내가 저녁 만들어 줄게!" 그레천이 달뜬 목소리로 외쳤다.

두 사람 말이 맞았다. 혼자 있고 싶지 않았다. "그래, 고마워."

랜디가 1층 아파트 문을 여는 순간, 가방 속에서 핸드폰이 진동했다. 문자 메시지였다. 화면을 확인하니 톰이 보낸 메시지가 떠 있었다.

'지금 당장 거기서 나와.'

곧이어 다음 메시지가 도착했다.

'위험해!'

말도 안 되는 헛소리에 신물이 날 지경이었다. 화면에 톰이 메시지를 입력 중이라는 표시가 떴지만, 더는 듣고 싶지 않았다. 다른 메시지가 오기 전에 그의 번호를 차단했다.

이제 톰과는 끝이다. 나는 안전하다.

59

그레천은 집에 들어오자마자 저녁 준비에 나섰다. 냉장고에서 온갖 재료를 꺼내 넓적한 팬에 쏟아붓고는 오븐에 밀어 넣었다. 캐서롤을 만드는 모양이었다.

"기대해. 엄청 맛있을 테니까."

"치즈를 그만큼 때려 넣었는데 맛없으면 반칙이지."

내 농담에 그레천이 눈을 찡긋했다. "원래 맛있는 음식의 비결은 치즈야."

나는 웃음을 터뜨렸다. 톰과 헤어진 후 기분이 확연히 나아졌다. 아직 마음이 무거웠지만 잘한 선택이었다. 톰은 연쇄 살인마는 아닐지라도 좋은 남자 친구는 아니었다. 깊은 관계 맺기를 죽기보다 두려워하지 않았던가. 내 친구들과 마주쳤을 때 귀신을 본 듯 경악하던 그의 표정이 아직도 눈에 선했다.

헤어지기를 잘했다.

캐서롤이 익어가는 동안 랜디는 샤워를 하러 갔고, 나는 그레천의 전시회 사진들을 구경했다. 전시가 끝나기 전에 한 번 더 보러 가지 못해 미안했지만, 그레천은 너그럽게 이해해 주었다.

"그간 여러모로 힘들었잖아. 게다가 이미 한 번 왔으니까 됐어."

"맞아. 엄청 멋지더라."

사진을 한 장씩 넘겨보며 그레천의 노력에 새삼 감탄했다. 중세 시대부터 존재했던 꽃들을 다룬 전시는 화려하고 눈부신 색채를 자랑했다.

그레천은 바로 이 전시 때문에 보니가 살해당하던 날 박물관에서 밤을 새웠다고 했다. 랜디와 함께 있었다는 그녀의 증언은 거짓이다. 그날 밤 랜디는 우리 아파트 건물 안에 혼자 있었다.

그 생각을 하자 또다시 마음이 뒤숭숭해졌다. 방금 랜디가 나를 지켜준 건 고맙지만, 톰은 완벽한 알리바이가 있고 진범은 여전히 오리무중이었다.

그래도 랜디는 범인이 아닐 것이다. 아니라고 믿고 싶었다.

책장 옆에는 개미 사육장이 번듯이 놓여 있었다. 그날 격분한 그레천이 창밖으로 냅다 던져버렸을 줄 알았건만.

"결국 허락했네?"

"그러게." 그레천은 눈을 굴리면서도 입가에 미소를 머금었다. "내가 저 모지리를 무척 사랑하나 봐."

순간 가슴이 슬픔으로 물들었다. 나도 저런 사랑을 할 수 있을까? 언젠가 그런 날이 올지도 모르겠지만 톰은 확실히 아니었다.

그때 타이머가 울렸다. 캐서롤이 완성되었다는 신호였다. 그레천이 오븐에서 팬을 꺼내는 찰나, 랜디가 마침맞게 샤워를 마치고 나왔다. 젖은 머리카락이 두피에 딱 달라붙어 유난히 말라 보였다. 그가 환히 웃으며 물었다. "도와줄 거 없어?"

랜디는 접시와 수저를 챙겼고, 나는 캐서롤을 날랐다. 그레천은 냉장고 위 찬장에서 와인을 한 병 꺼냈다. 캐서롤을 한 입 맛본 나는 감탄을 금치 못했다. 접시의 절반을 뚝딱 비울 만큼 맛있었다.

"진짜 맛있다. 역시 자기는 타고난 요리사야."

랜디의 칭찬에 그레천이 수줍게 웃었다. "에이, 그 정도는 아니야. 캐서롤은 재료 때려 넣고 굽기만 하면 되는걸."

랜디가 싱긋 웃었다. "자기는 손맛이 좋잖아. 자기가 만들면 뭐든 맛있다니까."

그레천의 얼굴이 환해졌다. "나도 자기한테 요리해 줄 때가 제일 행복해."

랜디가 그녀를 빤히 바라보았다. 접시 위에 놓인 면발을 포크로 뒤적이며 혼자 치열하게 고민하는 듯하더니, 갑자기 의자에서 벌떡 일어났다. 내가 경악하는 사이, 그가 한쪽 무릎을 바닥에 꿇었다.

이럴 수가. 안 돼. 왜 하필 지금 내 앞에서.

"그레천." 그가 운을 띄웠다. "나 자기 정말 많이 사랑해."

그레천의 입이 떡 벌어졌다. "랜디…"

결국 올 것이 오고야 말았다.

"자기가 없는 삶은 상상할 수 없어." 랜디가 주머니에서 파란 벨벳 상자를 꺼냈다. 그동안 저 반지를 품고 다니며 이 순간만을 얼마나 기다려 왔을까? "한순간도 떨어져 있고 싶지 않아. 그레천, 나와 결혼해 줄래?"

그레천의 눈이 눈물로 반짝였다. "응, 물론이지! 결혼하고말고!"

랜디가 좁쌀만 한 다이아몬드가 박힌 백금 반지를 그레천의 손가락에 끼워주었다. 역시 내 짐작이 맞았다. 그녀에게 보석 크기 따위는 중요하지 않았다. 청혼을 받았다는 사실만으로 세상을 다 가진 듯 기뻐했다. 랜디가 그레천을 일으켜 진하게 입을 맞추었다.

내 생애 단연코 가장 로맨틱한 순간이었다.

눈물이 울컥 쏟아질 것만 같았다. 물론 기쁨의 눈물이었다.

하지만 한편으로는 슬펐다. 내 절친이 청혼을 받은 오늘, 나는 운명이라 믿었던 남자와 헤어졌으니까. 그래도 진심으로 그레천이 행복하기를 바랐다.

"어… 난 잠깐 화장실 좀 다녀올게."

키스에 열중한 두 사람에게 내 말은 들리지도 않는 모양이었다.

나는 젖어오는 눈가를 훔치며 서둘러 화장실로 달려갔다. 두 사람 앞에서 울고 싶지는 않았다. 잠시 마음을 추스른 뒤 두 사람을 다시 축복해 주어야 했다.

화장실에 들어가 얼굴에 찬물을 끼얹고 거울을 봤다. 몰골이 엉망이었다. 이런 내 모습을 보고 있자니 이해가 되지 않았다. 톰처럼 잘생긴 남자가 왜 나 같은 여자와 사귀었을까? 평범하기 짝이 없는 내가 어디가 좋다고. 그가 나와 진지하게 만나고 싶어 하지 않은 것도 당연했다. 내가 슈퍼모델 급으로 예뻤더라면 이야기가 달라졌겠지.

볼일을 보고 레버를 눌렀지만 물이 내려가지 않았다. 건물 관리인의 집 변기까지 고장이라니 아이러니했다. 하지만 변기 때문에 두 사람의 로맨틱한 순간을 깰 수는 없었다.

뭐, 도움 따위는 필요 없다. 보니에게 말했듯 나도 변기 고치는 법쯤은 아니까.

나는 물탱크 뚜껑을 열었다. 우리 아파트 변기는 싸구려 제품이라 물탱크 안의 부품이 자주 걸렸다. 아니나 다를까, 레버와 연결된 부품이 걸려 있었다. 살짝 건드리자 물이 시원하게 내려갔다. 연애는 젬병일지 몰라도 변기 하나는 끝내주게 고친다.

그런데 물 수위가 낮아지며 무언가가 수면 위로 드러났다.

지퍼백이었다. 톰의 지문이 묻은 생수병을 보관할 때 썼던 것과 똑같은 밀봉 지퍼백. 물탱크 안에 왜 이런 게 들어 있지? 기괴하기 짝이 없었다.

지퍼백은 테이프로 단단히 고정되어 있었다. 호기심을 참지 못한 나는 조심스레 테이프를 뜯었다. 변기 안에서 엄청난 걸 발견했어, 라고 소리치며 들고 나가면 둘 다 깜짝 놀라겠지?

하지만 내용물을 확인한 순간 깨달았다. 누구에게도 보여줄 수 없으리라는 것을. 지금은 물론이고 영원히.

지퍼백 안에는 기다란 머리카락 뭉치들이 가득했다. 얼핏 보아도 여섯 뭉치 이상이었다.

머리카락은 서로 다른 색깔의 리본으로 묶여 있었다.

세상에.

랜디가 범인이었다.

60

나는 화장실에 우두커니 선 채로 가쁜 숨을 몰아쉬었다.

믿을 수가 없었다. 하지만 모든 정황이 랜디를 가리켰다. 그는 보니의 집 열쇠를 가지고 있다. 알리바이도 없다. 그리고 소름 끼치는 구석이 있다.

제이크에게 사실대로 말했어야 했다. 왜 그레천의 말에 휘둘려 입을 다물었을까.

핸드폰만 있었다면 제이크에게 전화할 수 있었을 텐데. 그랬다면 사이렌을 울리며 당장 달려왔을 것이다. 어쩌면 벌써 문밖까지 와 있을지도 모르는 일이었다. 하지만 내 핸드폰은 거실에 있었다. 밖으로 나가지 않고는 그에게 연락할 방법이 없었다. 거실로 나가 랜디를 마주하는 생각만으로도 오금이 저렸다.

하지만 머뭇거릴 시간이 없었다. 화장실에 더 머물렀다가는 그가 의심할 게 분명했다. 여기에 숨겨진 물건의 정체는 본인이 제일 잘 알 테니까. 비밀을 지키기 위해서라면 무슨 짓이든 불사할 것이다.

나는 머리카락이 든 지퍼백을 다시 물탱크 안에 넣고 뚜껑을 덮었다. 그중 하나가 보니의 머리카락이라는 사실을 애써 외면했다. 보니를 죽인 것도 모자라 그녀의 머리카락을 물탱크 안에 보관해 왔다니. 차마 입에 담기도 힘든 만행이었다.

그보다 더 끔찍한 건 그레천이 조금 전 그의 청혼을 받아들였다는 사실이다.

나는 마음을 진정시켰다. 지퍼백을 발견했다는 걸 들켜서는 안 되었다. 문손잡이에 손을 얹자 현기증이 일었다. 이를 악물고 문을 열었다. 이제부터 내 인생을 건 열연을 펼쳐야 한다. 제이크에게 문자를 보내고 경찰이 들이닥칠 때까지. 적어도 그때까지는 그레천이 위험에 처하지 않도록 평소처럼 행동해야만 한다.

"화장실 안에 뭘 그렇게 오래 있어요?" 거실로 돌아온 내게 랜디가 물었다. 입맞춤을 마친 두 사람은 몸을 맞대고 소파에 앉아 있었다. 랜디는 여전히 와인 잔을 든 채였다. "걱정했잖아요."

설마 들킨 건 아니겠지? 억지로 웃어 보였지만 기괴한 소리만 흘러나왔다. "전 이만 가봐야겠어요. 둘이 오붓한 시간 보내세요."

랜디가 작별 인사를 건네려는 찰나, 그레천이 소파에서 벌떡 일어나 나를 붙잡았다. "가긴 어딜 가! 아까 27번가 빵집에 가서 맛있는 케이크 사 왔단 말이야. 너 나오면 같이 먹으려고 기다리고 있었어."

나는 배를 문질렀다. "캐서롤을 많이 먹었더니 배가 터질 것 같아."

이걸로 충분할까? 생리가 터졌다는 핑계라도 대야 하나?

"에이, 시드니." 그레천의 눈이 반짝였다. 오늘은 그녀 인생 최고의 날일 것이다. 머지않아 최악의 날로 바뀔 테지만. "맛만 보고

가. 내 약혼 기념으로. 응?”

나는 랜디를 힐끗 보았다. 청혼하느라 긴장했는지 눈꺼풀이 반쯤 감겨 있었다.

그때 누군가가 문을 쾅쾅 두드렸다. 멀쩡한 초인종을 두고 주먹으로 문을 연달아 네 번이나 내리쳤다.

“시드니! 안에 있어? 시드니!”

톰이었다. 빌어먹을, 누군가 그를 건물 안으로 들여보내 준 모양이다.

“세상에!” 그레천의 얼굴이 오만상 구겨졌다. “저 남자는 왜 자꾸 널 괴롭히는 거야? 진짜 질 나쁜 인간이네!”

나는 속으로 생각했다. ‘그레천, 네 남친에 비하면 톰은 아무것도 아니란다.’

그레천이 현관으로 걸어갔다. 검지를 입술에 대며 내게 조용히 하라는 신호를 보냈다. 나는 랜디를 곁눈질했다. 졸음과 사투를 벌이느라 나 같은 건 안중에도 없었다. 나는 탁자 위에 놓인 가방을 뒤졌다.

제길, 내 핸드폰이 어디 갔지?

“톰, 시드니 여기 없거든요.” 그레천이 문 너머로 소리쳤다.

“거짓말 마요!” 톰이 문을 부술 듯 내리쳤다. “안에 있는 거 다 알아요! 문 열어요! 안 열면 경찰에 신고할 거예요!”

“뭐라고 신고하게요? 남의 집에 들여보내 달라고 생떼 쓰고 있다고? 경찰을 불러야 할 사람은 그쪽이 아니라 우리거든요!”

가방을 아무리 뒤져도 핸드폰이 없었다. 아까 톰의 문자를 확인하고 번호를 차단한 뒤 분명히 가방 안에 넣었는데. 대체 어디로 갔지?

가방 안을 살피려고 몸을 숙이자 또다시 머리가 핑 돌았다. 왜 이렇게 어지럽지? 와인은 딱 한 잔밖에 안 마셨는데.

소파 위 랜디를 보았다. 두 눈이 꼭 감겨 있었다. 톰이 난동을 피우는 와중에도 잠이 들다니 믿기지 않았다.

“내가 경찰한테 뭐라고 할지는 네가 더 잘 알지 않아?” 톰이 문 틈으로 낮게 읊조렸다. “그러니까 당장 문 열어! 데이지, 시드니 건 드리면 가만 안 둬!”

데이지? 데이지가 누구지? 대체 무슨 소리람?

“데이지!” 톰이 고함쳤다. “데이지, 문 열어. 지금 당장!”

“그레천, 톰이 왜 자꾸 널 데이지라고 불러?”

그레천이 천천히 고개를 돌렸다. 무언가 골똘히 생각하는 듯한 표정이었다. “시드니, 실은 네가 나에 대해 모르는 게 몇 가지 있 어.”

그녀가 잠금장치를 비틀어 열었다.

61

과거

톰

"데이지?" 내 입에서 신음 같은 탄성이 터져 나왔다.

데이지가 바닥에 쓰러진 시체에서 눈을 떼고 고개를 돌렸다. 얼굴이 눈물로 얼룩져 있었다. 그리고 손에는 권총이 들려 있었다. 그녀가 총을 바닥에 떨구고는 나에게 달려와 와락 안겼다.

"톰!" 데이지가 흐느꼈다. "어떡해! 여기서 널 기다리고 있었는데, 민달팽이가 칼을 들고 나한테 달려들었어."

개자식. 역시 내 예상대로였다.

데이지가 내 어깨에 얼굴을 파묻었다. "혹시 몰라서 아빠가 여분으로 갖고 있는 총을 챙겨왔거든. 안 가져왔더라면…"

뒷말은 상상하기도 싫었다. 만약 권총을 가져오지 않았다면 지금쯤 데이지가 시체가 되어 바닥에 누워 있었을 것이다. 그리고 나는 맨손으로 민달팽이를 죽이려고 발악하고 있었을 테고.

"대체 무슨 일이 있었던 거야?"

내 말에 데이지가 고개를 들었다. 울고 있는 순간조차 눈부시게 아름다웠다.

"민달팽이가 먼저 와서 기다리고 있었어. 그리고 나한테 끔찍한 소리를 늘어놓았어. 브랜디와 앨리슨을 자기가 죽였다고. 이제 날 죽일 차례라고 말이야."

"맙소사."

탄식이 새어 나왔다. 마음이 복잡했다. 민달팽이가 두 소녀를 죽였다는 사실을 믿기 힘들었다. 여자애들을 몰래 훔쳐보는 변태일망정 살인을 저지르고 시체를 난도질할 위인은 아니었다. 민달팽이는 여자애들을 좋아했다. 다만 그 마음을 표현하는 법을 몰랐을 뿐. 그가 이상하다고 수군대는 것도 다 그를 잘 몰라서 하는 소리다. 녀석은 그저 곤충을 사랑하고 곤충학자를 꿈꾸던 아이였을 뿐이다.

이제는 이룰 수 없는 꿈이 되어버렸지만.

'민달팽이, 대체 왜 그랬어? 그렇게 간절했으면 말을 하지. 그랬다면 내가 어떻게든 여자 친구를 만들어 주었을 텐데.'

"아빠한테 전화해야겠다." 데이지가 눈물을 훔치며 말했다. "널 몰래 만난 걸 알면 엄청 혼나겠지만, 무슨 일이 있었는지 알려야 할 것 같아."

"뭐, 아빠?" 나는 뒷걸음질 치며 도망칠 준비를 했다. "데이지, 너희 아빠가 오시면 바로 날 감옥에 처넣어 버릴 거야."

"아니야!" 데이지가 발끈했다. "민달팽이가 자백했다니까! 브랜디랑 앨리슨을 자기가 혼자 죽였고, 넌 아무 상관 없다고 했어! 네 결백이 입증된 거라고."

"그렇긴 한데…" 나는 목덜미를 긁적였다. "그래도 난 이만 가는 게 좋겠어. 어차피 너희 아빠가 내 말은 하나도 믿지 않으실 거야."

"네가 필요해, 톰." 데이지가 미간을 찌푸렸다. "민달팽이가 날 공격하는 걸 봤다고 네가 증언해 줘야 한단 말이야."

"하지만 난 아무것도 못 봤는데?"

데이지가 답답하다는 듯 양손을 치켜들었다. "그게 무슨 상관이야? 민달팽이 저 자식이 여기서 날 기다리고 있었다니까. 누가 봐도 날 공격하려던 거잖아. 게다가 칼까지 들고 있었다고!"

나는 바닥에 널브러진 민달팽이를 향해 걸어갔다. 그의 시신 옆에 떨어진 식칼을 피해 멈추어 섰다. 그의 가슴 주변으로 선홍빛 혈흔이 웅덩이처럼 고여 있었다. 살짝 벌어진 입술 사이로 가느다란 핏줄기가 흘러내렸다. 갈색 눈을 부릅뜬 채 밤하늘의 별을 응시하고 있었다. 어두운 달빛에 여드름이 가려진 그의 얼굴은 훨씬 앳돼 보였다. 급식실에서 내가 그의 옆자리에 앉았을 때, 친구가 생겼다며 날아갈 듯 행복해하던 그 소년의 얼굴이었다.

"괴물 같은 자식." 데이지가 코를 훌쩍였다. "나와 제일 친한 친구를 죽였어."

다시 울음이 터진 그녀를 내 품에 안았다. 그녀를 두고 떠날 수는 없었다. 하지만 데이지의 증언이 나의 모든 혐의를 벗겨줄 것이다. 어쩌면 서장이 우리 사이를 다시 허락해 줄지도 모른다.

그제야 번뜩 엄마 생각이 났다. 지금 당장 연락해야 했다. 내가 한밤중에 나온 걸 알면 화를 내겠지만, 아침에 빈 침대를 마주하는 것보다는 나을 테니까.

주머니에서 핸드폰을 꺼냈다. 문자가 하나 와 있었다. 무음으로 해둔 탓에 여태 모르고 있었다. 발신자는 민달팽이. 20분 전, 내가 이곳으로 올 때 보낸 것이었다. 나는 쿵쾅대는 심장을 부여잡고 메시지를 읽었다.

'데이지가 데어리 퀸에서 만나재. 데이지한테 비밀로 해달라고 같이 잘 설득해 보자.'

이게 무슨 소리지?

그때 무언가 퍼뜩 떠올랐다. 데이지 문제로 옥신각신하던 중, 민달팽이는 '앨리슨 때도 네가 참 잘도 해결했지.'라고 비꼬듯 말했었다.

하지만 지금 생각해 보니 비꼬는 말투가 아니었다. 순간 섬뜩한 생각이 뇌리를 스쳤다.

민달팽이는 내가 앨리슨을 죽였다고 믿었던 것이다.

그러고 보니 민달팽이가 앨리슨을 죽였을 리 없었다. 녀석은 그날 밤새 나와 함께 차를 타고 돌아다녔고, 앨리슨이 한밤중에 녀석을 만나러 나올 리도 만무했으니까. 아무 의심 없이 앨리슨을 집 밖으로 꾀어낼 수 있는 사람은 단 한 명뿐이었다. 앨리슨이 철석같이 신뢰하는 단 한 사람.

민달팽이도 아니고, 나도 아니다.

"데이지, 아까 민달팽이가 갑자기 나타나서 깜짝 놀랐다고 했지?"

데이지가 고개를 끄덕였다. "응, 어두운 데 숨어 있어서 안 보였거든."

"주차장에 민달팽이 차 세워져 있었잖아. 주차할 때 못 봤어?"

그녀가 오뚝한 코를 찡그렸다. "민달팽이 차인 줄 몰랐어."

"내 차가 아니라는 건 알았을 거 아냐. 누구 차인지 궁금하지도 않았어?"

"그냥 누가 세워둔 차겠거니 했지."

"그래." 나는 바닥에 대자로 뻗어 있는 친구의 시신을 내려다보았다. "그럼 민달팽이가 널 공격하는 그 짧은 순간에 다른 여자들을 죽였다고 털어놨다는 거지?"

데이지가 입꼬리를 내린 채 나를 흘겨보았다. "하고 싶은 말이 뭐야?" 그녀의 시선이 내 오른손으로 향했다. "핸드폰으로 뭘 봤길래 갑자기 이렇게 예민하게 굴어?"

"아무것도—" 내 말이 채 끝나기도 전에 데이지가 핸드폰을 낚아채 갔다. "데이지! 이리 내!"

데이지는 내 말을 무시한 채 화면을 뚫어지게 바라보았다. 이미 엎질러진 물이었다. 민달팽이가 보낸 문자 메시지를 읽고 있었다.

데이지가 고개를 천천히 주억거렸다. "아, 그러니까 내가 민달팽이를 여기로 유인해서 죽였다고 생각하는 거구나?"

"그게…." 당연히 아니다. 데이지가 그랬을 리 없다. 내 사랑 데이지가 그런 짓을 했을 리가.

데이지가 화면을 가볍게 쓸어 넘겨 민달팽이가 보낸 메시지를 삭제했다. 증거가 사라진 걸 확인하고는 내게 핸드폰을 돌려주었다. "근데 만약 내가 그랬다면 어쩔 건데?"

나는 숨을 들이켰다. "뭐라고?"

"진정해, 톰." 데이지가 몸을 숙여 바닥에서 무언가를 집어 들었다. 권총이었다. "민달팽이나 너나 참 한심해. 창문으로 여자애들을 훔쳐보다 들키질 않나, 트렁크에 시체 싣는 걸 목격한 앨리슨을 그냥 보내주질 않나. 아니, 감옥에서 평생 썩고 싶기라도 한 거야?”

머리가 복잡했다. 데이지의 입에서 나오는 말을 도저히 믿을 수가 없었다.

“앨리슨을 죽인 사람이… 너였구나.”

“내가 나쁜 짓이라도 한 것처럼 말하네.” 데이지의 맑고 푸른 눈이 크게 떠졌다. “톰, 앨리슨이 널 경찰에 신고하려고 했던 건 알아? 걔가 널 얼마나 싫어했는데. 입만 열면 너랑 헤어지라고 성화였어.” 그러고는 나를 보며 싱긋 웃었다. “걔는 네 진면목을 보지 못했거든.”

숨이 턱 막혔다. “그럼 브랜디는 왜 죽인 거야?”

“몰라서 물어? 네가 걔랑 키스했잖아.” 데이지의 옅은 속눈썹이 파르르 떨렸다. “넌 나와 함께해야 할 운명이야. 네가 딴 년이랑 붙어먹는 꼴은 절대 못 참지! 어차피 너랑은 어울리지 않는 애였어. 대신 처리해 준 나한테 오히려 감사해야지.”

“뉴스에서 브랜디가 고문을 당했다고 하던데.”

데이지가 어깨를 으쓱했다. “나도 재미는 좀 봐야 하지 않겠어?”

순간 다리에 힘이 풀려 주차장 한가운데 주저앉았다. 현기증이 일며 눈앞이 뿌예졌다. 현실일 리 없다. 내가 사랑하는 데이지가 방금 세 명을 죽였다고 자백했다. 지독한 악몽임이 틀림없다. 곧 땀에 흠뻑 젖은 채 잠에서 깨어날 것이다.

깨어나라.

“톰, 유난 좀 그만 떨어.” 데이지가 운동화 끝으로 나를 툭 찼다. “너도 네 아빠 목을 그을 때 희열을 느꼈잖아. 네가 어떤 앤지 내가 모를 것 같아? 난 다 알아.”

346

"그때랑은 상황이 다르지. 민달팽이는 아무 잘못도 안 했잖아."

"과연 그럴까?" 데이지가 비웃었다. "네 친구라 믿고 싶지 않나 본데, 민달팽이 그 자식 완전 변태였어. 온 동네 여자애들을 창문으로 훔쳐보고 다녔다고. 저런 놈들이 어른이 된다고 개과천선할 것 같아? 내버려뒀으면 대학에 가기도 전에 여자애들 여럿 성폭행하고도 남았을걸."

"그걸 네가 어떻게 알아? 민달팽이를 잘 알지도 못했으면서."

하지만 데이지의 말도 일리가 있었다. 아무리 절박해도 그렇지, 남의 집 창문을 훔쳐보고 다니는 놈이 어디 있단 말인가. 그 사실을 미리 알았더라면 좋았을 텐데.

나는 천천히 몸을 일으켰다. 여전히 머리가 어지러웠다. 어느새 데이지가 나에게 총을 겨누고 있었다. 그녀의 얼굴에는 낯설면서도 아주 익숙한 표정이 서려 있었다.

이따금 거울 속에서 마주하던 내 얼굴과 똑같았다.

나는 데이지의 예쁘고 다정한 모습에 이끌렸고, 그녀가 내 안의 선함을 끌어내 준다고 믿었다. 하지만 이제야 진실을 깨달았다. 내가 데이지에게 끌린 이유는 그녀가 나와 똑같은 부류의 인간이었기 때문이었다.

"쏠 거야?"

"글쎄, 네가 어떻게 하느냐에 따라 다르지. 경찰한테 뭐라고 말할 건데?"

"데이지…"

"내 말 잘 들어, 톰." 데이지가 총구를 까닥였다. "아주 간단하게 정리해 줄게. 내가 감옥에 갈 일은 없어. 그러니까 민달팽이한테

다 뒤집어씌우든가, 아니면 내 총에 맞아서 민달팽이와 공범이 되든가. 둘 중 하날 선택해.”

“내가 뭘 선택하든 넌 상관없다는 거네.”

내 목소리가 갈라지자 데이지의 낯빛이 어두워졌다. 그 순간 깨달았다. 끔찍한 일을 저질렀지만, 나를 향한 마음만은 진심이었다는 것을.

“그런 식으로 말하지 마. 난 네가 좋아, 톰. 사랑한다고. 모든 살인을 민달팽이에게 뒤집어씌우면 우린 다시 함께할 수 있어. 어때? 멋지지 않아?”

그녀의 말에 마음이 동했다. 데이지와 다시 함께할 수 있다니, 가슴이 벅차올랐다. 그녀를 다시 만지지도, 품에 안지도 못할까 봐 몹시 두려웠다. 내 인생이 끝난 것만 같았다. 그런데 지금, 그녀가 내게 동아줄을 던져 준 것이다.

내 마음을 읽기라도 한 듯 데이지가 내 손을 잡았다.

“우리 둘이 첫 경험을 함께한다고 생각해 봐. 얼마나 황홀할까? 너랑 하려고 아껴두고 있었거든.”

그녀의 고백에 입안이 바짝 말랐다. “아….”

“첫 경험뿐만 아니라 모든 걸 함께할 수 있어. 평생을 함께할 수 있다고.” 데이지가 목소리를 낮추며 유혹하듯 말했다. “네가 원하던 거 아냐?”

한때는 그게 내가 바라던 전부였다. “우리 아빠는 어쩌고?”

“너희 아빠가 뭐? 그깟 술주정뱅이 하나 사라졌다고 누가 신경이나 쓴대?” 데이지가 생긋 웃었다. “내가 아빠한테 말해서 대충 넘어가게 손써둘게. 경찰서장이 아빤데 이럴 때 써먹어야지.”

백번 옳은 말이었다. 지금 내가 데이지에게 맞춰주는 척하다가 경찰이 왔을 때 진실을 털어놔도 아무도 내 말을 믿지 않을 것이다. 경찰서장은 자기 딸이 살인마라는 사실을 절대 인정하지 않을 테니까.

데이지가 나를 보며 눈을 찡긋했다. 등골이 서늘해졌다. "어떡할래, 톰? 나랑 평생 행복하게 살래?"

그 순간 나는 마음을 굳혔다. 데이지의 비밀을 지켜주기로.

그녀가 우리 반 친구 둘과 내 절친을 죽였다는 사실도, 사이코패스라는 사실도 절대 입 밖에 내지 않을 것이다. 이 비밀을 무덤까지 가져가리라 다짐했다.

나 자신을 지키기 위한 선택이었지만 오롯이 그 때문만은 아니었다. 나는 평생토록 데이지만을 사랑해 왔다. 그녀가 얼마나 위험한 존재인지 알게 된 지금조차도 나는 그녀를 아프게 할 수 없었다. 그 사실을 데이지 역시 잘 알고 있었다.

하지만 우리 사이는 끝이다. 데이지는 더 이상 내 여자 친구가 아니다. 그녀에게 입을 맞추는 일도, 첫 경험을 함께하는 일도 없을 것이다. 결혼해 아이를 낳고 함께 늙어가는 일 따위도 없다. 문득문득 데이지가 떠오르겠지만 애써 잊으려 노력할 것이다. 나는 데이지를 사랑한다. 하지만 지금 내가 원하는 건 단 하나였다. 그녀에게서 최대한 멀리 떨어지는 것.

데이지가 나를 파멸로 끌고 가게 둘 수는 없었다.

나는 데이지만큼 타락한 인간은 아니니까.

62

현재

시드니

눈앞이 핑핑 돌았다.

최근에 겪은 스트레스 때문인지, 다른 이유 때문인지 똑바로 서 있기조차 힘들었다. 그런 와중에도 그레천이 톰을 집 안으로 들이는 모습을 보자 두려움이 엄습했다.

톰이 휘둥그레진 눈으로 나와 그레천을 번갈아 보더니 나에게 다가왔다. "시드니, 괜찮아?"

대답할 틈도 없이 극심한 현기증이 밀려왔다. 나는 그대로 바닥에 주저앉았다. 당장 이 집에서 나가고 싶었지만 몸이 말을 듣지 않았다. 그렇다면 기어서라도 나가야 했다.

"세상에! 데이지, 대체 무슨 짓을 한 거야?"

왜 랜디가 아니라 그레천한테 따지는 걸까? 살인마는 랜디인데. 뒤를 돌아보자 랜디는 여전히 기절해 있었다.

"일단 진정들 좀 해." 그레천이 말했다. "특히 시드니, 너."

와인 때문이었다. 와인에 무언가를 탄 게 분명했다. 한 잔만 마시길 천만다행이었다. 랜디는 석 잔이나 비웠고, 그레천은 입에 대는 시늉만 했을 뿐이었다.

"대체 뭘 먹인 거야?" 내가 하고 싶은 질문을 톰이 대신 던졌다.

"협죽도." 그레천이 거침없이 답했다. "비상용으로 잎사귀 몇 장 정도는 늘 가지고 다니거든." 경악하는 톰을 보며 그녀가 덧붙였다. "죽을 만큼 넣지는 않았어. 하지만 술과 함께 마시면 정신이 몽롱해지지. 톰, 너도 알다시피 이건 일반적인 부검에서는 검출도 안 돼."

톰이 상기된 얼굴로 그녀를 노려보았다. "이게 대체 무슨 짓이야? 나랑 약속했잖아. 더는 안 그러겠다고! 지난번 일을 마지막으로 다시는 내 앞에 나타나지 않겠다고 약속했잖아, 데이지!"

톰은 왜 자꾸 그레천을 데이지라고 부르는 걸까? 나는 바닥에 쓰러진 채 두 사람을 올려다보았다. 협죽도는 대체 뭐고, 먹으면 어떻게 되는 걸까? 그래도 치사량은 아니라니 죽지는 않을 것이다.

"데이지가 누구야?" 돌덩이처럼 굳은 혀를 간신히 놀려 내가 물었다.

"어릴 적 내 별명이야. 전시회 봐서 알겠지만, 내가 꽃을 좀 좋아하니? 그중에서도 데이지를 제일 좋아하거든. 하지만 성인이 되면서 그 별명도 졸업했지. 날 데이지라고 부르는 사람은 톰뿐이야."

"데이지, 너 언제부터 이 아파트에 살았던 거야? 설마 보니 때문이야?" 톰의 목소리가 갈라졌다.

그레천의 속눈썹이 가볍게 떨렸다. "상황을 지켜봐야 했거든. 그래서 보니가 듣는 요가 수업에 등록했지. 네가 푹 빠져 있는 그 여우 같은 년을 직접 보고 싶었으니까."

정신이 혼미했지만 무슨 말인지는 이해할 수 있었다. 그레천이 처음 요가원에 왔던 날이 떠올랐다. 보니 옆에 요가 매트를 깔며 밝게 인사를 건넸더랬지. '반가워요. 그레천이에요. 요가는 처음 해봐요.' 해맑고 천진한 그녀에게 우리는 금세 마음을 열었다.

그 후 그레천은 우리 집에 놀러 왔다가 랜디를 만났다. 그리고 지금은 그의 집에서 함께 살고 있다. 우리와 가까워지기 위해 랜디를 이용했던 것이다.

"제발 나 좀 내버려둬." 톰이 이를 악물었다. "너 때문에 살 수가 없어. 외로워 죽겠어도 원나잇 이상은 꿈도 못 꿔. 조금만 진지해질라치면 그 여자 목숨이 위험해지니까! 내 기분이 어떤 줄 알기나 해? 형사들이 추적할까 봐 진짜 내 번호도 못 알려 준다고! 데이지, 내가 감옥에 가길 바라는 거야?"

"그럴 일 없으니 걱정 마." 그레천이 손을 휘저었다. "항상 네 알리바이가 확실한 날로 고르니까." 그러고는 나를 힐끗 쳐다보았다. "뭐, 여자랑 잘만 만나고 다니면서 엄살은."

톰의 얼굴이 붉어졌다. "나한테 원하는 게 뭐야? 내가 독신 서약이라도 해야겠어? 그래야 살인을 멈출 거냐고!"

"오히려 나한테 감사해야지!" 그레천이 맞받아쳤다. "보니랑 사귀었으면 넌 불행해졌을 거야. 지루해 빠진 다른 여자들도 마찬가지고."

구역질이 치밀었다. 내가 완전히 착각했다. 랜디가 가짜 알리바이를 위해 그레천을 이용한 것이 아니었다. 알리바이가 필요한 쪽은 그레천이었다.

"내가 원하는 게 뭔지 아직도 모르겠어?" 그레천이 고개를 비틀어 톰을 올려다보았다. 달콤한 표정과 달리 목소리는 서늘했다.

"난 널 원해. 언제나 널 갈구했지. 그리고 너도 날 사랑한다는 거 알아. 시드니한테 들었어. 네가 아직도 날 잊지 못했다고. 내가 죽었다고 뻥친 건 너무했지만 그 정돈 애교로 봐줄 수 있지."

이게 다 무슨 소리지? 톰이 평생 사랑했다던 고등학교 때 여자 친구가 그레천이라는 말인가?

그레천과 랜디를 처음 보았을 때 톰의 얼굴에 스쳤던 당혹감이 떠올랐다. 나는 당연히 랜디를 보고 놀란 줄 알았다. 하지만 아니었다. 톰을 당황케 한 사람은 그레천이었다.

"날 원한다고?" 톰이 턱짓으로 그레천의 왼손을 가리켰다. "다른 남자랑 약혼까지 해놓고 나더러 그 말을 믿으라는 거야?"

"아, 저 남자?" 그레천의 입술이 일그러졌다. "말도 마, 톰. 난 저 남자 좋아하지도 않아."

"그래, 그러시겠지."

"진짜야. 완전 극혐이라니까."

"그래? 그 말을 어떻게 믿어?"

그레천이 랜디를 돌아보았다. "잘 봐. 내가 증명해 줄 테니까."

나와 톰이 말릴 새도 없이 순식간에 일이 벌어졌다. 그레천이 케이크 옆에 놓인 칼을 집어 들고 랜디에게 성큼성큼 다가갔다. 그리고 복부에 칼날을 깊숙이 찔러 넣었다. 깊이 잠들어 있던 랜디의 두 눈이 번쩍 뜨였다. 칼날이 두 번, 세 번 연달아 내리꽂혔다. 이내 랜디의 입에서 피가 터져 나왔고 눈꺼풀이 힘없이 감겼다. 톰과 나는 공포에 질린 채 그 광경을 지켜볼 수밖에 없었다.

"데이지!" 마침내 정신을 차린 톰이 소리쳤다. 하지만 늦어도 한참 늦은 뒤였다. "세상에, 대체 무슨 짓이야?"

데이지가 피 칠갑이 된 칼을 움켜쥔 손을 내렸다. 어깨를 으쓱하며 말했다. "말했잖아. 사랑하지 않는다고. 이제 질투할 필요 없어, 톰."

톰이 떨리는 숨을 내뱉으며 양손으로 머리를 쓸어 넘겼다. "너 진짜 미쳤어? 무고한 사람을 죽이다니…."

"무고하다고?" 그레천이 조소했다. "이 인간이 평소에 무슨 짓을 하고 다녔는지 알아? 여자 세입자들이 출근한 사이 빈집에 들어가 속옷 서랍을 뒤지고, 팬티에 얼굴을 비벼대던 놈이야. 이 세상에 없는 게 더 나은 놈이라고."

정말 랜디가 그런 짓을 했을까? 혼란스러운 와중에도 그녀의 말에 믿음이 갔다. 결국 랜디가 소름 끼친다던 보니의 직감이 맞았던 것이다.

그래도 그레천의 살인이 정당화될 수는 없다.

톰은 안절부절못하며 방 안을 서성였다. 그레천은 눈을 반짝이며 그를 지켜보았다. "진정해, 톰. 너 때문에 죽인 거 아니야. 원래 죽일 생각이었어. 내가 지금껏 죽인 여자들 머리카락을 지퍼백에 담아 변기 물탱크 안에 숨겨 놨거든. 랜디가 나 대신 모든 범죄를 뒤집어쓰게 될 거야." 그러고는 나를 매섭게 쏘아보며 말을 이었다. "가엾은 시드니는 랜디의 마지막 희생자가 되는 거고. 그 후에 내가 나타나서 랜디를 찔러 죽인 거지. 정당방위로 말이야."

마지막 희생자?

이럴 수가. 정녕 나를 죽일 작정이다. 이 여자는 사이코패스다. 목격자를 살려둘 의향이 없다.

그레천이 이런 인간인 줄은 꿈에도 몰랐다.

톰이 서성이던 발걸음을 멈추고 데이지를 똑바로 마주 보았다. "데이지, 넌 전문가의 도움이 필요해. 일단 나랑 경찰서에 가자. 내가 전부 설명할게. 제발."

그레천이 그를 노려보았다. "누가 들으면 넌 성인군자인 줄 알겠다, 톰. 시드니랑 사랑에 빠진 척 연기 잘하던데. 근데 시드니도 알아? 네가 걜 사랑하는 진짜 이유가 뭔지?"

톰이 입을 벌린 채 고개를 흔들었다. "데이지…."

"시드니가 피 흘리는 모습을 보는 걸 좋아하는 거잖아." 그레천의 입가에 미소가 번졌다. "코피가 터진 걸 보고 데이트 신청을 했다는 얘길 듣고 생각했지. 역시 톰은 하나도 변하지 않았구나, 하고."

톰의 얼굴에서 핏기가 싹 가셨다. "데이지, 그만해."

"왜? 네 본모습을 숨기지 마."

세상에, 그레천의 말이 사실일까?

그럴지도 모른다. 톰은 내가 피를 흘릴 때마다 흥분을 감추지 못했다. 첫 데이트는 내가 코피를 흘린 직후였고, 처음으로 뜨겁게 사랑을 나누었을 때도 라임을 썰다 손가락을 베인 직후였다.

그레천은 지금 톰이 자신과 같은 부류라고 말하고 있었다. 어쩌면 그녀의 말이 맞을지도 모른다는 생각에 더럭 겁이 났다.

극도의 피로가 몰려왔지만 아드레날린 덕분에 가까스로 정신을 붙잡고 있었다. 두 사람 다 제정신이 아니다. 랜디 꼴이 나기 전에 어떻게든 이 집에서 탈출해야 한다.

하지만 대체 무슨 수로?

"피를 흘리는 시드니를 볼 때마다 엄청난 희열을 느끼는 거, 내가 모를 줄 알아? 하지만 넌 겁쟁이라 직접 칼을 대지는 못하잖아. 내가 대신해 줄까?” 그레천이 톰의 팔을 어루만졌다. 하지만 톰은 그녀의 손길을 피하지 않았다. “찌르는 건 내가 할게. 시드니가 피 흘리는 거 같이 구경하자. 무척 재미있을 거야.”

톰은 그녀의 제안을 뿌리치지 않았다. 오히려 그녀에게서 시선을 떼지 못했다. 문득 고등학생 때 사랑했던 소녀에 대해 말하던 톰의 모습이 떠올랐다. 그 소녀가 지금 자기 앞에 있었다. 그가 평생 잊지 못한 유일한 사람이 눈앞에 서 있었다.

“사랑해, 톰.” 그레천이 속삭였다. “너도 나 사랑하잖아. 내 평생 너 하나만을 사랑했고, 앞으로도 너만 사랑할 거야. 우린 천생연분이야.”

톰의 고개가 아주 미세하게 좌우로 흔들렸다.

“싫다고 하지 마.” 그레천이 톰의 손을 덥석 잡았다. “넌 날 사랑해. 나 없이는 절대 행복해질 수 없어.”

“그렇지 않아.”

“우린 함께할 운명이야. 너도 알잖아.”

63

과거
톰

신디와 함께 영화관에서 〈블러드 레이크2〉를 보고 나오는 길이었다. 2월의 칼바람이 훅 불어왔다. 나는 신디의 어깨를 감싸안아 가까이 끌어당겼다. 차가운 겨울 하늘 위에 휘영청 밝은 달이 떠 있었다. 고요하고 평화로운 밤이었다. 여자 친구와 집까지 걸으며 이 고요를 즐기고 싶었다. 하지만 신디의 머릿속은 온통 한 가지 생각뿐인 듯했다.

"단언컨대 내 생애 최악의 영화였어! 너무 잔인해!" 신디가 쉴 새 없이 불평했다. "농담 아니고 점심 먹은 거 다 게워 낼 뻔했다니까."

"그랬구나."

"특히 살인마가 케이 배를 갈라서 창자가 사방으로 튀어나오던 장면." 신디가 몸서리를 쳤다. "살면서 본 것 중에 제일 끔찍했어. 꿈에 나올까 무서워. 몇 주 동안 악몽에 시달릴 거라고, 톰!"

"그래." 나는 건성으로 대답했다.

신디가 하트 모양 얼굴을 들어 나를 원망스럽게 올려다보았다. 하얀 털 방울 모자에 가려 눈이 보일 듯 말 듯 했다. "왜 하필 저런 영화를 보자고 한 거야? 1편 봤다면서 이렇게 잔인한 줄 몰랐어?"

"미안. 1편은 이 정도는 아니었거든."

말하지는 않았지만 나 역시〈블러드 레이크2〉에 실망한 참이었다. 1편만큼 유혈이 낭자하지 않았으니까. 그래도 정교한 특수 효과 덕분에 아쉬움은 어느 정도 달랠 수 있었다. 의대 외과 실습 때 보았던 환자들의 장기만큼이나 사실적이었다.

신디가 내 팔을 가볍게 때렸다. 장난기 어린 손길이었다. 신디와 사귄 지도 벌써 8개월째. 우리 관계는 점차 진지해지고 있었다. 스물여섯 해를 살면서 진심으로 사랑한 여자는 단 한 명뿐이었다. 물론 신디는 아니었다. 그래도 지독한 사이코패스였던 그 애와 달리 신디는 착하다. 잘될 것 같은 기분이 든다. 신디 같은 여자라면 미래를 함께할 수 있을 것 같았다. 결혼해서 아이를 낳고, 어쩌면 개도 한 마리쯤 키우며 사는 평범한 삶을.

"톰, 너니까 용서해 주는 거야. 넌 외과 의사가 될 몸이라 피 튀기는 장면쯤은 아무것도 아닐 테니까."

"나 외과 레지던트에 지원 안 하기로 했어."

신디가 갑작스레 멈춰서는 바람에 하마터면 넘어질 뻔했다. "진짜야? 입만 열면 그 얘기뿐이었잖아."

맞는 말이었다. 나는 평생 외과 의사가 되는 순간만을 꿈꿔 왔다. 하지만 수술실에서 열린 흉강 안으로 따뜻한 피가 차오르는 장면을 지켜보던 순간, 뼈아픈 진실을 깨달았다. 외과의는 내 길이 아니었다. 고심 끝에 어젯밤 레지던트 지원서를 제출했다. 외과가 아닌 병리학과로. 속은 쓰렸지만, 병리학과에서는 이미 죽은 환자들만 상대하면 되니 안전할 터였다.

그게 최선이었고, 어쨌든 이미 끝난 일이었다.

"마음이 바뀌었어." 내가 할 수 있는 말은 이뿐이었다.

신디가 고개를 갸웃했다. "톰 브루어, 넌 참 알다가도 모르겠다니까."

신디는 집에 도착할 때까지 〈블러드 레이크2〉에 대한 불평을 멈추지 않았다. 요즘 들어 그녀의 집에서 자고 가는 날이 부쩍 늘었지만, 오늘은 그러고 싶지 않았다. 내가 올라가겠다는 말을 꺼내지 않자 신디도 나를 붙잡지 않았다.

나는 홀로 집으로 향했다. 걸어서 30분 정도 되는 거리였다. 두꺼운 코트와 비니 덕분인지 추위가 거의 느껴지지 않았다. 거리에는 나뿐이었다. 내가 밤늦게 혼자 거리를 쏘다닌다는 걸 알면 어머니는 불같이 화를 냈을 것이다. 하지만 나는 혼자가 좋다. 필라델피아로 온 후 진정으로 마음을 나눈 사람은 아무도 없었다. 나는 원래 친구를 사귀는 데 서툴렀고, 지금도 마찬가지였다. 내 유일한 절친은 고등학교 때 내 손으로 묻어 주었다.

뭐, 혼자여도 괜찮다. 나보다는 어머니가 걱정이다. 아버지가 '행방불명'된 후 어머니는 재혼은커녕 데이트도 한 번 하지 않았다. 아버지의 실종 수사는 터무니없이 허술했다. 알고 보니 아버지는 동네 여기저기에 빚을 졌고, 몇몇 위험한 인물들의 눈 밖에도 나 있었다. 결국 사람들은 아버지가 험한 꼴을 당하기 전에 제 발로 도망친 거라고 결론 내렸다. 물론 경찰서장의 딸이 내 편이 되어준 것도 내게 유리했다. 서장은 제 딸 말만 믿고 나를 그녀의 목숨을 구해준 영웅으로 알고 있었으니까.

하지만 어머니는 다 알고 있었다. 아버지를 없애버린 사람이 누구인지. 단 한 번도 입 밖에 낸 적은 없었지만, 어머니의 눈빛만 봐도 알 수 있었다. 내가 외과 의사가 되기를 포기했다는 소식을 전했을 때 어머니는 말했다. 천만다행이라고.

이윽고 집에 도착했다. 나는 의대 캠퍼스 근처에 있는 방 하나짜리 아파트에 산다. 안으로 들어서자마자 모자와 코트를 벗어 던지고, 곧장 거실에 있는 바닥용 매트리스 위에 올려 둔 노트북으로 향했다. 영화를 보는 내내 신디의 혐오스러운 눈총 때문에 제대로 즐기지 못했다. 분명 인터넷에 괜찮은 장면들이 올라와 있을 것이다. 역시 혼자 보러 갔어야 했다. 애초에 무슨 바람이 들어 신디와 같이 볼 생각을 했던 걸까. 어쩌면 그녀가 좋아할지도 모른다고 기대했던 모양이다.

물론 허황된 기대에 불과했지만.

나는 허벅지 위에 노트북을 올렸다. 그런데 막상 키보드에 손을 얹고 내가 검색한 건〈블러드 레이크2〉가 아니었다. 요즘 들어 너무 자주 반복하는 그 짓을 또 하고 말았다. 바로 페이스북에 접속해 데이지 드리스컬 검색하기.

지금은 데이지가 아니라 그레천이라 불리지만, 내게 그녀는 영원한 데이지다. 페이스북 친구는 아니지만, 데이지의 계정이 전체 공개라는 것쯤은 이미 알고 있다. 타임라인을 훑어 내리다 며칠 전 찍은 셀카에서 손을 멈추었다. 한때 내게 너무 익숙했던, 볼 때마다 나를 미소 짓게 했던 그 얼굴이었다.

그러다 사진 배경에 찍힌 영화 제목이 눈에 들어왔다. 〈블러드 레이크2〉. 데이지도 이 영화를 보러 간 걸까? 만약 그랬다면 혼자 봤을까? 호수에서 잘린 손이 튀어나와 사람의 얼굴을 찢어 버리는 영화를 데이지가 즐겨 본다는 사실은 아무도 모른다. 데이지 드리스컬의 본모습을 아는 사람은 오직 나뿐이다.

나는 눈을 감고 상상에 잠겼다. 영화관에서 함께 〈블러드 레이크2〉를 본 후, 그녀의 집으로 가 몇 시간이고 뜨겁게 사랑을 나누는 우리 둘.

그러다 핸드폰을 꺼내 연락처를 열었다. 고등학교 졸업 후 핸드폰을 두 번이나 바꾸었지만, 그녀의 번호는 여전히 저장되어 있었다. 데이지를 줄곧 피해 다니면서도 왜 번호는 지우지 않는지 나도 이해할 수 없었다. 지워버려야 한다. 차단해야 한다.

하지만 결코 행동으로 옮기지 못한다.

충동적으로 데이지의 이름을 누르고 문자 메시지 창을 띄웠다. 잠시 고민하다 자판을 두드렸다.

'오랜만이야. 잘 지내?'

글자를 가만히 바라보았다. 한심하기 짝이 없었다. 데이지와 연락을 끊은 지 8년이나 지났다. 대학교 때 내가 사귀던 애가 익사한 여름, 그 애 장례식에서 우연히 마주친 적이 딱 한 번 있기는 했다. 데이지는 나를 기억조차 못 할 것이다. 토요일 밤에 느닷없이 문자를 보내면 얼마나 지질해 보일까. 게다가 이건 내가 하고 싶은 말도 아니었다.

전송 버튼을 누르는 우를 범하기 전에 얼른 글자를 지웠다. 아랫입술을 잘근잘근 깨물다가 다시 메시지를 썼다.

‘보고 싶어.’

젠장, 최악이다. 술 취해서 섹스하자고 들이대는 놈 같다. 황급히 글자를 삭제했다. 핸드폰을 던져버리려다 화면 상단에 뜬 ‘데이지’ 라는 이름에 시선이 붙잡혔다. 이름만 봐도 심장이 나대는 걸 보니 정말 중증이다. 어느새 지난 8년 동안 내 마음에 고여 있던 진심이 손끝에서 흘러나왔다.

‘너 없이는 못 살 것 같아, 데이지.’

으악, 안 돼. 데이지에게 해서는 안 될 말이다. 애초에 연락 자체를 해서는 안 된다. 화를 자초하는 일일 뿐이다. 신디에게 집중해야 한다. 착하고 예쁘고 공포 영화를 싫어하는 지극히 정상적인 여자니까. 난 신디를 좋아한다. 진심으로.

물론 아직 사랑하는 건 아니지만 곧 사랑하게 될 것이다. 데이지에게 쓰던 메시지를 지우고 신디의 번호를 화면에 띄웠다. 전화해서 지금 간다고 말하자. 차를 끌고 가면 5분이면 그녀의 집에 도착한다. 그러면 데이지 생각 같은 건 말끔히 사라질 것이다.

신디에게 전화를 걸었다. 통화 연결음이 울릴 때마다 후회가 스쳤다. 신디 특유의 드높은 목소리가 들리기를 기다려 보아도 아무 응답이 없었다. 신호음만 연신 울리다 결국 음성 사서함으로 넘어갔다.

이상했다. 집 앞까지 바래다준 지 1시간도 안 됐고, 잠들기에는 아직 이른 시간이었다. 왜 전화를 안 받지? 신디는 늘 재깍재깍 전화를 받고는 했는데. 핸드폰을 두고 어디 갔나?

별일 없을 것이다. 설마 무슨 일이야 있겠는가.

현재

시드니

어떻게든 여기서 나가야 한다.

그레천은 나를 죽일 작정이다. 의심의 여지도 없다. 하지만 톰은 여전히 망설이고 있다. 설령 나를 구하고 싶다 해도 그에게 그럴 능력이 있을는지 의문이다. 그레천은 이미 날 죽이기로 마음을 굳혔고, 톰은 그녀를 막을 용기조차 없어 보였다.

나 역시 속수무책이었다. 협죽도와 술을 섞어 마시면 어떻게 되는지는 몰라도 몸을 가눌 수 없다는 사실만은 분명했다. 몸을 일으키려는 찰나 지독한 구역질이 치밀었다. 바닥에 토하지 않으려 버티는 게 내가 할 수 있는 전부였다.

"데이지, 경찰이 네 말을 믿어 줄 것 같아? 거짓말인 걸 금방 알아챌 거라고. 소파에 죽은 듯이 누워 있는 랜디가 널 공격했다는 게 말이 돼?"

톰이 따지고 들자 그레천이 짜증 섞인 말투로 대구했다.

"다른 데로 옮기면 되지."

"그래 봤자 부검에서 들통나. 사후에 시신을 옮기면 흔적이 다 남는다고."

"진짜? 무슨 흔적?" 그레천의 눈이 반짝였다.

"죽고 나면 피부에 시반이라는 검붉은 반점이 생겨. 중력 때문에 피가 한곳으로 쏠리면서 생기는 현상이지."

그레천이 흥미롭다는 듯 고개를 주억거렸다. "그게 나타나려면 얼마나 걸려?"

"글쎄…."

세상에, 둘 다 제정신이 아니다. 바로 코 앞에 랜디가 죽어 있고, 내가 바닥에서 의식을 잃어가고 있는데 시반 따위나 운운하고 있다니. 내 눈으로 보고도 믿기 힘든 광경이었다.

차라리 잘된 일일지도 모른다. 둘 다 대화에 정신이 팔려 나에게는 신경도 쓰지 않고 있었다. 지금이 탈출할 기회다.

나는 다시 몰려오는 구역질을 억누르며 숨을 깊게 들이켰다. 내가 해야 할 일은 간단하다. 두 발로 일어나 문 앞까지 달려가기만 하면 된다. 딱 열 발짝이다. 맨해튼 아파트들이 코딱지만 한 게 이토록 감사할 줄이야.

젖 먹던 힘까지 끌어모아 몸을 일으켰다. 팔다리가 후들후들 떨렸다. 무리였다. 데이지가 먹인 협죽도의 독성이 너무 강했다. 몸이 말을 듣지 않았다.

그래, 기어가면 된다. 그리 멀지 않으니 껌이다. 다만 기어간들 문고리에 손이 닿기나 할까?

젠장, 불가능했다. 나는 여기서 죽게 될 것이다. 톰이 시반 강의를 끝내는 순간, 그레천은 손에 든 칼로 나를 찔러 죽일 테지. 그러고는 내 머리카락을 잘라 변기 물탱크 안에 보관할 것이다.

이렇게 허무하게 죽고 싶지 않았다. 보니를 사랑하지만 그녀와 같은 결말을 맞이하고 싶지는 않았다. 살고 싶었다. 내가 이대로 죽는다면 제이크는 평생 죄책감에 시달릴 터였다.

하지만 내가 뭘 할 수 있단 말인가.

있지도 않은 선택지를 저울질하던 그때, 밖에서 소리가 들려왔다. 점점 커지는 소리. 약에 취해 정신이 몽롱한 탓에 몇 초가 지난 후에야 그 소리의 정체를 알아챘다.

경찰 사이렌 소리였다.

그레천의 눈이 휘둥그레졌다. "뭐야? 시드니, 네가 불렀어? 네 핸드폰은 나한테 있는데 어떻게 신고한 거야!"

아, 그래서 내 가방에 핸드폰이 없었구나.

"시드니가 아니라 내가 부른 거야." 톰이 자백했다.

그레천은 벌에 쏘이기라도 한 듯 톰의 손을 홱 뿌리쳤다. "뭐라고?"

톰의 표정이 사뭇 비장했다. "이 집 문 두드리기 전에 내가 신고했어. 경찰에 전부 다 털어놨어. 미안해, 데이지."

"톰, 어떻게 나한테 이럴 수가 있어?" 그레천의 얼굴이 시뻘겋게 달아올랐다. 1년 동안 그레천을 알고 지냈지만 이토록 격분한 모습은 처음이었다. "우리가 함께한 세월이 얼만데, 나한테 어떻게 이래?"

톰은 말없이 고개만 저을 뿐이었다.

그레천이 창가로 다가가 조심스레 밖을 살폈다. "제기랄." 그녀가 낮게 욕설을 내뱉었다.

"미안해, 데이지." 톰의 목소리가 떨렸다. "내가 해야 할 일을 했을 뿐이야. 더는 보고만 있을 수 없었어."

그녀는 한 손에는 칼을, 다른 손은 주먹을 쥔 채로 잠시 생각에 잠겼다. "여기서 빠져나갈 방법이 있어. 랜디가 알려 줬거든. 세탁실에 숨겨진 뒷문이 있다고. 거기로 나가면 돼." 그러고는 톰을 올려다보았다. "같이 도망가자."

"데이지…."

"톰, 나랑 같이 가자." 그레천이 톰에게 바짝 다가섰다. 두 눈이 흥분과 결의로 빛나고 있었다. "지난 20년간 떨어져 살면서 우리 둘 다 비참했잖아. 지금이 기회야. 우리가 행복해질 수 있는 기회." 그녀가 톰의 손을 잡았다. "너와 평생을 함께하고 싶어. 결혼해서 애도 낳고 행복하게 살자."

"뭐? 겨, 결혼?"

"너도 알잖아. 널 이해할 사람은 나밖에 없다는 거. 다른 사람과 함께한다면 넌 거짓뿐인 인생을 살게 될 거야."

톰이 다시 고개를 내저었다. 반박이라기보다는 미약한 몸짓에 불과했다. "데이지…."

"제발." 그녀의 눈에 눈물이 맺혔다. "20년이나 떨어져 지냈잖아. 하루하루가 정말 지옥 같았어. 더는 그렇게 살고 싶지 않아. 너도 그렇지 않아?"

"나한테 바라는 게 대체 뭐야?" 톰의 얼굴이 일그러졌다. "지금 내 인생 전부를 포기하고 너랑 도주라도 하길 바라는 거야?"

짧은 침묵 후 그레천이 입을 뗐다. "응, 맞아."

"데이지…."

그녀가 눈물 어린 눈으로 톰을 지그시 바라보았다. "톰, 난… 너 없이는 하루도 살 수 없어."

나는 톰이 당장 지옥이나 가라고 소리칠 거라 확신했다. 그에게는 검시관으로서 일궈온 삶이 있었다. 몇 명을 죽였을지 모를 사이코패스와 도망치기 위해 모든 걸 내던지지는 않으리라 생각했다.

하지만 그녀를 바라보는 톰의 눈빛을 본 순간, 그가 어떤 대답을 할지 알 것 같았다.

"나도 너 없이는 못 살 것 같아." 톰이 부드럽게 속삭였다.

저 멀리 사이렌 소리가 점점 가까워졌다. 톰이 작게 욕설을 내뱉었다.

"여기서 빨리 나가야 해. 지금 당장."

그레천의 얼굴이 환히 갰다. 랜디가 청혼했을 때 행복해 보이던 모습은 가짜였다. 지금처럼 진심으로 행복해하는 모습은 처음 보았다. "좋아. 여기 있는 목격자만 처리하고."

나를 말하는 거였다. 천장 조명 아래서 번뜩이는 칼날이 그레천의 의도를 명확히 드러냈다. 랜디를 처리했던 것과 같은 방식으로 나를 없애버릴 작정이었다. 나중에 도착한 경찰은 시신 두 구를 발견하게 될 것이다.

도망치는 건 불가능했다. 기력이 없었다. 두 발로 달아나기는커녕 기어가기도 힘들었다. 그저 그레천이 목숨을 끊어주기만 기다릴 뿐이었다.

이제 끝이다. 나도 보니와 같은 결말을 맞이하게 될 것이다. 보니처럼 관 속에 갇혀 영원히 땅속에 묻히겠지. 제이크는 내 시신을 발견하자마자 처참히 무너져 내리고 말 것이다.

'제이크, 네 잘못이 아니야. 누구도 예견하지 못했던 일이니까.'

필연적인 죽음을 맞이할 준비를 하던 찰나, 톰이 그레천의 손목을 잡아챘다. "시드니한테 무슨 짓이라도 하면 너랑 같이 안 가. 알아들어?"

"하지만 우리 비밀을 전부 알고 있잖아!" 그레천이 입술을 비죽 내밀었다.

"털끝 하나도 건드릴 생각 마." 톰이 단호하게 선언했다. "같이 가기 전에 약속부터 해. 다시는 살인하지 않겠다고."

그레천이 바닥에 쓰러진 나를 내려다보았다. 눈에 혐오감이 가득했다. 저런 여자를 절친이라고 여겼다니. 그녀에게 제대로 속아 넘어갔다. 실로 악마 같은 여자였다.

'행운을 빌어, 톰.'

"에이, 농담이 심하네." 그레천이 조소했다.

"농담 아냐." 톰이 눈 하나 깜빡이지 않고 그녀를 응시했다. "더 이상의 살인은 안 돼. 그게 내 조건이야. 더는 아무도 죽여선 안 돼."

그레천이 고개를 삐딱하게 들고는 잠시 고민했다. "죽어 마땅한 놈들이라도?"

잠시간의 침묵 후 톰이 대답했다. "글쎄, 예외란 늘 존재하는 법이지."

그의 답변을 듣자 온몸에 소름이 돋았다. 하지만 그레천은 대단히 만족한 모양이었다. 탁자 위에 칼을 휙 집어 던지고는 톰과 함께 현관문으로 달아났다. 쾅, 문이 닫히는 소리가 작은 아파트 안에 울려 퍼졌다. 잠시 후 도착한 경찰이 문을 두드렸다. 그제야 비로소 나는 긴장의 끈을 놓고 그대로 기절했다.

에필로그

한 달 후

양손에 식료품이 가득 든 봉지를 들고 아파트 문을 열려는데 핸드폰이 울렸다.

그레천과 톰이 자취를 감춘 지도 벌써 한 달이 지났다. 두 사람의 행방은 여전히 묘연했다. 한 달 전, 나는 경찰이 들이닥치고 몇 시간 후 병원에서 눈을 떴다. 정신이 몽롱한 와중에도 살아 있다는 사실에 한없이 감사했다. 깨어난 나를 향해 간호사가 말했다. "어떤 형사님이 환자분 깨어나면 바로 연락 달라고 신신당부하셨어요."

물어볼 것도 없이 제이크였다. 대대적인 수사가 한창인데도 그는 모든 일을 제쳐두고 병원으로 한달음에 달려왔다. 이토록 오랜 세월이 흐른 뒤에야 나를 위해 시간을 내는 법을 깨우친 모양이었다.

그리고 지금, 내 핸드폰 화면 위로 그의 이름이 반짝이고 있었다.

건물 안으로 들어서자 따스한 온기가 나를 감쌌다. 나는 우편함 앞에 짐을 내려놓고 제이크의 전화를 받았다.

"여보세요? 시드니?"

"응, 나야."

"오늘 저녁에 뭐 해?"

특별한 일이 없다는 걸 그 역시 잘 알고 있었다. 톰과 그레천이 뒷문으로 탈출한 후 경찰은 전원을 투입해 대규모 수색을 벌였다. 랜디의 집 변기 물탱크에서 머리카락이 발견되면서 그레천은 랜디를 포함해 여러 살인 사건의 용의자로 지목되었다. 경찰은 모든 수단과 방법을 동원해 두 사람을 쫓았다. 하지만 그들은 자신들의 삶을 내던진 채 홀연히 자취를 감추었다.

제이크는 FBI까지 합세한 수색 작전에서 작은 역할만 맡고 있었다. 하지만 스스로에게 훨씬 더 막중한 임무를 부여했다. '두 사람이 언제 또 나타날지 모른다'라며 내 보디가드를 자청하고 나선 것이다.

그 말을 듣자마자 나는 단칼에 거절했다. 제이크가 곁에 있는 게 싫어서가 아니라 얼마나 바쁜지 잘 알고 있기 때문이었다. 하지만 그는 내 걱정을 가볍게 일축했다. "소중한 사람을 위해서는 없는 시간도 만들어 내야지."

그리고 그는 그 말을 지켰다.

"아무것도 안 해." 우편함 옆 벤치에 걸터앉으며 내가 대답했다. 저녁에 텔레비전 앞에서 먹을 냉동식품이 봉지 안에서 녹고 있었지만 개의치 않았다. 어차피 요즘은 제이크가 매일 저녁을 사 들고 오니까.

"잘 됐다. 오늘 저녁에 너 경호하러 가는 김에 햄버거랑 감자튀김 좀 사 갈까 하는데, 어때?"

지난 한 달 동안 우리는 매일 저녁을 함께 보냈다. 우리 사이에

특별한 진전이 있었던 건 아니다. 다만 그와 함께 있는 시간이 얼마나 즐거운지 새삼 깨닫는 중이었다.

내 입가가 미소로 비죽 솟았다. "벌써 한 달이나 지났어. 지금쯤이면 두 사람 다 멀리 도망쳤을 거야. 이제 매일 나를 철통같이 지킬 필요는 없지 않을까? 현관에 보조 잠금장치도 달려 있잖아."

"그래도 혹시 모르니까 조심하는 게 좋지."

"아냐. 굳이 매일 밤 올 필요까진 없을 것 같아."

제이크가 잠시 침묵했다. "네가 싫다면 어쩔 수 없지. 괜히 성가시게 하고 싶진 않거든. 내가 매일 밤 널 지켜보는 게 불편하다면 그만할게."

"응, 안 와도 괜찮아."

"그래, 알겠어." 제이크의 목소리에 실망감이 여실히 묻어났다. "그럼 오늘은 안 가는 걸로 할게."

"다만." 나는 핸드폰을 반대쪽 귀로 옮겼다. "오늘 밤에 나랑 햄버거랑 감자튀김 먹으면서 놀러 오는 거라면 괜찮아. 아니, 대환영이야."

핸드폰 너머로 제이크가 웃는 소리가 들리는 것 같았다. "그래, 나도 대환영이야."

나는 제이크에게 한 번 더 기회를 주기로 했다. 그가 간절히 원하기도 했고, 나 역시 내심 바라던 일이었으니까. 이번 일을 겪으며 뼈저리게 깨달았다. 우리가 헤어지면서 얼마나 소중한 것을 잃었는지. 하지만 아직 늦지 않았다. 지금이라도 다시 시작하면 된다.

톰과 그레천 같은 인간들이 함께 행복할 수 있다면, 나랑 제이크라고 안 될 이유가 없지 않은가.

무엇보다 엄마가 이 소식을 들으면 까무러치게 기뻐할 것이다. 부디 내가 아흔이 되기 전에 손주를 안겨드릴 수 있기를.

제이크는 7시까지 오겠다는 말을 마지막으로 전화를 끊었다. 나도 모르게 얼굴에 미소가 번졌다. 그를 빨리 보고 싶었다. 어쩌면 내 반쪽은 애초에 가망조차 없었던 톰이 아니라 제이크였는지도 모른다.

나는 열쇠를 집어 들어 우편함을 열었다. 여느 때처럼 각종 고지서와 대학 동문회 기부 요청서, 초콜릿 광고 책자 두 권, 속옷 카탈로그 한 권이 들어 있었다. 그런데 그 틈에 뜻밖의 우편물 하나가 섞여 있었다. 발신인이 적혀 있지 않은 흰 봉투. 겉면에는 내 이름이 적혀 있었다.

이상하네.

내 이름과 주소는 손 글씨로 적혀 있었다. 검은색 잉크로 큼직하게 휘갈겨 쓴 글씨는 모두 대문자였다. 나는 봉투를 빤히 내려다보았다. 심장이 요동치기 시작했다. 열어봐도 될까? 제이크에게 전화해서 물어볼까? 그랬다가는 또 일만 커질 게 분명했다. 제이크에게 말하면 당장 특공대를 출동시킬지도 모른다.

결국 나는 봉투를 찢어 열었다.

헉, 이게 뭐람?

봉투 안에는 푸석하고 지저분한 금발 한 뭉치가 들어 있었다. 수상한 물건을 함부로 만져서는 안 된다는 걸 잘 알면서도 나는 홀린 듯 머리카락을 꺼내 들었다. 어깨선 아래까지 내려오는 길이의 머리카락이 빨간 리본으로 묶여 있었다.

도대체 누가 이런 걸 나에게 보낸 걸까?

제이크의 경호를 거절한 내가 너무 성급했다.

그때 봉투 안에서 찢어진 종이 조각 하나가 팔랑거리며 바닥으로 떨어졌다. 뒤집힌 채 떨어진 종이를 얼른 집어 들었다. 봉투에 적힌 것과 똑같은 필체였다. 나는 벤치에 주저앉아 종이 위에 적힌 글귀를 읽었다.

시드니에게,

케빈은 두 번 다시 널 괴롭히지 못할 거야.

톰

나는 편지를 빤히 내려다보았다. 케빈은 나를 겁탈하려 한 것도 모자라 수개월 동안 스토킹까지 하던 남자였다. 지금쯤 그레천과 지구 반대편까지 도망쳤을 줄 알았건만 내 오산이었나 보다. 문득 두 사람이 떠나기 전 마지막으로 나누었던 대화가 떠올랐다.

'더는 아무도 죽여선 안 돼.'

'죽어 마땅한 놈들이라도?'

'글쎄, 예외란 늘 존재하는 법이지.'

톰은 케빈이 죽어 마땅하다고 판단한 모양이었다.

나는 미간을 찌푸린 채 편지를 노려보았다. 집에 가져가서 제이크에게 보여줘야 할 것 같았다. 반드시 챙겨 가야만 했다. 케빈이 몹쓸 짓을 저지른 건 맞지만 정말 죽어 마땅했을까? 케빈의 죽음 역시 여느 살인과 마찬가지로 법의 심판을 받아야 한다.

그렇지 않은가?

나는 벤치에 앉아 한참 동안 편지를 응시했다. 마침내 편지와 머리카락을 다시 봉투 안으로 밀어 넣고 손으로 꾹꾹 눌러 봉했다. 그러고는 봉투를 쓰레기통에 던져버린 뒤, 저녁을 먹을 준비하러 집으로 올라갔다.

옮긴이 **정미정**

대학에서 미생물학과 영어영문학을 전공하고, 이화여자대학교 통번역대학원 한영
번역과를 졸업했다. 현재 바른번역 소속 번역가로 활동 중이다. 옮긴 책으로는《하
우스메이드 3》,《살인 리스트》,《죽은 자의 결혼식》,《시간 속으로》가 있다.

남자친구

초판 2026년 4월 15일 1쇄
저자 프리다 맥파든
옮긴이 정미정
편집 나다연 **디자인** 배석현
ISBN 979-11-93324-90-5   03840

발행인 아이아키텍트 주식회사
출판브랜드 북플라자
주소 서울시 강남구 학동로 329 북플라자 타워 6층
홈페이지 www.bookplaza.co.kr

오탈자 제보는 book.plaza@hanmail.net으로 해주세요.
파본은 구입하신 서점에서 교환해 드립니다.